幼儿文学教学模式探究

◎于 娜 著

吉林人民出版社

图书在版编目 (CIP) 数据

幼儿文学教学模式探究 / 于娜著 . -- 长春 : 吉林人民出版社 , 2019.9
ISBN 978-7-206-16408-8

Ⅰ . ①幼… Ⅱ . ①于… Ⅲ . ①儿童文学理论 - 教学研究 - 幼儿师范学校 Ⅳ . ① I058

中国版本图书馆 CIP 数据核字 (2019) 第 216844 号

幼儿文学教学模式探究
YOUER WENXUE JIAOXUE MOSHI TANJIU

著　　者：于　娜
责任编辑：王　丹　　　封面设计：优盛文化
吉林人民出版社出版 发行（长春市人民大街 7548 号） 邮政编码：130022
印　　刷：定州启航印刷有限公司
开　　本：710mm × 1000mm　　　1/16
印　　张：18.25　　　字　　数：298 千字
标准书号：ISBN 978-7-206-16408-8
版　　次：2019 年 9 月第 1 版　　　印　　次：2019 年 9 月第 1 次印刷
定　　价：79.00 元

前言
PREFACE

本书以基础理论为指导，以教育实践为目的，围绕幼儿园语言教学的多种文学体裁，以幼儿文学作品的学习、运用和创编为重点，通过分析幼儿文学作品的活动设计、活动目标、教学内容和教学方法，帮助幼师掌握幼儿文学作品的教学模式，使他们学会选择教学知识点，学会创编适合幼儿欣赏阅读的文学作品，提升幼儿教师将幼儿文学的知识转化成教学的能力。

在撰写过程中，笔者始终贯彻“以促进幼儿语言发展为根本，以提高幼儿教师教学能力为导向”的理念，同时兼顾幼儿心理发展特点，尽量体现基础性、实用性、经典性三项原则。基础性体现在阐明幼儿文学的基本理论以及不同文体的主要特点时，做到深入浅出，通俗易懂。实用性体现在针对幼儿园教学实际处理编写素材，选择训练措施和方法。经典性体现在选编作品和活动参考案例时，注意选用国内外有一定影响的作品和幼儿园教育活动经典案例。

本书在撰写过程中参考和借鉴了许多文献资料和专家学者的论著，在此表示诚挚的谢意！囿于笔者的经历和理论水平，书中可能出现这样或那样的纰漏和缺陷，殷切期盼广大读者在使用过程中，提出宝贵意见，以帮助笔者对本书进行不断修正和完善。

目录

CONTENT

第一章　文学为儿童插上梦想的翅膀　/　001

第一节　如何理解幼儿文学　/　001
第二节　幼儿文学的特征　/　005
第三节　幼儿与幼儿文学的拥抱　/　019
第四节　成人与幼儿文学的距离　/　023

第二章　幼儿期语言发展的阶段性标志　/　029

第一节　幼儿语言的获得　/　029
第二节　0—3 岁儿童语言发展与教育　/　035
第三节　3—6 岁儿童语言发展与教育　/　045

第三章　幼儿文学作品活动　/　062

第一节　幼儿文学作品的选择　/　062
第二节　幼儿文学活动设计与组织指导　/　064

第四章　儿童世界最早的文学语言——儿歌　/　098

第一节　儿歌概述　/　098
第二节　儿歌阅读的指导技巧　/　102
第三节　儿歌教学的指导技巧　/　107

第五章　幼儿最初的诗意语言——幼儿诗　/　120

第一节　幼儿诗概述　/　120
第二节　幼儿诗阅读的指导技巧　/　127
第三节　幼儿诗教学的指导技巧　/　131

第六章　幼儿最早的叙事语言——幼儿故事　/　136

第一节　幼儿故事概述　/　136
第二节　幼儿故事阅读的指导技巧　/　139
第三节　幼儿故事教学的指导技巧　/　147

第七章　幼儿最纯粹的幻想——童话　/　151

第一节　童话概述　/　151
第二节　童话阅读的指导技巧　/　154
第三节　童话教学的指导技巧　/　167

第八章　幼儿最初的哲学思考——寓言故事　/　172

第一节　寓言故事概述　/　172
第二节　寓言阅读的指导技巧　/　175
第三节　寓言教学的指导技巧　/　185

第九章　幼儿在文学世界中的寻美之旅 —— 幼儿散文　/　192

第一节　幼儿散文概述　/　192
第二节　幼儿散文阅读的指导技巧　/　196
第三节　幼儿散文教学的指导技巧　/　202

第十章　幼儿最钟爱的文学范本——绘本　/　220

第一节　绘本概述　/　220
第二节　绘本阅读的指导技巧　/　222
第三节　绘本教学的指导技巧　/　224

第十一章 幼儿世界的筑梦之旅——幼儿戏剧文学 / 227

第一节 幼儿戏剧文学概述 / 227
第二节 幼儿戏剧文学阅读的指导技巧 / 229
第三节 幼儿戏剧文学教学的指导技巧 / 235

第十二章 幼儿最喜爱的阅读方式——亲子共读 / 248

第一节 亲子共读：陪伴孩子最美的童年 / 248
第二节 亲子共读：诗意旅程的开展途径 / 250

第十三章 幼儿文学的创编 / 255

第一节 儿歌的创编 / 255
第二节 幼儿诗的创编 / 261
第三节 幼儿故事的创编 / 263
第四节 幼儿寓言故事的创编 / 267
第五节 幼儿散文的创编 / 271
第六节 幼儿绘本的创编 / 273
第七节 幼儿戏剧的创编 / 276

第十四章 家庭文学活动指导 / 280

第一节 家庭文学阅读习惯的养成 / 280
第二节 阅读作品的选择 / 281
第三节 阅读指导技巧 / 282

参考文献 / 284

第一章　文学为儿童插上梦想的翅膀

第一节　如何理解幼儿文学

“儿童观是成人在人生哲学层次上对儿童这一生命存在所作的认识和观照。”[1]“儿童生命存在与儿童文学本质之间存在着恒定的独一无二的本体逻辑关系。正如不能先于研究人去研究文学一样，我们也不能先于研究儿童而去研究儿童文学。探求儿童文学的本质，无可避免地要去探求儿童生命的本质，并在这一探求过程中，建立其自身的儿童观，由此儿童观的指引，寻找到通向儿童文学本质的大路。建立科学、合理的儿童观是儿童文学本质研究的重中之重。”[2]对于幼儿文学更是如此。成人对于幼儿生命的理解和认识就是“幼儿观”，幼儿文学的本质也是以幼儿观为根基的。

一、树立以“幼儿为本”的幼儿观

在我们日常生活中，成年人对待幼儿的态度，通常有三种视角：一是俯视，二是仰视，三是平视。所谓俯视，就是中国传统观念中的“唯女子和小人难养”，其中的“小人”就是幼儿，在这样的成年人眼里，幼儿是什么都不懂的。此观点虽与英国的哲学家、教育家约翰·洛克的白板说并不完全一样，但

---

❶ 朱自强著．经典这样告诉我们[M].济南：明天出版社，2016：2.

❷ 朱自强著．经典这样告诉我们[M].济南：明天出版社，2016：2.

也有些相似。持这种观念的成年人在面对幼儿的时候，会表现出很强的控制欲。在幼儿文学活动现场，一旦幼儿有对于作品不一样的理解、想法时，我们经常会看到，持这样观念的教师会想尽一切办法把幼儿往自己预设好的思路上拉。结果是教师筋疲力尽，幼儿兴趣皆无。

所谓仰视，就是在生活中幼儿需要被供着、被哄着，即幼儿无论怎么说、怎么做都是对的。持这种观念的成年人面对幼儿时，其实是苍白而无力的。持这种观念的幼儿教师在幼儿文学活动的现场面对幼儿不同的理解和打法时，会表现出不知所措或只知道一味地表扬幼儿“说得好！说得好”，而完全不顾幼儿的理解和想象是否远离了文学作品而不着边际。

所谓平视，即是成年人与幼儿对话时的姿态，当成年人蹲下来与幼儿同样高时才能看得明白幼儿的视野。这需要成年人有一种平等的心态。这才符合朱自强先生提出的“儿童与成人是人生不同的两极”。黄云生先生也曾提出：“学前儿童主要还处于自然生存的状态，‘自然人’是他们的主导方面；而学龄儿童则由于正规的学校教育的规范，开始逐步进入社会生存的状态，逐渐显现出‘社会人’的特征。”[1]准确地说，幼儿与成人是区别最明显的人生两极，“孩子的世界与心灵是无限广大的，他们不是附庸，而是主体，他们身体上的羸弱、受呵护，不代表他们精神上的无意识、依附性与非独立性”。这就是以“幼儿为本”的幼儿观。持有这样观念的幼儿教师在幼儿文学活动的现场，会表现出与幼儿游戏般的自如状态，幼儿也会自然而然地融入其中，充分感受幼儿文学作品带给他们的快乐和感动。

带着“幼儿为本”的幼儿观去理解幼儿文学，幼儿文学的本质就是以“幼儿为本”的文学。

二、幼儿文学是“幼儿”的

幼儿文学由“幼儿”和“文学”组成，“文学”是主题词，“幼儿”是修饰、限定“文学”的。“幼儿”是附定词，在这里应理解成“幼儿为本”，这是成人看待幼儿文学的角度和观念问题，因此必须先行陈述。

以“幼儿为本”的文学，首先意味着幼儿文学是独立的文学样式，只有成

[1] 黄云生著．人之初文学解析［M］.上海：少年儿童出版社，1997:6.

人以平视的心态看待幼儿，才可能承认幼儿文学是与成人文学平等的、有独立存在价值的文学样式。这样的幼儿文学观是对于幼儿成长的尊重，是认可童年“对人生的整个周期而言，它是永远不能摘下的一环，是一个价值永存的领域”，即是对童年在人生中价值的肯定。

以“幼儿为本”的文学，还意味着幼儿文学是独特的文学样式。幼儿文学要充分尊重幼儿身心成长真正的需要。这里的“身心成长真正的需要”不是成人以自己为标准认为的需要，而是符合幼儿成长特点，又能激发幼儿健康、快乐成长的需要。它的独特性将在后面的幼儿文学的特征中再详细论述。

三、幼儿文学是“文学”

幼儿文学是独立并独特存在的文学样式，因此幼儿文学必须具有文学性，即具有文学的本质或特质。“文学中有二元质焉：曰景，曰情。前者以描写自然及人生之事实为主，后者则吾人对此种事实之精神的态度也。故前者客观的，后者主观的也；前者知识的，后者感情的也……苟无敏锐之知识与深邃之感情者，不足与于文学之审。此其所以但为天才游戏之事业，而不能以他道劝者也。”❶老舍认为：“感情与美是文艺的一对翅膀，想象是使他们飞起来的那点能力：文学是必须能飞起来的东西。使人欣悦是文学的目的，把人带起来与它一同飞翔才能使人欣喜。感情，美，想象，（结构、处置、表现）是文学的三个特质。”❷以上的论述都论及这样一个共同点，即文学的文学性在于通过与世界的艺术性接触，使用某种创造性语言表达人对世界的最深切感受。幼儿文学也是如此，由于幼儿思维特点——形象思维，幼儿文学就是通过生动的形象，给予幼儿以情感的冲击，表达幼儿对于世界的最深切的感受。

然而，现今幼儿教学领域缺少既拥有一定幼儿教育理论、实践研究基础，又拥有幼儿文学理论基础的教育者，加之幼儿语言教育领域存在“为语言而语言”的功利主义的教育理念，同时，由于我国在很长的一段时期，将幼儿文学的核心本质确定为“教育性”，因此，幼儿文学在幼儿教育中还主要被作为对幼儿进行道德教育的工具。一些幼儿教育者仅仅从幼儿语言教育和道德教育的

❶（清）王国维著．人间词话[M]．北京：中国华侨出版社，2018:23.

❷ 舒舍予著．文学概论讲义[M]．北京：北京出版社，1984:56.

角度看待幼儿文学，忽略幼儿文学的文学性，导致他们不仅在选择幼儿文学作品时发生偏差，即使优秀的作品进入他们的视野内，生动的形象、优美的情境，都可能被肢解成无滋无味的词汇、句式以及抽象的说教；即使是希望孩子们能够有感情地朗读出作品，孩子们脸上的表情也变成了肌肉的机械运动而已。“文学有它内在的完整意境，有它浑然不可分割而又无所不在、渗透内外的特定神韵，文学文本的意义是文本形式建构的产物，文本意义和文本形式是不可剥离的。”❶

幼儿文学与幼儿教育的确密不可分，但幼儿文学其本质特征是文学性，而教育作用只是幼儿文学的一种功能而已。幼儿文学并不是为教育幼儿而产生的，而且幼儿文学的“教育”是种广义的教育，它是利用“文学的力量”对幼儿进行潜移默化的感染、感动，幼儿在自然而然、愉悦的心境中发生变化。幼儿文学的文学性与教育的关系是：“儿童文学创作必须包含着‘文学性’。儿童文学创作可能洋溢着‘教育性’。”❷虽然这是从儿童文学创作角度出发，但对于我们感受、理解幼儿文学的“文学特质”不无启发。

现在对于幼儿文学的理解虽各有侧重，但主要都是从幼儿的年龄、幼儿文学的目的以及幼儿文学自身的内涵三个方面来确定幼儿文学的定义。北京师范大学张美妮教授对幼儿文学的定义就是：“幼儿文学是以 0—6 岁的儿童为读者对象，为促进他们健康成长而创作或改编的、能为他们接受和欣赏的启蒙的文学。”❸南京师范大学郑范教授也综合三方面给出了定义，即“幼儿文学是适应 0—6、7 岁儿童年龄特征、具有独特艺术个性和审美价位、能够适宜幼儿以多种方式‘阅读’激发幼儿兴趣的文学作品”。❹综上所述，本书的幼儿文学定义采纳郑荔教授的定义。

❶ 舒舍予著．文学概论讲义 [M]. 北京：北京出版社，1984:56.

❷ 林良著．浅语的艺术 [M]. 福州：福建少年儿童出版社，2017:45.

❸ 张美妮，巢扬著．幼儿文学概论 [M]. 重庆：重庆出版社，1996:33.

❹ 郑荔著．儿童文学 第 2 版 [M]. 南京：江苏教育出版社，2009:67.

第二节　幼儿文学的特征

一、幼儿文学的文体特征

幼儿文学的接受主体的年龄特点和独特的生理心理特征，决定了幼儿文学文体有其独特的特点。

（一）幼儿文学是“妈妈语”的艺术

文学是幼儿最早接触的艺术样式之一，幼儿对文学有一种天然的亲近感。首先谈一谈什么是妈妈语。“妈妈语”这一概念是朱自强先生提出来的。人类生存处境最奥妙的现象，莫过于每个文化中的成人，似乎都保有一种对婴儿说话的特殊形式。这种语言形式一向较为简单，“小宝宝，你好啊！吃饭了没有？”此类语言中，夸张的节奏无疑非常容易抓住婴儿的注意力，这就是妈妈语。

幼儿文学具有“妈妈语”的艺术特质。幼儿文学是一种独特的语言系统，与一般的文学不同，甚至与童年文学、少年文学都不同，它是一种“妈妈语”的艺术。从“妈妈语”的艺术这一角度，幼儿文学有以下几个特质。

1.充满爱意

幼儿文学充满了“妈妈语”所具有的那种爱意，它关怀、呵护、抚慰、满足婴幼儿的情感，使幼儿获得安全感。在夏尔·贝洛的故事里，小红帽和外婆都被狼吃了，故事也就在这里结束。可是在格林兄弟那里，写到狼吃了外婆，又把小红帽吞到肚子里时，故事并没有马上结束。这时，出现了猎人。他最终救出了外婆和小红帽，最后他们还一起分享小红帽带来的面包和葡萄酒，小朋友读到这里，是多么快乐啊！可见夏尔·贝洛的故事给幼儿留下的是恐惧，而格林兄弟的故事对幼儿却是一种抚慰和关怀，能够让幼儿感受到爱意，因此格林兄弟的《小红帽》是妈妈语。

2.韵律性

幼儿诗是伴随着对韵律的天然感觉而产生的。在母体内，胎儿感受到母亲有节奏的心跳；出生后，婴儿吮吸也具有节奏感。听到母亲哼唱有节奏的摇篮曲，婴儿惬意舒服；听到节奏感强、悦耳动听的儿歌，婴儿也高兴地咿咿呀呀地应和着。幼儿用身体来感受、思考。在婴幼儿阶段，儿歌这种边诵边做的韵语对他们的语言学习非常重要。幼儿经过儿歌韵语的浇灌，他们心里的语言萌芽、破土成长。2 ~ 3岁，是口语习得的关键期；4 ~ 5岁，是书面语学习的关键期。很多儿歌就是富于节奏韵律的妈妈语的自然发展，比如澳大利亚儿歌《小袋鼠》“小袋鼠，蹦蹦跳，唱着歌儿上学校。小袋鼠，我问你：为什么你不背书包？小袋鼠，眯眯笑，拍拍肚子让我瞧：肚子上，肉口袋，就是我的大书包！”还有，幼儿故事里的语言也同样是富于韵律感、节奏感的。

3. 幼儿逻辑

汽车和“嘀嘀”，哪个是幼儿逻辑？很显然，“嘀嘀”符合幼儿逻辑，因为婴幼儿对声音敏感，感受力强。小孩子第一次看见汽车，如果说那是汽车，他没什么表情，但你说“嘀嘀”，他会做出摇动身体、点头、用手指等动作，那是说他明白了。以拟声词“嘀嘀”代替汽车，符合幼儿认知的逻辑。又如，在埃格纳的《豆蔻镇的居民和强盗》童话中，强盗们提出这样的要求：“假如给我们三块姜糖面包，我们就投降。”成人也许觉得荒唐，但这符合孩子们的情感逻辑，孩子们阅读时获得极大的快感。

4. 情境性

幼儿文学具有情境性，像北京童谣《斗虫飞》，“斗虫斗虫飞，虫儿拉屎一大堆，大虫往家跑，小虫后头追”。这些其实都是情境的东西可以，只有这种东西才能唤起幼儿的心理体验。

5. 反复性

幼儿的认知是一次次地对外面世界的不断感受，反映在幼儿文学里就是大量地运用反复的写作手法。从阅读理论来说，幼儿的阅读也是一种心理的猜测游戏，要想使故事变得可以预测，容易理解，容易记忆，最好的方法之一就是用反复的手法。“妈妈语”其实是一种反复的语言，反复性是幼儿文学最鲜明的特征，我们结合日本著名的图画书作家宫西达也的作品《好饿的小蛇》来看一下。

好饿的小蛇扭来扭去在散步，他发现一个圆圆的苹果，你猜猜这个好饿的小蛇会怎样？“啊呜——咕嘟！啊——真好吃”。第二天好饿的小蛇扭来扭去在散步，你猜猜，好饿的小蛇会怎样？“啊呜——咕嘟！啊——真好吃”，到这儿，幼儿已经能猜测出来了——“咕嘟”“真好吃”。到高潮，幼儿故事也会有高潮，第六天，好饿的小蛇扭来扭去又在散步，这时候他发现一棵结满红苹果的苹果树，你猜猜好饿的小蛇会怎么样？扭来扭去爬上树，然后张开大嘴还是“咕嘟”，到这儿结束没有？如果到这儿结束了，就不是妈妈语，还不能结束，“啊——真好吃”。你看，到这儿不仅没有那个树的形，它都已经消化掉了，作者关怀到了幼儿的阅读感受，让幼儿感受到快乐。这个树在这个位置上，这棵树一开始就出现过，图画书里有很多隐藏的信息，对幼儿来说是非常好的，他们很容易发现的信息。

《好饿的小蛇》故事内容简单，画面形象有趣。故事中拟声词“啊呜”“咕嘟”以及动词“扭来扭去在散步”的反复出现，使故事充满了趣味性，突出了小蛇的贪吃、滑稽。同时，这种有规律的拟声词、动词的反复出现，展现了幼儿可以预期和把握的秩序感，这种秩序感可以带给幼儿安全和愉悦的舒适感。正因如此，幼儿会不厌其烦地重复某些动作，以此建立和巩固一种广义上的节奏。

儿歌里边有很多反复，故事也有很多反复。结构上的反复，语言有规律地反复。还有，像盘歌，又叫对歌，“什么尖尖街上卖”，都是很有规律的反复，通过这种反复，培养孩子的推测、判断，甚至是推论的能力。

随着孩子年龄的增长，“妈妈语”逐渐淡出。

（二）幼儿文学的韵律性

幼儿文学作者对韵律有着特殊的敏感，这种敏感不仅表现在幼儿文学文本的语音搭配上，也表现在其故事结构的处理上。幼儿文学作品，大多是成人朗读或讲述给幼儿听的，它既是一种文学欣赏，也是对幼儿的阅读兴趣和能力的培养，而幼儿文学的韵律性起着最直接的召唤作用。

幼儿是伴随着对韵律的天然感觉而出生的。听母亲有节奏的心跳，有节奏地吮吸，享受摇篮有节奏的摇晃，这或许和我们所知道的所有生命，甚至我们周围的一切环境所表现出来的内在韵律感，有着深刻的联系。四季轮转，昼夜更替，草木荣枯，候鸟迁移，这个世界上的所有事物都有属于自己的某种节奏，而我们人类正是生活在这样一个巨大而无形的节律场之中。这意味着，幼儿期对于韵律的特殊敏感，很有可能是人类长久以来，人类集体无意识中留存下来的节律原型的表现。这使得幼儿期的韵律感觉也具有了深厚的人类精神底蕴。[1]

[1] 方卫平主编；方卫平，王昆建，陈恩黎编写 . 幼儿文学教程 [M]. 北京：高等教育出版社，2012:78.

生活中，我们常常见到这样的情形：一个幼儿在听完一则短小的故事之后，不断地要求成人反复地讲述这个故事，并为自己可以参与其中一些动作或情节的预测而感到无比兴奋。

从以上情形我们可以得出这样的结论，幼儿期是一个从身体到心理都富于韵律敏感的发育时期，同时，通过各种方式迎合、肯定幼儿对韵律的需求，并巩固这种韵律感，对幼儿身心的健康发展，具有特殊的积极意义。

1.语音的韵律性

与成人文学语言相比，幼儿文学语言的一个突出特点是语言韵律感强。幼小儿童喜欢韵律感强、叠词叠韵的表达，很多游戏伴随韵律性明显的语言，如英国幼儿园中有一个关于数字的游戏，特定的韵语是："小公羊，小公羊，看我伸出几只角？"这与我国幼儿园游戏"老狼，老狼，几点钟？"颇为相似。生活中，幼儿刚刚开始学说话的时候，常常反复叨叨咕咕。比如大人教他（她）"葡萄"，幼儿就会反复说"葡萄，葡萄，葡萄"；大人说"把好吃的给我吧！"幼儿就说"不唧，不唧，不唧"。幼儿文学作品迎合孩子的爱好，使用韵律性强的语言，如《长袜子皮皮》中的黑人岛名为"库莱库莱督岛"；《迟到大王》中，小主人公叫作一串长长的"约翰派克罗门麦肯席"。轻音重音交替变换，幼儿对此深感兴趣，百念不厌。

幼儿越小，对规则性或押韵就越有兴趣。在优美的文学语言、精致的节奏、和谐的韵律和富于变化的语调感知中，幼儿第一次体会到了文学语言的魅力，幼儿通过初级的感官开始接受幼儿文学，并喜欢上幼儿文学。

2.情感与认识的韵律性

幼儿文学语言和成人文学语言相比具有独有的特征，其情感与认识表现出韵律性，首先表现为大量运用反复修辞。所谓反复，是指某个词语或语句再三地重复的修辞手法，意在强调、激发注意。

如金波的童话《白丁香 紫丁香》："奶奶种了一棵白丁香，爷爷种了一棵紫丁香。年年春天，白丁香开白花，紫丁香开紫花。白丁香，紫丁香，谁更香呢？"

在生活中我们也会听到幼儿这样的描述："我看到一对双胞胎，一个是男孩，另一个也是男孩。"幼儿思维类似于原始思维，以形象思维为主，他们对客观现象了解少、掌握少，不能把握逻辑关系，缺少抽象综合能力，以个别化

认识事物为特点。“个别化地说”，这一思维方式决定了幼儿文学作品中反复修辞手法的运用。❶

儿童很难分辨感性形象中有意义的“核心部分”，运用反复能够使儿童正确领会形象，较快把握重点。其中有一类是间隔反复，即在每一事件或每一层次前重复某些句子，使层次结构鲜明；通过反复，使一件事一件事清晰明白，不至于混淆、杂乱。

用反复可以把某些重要形象、重要特征等突显出来，引起儿童的注意，强化其感知效果。例如，俄国作家米哈伊洛夫的《主意》中有这样一段：“狐狸跑一会儿，就说：‘我有一千个，一千个，一千个主意。’”再如，葛翠琳的《野葡萄》中：“这个时候，天空飞过一群鸟，接着又是一群鸟，又是一群鸟。”

我们在鉴赏和写作幼儿文学时，要用心品味幼儿文学情感与认识的韵律性。

3. 结构的韵律性

幼儿文学结构的韵律性体现在大量散文体的幼儿文学作品中。

甜甜的手掌

冰波

住在北边的小黑熊，用大手掌把苹果捏碎，揉呀揉呀。小黑熊说：“我要让手掌变得甜甜的，有股苹果味。”

住在南边的小棕熊，用大手掌把甜橙捏碎，揉呀揉呀。小棕熊说：“我要让手掌变得甜甜的，有股甜橙味。”

有了甜甜的手掌，两只小熊去冬眠。

小黑熊住进了一个大树洞里。

一会儿，小棕熊也住进了大树洞里。

两只小熊头碰着头，躺下来。

小黑熊说：“小棕熊，你手掌上好像是甜橙味吧？我闻到了，真香。”

小棕熊说：“小黑熊，你手掌上好像是苹果味吧？我也闻到了，真香。”

你看看我，我看看你，两只小熊都在想：“是苹果味好呢，还是甜橙味好呢？”

小黑熊说：“我的苹果味给你尝尝。”

小棕熊说：“我的甜橙味给你尝尝。”

❶ 郑荔著．学前儿童文学[M]．南京：江苏教育出版社，2014:87.

舔着甜甜的手掌，两只小熊都睡着了。

在这则童话中，关于小黑熊和小棕熊的叙述，采用的是相同的句式，只有少量词语的替换，它们在故事里的轮流出现，形成了故事结构的一种韵律感。这就像《诗经》中重章叠句的结构。故事像一支回旋的曲子，沿着幼儿可以把握和理解的节奏，自然有规律地向前流动。这样节奏分明的故事结构，有利于幼儿读者顺利进入故事的情境，也有利于其听、读注意力的集中。

在幼儿文学作品中，语音、情感与认识及结构的韵律性几乎无处不在。这种韵律性能够使幼儿读者愉快、方便地进入作品的听、读过程中。此外，韵律性也有助于增强幼儿读者对于身边世界的一种稳定秩序的体验。

（三）幼儿文学的直感性

幼儿的思维特点主要表现为直接行动思维和具体的形象思维，这就决定了他们不可能深入事物的本质进行严密的思考。因此，幼儿文学要注意直感性。在具体作品上，表现为写具体的物，写物的具体形状和色彩；写具体的事，写事件的具体经过，写具体的行为动作过程；写具体的人，写容易被婴幼儿观察到的体态和表情等。直感性要求幼儿文学在描写中要注意诉诸幼儿的感官，描写出他们感觉事物时的体验。幼儿文学还应当注意动感，要有节奏地变换情节，以引起他们的注意。

幼儿感知文学形象更多依靠感官刺激引起的无意义联想，不像成人会较多地运用逻辑推理。幼儿文学作品中声音、色彩和味觉刺激，可以给幼儿极大的享受。一名5岁的幼儿曾经理直气壮地对父亲说：“我听这么长的故事，就是为了听那句‘掼奶油巧克力’。”

幼儿偏爱色彩鲜明、运动幅度大、特征明显的故事作品；喜欢感官上给人刺激的东西；阅读兴趣更多地与快感联系，对静止的、稳态的、细致的事物，情感上缺乏兴趣。

秋风娃娃

王宜振

秋风娃娃可真够淘气，
悄悄地钻进小树林里。
它跟那绿叶亲一亲嘴，
那绿叶儿变了，

变成一枚枚金币。
它把那金币摇落一地，
然后又轻轻地把它抛起；
瞧，满天飞起了金色的蝴蝶，
一只、一只，多么美丽！

这首优美明快的小诗，幼儿喜欢听，一是韵律和谐，还有一点即是诗中的意象动感强、色彩鲜明。如：秋风娃娃“钻”进小树林，跟绿叶“亲一亲”嘴，“绿叶”变成了“金币”，秋风把金币“摇落”一地，又轻轻“抛起”，满天飞起了“金色的蝴蝶”。富于动作和鲜明色彩的意象，给予幼儿感受上的冲击，让幼儿在身体上和心理上都获得极大的满足。

幼儿文学尤其属于直感的形象艺术，这是由幼儿的心理发展水平决定的。幼儿具有形象思维，需要直观、具体的刺激。

幼儿的注意力始终集中于其感兴趣的形象、动作、色彩和声音上，他们对于文学的欣赏始终是一个感受的过程。这个过程非常具体，就像慢动作，而且先后分明，不可以被打乱。[1]

（四）幼儿文学的游戏性

文学史上，最先把游戏和文学结合起来谈论的是康德。他认为艺术就是一种游戏，而且这种游戏是一种自由自在的令人愉快的活动，人在这一活动中——无论是过程，还是结果，都是彻底放松的，没有任何功利目的。后来，席勒、斯宾塞、格鲁斯等也表达了类似的看法。

艺术是反映生活的，幼儿文学反映了幼儿生活。幼儿的生活就是游戏，而他们的游戏也就是生活。在游戏中，孩子们学习、创造和娱乐。幼儿文学的游戏性主要表现在幼儿的文学接受是一种游戏。与成人文学接受相比，幼儿文学接受的游戏性特征更为显著。成人的文学接受往往是一种幻想的游戏，它主要是发生在大脑之中的一种精神性的游戏，是一种静观的、内在的心理活动，没有明显的外观特征。而幼儿的文学接受通常伴随有相应的外部行为表现，幼儿在接受活动中的内心感受往往会通过幼儿的表情或动作表现出来，呈现出一种积极的活动状态。

[1] 郑荔著 . 学前儿童文学 [M]. 南京：江苏教育出版社，2014:53.

从总体上看，幼儿文学接受的游戏性主要表现在以下几个方面。

1.幼儿文学接受是一种伴随着动作的游戏

幼儿在文学接受活动中，往往通过自身的动作、声音、感觉等来表达对事物的认识，往往是嘴里哼唱，手不停地摆弄，身体时不时地随着相关的情境而有节奏地摆动。伴随着动作，最显著的例子就是儿童在听故事，尤其是诵唱童谣、儿歌时会不由自主地跟着文本的运动节律晃动身体。

2.幼儿文学接受是生活想象的游戏

与成人相比，幼儿是生活在现实中，更是生活在想象里。因而，他们体味着远远多于成人的自由和快乐。幼儿在文学接受中，他们从情感愿望出发，尽情地想象，自由自在、无拘无束，较少受到知识经验、现实规范、社会观念等理性因素的制约，在想象中获得心理上的满足、感动、快慰等。

幼儿的想象是自由自在的。他们在理解作品时往往把自我的、主观的经验投射到作品中，甚至于常常出现一些与故事无关的联想，这些情节是原文中没有的，但却是幼儿熟悉的生活经验的展现，具有极强的游戏性特点。

3.幼儿文学接受设计一种情感的游戏

文学接受活动是接受主体的多种心理机能综合运动的过程，其中主要是感知、表象、想象、情感、思维等多种心理机能综合运动的过程。而情感在接受过程中不但是一种推动力、组合力，而且是一种发现力和创造力，它是接受活动的核心。

幼儿的天性是追求自由和独立的。然而，幼儿生活在这个世界中，既面临着他认识得很肤浅的、无力改变的物理世界，又面临着由成人的意志和兴趣所组成的社会世界。幼儿的行为常常受到成人世界的限制，他们的愿望和情感常常被压抑，得不到有效的满足。幼儿接受文学作品，可以说是从游戏心理出发，试图在文本中做一番角色游戏的体验。在想象的世界里，恣意飞翔、尽情玩耍，游戏能够成为自己的“主”——胆大妄为、异想天开、灵感迭出、激情澎湃。在想象的游戏中，释放内心积压的消极体验，在自己营造的幻想世界中满足在现实中被压抑的欲望。

总之，幼儿文学接受是伴随着动作的游戏，是想象的游戏，情感的游戏。其中，伴随着动作是幼儿文学接受游戏区别于成人文学接受的最为显著的特点，情感在接受过程中不但是一种推动力，而且更是一种创造力，它是接受活动的核心。

（五）幼儿文学的灵活性

与严谨、保守的成人文学文体相比，幼儿文学文体具有不是很严谨、可以合理性变化的特点。例如，幼儿文学中的绘本、亦文亦图的体裁等，均表现出幼儿文学文体中的灵活性。

我们会常常目睹孩子怎样流连忘返于一本书的“本身”，它的色彩、质地、图画、文字形式等这些属于外在性结构的东西，而且年龄越小这一特征就越明显。所以，图画书在婴幼儿阶段盛行，之后随年龄变化，文字的部分不断增加。书本外形、图画对于艺术意向的萌发、保持，对于文字意义的生成有着重要的影响作用。简单地说，在孩子 12 岁以下，一本书的外形从一开始就决定了它是不是“儿童的”，是否能够以“召唤”的形式结构激发孩子的具体形象的思维。

有学者提出幼儿文学的“立体文本观”，就开始于书籍的“外形”。因为书籍装帧的整体风格、意象、图画、书的标题，会吸引幼儿形成他们自己的审美判断。在“立体的文本观”中，“文字”的单一文学思维模式被打破，装帧、设计、配图、插画等，成为幼儿文学的有机组成部分，这些内容依据幼儿年龄特点灵活使用。

（六）根植于现实的幻想性

文学，从某种意义上说，都是包含幻想因素的，而幼儿文学则更是具有幻想的内核，特别是童话与幼儿诗，其基本内涵性元素是幻想。幻想与联想、想象、梦想是具有共通性和交互性的，都是人的主体性的重要体现，是人的生命潜在的品质。幼儿文学只有张扬幻想，才可能赢得更多幼儿读者的心。但这并不是说，只有“幻想”才称得上幼儿文学。幼儿文学的审美要素是多方面的，它除了包含幻想、想象力、梦想以外，还需要体现幼儿幻想以外的思维世界。

幼儿的世界是丰富的，幼儿一方面好玩、好动、快乐，另一方面寂寞、孤独，就像成人一样，幼儿的世界不会是一元的、平面的，而是立体的、深邃的。幻想是属于幼儿生命的内在世界；幼儿的生命还包括一个外部的世界，即幼儿生活的社会环境——这也是幼儿文学的一个重要制约因素。

幼儿的家庭生活、学校生活和其他的社会体验，对于幼儿的认识和幼儿精神生命的成长也有着重大的作用，所以，幼儿文学还需要表现社会与人生。也就是说，幼儿文学不仅仅需要幻想，还需要由现实的力量来支撑。这就是为什么安徒生的童话中，最感染人、最具有美感力量的是《卖火柴的小女孩》，而不是《小意达的花儿》的原因了。

二、幼儿文学的美学特征

优秀的幼儿文学作品或者说真正的幼儿文学作品一定体现了儿童的精神哲学。探讨幼儿文学的美学特征之前，先来讨论幼儿的精神哲学。

对幼儿本质的认识，绝对不可以用“天真、纯洁、稚拙”等词语来形容，幼儿文学也不能简单地用“童心、童趣”来概括。幼儿有自己的精神世界，有自己的哲学。人类学家泰勒就认为原始人是“原始哲学家”或“古代野蛮哲学家”，幼儿当然也是“哲学家”，幼儿有自己观照世界的方式，那种原始思维，那种主客体不分的“非二元论”，那种通过想象力对自己困惑的宇宙世界的无穷无尽的探索，就是幼儿作为深刻的哲学家的体现。

幼儿文学作为文学的一种特殊门类，除了具备一般文学的美学特征外，还具有其独特的美学特征。人们把它比作“新月之国”。郭沫若在《儿童文学之管见》中对这个美妙无比的艺术世界做过形象的描绘：“儿童文学当具有秋空霁月一样的澄明，然而绝不像一张白纸。儿童文学当具有晶球宝玉一样的莹澈，然而绝不像一片玻璃。”[1]这样的描述，形象而生动地说明了儿童文学所独有的美学魅力，这当然包括幼儿文学。幼儿文学的美学特征之所以独特，是因为幼儿文学读者的特殊性对幼儿文学具有制约性和决定性的作用。

（一）幼儿的审美心理特征

幼儿受生理、生活条件的制约，心理分化刚刚开始。这使得他们的审美心理不仅与成人，而且与童年期、少年期的儿童审美心理特征在客观上也存在着很大差异。幼儿审美心理中“自我中心”思维非常突出。其特征是主体和客体不分，主观情感与客观认识合而为一，而且总是把客体“依附”于主体，形成幼儿审美意识的“自我中心”状态，突出的表现形式有以下四种。

1.万物皆有生命

在幼儿心目中，大千世界的各种生物都有生命，同人一样有感觉和意识。我们可以通过以下案例了解一下。

---

[1] 蒋风主编．中国儿童文学大系 理论 1[M].太原：希望出版社，2009:267.

小雨点

樊发稼

小雨点，你真勇敢！

从那么高的天上跳下来，一点也不疼吗？

分析：在幼儿看来，宇宙万物都是有灵性的，“小雨点”也不例外。“小雨点”不怕疼的勇敢精神，令孩子钦羡不已。在童话中，鸟能言，兽能语，石头能说话，在幼儿看来都是自然和真实的。

2.万物为我所用

在幼儿心目中，世界上没有人办不到的事情，一切都可以随心所欲，万物都是为自己的需要而存在。这是因为幼儿经常处在幻想状态，其思维不受客观条件和社会习俗规范的束缚。例如，柯岩的儿歌《坐火车》，小朋友们可以坐着“小板凳”火车，“轰隆隆隆，呜！呜！”地穿大山，过大河，跑遍全中国。又如，幼儿图画故事《长长的故事》中，理发师叔叔可以骑着“装饰灯”飞上天，去救长长小朋友。幼儿的万物为我所用在游戏活动中表现更为明显。

游戏往往将人带入生命归真的境界。在幼儿的眼里，不但宇宙的一切为幼儿存在，而且幼儿能够自由地掌控一切。

3.任自己所愿逻辑

在幼儿心目中，虾在云天游，鸟在水中飞，小猪生双翅，大树结金鱼……一切变形、增减、移位都顺理成章。他们常常把两个毫不相干的事物或现象，按照主观愿望任意结合在一起，而不管他们之间是否真有联系。所以儿歌中的《颠倒歌》，如“公鸡生个大鸭蛋，小猫游泳多快活”之类深受幼儿欢迎。

4.按情感需要安排因果关系

在幼儿心目中，月亮跟我走，是因为月亮想和我交朋友；兔子眼睛红是因为太爱哭……这种“想当然”的因果观念，不反映事物之间的客观因果关系，只是幼儿出于好奇，用他们自己有限的感知对各种事物做出解释而已。这在许多优秀的幼儿文学作品中，往往表现为谐趣横生、异想天开。

（二）幼儿文学美学特征的具体体现

幼儿情趣是幼儿文学的美学特质，它使得幼儿文学显示出迥异于其他文学的美学特征，具体表现在幼儿的以善为美、稚拙美、纯真美、游戏美、欢愉美、团圆美和荒诞美。

1．“以善为美”是幼儿文学的基本美学特征

幼儿文学是以善为美、引人向上、导入完善的文学。“以善为美”是幼儿文学的基本美学特征。从本质上说，“以善为美”是为了在人类下一代的心里做好“人之为人”的打底工作，是为了下一代精神生命的健康成长。

优秀的幼儿文学作品能体现爱的哲学。爱是文学的基本元素，更是儿童文学最基本的美学元素。樊发稼曾说“儿童文学是爱的文学”；王泉根教授在《儿童文学要高扬以善为美的美学大旗》一文中也指出，“以善为美，是儿童文学的基本美学特征”[1]。这是对儿童文学内涵的最准确把握。“以善为美”从根本上区分了儿童文学与成人文学的不同，确立了儿童文学独立的美学品质。这一观点是儿童文学理论的突破，它拨开了多年来困扰于儿童文学界的本质主义迷雾。的确，儿童文学不应像成人文学那样“以真为美”，在儿童文学中，没有利欲熏心的权谋，没有你死我活的争斗，甚至要回避社会中的暴力、政治斗争、成人社会游戏、色情、两性关系等。幼儿文学的“真”，是为了呵护幼儿全身心地健康成长。儿童面临两大成长任务：一是身体的成长，二是精神的成长。因此，儿童文学实际应该是“成长文学”，也就是说，儿童文学可定义为“关注儿童成长，表现儿童成长，有助于儿童成长的文学”。刘绪源先生提出儿童文学有三大母题:“大自然”“母爱”“顽童”。而这三大母题都离不开“成长”二字，“大自然”是儿童成长的自然环境，“母爱”是儿童成长的人文环境，而“顽童”是儿童成长的天性，所以我们可以得知，“成长”原来是儿童文学的元主题！正是因为儿童文学是“成长文学”，因此儿童文学要给儿童以爱，以高尚的爱——责任、诚信、合作、同情心、悲悯情怀等等。世界经典的儿童文学作品之所以具有永恒的魅力，就是因为传达出了深邃的爱的哲学的美妙声音，它具有引人向善的感染魔力和思想魔力。

2.质朴的稚拙美

“稚”与“拙”是幼儿身体尚未长成、心智尚未成熟时固有的天性。大体说来，儿童是最美的。一切个别特殊性在他们身上好像还沉睡在未展开的幼芽里，还没有什么狭隘的情欲在他们心中激动。幼儿生活经验有限，却喜欢以自己拥有的经验为出发点来破解面临的问题；幼儿身体很弱小，却认为自己本领

[1] 王泉根．儿童文学要高扬以善为美的美学大旗[N].文艺报,2004-3-16.

大得了不得。这种矛盾所产生的幼儿的想法和行为，充满了幼儿特有的情趣。稚拙美是幼儿文学独有的美。幼儿文学作品中的稚拙美，是作家对幼儿天性、情感、心理、思维的认识与升华，是对幼儿独特心理的艺术把握和再现。

安徒生《卖火柴的小女孩》中的小男孩捡走小女孩的一只大拖鞋，还说等他将来有了孩子的时候，他可以把它当作一个摇篮使用，这个细节的描写，反映了幼儿的稚拙情态。

又如，在郑春华的《小鸭子毛巾》中，托儿所的阿姨把小鸭子毛巾收去洗了。小朋友们午睡起来后到处找小鸭子毛巾，有的说飞走了，有的说大概到河里洗澡去了，于是大家一起喊："小鸭子毛巾，快——回——来！"孩子们认为这样喊，就像妈妈喊孩子回家吃饭一样能把小鸭子毛巾喊回来。当小鸭子毛巾被阿姨收回来时，孩子们就说是他们喊回来的，有他们的一份功劳呢。作者精心选取幼儿特有的心理、行动、思想、感情，使作品的稚拙美表现得十分充分。

再如，日本作家中川李枝子的《不不园》童话故事集，主人公是 4 岁男孩茂茂，有一次，茂茂被大狼抓住，大狼想吃茂茂，但看看脏乎乎的茂茂，又担心吃了脏东西会肚子疼，会长蛔虫，于是，点火、烧水、找肥皂、毛巾，准备将茂茂洗干净再吃，结果让茂茂逃跑了。这反映了幼儿思维的稚拙特性。这篇童话幻想大胆奇特，洋溢着稚拙美与诱人的童趣，为作品平添了艺术魅力。这些在成人看来幼稚可笑的情节，幼儿却觉得十分真实可信。

3. 如意的纯真美

幼儿的心灵是单纯而明净的，他们不谙世事而真诚地对待一切事物。这种纤尘不染的童真得到许多作家的热情讴歌以及几乎所有人的赞美感叹。每个儿童都是一个诗人，他们对世界很真诚，对游戏很认真，对每一个故事都投入最真挚的感情。那么，专门为儿童创设的幼儿文学的文字必定是最纯真的。

如意的纯真美表现得最经典的就是《皇帝的新装》，因为每个人都不愿意承认自己是笨蛋，都希望自己是聪明人，都说看到了皇帝的新装，只有一个小朋友说"他根本什么都没有穿"才道破了这一切。只有那些天真可爱的孩子们看到什么说什么，想到什么讲什么，童言无忌，孩子们没什么可忌讳的，能说出真话。这正表现出了幼儿的纯真。

4. 张扬的游戏美

游戏是幼儿的天职，是他们的主导活动。例如，幼儿童话剧《小熊请客》，素材的主要来源是幼儿们常常玩的“过家家”：小熊做主人，小狗、小鸡、小猫做客人，客人来了，主人殷勤招待。虽是模仿成人生活，却别有幼儿情趣。快乐幸福的生活被大狐狸的出现打破了，他们一起想办法对付大狐狸，整个过程又唱又跳、有打有闹，游戏成分浓厚，童趣盎然，使幼儿身心愉悦，受益匪浅。

5. 欢愉美与团圆美

儿童最喜爱的就是欢笑，那一张张可爱的笑脸是我们最宝贵的财富。而幼儿文学最大的特点就是充满欢乐。

幼儿文学呈现在孩子们面前的永远都是最美好的，即使有黑暗面，黑暗都会被光明所取代。即使是悲剧，仍然唯美非常，让人觉得没有悲伤，只有圆满与快乐。例如，《一串快乐的音符》，那一串音符不知道自己是从哪里来的，走过了很多地方。路过老奶奶家时，发现老奶奶的老伴去世了，很伤心。老奶奶听到了，原来这串音符是老爷爷年轻时爱哼唱的歌，虽然老爷爷离开了，但是这串快乐的音符还在，不知道为什么，音符再也跑不动了，留在了老奶奶的心里，每当老奶奶寂寞时，音符们就会唱起这首歌，陪着老奶奶，象征着老爷爷和老奶奶团团圆圆地在一起了。

幼儿文学有着这样的欢愉美，使活着的人心灵与死去的人精神能够凭借音乐的魔力团团圆圆地在一起。

6. 出色的荒诞美（灰色幽默美）

荒诞美是幼儿的“自我中心”思维在幼儿文学中的反映，“荒诞”契合了幼儿审美心理，幼儿在审美欣赏时对作品中的“荒诞”部分特别容易接受。荒诞美不是幼儿文学独有的，但在幼儿文学中表现得最充分、最强烈。幼儿文学中的荒诞美是一种奇异奔放的美，具有或浓或淡的喜剧色彩。它是幼儿自由天性的艺术升华，往往表现为怪异、奇特、夸张、放纵、巧合、无规范的规范、无意思的意思、公然违反常规而又似乎合情合理等，给人以奇异怪诞而又自由轻松的审美愉悦。

第三节　幼儿与幼儿文学的拥抱

一、幼儿的文学感受能力——敏锐而细腻

幼儿天生喜欢听故事，可见幼儿与幼儿文学的关系不一般。而幼儿时期是人生中最富于想象力、感受力的时期，幼儿具有敏锐而细腻的感受能力，而“童年期是培养和发展儿童感性能力的最佳时期，它有如农事的节气，是不能错过的”。[1]朱光潜先生把幼儿泛灵的观念看作是“宇宙的人情化”，他认为：“人情化可以说是儿童所持有的体物的方法。人越老就越不能起移情作用，我和物的距离就日见其大，实在和想象的隔阂就日见其深，于是这个世界也就越没有趣味了。”[2]这意味着幼儿对于文学作品的感受能力并不逊色于成年人。在一所幼儿园中班的4岁小朋友们开展的幼儿文学欣赏活动中，教师有感情地朗读了儿童文学作家徐鲁的幼儿诗《一片红树叶》：

秋天的风，
吹过了山谷和田野。
光秃秃的老橡树上，
还站着一片小小的红树叶。
老橡树说——
再见吧，孩子，
等到明年春天，
我再听你唱歌……
小小的红树叶，
低声告诉老橡树说——
让我再等等吧，
等到雪花飘落。

[1] 朱自强著．经典这样告诉我们[M]．济南：明天出版社，2016:90.
[2] 朱光潜著．文艺心理学[M]．桂林：漓江出版社，2011:120.

冬天还在路上呢，
他还没有越过小河。
如果我们都走光了，
你有多么寂寞！

朗读完了，全班小朋友鸦雀无声，老师不敢打扰孩子们，停留了几十秒钟，才轻轻地问："你们在想什么？"一个孩子说："老师，我想哭。"另一个孩子接着说："老师，我想起你教我们的一首歌——《秋天的落叶》。"老师随即说："那我们来唱一遍《秋天的落叶》吧！"孩子们敏锐的感受力和深情的演唱让人震惊！活动结束后，老师感慨地说："今天孩子们唱得太感人了。我完全没有预料到孩子们能把两个作品联系在一起，而且对于诗歌的欣赏让他们加深了对歌曲的感受和理解。"

也许还有人会问："孩子真的懂吗？"俄国文学批评家尼·瓦·舍尔古诺夫曾提出："一本读物就应去打动他们的感怡，作用于他们的想象。它应当温暖他们的心灵，给他们打开那美好而又人道的感觉世界，激发他们心中温柔的、微妙的感受能力。"[1]别林斯基也说过："儿童文学的正面的、直接的影响都应当集中儿童的感性，而不应当集中于他的理性"。

我觉得对幼儿来说，理解与感受并不完全是一回事，深刻的东西也会打动他们幼小的心灵，虽然他们并没有真正理解是什么打动了他们的心。当我们过分拘泥于所谓幼儿认识理解能力的局限时，我们却忘记了审美感受能力往往超越了逻辑和经验。当我们自以为幼儿不可能理解《去年的树》那种生死不渝的友情时，孩子们却已被那生死不渝的友情深深地打动了。

的确，文学不是科学，不能用科学的方式来理解文学。文学是在感受、感动中体味和领悟。这也就是"文学的力量"！

二、幼儿的文学感受方式——全身心投入

在《作为艺术中的要素与美学原则的"心理距离"》一文中，作者布洛提出"审美需要心理距离"。朱自强先生曾说："如果以审美的心理距离的观点看待儿童与成人审美，便可以清楚地发现，常常将现实与幻想相混同的儿童与审

[1] 周忠和编译．俄苏作家论儿童文学[M]. 郑州：河南少年儿童出版社，1983:67.

美对象处于近距离，而成人则相对于审美对象处于远距离。”[1]所谓近距离审美，是由于幼儿审美心理中的自我中心思维、任意结合逻辑和泛灵的观念，导致幼儿在审美的活动中极易沉浸到作品的情境中去，对于幼儿文学作品的感受是全身心的，彻底地投入。于是会出现这样的情景：在中川李枝子的《不不园》中，孩子们将板凳搭好就会立刻认为自己已经上了捕鲸船，顿时眼前就会出现茫茫人海，甚至在一旁的小班的孩子们并没有觉得荒诞，并且也加入了欢送和欢迎的行列。朱光潜先生曾经在观察幼儿的游戏时说：“像艺术一样，游戏是一种‘想当然尔’的勾当。儿童在拿竹帚当马骑时，心理完全为骑马这个有趣的意象占住，丝毫不注意所骑的是竹帚而不是马。他聚精会神到极点，虽是在游戏而不自觉是在游戏。本来是幻想的世界，却被他看成实在的世界了。他在幻想世界中仍然持着郑重其事的态度。”[2]成人应充分利用幼儿近距离的审美特点，让幼儿与幼儿文学充分互动。

三、幼儿的文学审美特点——纯粹的感性

“儿童时期就是理性的睡眠”。[3]成人面对艺术作品，无论是创作还是欣赏，虽然是感性与理性思维共同完成的，但主要是依靠感性思维的方式，因为艺术在本质上是感性的。“在儿童时期，感性和理性是处于根本对立的状态，两者互不相容的，是一方排除另一方的；优先发展儿童的感性能使他们了解生活的丰富、和谐及诗意；优先发展儿童的理性会使他们心灵中绚丽的感情花朵凋谢枯萎，使他们身上说教的杂草蔓延生长。”[4]纯粹的感性是幼儿期审美的特点。有人说幼儿经验少、识字少，因而审美能力受限，然而审美中起决定作用的是情感和想象力。幼儿正是凭着纯粹的感性思维方式，以及不受束缚的想象力，总是能够直抵幼儿文学作品中最打动人的情感之处，这也往往是优秀的幼儿文学作品的主题所在。也正是凭着这种能力，对于劣质的幼儿文学作品，幼儿的表现会非常直截了当——不好听！不好玩！对于优质的幼儿文学作品，反之，他们会对着成年人叫嚷：“再讲一遍，再讲一遍嘛！后来呢？后来呢？”

[1] 朱自强著．儿童文学概论 [M]. 北京：高等教育出版社，2009:145.

[2] 朱光潜著．文艺心理学 [M]. 桂林：漓江出版社，2011:104.

[3] （法）卢梭著．爱弥儿 [M]. 武汉：武汉大学出版社，2014:85.

[4] 周忠和编译．俄苏作家论儿童文学 [M]. 郑州：河南少年儿童出版社，1983:68.

其实，成人与幼儿的审美方式各有特质，不存在孰高孰低。但是成人往往忘记尊重幼儿的审美方式，总是以为自己是高明的。别林斯基曾这样提出："一个爱发议论的小孩，一个明事理的小孩，一个爱说教的小孩，一个时时刻刻小心谨慎、从不淘气、待人接物温文尔雅、谨小慎微的小孩，而且所有这些行为都是经过仔细盘算的……你若把小孩培养成这副模样，那将是你的不幸！你扼杀了孩子身上的感性，助长了孩子的理性；你扼杀了孩子身上不自觉的爱的美好种子，却养成了他那干巴巴的说教本领……"❶

四、幼儿的文学接受特点——听与动组合

幼儿文学是听觉的文学，由于幼儿不识字，所以幼儿是通过成人运用有声语言的传递来感受文学作品的。"幼儿文学的媒介材料不是文字，而是有确切含义的声音。"金波先生用通俗易懂的方式告诉我们，幼儿文学的听觉艺术特点是"便于听，听得懂，记得住"。所谓"便于听，就是指幼儿文学要有音乐美。它的音乐美表现在语词的选择上和句式的安排上。比如多用象声词，用音响的模拟造成一种听觉的真实感。多用短句、多用反复、排比的句式，听了给人造成一种重叠复沓、回环反复的旋律感"。所谓"听得懂，就是多用孩子们的口头上的语言"。❷所谓"记得住，就是讲究句式安排以及篇章结构"。便于听才听得懂，听得懂才记得住，记得住才喜欢。

"艺术的雏形就是游戏，游戏之中就含有创造和欣赏的心理活动，所以要了解艺术的创造和欣赏，最好研究游戏"。❸与成人文学接受相比，幼儿文学接受的游戏性特征更为显著。"成人的文学接受往往是一种幻想的游戏，它主要是发生在大脑之中的一种精神性的游戏，是一种静观的、内在的心理活动，没有明显的外观特征。而幼儿的文学接受通常伴随有相应的外部行为表现，幼儿在接受活动中的内心感受往往会通过幼儿的表情或动作表现出来，呈现出一种积极的活动状态。"❹

"一个听音乐和听故事的儿童，他是用自己的身体在听的。他也许入迷地、

❶ 周忠和编译 . 俄苏作家论儿童文学 [M]. 郑州：河南少年儿童出版社，1983:66.

❷ 金波著 . 幼儿的启蒙文学 金波幼儿文学评论集 [M]. 南宁：接力出版社，2005:88.

❸ 朱光潜著 . 文艺心理学 [M]. 桂林：漓江出版社，2011:135.

❹ 许央儿 . 论幼儿文学接受的游戏性特征 [J]. 学前教育研究 ,2006(06):34-37.

倾心地在听；他也许摇晃着身体，或进行着、保持节拍地在听；或者，这两种心态交替着出现。但不管是哪种情况，他对这种艺术对象的反应都是一种身体的反应，这种反应也许弥漫着身体感觉。”❶所以幼儿文学不仅要有故事性、音乐性，同时还得多一些动作性。

第四节　成人与幼儿文学的距离

一、成人与幼儿文学的关系现状

在现实生活中，与幼儿文学发生密切关系的成人，第一类是幼儿文学作家，第二类是家长，第三类是幼教工作者。大多数的幼儿文学作家的创作能够关注幼儿接受特点，但是特别优秀的作品为数不多。虽然近年来的绘本很畅销，但大多数优秀的作品是国外翻译引进的，国内原创的作品为数不多。作为幼儿的家长，他们关注幼儿成长，但是很多家长对于幼儿文学作品的优劣无法辨识，对于幼儿文学于幼儿成长的作用的认识，很多人显得很功利化。幼教工作者对于幼儿文学的理解和认识，往往具有语言教育和道德教育的工具化倾向。至于一般的成人，对于幼儿文学的看法则是：幼儿文学是幼稚的文学，与成人无关。改变这样的现状还需加倍努力。

二、幼儿文学作家的创作精神

“幼儿文学是特别难写的文学”，北京师范大学张美妮教授如是说。对于没有走进幼儿文学的人而言，会以为幼儿文学是简单的文学形式，甚至鄙视这“小儿科”的文学形式。儿童文学作家贺宜曾说：“尽管有不少人对年龄越小的读者的文学越是鄙视它，然而事实却是：正是这种幼小者的文学，是世界上最难的文学！”幼儿文学作家鲁兵也表示：“就那么几个词，就那么简单的语句，要把诗歌、奄话、故事、剧本等等写得生动活泼，幼儿文学创作之难就在于此。”

幼儿文学作家在创作时应该有一种精神，如台湾儿童文学学者林良先生

❶（美）H.加登纳著；兰金仁译．艺术与人的发展[M].北京：光明日报出版社，1988:322.

所说："儿童文学作家为孩子写书的时候，应该尽心尽力，而且毫不自卑。"这种精神中的"尽心尽力"，只有对幼儿充满爱的作家才可能做到。同时，这种"尽心尽力"也只有真正走进幼儿世界，并能够蹲下身来和幼儿平等对话，才可能创作出让"那种顽固的，认为'文学就是文学，哪里有什么儿童文学'的人读了以后，不得不点头说'文学毕竟是文学，这种儿童文学到底不坏呀'"。❶

所谓"毫不自卑"的前提就是"尽心尽力"，于是无论别人是否关注幼儿文学，作为幼儿文学作家应有自己"工作的自尊"："你不能盼望全世界的作家不写别的，都只写儿童文学，全世界的人都只阅读儿童文学作品。你所做的是人类千万种工作中的一种，只要工作是神圣的，尽管大家忙得没工夫理你，你也不必觉得自尊心受了伤。我们几时关心过哲学？我们几时关心过太空医学？我们几时关心过文学批评史？诚恳地耕耘自己的园地，这才是最重要的。"❷

三、幼儿文学：成人可以阅读的文学作品

优秀的幼儿文学作品是0~99岁的人都可以阅读的文学。因为优秀的幼儿文学作品不仅"具有在成人看来也无懈可击的艺术价值"，而且在思想上还具有一定的思辨性。"所谓思辨性，不是脱离儿童的理解水平，它不过是启发孩子进一步思考的内容依据"，也是作者寓深于浅的丰富内涵。例如苏联作家安德烈·乌萨丘夫的幼儿故事《大海的尽头在哪里》：

一只蚂蚁爬到海岸边，望着一个接一个的海浪涌到岸上，不禁忧愁起来："海这么大，而我这么小，我一辈子也不能看见大海的尽头……我还活在世上干什么呢？"

蚂蚁在一棵棕榈树下坐下，哭了起来，他感到这般委屈。

这时，一只大象来到岸边，问道："蚂蚁，你哭什么呢？"

"大海的尽头看不见"，蚂蚁呜呜哽咽道，"大象，你个子大，或许能看得见吧？"

❶ 林良著.浅语的艺术[M].福州：福建少年儿童出版社，2017:198.

❷ 林良著.浅语的艺术[M].福州：福建少年儿童出版社，2017:156.

大象开始张望。他看啊，看啊，甚至踮起脚，但除了海水，仍然什么也看不见。大象在蚂蚁旁边坐下来，也哭了起来。

他们哭呀，哭呀……突然，蚂蚁说：

“听着，大象，你爬上棕榈树，我爬到你身上，我们再看看！”蚂蚁爬到大象身上，大象则爬到棕榈树上。

他们看啊，看啊，除了海水，照样什么也没看见。于是，他们坐在棕榈树上又哭了。

这时一条金枪鱼游到岸边。

“喂”，他喊道，“在岸上好好待着，哭什么啊？”

“大海的尽头看不见”，蚂蚁和大象异口同声地说。

“怎么？”金枪鱼感到奇怪：“这里难道不是大海的尽头吗？”

“对呀！”蚂蚁兴高采烈地叫着：“呵呵，大象！我们见到海的尽头啦！”

“呵呵！”大象高兴地欢呼起来，并开始从树上下来。但他突然顺便考虑了一下，问：“那么大海的开头又在哪里呢？”

一则短小的幼儿故事，通过蚂蚁、大象和金枪鱼把作品一步步推向高潮，并给了人们一个思考的空间。其实“优秀的幼儿文学作品也会常常以坚定而又巧妙的方式，捕捉并呈现出这样一种属于哲学的气质”。[1]

林良先生曾在《浅语的艺术》一文中说他的努力，只是想纠正尝试儿童文学写作的人的错误想法，即那浅浅的文字，也有文学的价值。

四、成人：幼儿文学的传递者

（一）幼儿文学的传递者必备的基本素养

幼儿文学发展至今，有一个被长期忽略的现象——就是一些幼儿文学的传递者缺乏必备的文学基本素养。甚至这一现象制约了幼儿文学的发展。因为我们知道，幼儿由于年龄因素，在文学接受上有其特殊性，即幼儿主要是通过听觉的途径来接受幼儿文学作品的。于是在幼儿文学作品和幼儿之间必须有一个传递媒介，而主要的传递媒介就是家长和老师，以及图画、音响等辅助媒介。

[1] 方卫平．幼儿文学：可能的艺术空间——当代外国幼儿文学给我们的启示[J]. 浙江师范大学学报，2004(06):1-5.

幼儿教师和家长承担了传递者的重要角色，而幼儿教师在其中更承担着引领家长的职责。为此，幼儿教师作为幼儿文学传递者的传递能力尤为重要。一个幼儿文学传递者必须具备以下基本条件：

（1）具有正确的幼儿观和幼儿文学观；

（2）具备一定数量的优秀幼儿文学作品阅读经历；

（3）具备较好的适合幼儿听赏的语言表达和表现能力；

（4）熟知幼儿的文学接受特征，并能够利用其策划、开展多种样式的文学活动方式的能力。

在幼儿看来，一个优秀的幼儿文学传递者的地位绝不低于作家。“可以这样说，在幼儿眼里，一个故事或一首儿歌的作者是谁，那是无关紧要的，他们认准的是讲述故事或教唱儿歌的人，即传达人。”❶

那么，传递者心里是否热爱幼儿，是否认识到幼儿文学真正的价值所在，这都将影响他所选择的幼儿文学作品的质量优劣，以及围绕该作品展开的一系列传递活动的质量问题。例如，在一次幼儿园大班小朋友的文学欣赏活动中，教师选择了我国儿童文学作家樊发稼先生的儿童诗《放学路上》：

学校里，响起下课的铃声；
天空中，传来隆隆的雷声。
——放学了，
——下雨了。
从校门口，飞出一只只彩色的蘑菇：
绿的蘑菇，黄的蘑菇，蓝的蘑菇，
紫的蘑菇，红的蘑菇……
天空中，传来隆隆的雷声；
学校里，响起下课的铃声。
——下雨了，
——放学了。
从校门口开出一簇簇绚丽的花朵：
蓝的花朵，黄的花朵，绿的花朵，

❶ 黄云生著．人之初文学解析[M]．上海：少年儿童出版社，1997:256.

红的花朵，紫的花朵……

半路上，雨停了，

天边映出灿烂的彩虹。

——一下子，蘑菇蔫了，花朵谢了，只听见小伙伴们欢乐的笑声、快活的笑声……

这次活动，作品的选择与幼儿的接受能力比较相符，但是在欣赏活动的目标的设定中存在一些问题，这些问题与教师本身所秉持的幼儿文学观有关系。例如：阅读《放学路上》后，需要知道散文中“蘑菇”和“花朵”指的是什么。由此目标不难看出教师依然将知识的学习作为文学欣赏活动的重中之重。其实幼儿欣赏完作品，自然就知道“蘑菇”和“花朵”是什么了，这并不是文学作品欣赏的关键。况且如此真实地了解雨伞就是“蘑菇”和“花朵”，势必也破坏了诗歌的意境美。

同时，在这样的目标指引下，教师在欣赏活动中就会出现这样的语言总结：“原来诗歌里说到的‘蘑菇’和‘花朵’指的是小朋友们五颜六色的伞。”这时候，“彩色的蘑菇”“绚烂的花朵”“蘑菇蔫了，花朵谢了”带给孩子们的美好、快乐意境可能会荡然无存，孩子们心里想到的不过是——雨伞收了罢了！

（二）幼儿文学的传递者：理论与实践并重

长期以来，我国儿童文学研究受到成人文学研究方式的影响，采取的是从理论到理论的研究模式。这种影响也殃及幼儿文学，同时我国高校专门研究幼儿文学的人数极少，更多的是学前教育专业的幼儿文学教师，而在学前教育专业中，幼儿文学课程也并没有被当作一门理论与实践结合的课程，依然延续从理论到理论的研究模式，导致学前教育专业的幼儿文学课程教学严重脱离幼儿教育实践。因此，改革幼儿文学的研究和教学模式势在必行。在幼儿文学研究和教学中，应采取从理论到实践，再从实践到理论的螺旋上升的研究模式。同时将学前教育专业的幼儿文学课作为理论实践型课程，强调幼儿文学教师深入幼儿园、社区等幼儿文学活动现场观摩、学习、指导，同时做好幼儿文学理论和实践课时量的适当调整和分配。

黄云生先生曾指出：“幼儿文学虽然是为幼儿创作、为幼儿存在……但它和幼儿之间仍然隔着一条‘河’，即幼儿尚无直接欣赏和接受幼儿文学的能力，所以人们采取‘传达’的方式，在这条‘河’上架起一座‘桥’，使幼儿变被动为主动，进入幼儿文学的欣赏和接受的过程。”[1]作为幼儿文学传递者的幼儿教师，应该努力让自己成为一座沟通幼儿与幼儿文学之间的美丽“彩桥”。

---

❶ 黄云生著．人之初文学解析［M］．上海：少年儿童出版社，1997:289.

第二章　幼儿期语言发展的阶段性标志

第一节　幼儿语言的获得

儿童为什么能在短短几年内掌握各种复杂而抽象的规则，获得语言能力，这是当代心理语言学和发展心理语言学中最尖锐复杂的课题之一。到目前为止，已先后出现了三种颇具代表性的理论模式。在这些理论之间存在着非常激烈的争论，争论的焦点有：语言是先天形成的还是后天习得的、是被动学还是主动创造的，以及认知与语言发展的关系等等。

一、幼儿语言获得理论

（一）环境理论

环境理论以巴甫洛夫的经典条件反射和两种信号系统的学说、华生的行为主义学说为理论基础，强调后天学习对语言获得的决定性影响。根据语言获得观点强调的侧重点不同，又可分为模仿说、强化说和中介说三种。

1. 模仿说

这是由阿尔波特（F.Allport，1924）率先提出的关于儿童语言获得机制的最早理论。他认为，儿童学习语言是对成人语言的模仿，儿童的语言是成人语言的简单翻版。后来的社会学习理论代表人物班杜拉（Bandura，1977）认为，儿童主要是通过对各种社会语言模式的观察学习（即模仿学习）而获得语言的，其中大部分是在没有强化的条件下进行的。

哈里斯和哈赛默（Harris&Hassemer，1972）对模仿在儿童语言获得过程中的作用进行了比较研究，证实儿童言语活动中有模仿成分。怀特赫斯基（Whitehurst,1975）等人对传统的“模仿说”进行了改造，并进一步提出了“选择性模仿”的新概念，认为儿童对成人语言的模仿是有所创造、有所选择的。儿童在获得语言的过程中往往把示范句的语法结构应用于新的情景以表达新的内容，或将模仿获得的结构重新组合成新的结构。这样，便产生了儿童自己的话语。这种选择性模仿把临摹因素和创造因素结合在一起。

我国林崇德、庞丽娟等人认为，在儿童获得语言的过程中有各种类型的模仿在起作用，而不仅是直接模仿（观察模仿）或选择性模仿单独作用所能承担的。概括起来，在儿童语言获得过程中相继有四种类型的模仿行为：（1）即时的、完全的“临摹”；（2）即时的、不完全的“临摹”；（3）延迟模仿（有变形或创造性因素）；（4）选择性模仿（可以按照示范句的语法结构、功能在新情景中表达新的内容）。一般地，即时性模仿在语言发展的最初时期起主要作用，但随后便被延迟模仿所替代。这两种模仿在2岁前发挥着重要作用，之后，选择性模仿占据了主导地位，它使儿童能迅速地掌握和运用大量语言材料和基本语法规则。

2. 强化说

强化说以“刺激—反应论”和“模仿说”为基础，无论是巴甫洛夫还是斯金纳（B.F.Skirmer）都认为，语言的获得就是条件反射的建立，而“强化”在这一过程中起着重要的作用，儿童正是通过不断地强化学会语言的。

斯金纳把言语看成是一种行为，认为儿童习得言语行为就像老鼠按门阀形成操作性条件反射一样，即儿童语言的获得是通过食物或成人的言语声音、手势等的强化而习得的。他特别强调“强化依随”（即紧跟在言语行为之后的强化的刺激）在儿童语言获得过程中的决定作用。当儿童与成人相互作用时，儿童做出的言语行为（如说出一个词）如果得到成人的鼓励和奖赏（赞许、微笑等）后就能保持和加强，并逐步形成语言习惯；如果得不到成人的鼓励和奖赏或受到成人的惩罚（气愤或不高兴），他就会回避这种言语反应并逐渐消退。

3. 中介说

中介说又称传递说，在行为主义传统的“刺激—反应”链条中，又增加了“传递性刺激”和“传递性反应”的中介。斯塔茨认为，一个词或一句话都可以具有刺激的性质，可以诱发出条件反应。这种隐含的反应又可以成为刺激，引起新的反应，这样一系列的刺激和反应构成了中介体系。这种中介体系说明了刺激和反应的传递性。

模仿和强化的确在儿童语言发展中起着不小的作用，我国的朱曼殊、许政援等心理学家在自己的研究中，也都证明了这一点。但是，儿童的语言发展却存在着许多不能用模仿和强化解释的现象：

第一，语言单位和语言的结构规则是有限的，但是，由这些单位和规则所组成的话语却是无限的。话语的无限性，从根本上决定了儿童所学会的话语不可能都有模仿的蓝本，也不可能都得到成人的强化。

第二，有些不合成人语言的现象，成人并没有提供模仿的蓝本，更不会有意地去强化，但是，儿童却讲出了这样的话语，甚至会顽固地保持一段时间。

第三，有许多语言现象，即使成人经常向儿童提供，并反复强化，儿童也不一定能够获得。

第四，许多研究发现，父母比较重视儿童话语意义的表达，但对儿童所使用的语言形式则比较宽容。例如，很少见到成人去刻意纠正儿童的语言“错误”。

这些现象的存在，说明环境理论有着明显的缺陷。最根本的原因是，环境理论否定了儿童获得语言过程中的主动性和创造力。因此，自从20世纪50年代乔姆斯基语言学兴起之后，行为主义理论受到了严厉的批评。

（二）先天决定理论

先天决定理论和环境理论完全相反，它强调人的先天语言能力，强调遗传因素对儿童语言发展的决定性因素。其内部较有影响的两大理论是乔姆斯基（N.Chomsky）的“LAD理论”（先天语言能力说）和伦内伯格（E.H.Lenneberg）的自然成熟说。

1.“LAD理论”（转换生成说）

“LAD理论”（转换生成说），又称“先天语言能力学说”，是由乔姆斯基1957年在其《句法结构》一书中提出的一种语言理论。他认为：（1）语言是利用规则去理解和创造的，而不是通过模仿和强化得来的。（2）语法是生成的。婴儿先天具有一种普遍语法，语言获得过程就是由普遍语法向个别语法转化的过程。这一转化过程是通过先天语言获得装置（Language Acquisition Device,

简称 LAD）的复杂加工而得，不是后天学习的结果。（3）每一个句子都有其深层和表层结构。句子的深层结构（语义）通过转换规则而变为表层结构（语音），从而被感知和传达。

乔姆斯基学说的最重要的根据是：语言是一个复杂得令语言学家都感到头痛的系统，但是，儿童只要没有严重的语言学习障碍，却可以在四五年的时间里获得它。这种神奇的语言学习能力，是成人远远比不上的。成年人学习外语，有好的老师和教材，有掌握了一种语言的基础和经验，条件比儿童优越得多。但是，成人花费了大量的精力和时间，学习外语的水平却不怎么理想。面对这种强烈的反差，不能不说儿童“是自然界特别制造的小机器，是专为学语言而设计的”。这个小机器具有先天的语言学习能力。

乔姆斯基学说重视儿童学习语言的主动性和创造性，能够解释行为主义所不能解释的一些现象。因此，是一种新奇而有价值的学说。但是，这一学说也有明显的不足：

第一，儿童是否具有一种如乔姆斯基所说的那种先天语言获得机制，还是一个无法验证的假说。

第二，过于轻视后天语言环境的作用。通过研究成人同儿童交际的语言特点，发现儿童语言的发展同成人与其交际的语言成正相关。成人在同儿童进行交谈时，语言较为规范，而且其语言水平比儿童当时的语言水平略高，起着“导之以先路”的作用。

第三，儿童学习语言的过程，也并非如乔姆斯基所说的那样轻松容易。儿童学话的过程十分艰巨，不仅有大量的失误，而且花费的学习时间也非常可观。儿童在早期的人生历程中，几乎是“全脱产”学习语言。而且，所谓在四五年内就能学会一种语言的说法，也颇轻率，因为四五岁儿童并不能运用语言进行较好的交际，离“熟练运用语言进行交际和思维”的水平，还有相当大的差距。

1970—1977 年，美国“人工野孩”吉妮（Genie）的个案研究公布以后，乔姆斯基对其理论做了补充，提出作为语言获得基础的这种先天机制，后天必须及时地暴露于语言的刺激下而被激活，否则就会失败。这样，其理论显得更为合理。

2. 自然成熟说

自然成熟说是由伦内伯格提出的一种儿童语言发展的理论。伦内伯格先天决定论的基本思想是把儿童的语言发展看成是受发声器官和大脑等神经机能制约的自然成熟过程。伴随年龄的增长，儿童的发声器官和大脑的神经机能逐渐成长发育。当和语言有关的生理机能成熟到一定的状态时，只要受到适当外界条件的激活，就能使潜在的与语言相关的生理机能转变为实际的语言能力，所以儿童语言能力的获得是由先天遗传因素决定的。伦内伯格还指出，在儿童发育期间，语言能力开始时是受大脑右半球支配，以后逐渐从右半球转移到左半球，最后才形成左半球的语言优势（左侧化）。

先天主义理论可以解释语言获得过程中的许多现象，自然成熟学说可以解释诸如成人与儿童之间语言学习能力的差异等问题。但是，先天主义理论也有其缺陷，很多方面还没有足够的事实证明。总的说来，先天决定论考虑到了儿童自身的内化因素——遗传因素，但同时，由于和后天决定论背道而驰，明显忽略了环境和学习对儿童语言获得的重要影响。

（三）环境和主体相互作用论

以皮亚杰为代表的认知学派，在先天因素和后天因素之外又提出了由其相互作用产生的一个语言赖以依托的第三者认知结构，提出了先天与后天相互作用论。

1. 认知相互作用论

认知相互作用论从认知结构的发展来说明语言发展，认为认知结构是语言发展的基础，语言结构随着认知结构的发展而发展，儿童的语言结构具有创造性。儿童的语言能力仅仅是大脑一般认知能力的一个方面，即许多符号功能中的一种，而认知结构的形成和发展既非环境所强加、也非人脑先天具有，而是主体和客体相互作用的结果。对此，该学派从以下三个方面进行了论证：

从个体的发展来看，语言出现于1.5岁左右，而研究表明在此之前就已经有了感知运动智慧，这是一种建立在感知觉基础之上的“动作化思维”，逻辑的产生先于语言，所以并不需要语言的帮助。

皮亚杰的合作研究者辛克莱对5—8岁儿童的运算阶段和语言阶段之间的关系的研究表明，仅仅通过语言的训练掌握一定的表达方法，并不能保证逻辑运算结构的获得与发展，是智力运算促进了语言的发展而非相反。

奥立彤、佛斯等人对聋哑儿童、盲童与正常儿童的比较研究证明：聋哑儿童虽没有语言，但有思维，仍经历着同正常儿童一样的发展阶段，只是晚一两年，盲童和正常儿童相比，其进行同样的思维作业要比正常儿童延迟三四年或更多年。他们之间的差别主要在于先天盲童的感知运动图式，从一开始就受到了妨碍，一般的协调动作进行得缓慢，而他们在语言方面的发展并不足以补偿这种缺陷，由此可见，认知结构的发展早于并制约着语言的发展。

皮亚杰认为，“语言依赖于思维”，“某种字词与短语出现于言语中，必须是在儿童掌握了相应的认知规则之后”。皮亚杰举例说，只有儿童在最终认识到藏匿起来的东西并未消失这一点时，他才可能开始谈论不在眼前显示的东西。

皮亚杰学派从主客体之间的相互作用来说明儿童认知能力和语言能力的发展，但过分强调认知发展是语言发展的基础，而忽视语言发展对认知发展的反作用，不免带有片面性。同时，该理论也没有完全解释清楚语言发生的复杂过程和其中的错综关系。

2. 社会相互作用论

社会相互作用论代表人物是布鲁纳、鲁利亚及班杜拉。其主要观点是强调语言环境和对儿童的语言输入的作用，认为与成人的语言交流是儿童获得语言的决定性因素。

3. 社会交往说

社会交往说是布鲁纳、贝茨等学者的理论主张。他们认为语言获得不仅需要先天的语言能力，而且需要一定的生理成熟和认知的发展，更需要在交往中发挥语言的实际交际功能。

我国学者、北京师范大学教授何克抗在前三大理论的基础上，提出了一种全新的儿童语言发展理论——语觉论。该理论提出：语言涉及语音、语法和语义。儿童语言的发展靠先天遗传的只是语觉（从一般听觉系统中独立出来的语义感知觉系统）能力，即对语音和语义的感受与辨识的能力，而非全部言语能力。

由于除了语音、语义的感受与辨识能力以外的言语能力，如词性识别和词组构成分析等语法方面的能力，需要在后天通过学习才能获得，儿童在后天仍需要有一段教育与学习过程才能更有效、更深入地掌握某种语言。

在伦内伯格儿童语言发展的关键期（也称语言发展的敏感期）基础上作出一条“儿童语觉敏感度曲线”。如下图所示：

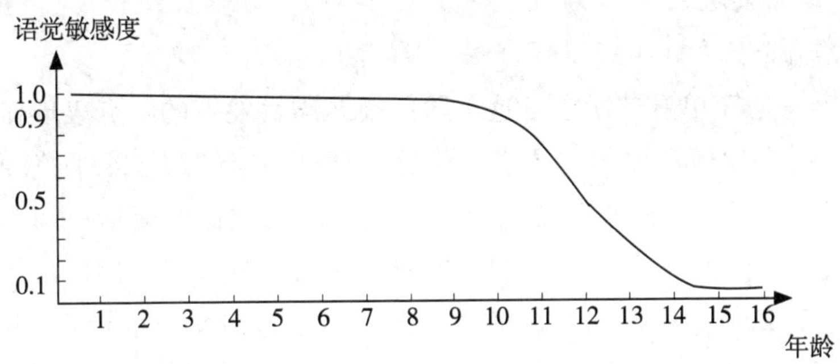

从上图不难看出，“语觉敏感度曲线”比伦内伯格的“语言发展关键期”（2—12 岁）的描述更为翔实。儿童语言发展的关键期不是呈现水平状态的，儿童语言获得的最佳敏感期是在 8 岁以前，从 9 岁以后开始下降，到 12 岁下降到 1/2 左右，到 14 岁则下降到 1/10 左右，已经进入了儿童语言发展的末期，而且在 8—12 岁的学龄阶段，他们的语觉敏感度随年岁增加而迅速下降。

二、幼儿语言获得的意义

语言的获得对儿童心理的发展有着重大的影响，形成和提高了儿童心理活动的概括性和有意性，大大丰富了儿童心理反映的内容，促进了他们自我意识的产生和个性的萌芽。

语言的获得使儿童情感与需要的表征、与他人的沟通成为可能，从而拓展了他们的生活范畴，促进了人际交往，提高了他们的社会化水平。

第二节　0—3 岁儿童语言发展与教育

3 岁前的儿童是人一生中学习语言最迅速、最关键的时期。在短短的 3 年当中，他们从能听懂成人的语言，学说单词句，发展到能用基本完整的句子表达自己的意思。

一、0—1 岁儿童语言发展与教育

（一）语言发展阶段与特点

1. 简单音节阶段（0—3 个月）

0—3 个月是简单音节阶段。这个阶段婴儿语言发展的特点表现在以下七个方面：（1）听觉比较敏锐，对语音较敏感，具有一定的辨音水平；（2）听到突然响声会被吓一跳；（3）听到新异的声音会停下正在做的事情；（4）不同类型的哭声代表不同的意见；（5）当父母和他谈话时，能用眼睛盯着说话者约 30 秒钟；（6）当父母和他进行面对面的“交谈”时，能对父母的声音（伴随目光、微笑以及翕动的嘴唇等）作出反应；（7）发出一些叽叽咕咕的声音，其中就包含韵母 a、e 音等和声母 g、k 音等，他有时还会改变音调和音高，节奏像唱歌一样。

2. 连续音节阶段（4—9 个月）

这一阶段，婴儿明显变得活跃起来。当他吃饱、睡醒、感到舒适时，常常会自动发音。如果有人逗他，或者他们看到颜色鲜艳的东西而感到高兴时，发音会更频繁。这个阶段婴儿语言发展又可分两个时期来分析其特点：

第一，4—6 个月时坚持发出连续的音节，婴儿发音较多的是对成人的社会性刺激的反应，发音内容大多是辅音和元音相结合的音节为主，并且有一个从单音节发声过渡到重叠多音节发声的过程。具体表现有：

（1）有人跟他说话后能停止哭泣；（2）能够持续注意并能寻找声音的来源；（3）对熟悉的人微笑并能笑出声来；（4）能对成人语言中不同的语气内容做出相应反应，如：被愤怒的语言惊吓，对亲切的语言微笑；（5）愿意玩那些能发出声音的玩具；（6）活动时口中经常能发出一些成串的语音；（7）能对镜中自己的影像说话；（8）能用语音来吸引别人注意，或拒绝某事，或表示愿意做某事，或想要什么。

第二，7—9 个月的婴儿能同时感知 3 种不同的语调，对于微笑、平淡和恼怒的语调有了表示，或愣住、或紧张害怕、或报以微笑。对陌生的声音，会瞪眼仔细聆听，表现出好奇心。懂得简单的词、手势和命令，理解具有情景性。具体表现有：（1）听得懂他的名字，听到叫他会扭头看；（2）理解成人用强调语气说出“不”或“别碰它”等要求，并能做出正确反应；（3）能够辨别家里人的名字和一些熟悉物体的名称；（4）能够和成人玩一些语言游戏；（5）会用舌头和嘴唇发一些非语言的声音；（6）努力模仿别人发出的语音；（7）把一些语音连在一起发着玩；（8）能够发出一些非常像单词的音节；（9）开始用动作进行交流，如挥手表示再见。

3. 学话萌芽阶段（10—12 个月）

这一阶段，儿童所发出的连续音节不只是同一音节的重复，而且明显地增加了不同音节的连续发音。音调也开始多样化，四声均出现了，听起来很像是在说话。当然，这些“话”仍然是没有意义的，但却为学说话作了发音上的准备。

这个阶段儿童语言发展的特点表现在以下十个方面：（1）朝着周围发出声音的地方看，如门铃等，理解一些简单命令性语言，如“到这儿来”“坐下”“别碰它”，等等；（2）挥手向人表示再见；（3）认识一些新单词（通常是有关好吃的食物、好玩的玩具、家里人的名字以及最常用的物品名称等）；（4）生气或发怒时能用摇头或哭表示不满；（5）如果成人对他的某些语音或动作发笑，或是鼓掌欢迎的话，他就会不断地重复它；（6）可以模仿一些非语言的声音，如咳嗽声或是舌头发出的声音；（7）努力模仿成人发出的新语音；（8）伴随着音乐会发出一些语音；（9）高兴时发出一些“啊、噢”之声；（10）有的孩子会说出第一个单词，如“妈妈”。

（二）语言教育活动建议

0—1 岁阶段是口语发生期，满 1 岁时虽然只能说出个别单词，但这一年的口语训练，却能对儿童的语言发展打下良好的基础。这一时期对儿童的语言教育重在语音训练方面，要让儿童乐于发出声音。

首先让孩子听到语音。这个时期的首要任务是训练孩子的听音能力和对于“听”的兴趣，可以利用环境提示来理解简单的指示。当儿童听到熟悉的物体的名称时，能找出物体。具体地说，就是让孩子喜欢听别人说话、唱歌、念儿歌、喜欢听乐曲、鸟叫等好听的声音。

其次，要培育孩子听到别人对自己说话时，能用声音、手势、表情或者单词做出反应。到 1 岁左右，还要让孩子说出常见物品的名称，能辨认身体的某些部位（头、眼、手、嘴、耳等），然后再进一步训练孩子理解简单的语句，执行简单的命令，用单词或者手势、表情等向成人表达自己的要求等。

另外，针对这一时期语言发展三个阶段的不同特点，教育活动的侧重点也应有所不同。

（1）简单音节阶段。用多种语音和声音来刺激婴儿；多抚摸、拥抱婴儿，并和婴儿进行面对面的语言交流；睡前倾听摇篮曲，训练婴儿的有意倾听能力；开展早期阅读，初步激发婴儿阅读的兴趣；开展一些听音和发音的游戏（发音、唤名、摸脸）；多与婴儿进行面对面的“语言交流”。

（2）连续音节阶段。继续坚持用语言刺激婴儿，模仿学习发音；用强化、鼓励等方法诱导婴儿发音；用动作、实物配合法，建立语音和实体之间的联系；初步养成睡前倾听文学作品的习惯；和婴儿进行“平行”的亲子阅读活动，初步养成良好的阅读习惯；开展语言游戏，提高听力和发音水平。

（3）学话萌芽阶段。丰富婴儿的生活内容，提供丰富的语言环境；鼓励婴儿掌握新的语音，并反复进行练习强化；在活动中伴随着语言刺激，让婴儿学说话；开展早期阅读，初步培养婴儿良好的阅读习惯。

二、1—2 岁儿童语言发展与教育

（一）语言发展阶段与特点

经过一番准备，从 1 岁起儿童进入了正式学习语言的阶段。1—2 岁这一时期，儿童的口语处于不完整句时期，可分为两个大的阶段。

1. 单词句阶段（1—1.5 岁）

单词句就是指儿童用一个单词来表达一个比该词意义更为丰富的意思。这一阶段儿童理解词有以下特点：

（1）由近及远。儿童最先理解的是他经常接触到的物体的名称，如“灯”，其次是对成人的称呼，如“爸爸”“妈妈”；再次是玩具和衣物的名称，如“球球”“帽帽”等。如果成人经常教他一些动作，或者叫他做一些事情，儿童也能理解一些常用的动词，如“坐下、起来、捡、拿”等。

（2）固定化。这一阶段儿童对词的理解，往往和某种固定的物体相联系，甚至把物体同某种背景固定起来。例如，“爸爸”就是指自己的爸爸。

（3）同义笼统。这一阶段儿童对词的理解非常不确切，一个词常代表多种事物，而不是确切地代表某种事物。

在说出词的方面则有以下特点：

（1）单音重叠。在发音方面，往往发出单个的、重叠的音。

（2）一词多义。由于这个年龄的孩子对词的理解还不精确，说出的一个词并不只代表一个对象，而是代表着多种对象。

（3）以词代句。这一阶段的孩子不仅用一个词代表多种物体，而且用一个词代表一个句子，因此这一阶段被称为“单词句”时期。如当儿童说“球球”时，随着不同的情境可能表示不同的意思，如“这是球”“我要球”“球滚开了”等。

（4）和动作紧密结合。当儿童用单词表达某个意思时，常伴随着动作和表情。

（5）词性不确定。如“嘟嘟”既可作名词来称呼汽车，又可作动词表示开车。

2. 双词句阶段（1.5—2 岁）

在 1 岁半以后，孩子说话的积极性高涨起来，在很短时间内，从不大说话变得很爱说话。这一阶段儿童语言的发展主要表现在开始说由双词或三词组合在一起的语句。这种句子比单词句明确，但表现形式是断续的、简略的、结构不完整的。这时儿童主要用名词、动词、形容词等实词，很少使用虚词如连词、介词等。儿童在这个阶段开始掌握真正的词。

这个阶段儿童语言发展又可分三个时期来分析其特点：

第一，16—18 个月。（1）能理解简单的语句，理解的词语大于能说出的词语；（2）理解并且喜欢歌曲、故事、儿歌等；（3）理解并执行成人的简单指令；（4）会说 10—20 个单词；（5）喜欢翻阅图书且“指指点点”“叽哩咕噜”，好像在讲解；（6）会对看到的物体进行命名，命名时常有泛化、窄化等现象。

第二，19—21 个月。（1）常用的词语达 100 个左右；（2）处于双词句阶段，即说出由两个单词组成的句子；（3）能理解并执行两个动作要求的命令；（4）喜欢听成人反复讲同一个故事，并且能简单复述大意；（5）能够理解并说出一些常用的动词和形容词；（6）说到自己时，总是用名字代替；（7）不断地提出问题，疑问句较多；（8）语句中出现“重叠音”（如狗狗、猫猫）和词语“接尾”现象。

第三，22—24 个月。（1）出现“词语爆炸”现象；（2）理解并能正确地回答成人提出的一些问题；（3）理解的词语达 300 个左右；（4）能够说 200—300

个单词，“小儿语”逐渐消失；（5）双词句仍占优势，可以模仿着说出三词句；（6）与人交往依靠语言，表达时动作及手势相应减少；（7）能理解一些方位介词、时间介词和表示颜色的形容词。

（二）语言教育活动建议

儿童在1—2岁时处于不完整句时期，这一时期分为单词句、双词句两个阶段，儿童还不能用比较完整的句子表达自己的思想，他们更多的是使用肢体语言与成人进行交流。这时成人应注意使用规范和丰富的语言与儿童交流，以提高儿童对语言的理解和体验能力。针对单词句与双词句阶段语言发展的不同特点，其教育活动可从以下方面入手。

1. 单词句阶段

在日常生活中随时随地帮助儿童掌握新词，扩大词汇量并多跟孩子交谈，提供语言模仿的榜样；自制或购买图书，促进儿童阅读兴趣和阅读能力的提高；鼓励儿童多开口，成人要耐心倾听并予以应答；开展多种形式的语言游戏，如“猜猜看”“打电话”等以练习听发音、用词等。

2. 双词句阶段

为婴儿提供良好的语言榜样和语言示范；主动告诉婴儿一切问题，对婴儿的提问和讲述要正确对待；倾听文学作品，观看儿童美术片或动画片；继续开展早期阅读指导；在游戏中进行词语练习，如“词语接龙”“小喇叭”等游戏。

三、2—3岁儿童语言发展与教育

（一）语言发展阶段与特点

在单词句和双词句阶段，儿童能选择一个词或把两个词组合起来粗略地表达语义。2岁以后，儿童开始学习运用合乎语法规则的完整句更为准确地表达思想。许多研究证明，2—3岁是人生初学说话的关键时期。这一时期又可分为两个阶段。

1. 初步掌握口语阶段（2—2.5岁）

2—2.5岁是儿童初步掌握口语的阶段，这一阶段语言发展特点表现在：基本上能理解成人所用的句子并能执行成人一次发出的两个相关的指令；语言逐渐稳定和规范，发不出的语音逐渐减少，会用语言与成人进行简单的交谈；喜欢提问，且会使用某些动词、形容词、介词、数量词、副词等；能够运用语言进行请求、拒绝、肯定、提问、求助等；能运用多种简单句句型，能够模仿成人说出一些复杂句，但“重叠音”和“接尾”现象较多。

2. 目标口语初步发展阶段（2.5—3 岁）

2.5—3 岁是儿童目标口语初步发展阶段，在这个阶段，儿童语言发展特点表现在：词汇增长非常迅速，几乎每天都能掌握新词。他们学习新词的积极性非常高；语言的内化能力得到发展，能抽象句子规则，能表现出系统整合的语言；能说出完整的句子，出现了多词句和复合句；说话不流畅，表达方面常有“破句现象”；语言功能呈现出越来越丰富、准确的趋势。

（二）语言教育活动建议

1. 初步掌握口语阶段

让儿童多看、多听、多说、多练；鼓励同伴之间的自发模仿和相互交流；随时随地地帮助儿童正确使用语言；提供语言模仿和语言练习的机会；在游戏中练习讲话；组织多种形式的语言教育活动。

2. 目标口语初步发展阶段

提供丰富的语言学习环境，丰富婴儿的语言经验；欣赏文学作品，重复和理解作品内容，以感受为主，复述组织婴儿进行谈话活动；在听说游戏活动中发展婴儿的语音（开展早期集体阅读活动）。

四、0—3 岁儿童语言教育的原则

0—3 岁是儿童语言的准备与形成时期，在这一时期做好了对儿童的语言教育工作，将有助于儿童一生的语言发展。在对这一时期的儿童进行语言教育时，应注意以下八个原则：

（一）言语行为原则

结构主义语言学派认为，儿童只有在言语行为中，或者说是在语言的具体运用中，才能学到语言。因此，语言教学常用的领读、道理讲解等，不适用于儿童语言学习。最为理想的办法，是同儿童进行各种各样的交谈。在交谈中，儿童学到各种语言单位和语言规则，同时也学到各种各样的语言运用技巧，如语言交际的合作原则、礼貌原则、语境匹配原则等。

一些反例很能说明问题。例如，一对聋哑夫妇希望他们的听力正常的儿子能通过电视学会正常人的语言，但因没有语言交际实践，最终归于失败。苏联著名的神经心理学家卢利亚发现一对同卵双胞胎儿童，由于两人总是处在一起，对话极其简单，常是用半截子话叫喊，语言发展非常缓慢。直到5岁时，有80%的话语还是无组织的。后来，把他们分开放进幼儿园，增加了与同伴和成人的语言交际，语言都有一定的发展。

（二）略前性原则

儿童语言发展具有阶段性和顺序性。成人同儿童自然交谈的话语（简称CDS）是一种动态的话语，对不同年龄阶段的儿童，CDS的特点也不一样。它的语法、语义和语言内容所代表的认知难度，与交谈对象的语言水平和认知能力相比，稍微高一些。它是儿童听到最多的话语，是语言获得中最主要的输入材料。对儿童进行语言教学，就是要把CDS的特点自觉化，明确儿童当前所处的水平，依照儿童语言发展的顺序性确定儿童语言发展的最近发展区。教学的难度应在此发展区中。这就是略前性原则。形象地说，是“跳一跳，够得到”。

（三）扩充原则

引导儿童从已有的语言水平向最近语言发展区前进，较为常用的方法是对儿童的话语进行适宜的扩充。扩充是在重复的基础上向儿童提出新的语言学习任务，并给出学习范例。

（四）语境匹配原则

对儿童进行语言教育，最好是能做到话语同语言环境相匹配。这一原则是根据儿童的心理特点和语言学原理制定的。

儿童早期的思维特点具有极强的“具体形象性”。只有使语言同语境密切匹配，才能取得较为理想的语言教学效果。

语言之中包含着大量的语境因素，只有在一定的语境中才能较好地理解话语。比如，口语对语境的依赖度高于书面语，儿童语言对语境的依赖度高于成人。离开了语言环境，是不太可能顺利学习语言的。外语学习就是这方面的极有说服力的例子。在中国学习英语，一辈子都不容易学得地道；而在美国、英国等英语国家学习英语，进展就快得多。

（五）良好原型原则

儿童的语言发展是一个由原型不断外扩发展的过程。例如儿童最初掌握的词语，都与某一特定的对象相联系，具有专指的性质。这一特定的专指对象，就是儿童掌握的该词语的原始模型（简称原型）。前面我们曾经提到，儿童最早说出“爸爸”，只是指自己的爸爸，对于别的孩子叫他们的爸爸，感到困惑不解。

原型是此后儿童词语发展的参照基点。儿童根据原型所提供的同语信息，利用一定的词义发展策略和能力，不断地充实、扩展和加深词义内容。对于一些有下位词语的词，如“家具、水果、动物、食品”等，还要通过原型建立起这些上位词的词义，并形成这个上位词所拥有的成员的格局。因此，儿童一开始接触什么样的原型，对于儿童以后的词义发展有较大的影响。原型越典型，儿童词义的发展越顺利。原型越不典型，词义的发展过程就会越曲折。

（六）迁移性原则

儿童语言的发展是一系列迁移性反应的结果。最重要的迁移性反应有三种：（1）情景迁移；（2）所指迁移；（3）语法迁移。

情景迁移，是指在甲情景时学的话，改换到乙情景、丙情景中说。这样逐渐使儿童学会让相同的语言适应多种不同的语境，并逐渐在心理上把语言从语境中分离出来，实现言语向语言的转化。

所指迁移，是指以甲原型为基础学习的语言单位，再迁移到相关的其他实物上，让语言同它的各种所指都发生关联。比如，老师说出“苹果”这个词，用的实物是一个塑料苹果。接着可以把“苹果”这个词用到真的各种各样的苹果身上。通过所指迁移，可以使儿童把握某语言单位的外延，并逐渐深化其内涵。

语法迁移，是指用某语言单位造出不同类型的句子。如老师一开始用“这是苹果”这句话教“苹果”这个词，以后可以视情况再使用这样的句子：

（1）我吃苹果。

（2）苹果是水果。

（3）你喜欢吃苹果吗？

（4）请把苹果放在篮子里。

（5）桌子上有两个苹果。

（n）……

语法迁移常用的有扩展、变换、联合、简缩、替换等。通过语法迁移，使儿童掌握某语言单位的各种用法，并掌握与之有关的一些句式、句型和句类。从而提高儿童的语言能力和语言运用能力。

（七）容错原则

儿童语言发展中，常常会出现所谓的“错误”。这些“错误”是指对目标语言的偏离，是成人用自己语言的标准来衡量的。其实儿童的语言错误不同于成人的语言错误。因为：

（1）语言错误是儿童语言学习具有创造力的表现。不犯语言错误的儿童，其语言就不可能有较好的发展；凡是错话最多的时候，就是他的语言能力面临飞跃发展的时期。

（2）儿童的语言错误是不可避免的，成人的刻意纠正往往是无效的。这些错误随着语言的发展，往往会得到自动调整。

（3）儿童的语言错误，往往是有规律的，是对某种规则的泛化应用。这些错误有许多正是说明儿童掌握了某种语法规则的体现。

因此，在儿童语言的教学中，成人要有“容错”观念。对儿童语言错误的过多的不合理的纠正，不仅没有多大的效果，而且还会扼杀儿童的语言创造力，破坏儿童已经形成的有积极意义的语言系统。严重时还可能造成儿童语言学习的心理障碍。当然，在儿童处在可以改正错误的发展时刻，也有必要进行一些合适的策略的纠正。

（八）无察觉原则

儿童从来没有意识到他在学习一种什么语言。儿童是在游戏中、在人与人的互动中、在对客观世界和人类社会的认知中，无意识地学习语言的。或者说，儿童是出于生存和游戏的需要学习语言的。对儿童的语言教学，不要让儿童感觉到是在学习语言，而是在从事儿童生活中的各种活动。

这一原则要求教师把有意识的语言教育，用儿童无意识的方式表现出来，用儿童感兴趣的方式表现出来。依此原则，每一位教师、每一位与儿童有接触的人，都是在进行语言教育；儿童的一切活动、儿童在每时每刻，都是在上语言课。

第三节 3—6 岁儿童语言发展与教育

一、幼儿语音发展与教育

（一）幼儿语音发展特点

幼儿语音的发展主要表现在以下两个方面：

1. 逐渐掌握本民族语言的全部语音

语音是语言的“物质外壳”，语音分辨能力强弱、发音正确与否，直接影响语言的可理解性。所以，掌握本民族语言的全部语音，包括准确分辨和正确发出语音两个方面。

一般而言，幼儿的语音辨别能力已经发展起来，但对个别相似音，如“b”和“p”“d”和“t”有时还可能混淆。正确发音一般比听准音要困难一些。幼儿正确发音的能力是随着发音器官的成熟和大脑皮层对发音器官调节功能的发展而提高的。幼儿发音能力提高很快，特别是 3—4 岁期间。在正确的教育下，4 岁儿童能基本掌握本民族的全部语音。

在幼儿的发音中，韵母发音的正确率较高，声母的发音正确率稍低。儿童发音错误最多的是翘舌音 zh、ch、sh、r 和齿音 z、c、s。4 岁以后，儿童发音的正确率有显著提高。

2. 对语音的意识开始形成

儿童要学会正确地发音，必须建立起语音的自我调节机能。一方面要有准确的语音辨别能力，另一方面要能控制和调节自身发音器官的活动。儿童开始能自觉地辨别发音是否正确，自觉地模仿正确发音，纠正错误的发音，就说明对语音的意识开始形成了。

幼儿期逐渐出现对语音的意识，开始自觉地对待语音。幼儿语音意识的形成主要表现为：

能够评价别人发音的特点，指出或纠正别人的发音错误，或者笑话、故意模仿别人的错误发音等。

能够意识并自觉调节自己的发音。例如，有的孩子不愿意在别人面前发自己发不准的音；有的孩子发出一个不正确的音之后，不等别人指出，自己就脸红了；有的声称自己不会发某个音，希望别人教他。

语音意识的发生和发展，使儿童学习语言的活动成为自觉、主动的活动。这无论对儿童学习汉语还是学习外语来说，都是必要的。

（二）影响幼儿语音发展的因素

1. 生理因素的影响

听音、发音机制的成熟是幼儿语音发展的物质基础。各类调查表明，儿童掌握语音的正确率随着年龄的增长和生理机制的成熟而不断上升。4—4 岁半，这一机制基本成熟。

2. 语言因素的影响

儿童一旦具备了一定的知觉和动作的控制能力之后，他们看到榜样的言行就会加以模仿。此时，成人的语音对幼儿语音发展的影响极为重要。

3. 环境因素的影响

我国南方各方言区儿童学讲普通话的难度比北方的儿童大，刘兆吉等人的调查发现，农村儿童发音状况落后于城市的同龄儿童。

（三）幼儿语音教育

鉴于幼儿时期是掌握语音的关键时期，搞好幼儿的语音教育有着重要的意义。幼儿语音教育的内容大致包括以下五个方面：

1. 培养幼儿准确的听音能力

在幼儿语言发展的早期，常常是模仿别人说话时的语调，对语句的每一个音不能分别感知，直到 3 岁左右，仍有不少幼儿不能精确分辨近似音，在发音时就会出现相互代替的情况。这一现象是由于幼儿听觉水平较低造成的。因为听得准是说得准的前提，要使幼儿发音正确，必须注意发展幼儿的言语听觉，使他们能听得准确，能分辨语音的微小差别，特别是区别某些近似的词音，如 z、c、s、zh、ch、sh，为幼儿准确地感知语音打好基础。

2. 教会幼儿正确发音

清楚、正确地发音是运用口语进行交际的必要条件。教师应以普通话语音为标准，教会幼儿正确地发音，使他们在入学前，能正确掌握 1300 多个普通话音节。

在教育幼儿正确发音的过程中，要明确本地区哪些是幼儿感到困难和容易发错的音进行针对性教育。幼儿发音不准主要有两方面的原因：一是生理上的原因，3岁左右的幼儿，还不善于协调地使用发音器官，即不会运用发音器官的某些部位，或者不能掌握某些发音方法。如舌尖、舌面、舌根音要求发音器官各部位活动较复杂，幼儿就容易发不准zh、ch、sh、z、c、s、n、l、j、q、x等音，或产生相互代替情况。二是受方言的影响。方言同普通话相比较，在语音、词汇、语法几方面都有异同，其中差异最大的是语音，有的方言和普通话的发音相差极远。这是方言地区普通话教学的难点。突破这个难点，就要学习、研究本地区方言的语音系统和北京语音系统之间的对应关系。教师要掌握本地区方言中哪些音的声母、韵母、声调等与普通话有所不同，再结合幼儿本身发音的特点，找出本地区幼儿普遍感到困难和容易发错的音，从而确定儿童语音教育的重点。

3. 教会幼儿按照普通话的声调讲话

声调指音节的音高。汉语是有声调的语音，不同的声调和不同的声母或韵母一样，能代表不同的意思。如妈（mā）、麻（má）、马（mǎ）、骂（mà），声调不同，意思也完全不同。在训练幼儿发音时，必须教他们掌握正确的声调。讲方言的人学普通话时，其发音声调不准占了很大比例。因此，在对幼儿进行语音教育的过程中，一开始就要注意声调，到了中大班则要求声调应该正确。

4. 培养幼儿的言语表情

一个人讲话时的表情，除声音的变化外，还可辅之以面部表情、眼神和手势。这里讲的言语表情主要是指声音部分。

在口语中，为了准确和富有表现力地表达思想就需要声音的性质有所变化。教师在训练幼儿正确发音的同时，也要训练他们会用与表达内容一致的语调，即根据要表达内容的需要，来控制、调节自己声音的大小和速度，构成不同的言语表情。在平时讲话时，主要是培养幼儿的自然表情，做到声音的性质与其要表达的内容相一致。在朗诵或表演文学作品时，要求幼儿能在理解作品内容的基础上，有发自内心的感情，而不应是刻板的机械一致的声调，因此，在文学作品的教育中，还应训练幼儿掌握一些简单的艺术发声的方法。

5. 培养幼儿语言交往的修养

语言交往的修养，是指讲话态度方面的要求。从幼儿掌握口语开始，就要要求他们在语言交往中，讲话态度要自然，声调要友好、有礼貌，不允许撒娇和粗暴地讲话。

以上五方面的内容和要求是相互密切联系的，它们经常是在同一过程内完成的，如正确发音中就包括声调的正确，而语调变化又是反映言语表情和语言的文化修养的重要方面。但是，它们在语言表现形式方面又属不同方面的要求。我们只有全面地理解这些要求，才能在教育中把它们有机地结合起来。

二、幼儿词汇发展与教育

（一）幼儿词汇发展特点

词是语言的“建筑材料”——基本构成单位。词汇是否丰富，使用是否恰当，直接影响语言表达能力的强弱。因此，词汇的发展可以作为语言发展的重要指标之一。

幼儿词汇的发展主要表现在词汇数量的增加，词类的扩大以及对词义理解的加深三个方面。

1. 词汇数量迅速增加

幼儿期词汇数量增长很快，几乎每年增长一倍，具有直线上升趋势。据国内外的一些研究材料报道，3 岁幼儿的词汇达 1000—1100 个，4 岁为 1600—2000 个，5 岁增至 2200—3000 个，6 岁则达到 3000—4000 个。

2. 词类范围日益扩大

词可以分为实词和虚词两大类。实词是指意义比较具体的词，包括名词、动词、形容词、数词、代词、副词等；虚词意义比较抽象，不能单独作为句子成分，包括连词、介词、助词、语气词等。

幼儿一般先掌握实词，然后掌握虚词。实词中最先掌握的是名词，其次是动词、形容词、副词，最后是数量词。幼儿也能逐渐掌握一些虚词，如介词、连词，但这些词在幼儿词汇中所占的比例很小。在幼儿的词汇中，最初名词占主要地位，但随着年龄的增长，名词在词汇总量中所占的比例逐渐减少，4 岁以后，动词的比例开始超过名词。

幼儿词类的扩大还表现在词汇内容的变化上。儿童最初掌握的基本是和饮食起居等日常生活活动直接有关的词，以后逐渐积累了一些与日常生活距离稍远的词，甚至开始掌握与社会现象有关的词。

3. 词义逐渐确切和加深

在词汇量不断增加，词类不断扩大的同时，幼儿所掌握的每一个词本身的含义也逐渐确切和加深。幼儿对词义的理解有以下的发展趋势：

（1）首先理解的是意义比较具体的词，以后才开始理解比较抽象概念的词。幼儿所能理解的词基本仍以具体的词为主，如物体的名称、可感知的性状特征的词。

（2）首先理解的是词的具体意义，以后才能比较深刻地理解词义。但是，整个学龄前阶段的儿童仍难理解词的隐喻和转义。如听大人们说“那个人长得很困难”，孩子就说“我去帮助他”。大班幼儿开始能理解一些不太隐晦的喻义。

幼儿的词汇虽然有了以上多方面的发展，但总的来说，他们的词汇还是比较贫乏的，概括性也较低，理解和使用上也常常发生错误。因此，在教育上应注意丰富幼儿的词汇，发展他们的积极词汇，不要仅仅满足于儿童会说多少词，而要看是否能正确理解和使用。

（二）幼儿词汇教育的内容与途径

1. 幼儿词汇教育的内容

向幼儿进行词汇教育的主要内容是：丰富幼儿的词汇，教幼儿理解词的意义，教幼儿正确地用词。

（1）丰富幼儿的词汇。

幼儿学习新词一般是通过两个途径：一是在日常生活中，通过与成人或同伴的交往自然获得的，这类词大部分是比较浅显的，经常活跃在人们口头上的词；另一个途径是成人有意识地教给幼儿的词，这类词大部分是幼儿难以在自然状态学会的生词。幼儿园语言教育中所说的丰富词汇，大部分是指通过后一种途径丰富的词。

丰富幼儿的词汇应该有目的、有计划地进行。首先应教幼儿掌握代表具体概念的词。随着幼儿思维的发展，知识范围的扩大，再逐渐教他们掌握代表抽象概念的词。从词类上分，首先要教幼儿掌握关于对象和现象的名称的词——名词，说明对象和现象的动作和过程的词——动词，然后教幼儿掌握说明对象和现象的性质、特点、状态、程度的形容词和副词，最后再教幼儿学习掌握介词、连词等虚词。

在丰富幼儿的词汇中，对不同年龄的幼儿，在内容上应有不同的侧重和要求。

小班：

对小班幼儿而言，丰富词汇的中心要求是：学习运用能理解的常用词。

具体地讲，是指应该丰富幼儿常见常用、容易理解、生活中迫切需要的词，即教幼儿掌握和运用表示周围常见物体和各种活动的名词和动词。这是由这个年龄段幼儿思维的直觉行动性所决定的。因为名词是代表具体物体的，动词是与具体动作相联系的，所以幼儿易于理解和掌握。如周围物体（玩具、餐具、服装等）、常见的交通工具和动植物的名称——名词；吃饭、穿衣、上课、游戏等活动名称——动词。形容词只教他们掌握一些易于理解的、能直接感知的、说明物体具体特点的词，如表示物体形态的大、小、方、圆。表示基本颜色的红、黄、黑、白，表示味道的酸、甜、苦、咸，形容动作的快、慢，反映感觉的痛、饿、渴等。

小班后期，还应教他们掌握表示物体质量和说明人的行为好坏的形容词。教幼儿会用我、你、他等人称代词。另外，还要在日常生活中，结合实物教幼儿掌握 10 以内的基本数词和常用的介词如个、只、双等。

中班：

对中班幼儿而言，掌握的词汇量要大幅度地增加，质量上也要有明显的提高。

在名词方面，要在幼儿掌握了对物体的整体认识和名称的基础上，转入对事物各部分的认识。同时掌握各部分的名称。如衣服的领子、袖子，汽车的车头、车厢、轮子等。另外，还可以教幼儿掌握代表物体性质及制作物品材料的词。如冬天的衣服有的是皮的，有的是棉的，有的是羽绒的，它们穿在身上都很舒服、暖和。

在动词方面，除能正确运用说明日常活动的各种动词外，还要教他们掌握一些意义相近的动词，如驾飞机、开汽车、拔草、割麦、念书、看报等。

在形容词方面，要教幼儿学习运用多种多样的形容词来描述事物。如带有一定抽象意义的形容词：美丽的、鲜艳的、漂亮的；单音重叠的形容词：细细的、圆圆的、薄薄的、长长的、软软的；双音词尾的形容词：绿油油、笑嘻嘻、热腾腾、冷冰冰、硬邦邦等。

在数量词方面，既要教幼儿掌握更多的基本数词，又要开始学习掌握序数词（第一、第二……），增加日常生活中常用量词的数量，如条、头、件、辆、根、支、套……

在人称代词方面，会用我们、你们、他们。

中班幼儿掌握词汇质量的要求，还表现在要教会幼儿使用常用副词和连词。幼儿学会使用这些词，标志着幼儿已从掌握代表具体意义的词——实词，过渡到掌握代表抽象意义的词——虚词。这已不是简单的数量增加，而是词类的扩大，是幼儿学习和掌握词汇过程中质的飞跃。

大班：

对大班幼儿而言，在巩固中班已掌握词汇的基础上，要大量增加幼儿掌握实词的数量，并提高质量。

在名词方面，随着幼儿抽象思维的发展，应教幼儿逐步掌握一些概括性较高的名词，如家具、餐具、交通工具、动物、蔬菜、水果、粮食等。

在形容词方面，要学会用描述事物不同程度的形容词，来表明事物的微小差别，提高语言的准确性；会较准确地用形容词来描述物体的特点或状态；会用复合形容词，如深蓝、浅绿等来表示颜色的细微差别；会用一些代表抽象意义的形容词，如光荣、勇敢、机警等来评价人的行为；会用盼望、焦急、满意、感激等一类词来形容人的心理状态等。

另外，还应要求大班幼儿掌握并能运用一些同义词，即要求幼儿会用不同的词来说明相同的事物，掌握一些可以相互替换的词，使语言生动活泼，提高口语表达的质量。在教幼儿掌握同义词的同时，还可教幼儿掌握一些反义词，帮助幼儿更准确地认识事物的特征，学会对比事物，促进幼儿思维的发展。

丰富大班幼儿词汇的新内容是学习一些常用的虚词：介词（如在、向、从等），连词（如因为、所以、如果等）。提出这些新内容的依据是大班幼儿的抽象思维开始萌芽，他们已能注意到事物之间的联系，注意到一些现象的因果关系。另外，大班幼儿的生活经验逐渐丰富，在与人们的语言交往中，运用复合句式越来越多，教会他们运用一些复合句中常用的虚词，也是他们迫切需要的。

从以上三个年龄班丰富词汇的内容与要求中，可以看出幼儿词汇的发展和认知的发展有着密切的关系。因为幼儿语言的发展，是随着他的五官、运动器官的发育，随着感知觉和动作的不断发展而发展的，即在认识周围的人和物及各种动作的同时，掌握着大量的名词和动词。当幼儿与环境交往日益广泛，并在成人教育的影响下，逐步地对事物的属性和事物间的关系有所认识时，就能够对事物的形态、程度做进一步的描述，从而促使幼儿掌握较多的形容词和副词。幼儿掌握词的数量和质量，是随着幼儿认识活动的发展而发展，幼儿掌握词汇的数量和质量，也会因幼儿生活和教育条件不同而参差不齐。

（2）教幼儿正确理解词义。

词是概念体现者，它具有概括性、指物性特点，概括地标志着现实的某种物体及物体的特性、动作、关系等。由于词本身的特点，在给幼儿丰富新词时，教其正确地理解同义是非常重要的。因为只有理解了词义，才能算真正地掌握了词，否则词只是一个空洞的声音，没有实际意义，也不可能运用到语言活动中去。

教幼儿理解词义是在丰富词汇的同一过程中完成的。教给幼儿新词时，只有和事物的具体形象联系起来才能理解词的意义。在小班，就需要在幼儿认识各种事物、形成观念和概念的过程中，使幼儿掌握相应的词。中大班幼儿理解语言能力增强了，可结合幼儿已有的知识经验，用简单的语言解释新词所代表的概念。如用“好看的”解释“美丽的”“漂亮的”等同义词；用“这屋子真冷”或“今天天气真热”等句子，解释“冷”“热”一类比较抽象的词。

（3）教幼儿正确地运用词。

幼儿积累的词汇有两类：一类是消极词汇，一类是积极词汇。向幼儿进行词汇教育的最终目的是使幼儿将已理解的词正确运用到语言活动中去。

在日常生活、各种教育活动、游戏、散步以及其他自由活动的时间内，教师应有意识地注意幼儿在语言表达中运用词汇的情况。如对哪些词义还不明确，哪些词使用不当，因缺乏哪些方面的词而影响表达。教师针对这些情况，除了要不断给幼儿补充新词外，还要善于启发幼儿把学过的词运用到语言活动中去。

委托任务也是促使幼儿将词积极化的一种方式，如让某一幼儿到什么地方取一件东西，或到什么地方问点事情。任务本身就要求幼儿讲出一定物体的名称、用途、目的等。这种方式对比较胆怯、不敢在集体面前发言的幼儿有特殊的作用。

幼儿词汇教育的三项内容是密切联系的，丰富新词与理解词义是同时进行的，幼儿理解词义是积极运用词的前提条件。三项任务中哪一项没有完成好，都会影响幼儿口语表达水平的提高。

2. 幼儿词汇教育的途径

（1）直观性是词汇教育的基本原则。

幼儿是在认识活动的过程中学习新词的，即幼儿是在通过听觉、视觉、触觉等感知客观物体的特征、性质的基础上掌握词义。通过词的解释掌握新词，是幼儿掌握词的辅助手段。词的解释只有在幼儿头脑中能引起已感知过的形象时，才能为幼儿所理解。所以，依靠直观进行词汇教育是词汇教育的基本原则，它体现在以下五个方面：

第一，结合实物出现新词。

词是一类物体的代表符号，要使词起到符号作用，就必须使词和实物建立起牢固的联系。凡是丰富幼儿有关物体的名称、形状、颜色等新词时，都要使语音与实物同时出现，并多次重复。以后，还要用同类实物和该词建立联系，使其在幼儿思维中起概括作用，并帮助他们牢固地掌握词。

第二，结合动作出现动词。

汉语中的动词非常丰富，动作的微小差别就要用不同的动词去表达。如将一张桌子移动一下，两个人做是“搬”或“抬”，一个人做是“拉”“拖”“扛”“挪”，分得很细，让幼儿掌握它们有一定的难度。在教幼儿学习新动词时，伴随着动作出现新词，使动作与动词多次建立联系，能使幼儿具体形象地掌握不同动作的名称。

第三，伴随手势、表情或象声词解释新词。

关于心理感受的一些词，不易解释清楚，可以用手势、表情或一些象声词来帮助幼儿掌握“焦急”“盼望”“满意”等一类词的词义。

第四，利用图片帮助幼儿理解词义。

有些物体（如野兽、各种交通工具）不可能让幼儿全部直接感知，就可以用图片来认识它们的特征，掌握它们的名称。有些描述性的词，就需要有描述的对象才能理解和掌握。看图讲述是帮助幼儿理解形容词的词义和锻炼描述能力的有效形式。图片不仅可以帮助理解新词，同时也能有效地帮助幼儿运用新词。

第五，通过实物对比掌握反义词。

如大、小、长、短、粗、细、胖、瘦、高、矮、黑、白……词中的任何一个词，都是和它的反义词同时存在，如没有它的反义词，也就没有它存在的价值。这些词需要运用实物对比，才能使幼儿辨认掌握。

（2）词汇教育的具体途径。

第一，在日常生活中丰富幼儿的词汇。

日常生活是幼儿学习语言的基本环境，在这个环境中丰富幼儿的词汇有很多优越条件。一是形象、自然。在日常生活中，作用于幼儿的词句都是与一定的事物、动作同时出现的，即物、动作、词，总是同时作用于幼儿的视觉和听觉，所以词对幼儿来讲是具体的，是易于理解的。二是多次重复。日常生活中的语言多是常用的，经常重复，易于加深幼儿的印象和理解。三是幼儿有学习语言的要求。在日常生活中，幼儿经常可以接触到一些新鲜有趣的事物，这些事物能引起他们的求知欲。他们迫切地想知道它们是什么，有什么用处，从哪来的。教师针对幼儿日常生活中自发产生的这些问题，要积极地给予回答，同时利用这个机会扩大幼儿的眼界，丰富他们相应的词汇。在这种情况下教给幼儿的新词，他们不仅容易理解，而且能较容易地运用到生活中去。

日常生活是丰富幼儿词汇的最主要途径，教师应善于抓住时机进行词汇教学。例如：在穿衣时，教会幼儿正确叫出衣服和衣服各部分的名称；在盥洗时，教会幼儿掌握盥洗用具、盥洗动作、面部或身体各部分的名称；在吃饭时，教会幼儿叫出餐具、主食、副食的名称；在散步时，主动向幼儿介绍所见到的各种社会事物和自然现象，同时丰富相应的新词（事物或活动的名称、用途），有时还可以结合实际情况教幼儿一些新的形容词。如有的教师带领幼儿在雨后的路上走时说："这泥泞的路真难走。"幼儿就很形象地体会了"泥泞"是什么意思了，在回来的路上，有的幼儿说："我们还走这'泥泞'的路啊？"他们很自然地把新词用到自己的语言中去了。

第二，通过观察丰富幼儿的词汇。

直接观察是幼儿认识事物的重要途径，也是丰富幼儿词汇的重要来源。幼儿的观察特点是容易对周围事物中活动的、鲜艳的、有声音的东西发生兴趣，而周围环境中大量有教育意义的事物不一定能引起他们的注意，即使看见了，也还不能分清这些事物的本质与非本质的特征。总的说，幼儿观察的目的性、持续性、概括性的发展水平还是比较低的。

组织幼儿观察的方法包括观察实物和外出参观两个方面。

一是观察实物。这种观察一般是在幼儿园的活动室内进行，观察的对象是个别实物或它的模型、玩具、图片、标本等，如日常生活用品（餐具、炊具……）、水果、蔬菜、粮食作物、劳动工具等。其中，应以直接观察实物为主，只有在没有条件看到实物时，才运用模型、玩具、图片等，如飞机、轮船、火车等不易看到的交通工具。非实物的观察对象的选择，特征要明显、美观。

在观察前，教师应用生动活泼的语言或其他方式，启发幼儿观察的兴趣。在小班可以请来一个游戏角色——娃娃参与观察。如认识冬季服装时，就可以通过幼儿给娃娃穿衣服和鞋、戴帽子、手套等活动，让幼儿正确叫出各种冬季服装的名称和制作材料的名称。到了中班仍可以进行这种方式的观察，但内容与要求应加深，如能说出制作材料的不同性质——厚的、毛茸茸的、光滑的、柔软的，以及它们是由谁用什么工具制作出来的等。但是，中、大班的观察大部分是从教师直接提出观察目的开始，当然这也不排斥有时以谜语或游戏等方式开始。总之，观察开始的方式，要以能引起幼儿的观察兴趣为目的。

在观察过程中，主要是通过谈话方式引导幼儿观察。教师要善于运用问题，保持幼儿的观察兴趣。用问题引导幼儿观察物体的主要特征，反复谈论和描述观察的对象。教师要提的问题，在观察开始时，可以全部都提出来，使幼儿更有目的地进行观察。如中、大班在观察冬装时，教师开始可提出：“现在是什么季节？大街上的人们都穿上了什么衣服？这些衣服是用什么料子做的？你们穿的都是什么衣服？”向幼儿出示观察对象后，给幼儿留一段时间，以便他们自由观察，互相交换最初的印象，互相提问。然后教师再用问题引导幼儿由整体到部分，从部分到整体地观察、谈论。需要教给幼儿的新词，应在观察和谈论观察对象的过程中，自然地教给幼儿。教师要以自己准确的用词起示范作用。

在观察近似物体时，可以采用比较的方法，让幼儿掌握异同点，使观察对象的特征更加突出。有了这个基础，才能进行概括，形成概念，对标志这个概念的词，也才能掌握得更具体、确切。在运用比较方法时，小班适宜比较差别大的物体，如大卡车和小轿车比较；中班不仅可以减少对比物体的差别，而且可在认识新物体或现象时，同已认识的物体或现象进行比较，如组织幼儿认识无轨电车时，可与已认识的公共汽车进行比较；大班则应选择差别较小的物体或现象进行比较，如陶瓷制品和塑料制品的比较。大班有时还可选择两种以上的物体或现象进行比较，如粮食、蔬菜、水果等3类物品比较。以上这些比较方法的运用，常常是要求幼儿对不同东西的相同因素，相同东西的不同因素，进行对照和分辨，这就需要幼儿对这些物体的特征进行分析与综合。这对提高幼儿的思维水平，促进幼儿掌握说明事物不同程度属性的词（如比较光滑的、比较粗糙的、比较高的、比较矮的……）是十分有益的。

二是外出参观。带领幼儿到园外一些有教育意义的环境中去参观。为幼儿选择的参观地点应是幼儿能理解又不影响身体健康的地方，如公园、展览馆、博物馆、图书馆、少年宫、邮局、商店、小学、街道及交通工具、著名建筑物等。在农村附近，可参观粮食作物、菜地、养猪（牛）场、温室、果园等。

参观出发前，应对幼儿进行一次简短的谈话，告诉他们要去看什么，应该怎么看，以及出去参观时要遵守的规则。谈话要富于启发性，能引起幼儿的兴趣。在谈话中还可以围绕参观目的提几个问题，以激起幼儿参观的愿望。

在参观过程中，教师要用问题引导幼儿观察，让幼儿明确先看什么，后看什么，要把幼儿的注意力集中到观察的主要内容上，不要让与观察内容无关的事情分散幼儿的注意力。在幼儿观察时，教师要一个问题一个问题地提。提出一个问题后，应让幼儿看一会儿，想一想后，再回答问题。讲完一个问题后，再问下一个问题。教师一定要注意培养班上每个幼儿都能大胆地回答问题，让他们把看到的东西说出来。

在参观中，被参观的单位给幼儿介绍情况时，讲的内容要符合本次参观的目的，讲话要使幼儿能听得懂，要避免讲幼儿难于理解的名词术语。

参观结束时，教师可根据参观的目的，把看到的东西简单地总结一下，突出新学到的词，巩固幼儿的印象。

参观回来后，还应组织幼儿谈话，帮助幼儿把所获得的知识系统化，形成初步概念，并练习运用学到的新词。在幼儿还不能把新词运用到口语中，或运用得不恰当的时候，教师要通过示范、提示来启发幼儿运用新词或纠正不正确的用法。

第三，运用教学游戏（智力游戏）进行词语练习。

通过观察、参观等形式，主要是丰富幼儿的新词，而教学游戏则比较灵活，可以教幼儿新词，也可以练习正确运用词。游戏的活动性和广泛性（指可以参加的人数）的特点，符合幼儿的兴趣，可以比较容易地把他们吸引到学习活动中来。通过游戏练习词语的运用，教学要求是在幼儿“玩”的过程中完成的，幼儿有兴趣。他们为了达到游戏的目的而克服困难，遵守规则，从而获得练习。另外，游戏还可为胆怯和寡言的幼儿，提供练习的机会，减少学习的难度。

运用教学游戏时，首先应根据本班语言教育的内容，选择适当的游戏，或自编游戏。在自编游戏时，确定了游戏内容（丰富和巩固幼儿哪些知识和词汇），就要考虑这些内容如何在游戏规则中体现，因为游戏规则是完成内容的保证。其次应准备好游戏中所需要的教具或游戏材料。教具或材料应形象、美观，能正确地反映事物的各种特征。在游戏进行中，教师要以极大的兴趣，把幼儿吸引到游戏中来，同时要严格要求幼儿遵守游戏规则，以保证幼儿获得正确的练习。

在大班，还可以运用纯语言性的教学游戏，即游戏中不出现实物、玩具、图片和其他教具。这类游戏，有的是由教师提出一个个问题，要求幼儿做简短而迅速的回答，提问和回答都应是简短扼要、互相连接的，中间不能有长时间的停顿，如“木头能做什么？”“什么是甜的？”“什么是酸的？”有的是描述性的游戏，如由教师或幼儿讲述班上一个幼儿的长相和服装特征，请别的幼儿猜。有的是猜谜语、编谜语的游戏。

第四，运用儿童文学作品进行词汇教育。

儿童文学作品中的语言，是经过作家提炼加工的语言，具有生动、形象等特点，易于幼儿理解和接受。一些代表抽象概念的词，如光荣、牺牲、诚实等，一些形容人的心理活动、状态的词，如等待、兴奋、激动等，是难以通过观察（观察图片除外）、参观来了解词义的。文学作品的生动情节和形象描述，能帮助幼儿较快地理解这一类词的词义。

通过儿童文学作品丰富词汇，有的是通过故事情节使幼儿自然地理解词义，有的还需要通过辅助手段——图片、玩具、模型等，帮助幼儿理解词义。如讲“董存瑞炸碉堡”的故事情节时，可自然出示有关碉堡的图片，并稍加解释碉堡的功用，幼儿不仅能具体形象地掌握新闻的意义，而且对董存瑞英雄行为也能有更深刻的理解。有时也可用幼儿熟悉的事物，并配以适当的解释，来帮助幼儿理解词义。如故事中有这样的句子：“他穿过了一片密密的荒林。”“荒林”是新词，而“树林”是幼儿早已熟悉的词，这时教师就可把荒林解释为“没有人去过或没有人管理的树林”让幼儿由此及彼，就比较容易理解“荒林”一词的含义了。

复述故事或朗诵韵体作品，是使幼儿巩固掌握词的好方法，应保证幼儿能复述、朗诵一定数量的儿童文学作品。

表演故事（亦称表演游戏），是幼儿在游戏中再现儿童文学作品的好形式。教师应注意在幼儿游戏时，能反映出一些儿童文学作品的内容，以促进幼儿积极、正确地运用所学到的词。

第五，通过各种类型的教育活动进行词汇教育。

除通过观察、参观、教学游戏、讲故事、朗诵儿童文学作品外，其他类型的语言教育活动，如各种谈话活动、讲述活动都可以丰富幼儿的新词，练习正确运用词等。

另外，在各种教育活动过程中，都要丰富幼儿的词汇。如美术活动中，要教幼儿说出“蜡笔”“铅笔”，各种颜色、线条、形体的名称；体育活动中，要教幼儿掌握有关走、跑、跳、钻、爬等动作的名称；科学活动中，要教幼儿学到大量的有关动植物的名称、特征、习性及功用方面的、有关四季特征和自然科学现象方面的词汇；数学及音乐活动中也要相应地掌握很多相关词汇。

总之，幼儿园的词汇教育的内容，是通过日常生活、游戏、语言教育活动及各种教育活动等多种途径共同完成的。

三、幼儿语法发展与教育

（一）幼儿语法发展特点

语法是组词成句的规则，儿童要掌握语言，进行语言交际，还必须掌握语法体系。否则，很难正确理解别人的语言，也不能很好地表达自己的思想。

儿童对语法结构的掌握表现在语句的发展和理解两方面。

1.语句的发展

根据我国心理学工作者的研究，发现儿童语句的发展大致呈如下规律：

（1）句型从简单到复杂。

从第二节的分析我们知道儿童掌握句型的顺序是：单词句（1—1.5 岁）→双词句（2 岁左右）→简单完整句（2 岁开始）→复合句（2.5 岁开始）。这体现了儿童句型从简单到复杂的过程。

句型从简单到复杂的第二个表现是从陈述句发展到多种形式的句子。儿童最初掌握的是陈述句，到幼儿期使用疑问句、祈使句、感叹句等也逐渐增加。

句型从简单到复杂还表现为从无修饰句到修饰句的过程。儿童最初的简单句是没有修饰语的，以后便出现了简单修饰语和复杂修饰语。据研究[1]，2 岁儿童运用的修饰句仅占 20% 左右，3 岁到 3 岁半是复杂修饰语句的数量增加最快的时期，3 岁半儿童已达 50% 以上，到 4 岁时，有修饰的语句开始占优势，到 6 岁时上升到 91.3%。

（2）句子结构和词性从混沌一体到逐渐分化。

儿童句型从简单到复杂的变化，也反映了句子结构逐渐分化的发展趋势。儿童一开始只能说一些连主谓语也不分的单词句，句子结构混沌不分的程度就可想而知了。以后，单词句逐渐分化为只有主谓结构和动宾结构的双词句。再往后，句子的结构越来越复杂，层次也越来越分明了。

儿童早期所掌握的词不分词性。如"妙——呜"，既可当名词（小猫），又可当动词"咬人"。学的初期的儿童还常常把"解放军叔叔""小白兔"等词组当作一个词使用，不分修饰词和中心词。比如，不少小班幼儿说："我长大了要当解放军叔叔"，"我们家养了两只黑的小白兔"等等。随着年龄的增长，才在使用中逐渐分化出修饰词和中心词、形容词和名词、动词和名词等词的性质。

（3）句子结构从松散到逐步严谨。

儿童最初的句子不仅简单，而且不完整，常常漏掉或缺少一些句子成分。比如，最早出现的单词句和双词句实际上是一个简单的词链，严格说还不是句子，如果说是句子的话，那么缺漏句子成分的现象是十分严重的。简单句出现以后，才初具结构基架，但也常常漏掉一些主要成分，结构比较松散，词序紊乱，句子各成分之间的相互制约不明显。例如，有的 3 岁多的孩子把"你用筷子吃饭，我用小勺吃"说成"你吃筷子，我吃勺子"；把"老师，我要出去"说成"老师出去"。儿童最早出现的无连词的复合句，也是句子结构不严谨的表现。

随着年龄的增长，句子结构逐渐严谨起来。缺漏句子成分的现象逐渐减少，词序排列也越来越恰当，句子成分之间的制约关系加强了，复合句中的连词也出现了，原先几乎没有任何修饰词的句子，也逐渐出现了修饰语。儿童的语言也越来越能反映他们的思想。

[1] 朱曼殊主编．儿童语言发展研究 [M]. 上海：华东师范大学出版社，1986:87.

（4）句子结构由压缩、呆板到逐步扩展和灵活。

由于认识的局限性和词汇的贫乏，幼儿最初说出的语句只能表明事情的核心词汇，因此显得内容单调、形式呆板。稍后，开始能加上一些修饰语，使句子的成分变得复杂起来，表现的内容也逐渐丰富、富有色彩和感染力了。

2.句子的理解

在语句发展过程中，对句子的理解先于说出语句而发生。儿童在能说出某种句型之前，已能理解这种句子的意义。

1岁之前，在儿童尚不能说出有意义的单词时，已能听懂成人说出的某些简单的句子，并用动作反应。1岁之后，按成人指令动作的能力更加增强。

2—3岁的儿童开始与成人交谈。他们喜欢听成人说儿歌、讲故事，并能学习像“小白兔，白又白，两只耳朵竖起来……”等生动有趣的歌谣。

4—5岁的儿童已能和成人自由交谈，向他们提各种各样的问题并渴望得到解答。但是，对一些结构复杂的句子，如被动语态句（小明被小强撞倒了），双重否定句（小朋友没有一个不喜欢听故事的）等往往还不能正确理解。

幼儿期，儿童虽然已经能够熟练说出合乎语法的句子，但并不能把语法当作认识对象。他们只是从语言习惯上掌握了它，专门的语法知识的学习要到小学才能进行。

（二）幼儿语法教育的途径

1.在日常生活中培养幼儿清楚完整的表述能力

语法是语言的规则。人说话时，不仅要有丰富的词，而且还要把词按照一定的语法规则组织联结起来构成完整、连贯的语句，这样才能更好地表达自己的思想。幼儿主要是在运用语言的实际过程中，逐渐学习和掌握语法结构，形成语言习惯的。因此，在日常生活中培养幼儿清楚完整的表述能力是幼儿语法教育的最主要途径。

在日常生活中，教师在教孩子说话时，要首先教孩子说完整的句子，让孩子按固定的语序说话，从而逐步形成语法关系的意识；其次，要培养孩子的对话能力和独自讲述的能力，如讲述自己的经历、见闻。教会幼儿在与别人讲话时，先听清和理解对方所提的问题，然后有针对性地作出回答，做到每一句话说得连贯通顺。最后，逐步要求孩子能围绕一定的主题，完整、清楚、流畅地讲述某一件事情的经过，表达自己的思想感情。

2. 用口头造句的形式培养幼儿说完整句

实践证明，教师经常用一些幼儿易于理解、易于接受的词为扩散点来进行造句的训练，既可增加幼儿的知识，又起到了发展口语表达能力的作用。如出示“电”字卡片，请幼儿给“电”字找朋友，并进行“看谁找的朋友多”的游戏，幼儿的积极性得到了充分的调动。由“电灯”“电话”“电影”“电脑”到“我家买了一台电脑”“妈妈带我看了电影”……这种口头造句形式是口语练习最简单的形式，由口头造句开始，逐步引导幼儿用一个完整的语句表达自己的思想。

3. 用游戏的形式提高幼儿说完整句的积极性

游戏是幼儿最喜欢的活动形式，在游戏中发展幼儿语言，往往会产生事半功倍的效果。例如，幼儿园最常见的听说游戏，它的目标就是以培养幼儿倾听和表达能力为主，每个听说游戏都包含着对幼儿语言学习的具体要求，使孩子们在游戏的过程中不知不觉地巩固了已学的语言内容，掌握了一定的语言知识，而说出完整句的积极性也得到了提高。

第三章　幼儿文学作品活动

第一节　幼儿文学作品的选择

幼儿文学作品学习活动是基于文学作品专门的语言教育活动。幼儿文学作品是教育目标的载体，又是活动的依据。作品选得好，教育目标的实施就会顺利有保障。选择作品内容既要考虑到作品的教育功能，又要考虑到幼儿的欣赏趣味和欣赏能力。可用于幼儿文学教育的作品题材主要有生活故事、童话、寓言、民间传说、儿歌、幼儿诗、抒情散文以及童话剧等，无论哪种体裁，都要选择适合于幼儿年龄特点的作品，为幼儿所喜爱能接受。

一、强调可接受性，注意体裁的全面性

选择文学作品，首先要根据幼儿的理解水平、生活经验等因素，强调可接受性。作品要形象鲜明生动，作品结构简单，情节单纯而有趣，作品的语言浅显易懂、具体生动。如小班幼儿理解水平低，在选择作品时，要篇幅短小、音韵和谐，以儿歌和小童话、短故事为主；作品结构单纯，角色较少。中班幼儿理解水平有了一定的提高，生活经验也不断丰富，作品的体裁形式可以大大增加，除原有的儿歌、童话、故事，可增加幼儿诗、绕口令、散文等。大班散文、幼儿诗分量加重，并且增加了古诗欣赏，作品结构趋于复杂，寓意也比较深刻。

体裁上，除儿歌、幼儿诗、童话、故事、散文等，可增加谜语、民间传

说、古诗、寓言等丰富多彩的文学样式，而且增加了民间文学的分量，如选择幼儿喜爱的“连锁调”“绕口令”“问答歌”等具有民间文学特色的文学体裁；从内容来说，可以选择“捏面人”“放花灯”等民间娱乐活动，从而使幼儿潜移默化地接受民族文化的熏陶。此外，也可适当选择一些优秀的外国文学作品，如日本童话《去年的树》、丹麦作家安徒生的《卖火柴的小女孩》《丑小鸭》，德国作家格林的《白雪公主》、俄国作家普希金的《渔夫和金鱼的故事》等。

二、强调“童趣”，注意题材的新颖性

选择作品，首先应考虑为幼儿选择多种题材的作品，让沉淀在文学作品中的大量间接经验与幼儿发生相互作用。同时还应特别强调童趣，作品格调清新、活泼，洋溢着纯真的快乐。如小班作品《一起睡着了》，故事中小象、小老鼠、小兔子、小花猫、小山羊等，一个学一个，居然都一起睡着了，恰似生活中一群稚拙可爱的孩子；现实生活中，孩子们比谁个子高是非常可爱的情景，而在中班作品《小熊想长高》中，小熊居然和一棵小树比高，充满温馨愉悦；大班作品《没有牙齿的大老虎》中，人们心目中强悍威武的大老虎居然变得没有牙齿，这本身就是一个奇妙的故事，字里行间体现着幽默与童趣，矛盾迭起，喜剧气氛浓厚。即使是富有哲理色彩、较为严肃的作品如寓言，也都充满童趣，为幼儿所喜爱，如妙趣横生的《小马过河》《狐狸和仙鹤》等。

题材方面，小班注重促进幼儿尽快适应幼儿园生活，作品多为周围事物，以初步了解社会生活。中班题材更为丰富，如幼儿“长大的自豪感”，对于“勇敢”“朋友间相互依存”等的认识，以及对大自然的热爱、培养环境保护意识等主题都会出现在文学作品中。随着年龄增长，生活经验日益丰富，大班幼儿对文学作品的理解更加深刻，作品的主题也有了较大的扩展，如友谊必须建立在真诚、平等的基础上；要与同伴合作，要接纳他人；增强中国人的自豪感；体验劳动的辛苦，懂得尊重他人劳动成果等。题材的丰富性还表现在引入适量的外国幼儿文学作品，时代性鲜明、内容与幼儿生活接近等。

三、强调“渗透”，注意主题的多重性

文学作品能够促进幼儿多方面的发展，是实施各领域渗透性教育的平台。

因此，在选择作品时，除了注重作品的语言学习功能，还应当使作品具有促进其他方面发展的多重价值。如图画故事《鳄鱼怕怕牙医怕怕》把健康领域里保护牙齿的教育与幼儿勇敢品质的教育巧妙地通过图画故事的形式完美结合在一起。又如大班图画故事《田鼠太太的项链》则是讲述田鼠太太为了美丽的项链，将自己过冬的食物换成了新衣服的故事，巧妙地引导幼儿学习理解数物交换关系，这是语言领域和数学领域的相互渗透和整合。

第二节　幼儿文学活动设计与组织指导

一、幼儿文学作品学习活动设计与实施的基本结构

幼儿文学作品学习活动的目的是引导幼儿积极主动地学习语言文学作品，感知语言文学作品，并能创造性地运用所学语言的能力。教师要能贯彻文学教育的基本理念，组织好教育过程，就需要具有某种规范性的活动结构，把握好以下几个层次：

（一）学习文学作品内容

将文学作品传授给幼儿，这是文学教育活动首要的环节。但是作品内容以何种形式传递给幼儿，这是教师必须予以充分考虑的问题。教师往往根据作品的难易程度、本班幼儿的实际水平以及活动环境与材料利用的便利与否，而采取不同的形式来组织教学。有的采用比较形象直观的图片、幻灯、录像、多媒体等视觉教育手段；有的采用录音、教师讲述或教具、玩具等辅助教育手段呈现作品内容；有的观看情景表演、哑剧等来接近学习内容。如果作品内容比较浅显易懂，幼儿有直接的生活经验，则可直接呈现在幼儿面前，教师的直接朗读，可以减少许多烦琐的程序。

在这一环节中，教师要将学习的重点放在幼儿的理解上。教师首先要注意不要在第一次接触作品时过多地重复讲述作品，以免降低幼儿对文学作品的兴趣。故事类作品应以两遍以下为宜。其次，不要强调让幼儿机械记忆文学作品内容，而应将幼儿注意的焦点更多地投向对作品的理解和思考上。第三，用提问的方式组织幼儿讨论，帮助他们理解作品的情节、人物形象和主题倾向，尤

其是注意引导幼儿用已有的个人经验或假设性的问题进行深入思考和想象。例如在图画故事《我爸爸》的活动中，教师设计了不同层次的提问“你的爸爸有什么优点？他像哪个动物？爸爸什么时候会这样？这个玩具熊又是谁？什么时候爸爸会像玩具熊一样可爱、柔软？你喜欢这样的爸爸吗？爸爸病服上有什么？谁的手放在爸爸胸前？最后一页告诉了我们什么呢？我们欣赏完这本书后，你觉得爸爸是什么样的人？喜欢他吗？”幼儿通过倾听、观察、思考、交流等，很快解读和理解了故事内容，学习兴趣很浓厚。

（二）理解体验作品经验

在学习作品内容的基础上，教师还有必要进一步引导幼儿去理解作品，体验作品，尤其是让幼儿通过亲身感受去体验作品中所展示的人物的情感历程和心理世界。教师可以围绕作品内容设计和组织几个相关的活动，如观察走访、观看图片、动画片、情景表演，组织认识自然和社会的活动，采用绘画、纸工等艺术创作手法，引导幼儿讨论、表达和表现文学作品内容。不管采取何种方式，都必须紧紧围绕着作品内容引导幼儿理解与思考。例如散文《爸爸的手》的活动中，幼儿通过欣赏课件、与自己的爸爸玩拍手游戏、描画爸爸和自己的手等环节，感受和理解散文传递的思想感情，提高幼儿学习散文的兴趣，进而激发幼儿对爸爸的喜爱和崇敬之情。

（三）迁移作品经验

在帮助幼儿深入理解作品的基础上，教师还可以进一步引导幼儿迁移作品的经验。因为文学作品向幼儿展示的是建立在幼儿生活经验基础上的间接经验。这种间接经验让幼儿感到既熟悉又新奇有趣。但是，仅仅让幼儿的学习停留在理解这些间接经验的基础上还是不够的，还不能充分地将这些间接经验与幼儿的直接经验联系起来。因此，需要进一步组织与作品重点内容有关的操作、游戏、角色扮演等活动，向幼儿提供一个将文学作品经验迁移到生活中与幼儿生活经验和体验有机结合的机会。这样既可以使幼儿进一步加深对作品的理解和体验，又可以扩展幼儿的生活经验。例如，小班故事《拔萝卜》活动中，教师引导幼儿理解故事内容后，鼓励幼儿进行故事表演，进一步学习“××来啦，来啦！‘嗨哟，嗨哟’拔呀拔，还是拔不动”的句式，让幼儿在故事表演中体验快乐。

（四）创造性想象和语言表述

教师可以进一步创设条件，让幼儿扩展自己的想象，并创造性地运用语言去表达自己的认识与想象。创造性想象和语言表述仍然立足于原有已学的文学作品内容的基础上进行，在这一层次活动中，教师可以让幼儿学习续编故事，也可以让幼儿仿编诗歌，还可以让幼儿围绕文学作品内容想象讲述。通过这样的创造性学习活动，幼儿尝试进行语言材料的想象和创造，培养幼儿对语言艺术的敏感性，增强幼儿的艺术思维能力和创造潜能。主要可以从以下三个方面着手培养：

1.指导幼儿艺术地再现文学作品

再现文学作品的方式有多种：复述、朗诵、表演、用音乐或美术手段再现其思想内涵和情感氛围等。其中，前三种再现方式与语言运用关系比较大，也是幼儿文学教育经常采用的活动方式。无论复述、朗诵或者表演，教师都需要指导幼儿在准确理解作品的基础上，借用作品的一些原词原句，加上自己的解释以及辅助性的情感表达手段，如表情、声调变化等，将原作品中吸收来的词汇和句式加以分析和选择，根据朗诵或表演的需要进行几番“加工”。多次经历这些活动可以使幼儿逐渐把原作品的词汇和句式化为己有，从而提高运用词语进行口语表达的能力。

2.指导幼儿学习仿编文学作品

同再现相比，文学作品的仿编活动对幼儿创造性地运用语言提出了挑战。实际上，幼儿仿编文学作品的过程也是一个再造或仿造的过程。幼儿先感知理解作品中一句话或一段话的结构特点，然后凭借想象构思出新的内容，再借用原作品的结构，通过换一个词或换几个词，甚至换几个句子的方式完成仿编活动。例如，小班儿歌《叫声》原文是“我爱我的小鸭，小鸭怎样叫？呷呷呷，呷呷呷，小鸭这样叫。”幼儿换了一些词后，仿编成“我爱我的小鸡，小鸡怎样叫？叽叽叽，叽叽叽，小鸡这样叫。”或者是把“小鸭”换成“小狗”“小猫”等其他动物，叫声则相应换成“汪汪汪”“喵喵喵”。通过文学作品仿编活动，教师可以引导幼儿理解语言结构形式与语言内容的关系，即不同的思想内容可以通过同一种语言结构表达出来；同时，教师还可以鼓励幼儿大胆想象，创造性地进行词语的搭配组合，表达丰富多彩的思想内容。幼儿也从自己仿编的作品里体验到成功所带来的快乐，提高自信心，在练习用词造句、练句成段等组织语言能力的提高之余，也大大增加了语言学习的兴趣。

3. 指导幼儿创编文学作品

在大量感知文学作品以及仿编文学作品的基础上，教师可以鼓励幼儿进行文学创编活动。最初的文学创编活动往往需要图画及教师语言的帮助。如幼儿编构故事活动，教师可以请幼儿根据故事开头所提供的线索，展开丰富的想象继续编构故事，从而编出一定的故事情节。在指导幼儿创编文学作品时，教师既可以让幼儿编出一句或一个段落，也可以视幼儿的能力鼓励他们编出完整的文学作品。如大班故事《神奇的小火车》活动中，教师引导幼儿理解故事内容后，鼓励幼儿充分发挥想象，拓展故事内容，清晰大胆地表述自己的想法，幼儿围绕主题集体讨论、自由讲述："如果我上了神奇的小火车，我想发生什么样的变化？还会有哪些乘客想上神奇的小火车？他们想在小火车的帮助下得到怎样的变化……"，在创编故事环节中，孩子们表现出极大的热情，在语言表达上完整、自信、有独特性。

二、幼儿文学作品学习活动设计与实施中应注意的问题

（一）充分发掘文学作品的整体功能

幼儿文学作品的整体功能可以概括为：知识启蒙、智力启蒙、人生启蒙。知识启蒙是文学作品的表层功能，通常表现为让幼儿通过文学教育获得某些信息，学习某些知识经验，懂得某些道理等。而智力启蒙和人生启蒙则是文学作品的深层功能，进入幼儿期，幼儿文学作品的教育功能便由最初的知识启蒙为重点转向智力启蒙和人生启蒙，这中间并没有截然不可逾越的界限，实际上幼儿在接受儿歌、故事等知识启蒙的同时，也在或多或少地接受着智力启蒙和人生启蒙。如谜语歌《橘子》："小小红坛子，装满红饺子，吃掉红饺子，吐出白珠子。"不仅在传授知识的同时满足了幼儿的好奇心和求知欲，而且对于训练幼儿的推理判断和联想能力也是极为重要的。但在幼儿文学教育活动中，由于受到教师对文学作品教育的深层功能认识和重视程度的制约，往往容易忽视文学作品深层功能的发掘，或者从严格意义上说，发掘得还相当不够。因此，在幼儿文学教育活动中既要注意发掘文学作品的表层功能，又要注意深层功能的发掘，让幼儿学习文学语言，增强文学理解，增强文学艺术的想象力，激发其

创造性思维和创造潜能，让幼儿文学作品整体功能最大限度地发挥，从而促进幼儿语言水平的提高。

（二）在日常生活中渗透文学教育

在日常生活中，教师可以在墙饰布置中安排故事和诗歌的内容，听觉背景中出现故事和诗歌，使之在不经意中渗入幼儿的大脑，从而产生一定的记忆。一些在背景中出现过的作品，当移到正式的学习活动中时，幼儿往往会产生“似曾相识”之感，增加进一步学习和探究的兴趣。教师也可以培养幼儿主动学习的习惯，如让幼儿独立自主地选择图书、磁带、卡通片录像带或光盘等，操作音响设备和电脑，收听或收看文学作品。也可以在其他领域的教育活动中渗透文学教育。如幼儿扣纽扣时，老师念儿歌“扣纽扣，一个眼，一个扣，我帮它们手拉手，结成一对好朋友。”幼儿边听边学，增加生活的情趣，像玩游戏似的就把纽扣扣好了。年龄越小的班级，越要让作品融入日常生活，使之在幼儿的操作中内化形成文学表象。

（三）不断充实时代感强、符合幼儿欣赏情趣的幼儿文学作品

幼儿园语言教育不同于小学语文教育，它没有统一的教材，有的教育内容必须由教师自己选择与确定。这样一来，要想使选择的文学作品能够真正体现语言教育的目标，能够促进幼儿语言的发展，教师必须增强时代意识，不断充实符合时代气息的幼儿文学作品，以提高幼儿学习文学作品的兴趣。从幼儿的情趣出发，尽量选择能够使幼儿感到有趣味的作品，例如文学作品中的人物形象及其动态与日常生活中的形象既有联系又有较大的反差，幼儿往往特别感兴趣。如小松鼠错把乌龟背当作大石头，把房子造到乌龟的背上，当出现险情时，才发现自己犯了粗心大意的毛病。幼儿见过许多造房子的情景，但却从未看到过会动的房子，更没有看过乌龟背上造房子，他们就会感到滑稽可笑。另外还有想象奇特的作品，动作性强、情节和语言循环往复、结局完满的作品，都符合幼儿的情感和期望，教师可以及时选择这一类的文学作品，增补到语言学习的内容中去，使幼儿已有的经验在想象中得到整合与创新。教师还要注意充实一些人物、情节、情感变化比较复杂的文学作品。有关研究表明，适度复杂的作品与幼儿相互作用时，更有助于幼儿全面调动自身的文学心理功能，使学习文学的潜能得到开发。

三、幼儿文学作品学习活动指导的基本策略

（一）文学活动的组织策略

幼儿文学活动的组织，是执行具体的文学作品学习活动方案以实现活动目标或教育目标，也包含在执行过程中根据实际情况对活动方案进行调整。一般来说，一个活动的具体开展，包含导入、展开、高潮、结束、延伸等环节，活动的开展过程还体现出一定的节奏。因此，根据各环节在实践操作中的难易程度及对目标实现的价值水平，本部分主要谈谈导入的一般策略、高潮的一般策略、结束的一般策略和节奏的一般策略。

1.导入的一般策略

导入是教育活动的开始，教师引导幼儿进入活动过程的组织方式，其目的在于引起幼儿的活动兴趣，明确活动任务与要求，激活幼儿思维，启发积极思考等。语言活动的导入方式多种多样，在策略的使用上应体现出启发性、针对性、趣味性、艺术性、简洁性等要素，使导入环节更具有教育价值。因此，活动内容不同、幼儿特点不同、教师不同，导入时使用的策略就可能不同。归纳起来，主要有以下几种类型：

（1）谈话导入策略。这种策略是指教师与幼儿进行简短、轻松的谈话直接导入活动之中，整个活动环节简洁、自然、巧妙、切题，能在瞬间稳定幼儿情绪，激发求知欲望，为新知识的探究活动奠定心理基础。例如，在教学散文诗《冬爷爷的胡子》时可以这样导入："小朋友你们见过爷爷的胡子吗？爷爷的胡子是什么样的？谁知道冬爷爷的胡子是怎样的？今天，老师给大家带来了一首关于冬爷爷胡子的散文诗……"

（2）故事导入策略。故事导入策略是指教师精心设计，自编儿歌、故事作为活动的导入环节。运用时，要注意所讲的故事、所编的儿歌，应该与活动内容紧密联系，成为活动过程的有机组成部分，并且要注意所选、所编的故事要有教育性、科学性、艺术性与趣味性。如学习绕口令《打醋买布》时，教师针对绕口令特有的简洁、易混淆的语言特点，采用一则小故事引入内容："有一位姓顾的老爷爷，他到街上去买一瓶醋，还想买一块布……"，这样幼儿在理解的基础上学习绕口令就容易多了。

（3）谜语导入策略。这种策略是指教师根据具体语言教育活动内容选择相

关的谜语导入，适合已具备猜谜语经验的中大班幼儿。如中班语言活动“小小电话”可选择这种方式：“丁零零，丁零零，这边说话那边听，两人不见面，说话听得清。小朋友，动脑筋猜一猜，这是什么？”当幼儿猜出谜底“电话”时，可以自然引入教学内容。

（4）演示导入策略。演示导入策略可以在一定程度上弥补幼儿感性经验不足，让幼儿做好经验上的准备，帮助幼儿由具体形象思维向抽象逻辑思维过渡。如学习科学故事《身边的空气》时，可以通过演示小实验激发幼儿学习的兴趣，主动参与活动。

（5）情境表演导入策略。这种方法是由教师事先排练一段情境表演，活动开始时让幼儿观看，随着情节引发的问题展开讨论，进一步引入新内容。如故事《小猫钓鱼》就可以采用教师和一名幼儿分别扮演猫妈妈和小猫，扛着鱼竿拎着鱼桶去钓鱼的情境表演方式导入活动。

（6）游戏导入策略

游戏是幼儿最喜爱的活动方式，在语言教育活动中可以选用游戏的方式，创设游戏的情境来引出活动，激发幼儿的学习兴趣。如幼儿学习《手指歌》时，就可以用手指游戏进行导入激趣。

（7）歌曲导入策略。教师选取与活动内容有密切联系的歌曲，鼓励幼儿在活动开始时吟唱，也是一种较好的导入方法。如大班学习诗歌《春天的秘密》时，让幼儿欣赏歌曲《春天在哪里》，使幼儿从歌曲中获取更多有关春天的知识，从而进一步认识春天的特征。

（8）回忆导入策略。这种方法是让幼儿回忆曾经经历过的事情来引入活动。例如，在讲述活动“快乐的春游”中，教师说：“上星期三，我们去公园春游，你们玩得怎么样？我们今天把春游的事情讲给没有去过的小朋友听，好吗？”

（9）悬念导入策略。这种导入策略就是教师在幼儿活动前，结合语言教育活动内容设置悬念，使幼儿置身于惊异之中，将幼儿的学习兴趣激发到极点，从而产生强烈的学习活动欲望，为幼儿营造出积极有效的教育情境。

（10）材料导入策略。运用新奇、特异的玩教具或实物、图片、模型等来引起幼儿注意，激发幼儿兴趣。这种导入策略是幼儿园低龄段活动导入中常用的导入策略。

在幼儿文学作品学习活动中，除了上述主要的导入策略外，还可以创造性地探索出更多符合自己教学风格与本班实际的导入策略。教育活动是情境性的活动，具有不可重复性，并且幼儿的情感在一定程度上受具体情境的触发，因此，切不可照抄照搬，僵化教条。

2. 掀起高潮的一般策略

在幼儿园教育活动中，幼儿的意识处于高度兴奋的状态，富于创造的激情和成功的体验，教师的教学达到最高的教育审美境界，这是教育活动的高潮，在语言教育活动中亦是如此。掀起高潮的策略就是在教育活动过程中，将幼儿的情绪、认知、外显的与内隐的（潜在的）能力推向最为活跃状态的一种教育艺术，具有情绪的兴奋性、智力的活跃性、审美的艺术性、高度的效益性等特点。主要有以下几种策略：

（1）情动感染策略。优秀的教师总是善于凝理注情，组织幼儿情感化地活动，使幼儿获得强烈的情感体验，达到活动目的。文学富有情感性，特别是基于文学作品的幼儿园语言教育活动，更是为幼儿审美情感的培养提供了可能性，因此在文学作品学习活动中，使用这一策略最重要的是教师自己的感情必须是真挚的，以情激情。例如，大班儿歌学习活动《摇篮》，教师引导幼儿欣赏时可以配上轻轻的《摇篮曲》，为幼儿营造轻松、恬静的氛围，促进幼儿有意识地倾听，从而达到欣赏的效果。

（2）随机应变策略。有经验的教师常常能够凭自己的教育机智将幼儿无意注意转向正题或转化为有利于实现教育活动目标的有意注意。在语言教育活动进行中，面对突发事件，不能拘泥于预订计划与目标，要随机应变，出奇制胜，形成教育活动的高潮。

（3）奇特操作策略。好奇心强是幼儿的一大心理特点，语言教育活动过程中适当地利用新颖奇特的玩具材料进行操作活动，能有效地激发幼儿的学习兴趣，形成高潮体验。例如故事《狼和小羊》，教师采用手偶边表演边讲述故事，使幼儿兴趣高涨，注意力集中，这样会有较好的学习效果。

（4）启发诱导策略。教师通过巧妙的循循诱导和层层点拨，通过幼儿深入、围绕活动内容进行情感的体验，使活动达到高潮。如图画故事《逃家小兔》，教师向幼儿不断提出问题“小兔想了什么办法不被妈妈追到？小兔怎么说的？兔妈妈又是怎么说的？为什么妈妈要不停地追小兔呢？如果你妈妈来追你，你会变成什么呢？”这种层层递进的开放性提问方式，大大激发了幼儿语言的表达和学习的兴趣。

（5）参与表演策略。在语言教育活动中，让幼儿通过模拟、表演等身临其境地参与到教育活动中来，不仅能体现幼儿在教育活动中的主体地位，还能增加教育活动的情趣和实效。如图画故事《母鸡萝丝去散步》的活动中，教师在引导幼儿学习故事后，将故事情节编成了一个简短的音乐游戏，幼儿分别扮演母鸡萝丝、青蛙、小老鼠、狐狸，在音乐中趣味盎然地玩起了游戏。

（6）竞赛策略。大脑处于竞赛状态时的效率要比无竞赛时的效率高得多，即使对毫无直接兴趣的智力活动，因渴望竞赛取胜而产生的间接兴趣，也会使他们忘记事情本身的乏味而兴致勃勃地投入到竞赛中去，在幼儿园语言教育活动中运用恰当的竞赛手段制造高潮，也是符合幼儿身心发展特点的。

3. 结束的一般策略

结束环节是激活信息的过程，教师把重要的、有趣的东西放在“终场”出示，用以激活幼儿头脑中已有的信息，加强已有信息的进一步建构和新信息的获取、加工，使信息变得有意义。结束环节还有另一方面的作用是评价。评价是更高的思维工具：反省、分析、综合，然后判断。同伴之间的评价、教师的评价、自我评价也是使一次活动达到目标的重要组成部分，其中，自我评价是最重要的。结束应做到首尾照应、结构完整、延伸拓展、水到渠成、适可而止。一般有以下几种常见类型：

（1）总结归纳策略。总结归纳策略是指教师用准确简练的语言把活动的主要内容加以总结归纳，使幼儿对所学知识技能加深印象的策略。教师在使用此策略时要注意充分调动幼儿的主体性参与。在大班仿编儿歌《伞》的活动结束时，教师可以将幼儿仿编的诗句“高高的梧桐树是小喜鹊的伞，圆圆的荷叶是小鱼的伞，黄黄的树叶是小蚂蚁的伞……”进行串联和小结，激发幼儿的成就感和创编的乐趣。

（2）水到渠成策略。水到渠成地结束文学作品学习活动，是按照活动内容的顺序，根据幼儿的学习规律一步一步地进行，最后自然收尾。这种结束方式要求教师精心设计活动内容和结构，准确把握活动的进程、时间与节奏，环环相扣，只有这样才能有效地达到预期的目标。

（3）操作练习策略。教师在活动结束时，引导幼儿自主多样的操作活动、练习方式，巩固所学知识、进一步形成技能的策略，就是操作练习策略。教师在运用时要注意：一是操作、练习材料要充分；二是设计的操作活动在内容上要能集中运用所学；三是操作活动与前面各环节有机联系，自然过渡。在大班图画故事《花格子大象艾玛》活动结束环节，教师引导并鼓励幼儿进行“我给大象化妆”的操作活动，让幼儿在绘画活动中自然结束，为孩子们留有余兴。

（4）延伸扩展策略。在语言教育活动结束环节中，把本次活动作为导线，将幼儿的活动巧妙地引入下面或以后的活动中去，使活动的内容具有连续性、拓展性。如大班童话故事《小红帽》活动中，教师设计了幼儿讨论故事里的角色特点和道具材料的特点环节作为结束，这正好为第二课时的表演活动做了铺垫和准备，起到了延伸扩展的作用。

（5）游戏表演策略。这是常见的结束策略。幼儿的身心发展特点决定了幼儿在学习活动中容易疲劳，而幼儿天生喜欢游戏，在游戏中易兴奋，易掌握所学内容，因此，当语言活动组织方式显得单调，活动效果可能不好时，可尽量采用生动活泼的游戏表演形式结束活动。在小班故事《小兔乖乖》的活动，教师可采用表演游戏的形式顺其自然地结束，既丰富活动内容，稳定幼儿情绪，又顺应孩子的心理需求，提高活动的有效性。

4. 把握活动节奏的一般策略

教育活动是有节奏的，具有节奏美感。教育活动的节奏策略，是指教师使其所组织的教育活动富有美感的规律性变化的教育智慧。教师在活动中借用重复、突转、强弱、曲折、缓急、间歇、交替、明暗、动静、交换等节奏策略，形成起伏有致、张弛交错的活动节奏，能使师幼双方情感发展波澜起伏，此消彼长，构成教育活动内在的动律，使教育活动产生一种韵律、流动之美，具有撼人心弦的艺术魅力，达到教育审美心理的共鸣。活动节奏策略要呈现出快慢得宜，疏密相间；动静结合，调节气氛；起伏有致，抑扬顿挫；起承转合，整体和谐的特点。活动节奏的策略主要有以下几种类型：

（1）活动内容的节奏。主要体现为内容的变化性。无论是同一内容的机械重复也好，还是变着花样重复也罢，都难以避免遭遇幼儿的冷落。如果教育活动内容的安排采取第一次活动：ABCD；第二次活动：BCDE；第三次活动：CDEF；而不是 BBB、CCC、DDD 来制造和谐节奏，那样效果就会截然不同。

（2）活动时间的节奏。主要体现为在时间纬度里内容的变化、活动方式的变化、活动材料的变化等。如果某一内容或某一活动方式持续太长时间，就会引起幼儿疲劳或注意力涣散。

（3）教师语言的节奏。语言节奏主要由语音的强弱、语速的快慢构成。单一而无变化的语音和语速很容易引起幼儿听觉的钝化。相反，教师的语音突然由强变弱或相反，突然由快变慢或相反，都会引起幼儿的重新注意。故此，教师应注意克服单调的语言节奏，而增强其变化性。如小班散文诗《轻轻》的活动开始，教师在背景音乐的伴奏下，随着稳定的节奏，用甜美自然、抑扬顿挫的声音朗诵“轻轻的云朵，轻轻的风，轻轻的柳条，轻轻地动，轻轻的小船，轻轻地划，轻轻的桨声响不停，我轻轻地唱支划船歌，轻轻是我，我是轻轻”。幼儿凝神专注地聆听，仿佛被这种轻松宁静的氛围所陶醉。这样为后面的活动奠定了良好的心理基础。

（4）幼儿学习的节奏。主要体现为幼儿学习优势器官的交替使用，如视觉学习、听觉学习、动作学习等学习方式在教育活动过程中的不断变化。从大脑生理学角度讲就是交替使用大脑不同部位的机能。

（二）语言教育活动中教师语言的使用策略

苏联教育家苏霍姆林斯基说：“教师的语言修养在极大程度上决定着学生在课堂上的脑力劳动效率。”优秀教师的语言魅力常常能在活动中化深奥为浅显、化抽象为具体、化平淡为神奇，从而激发幼儿的学习兴趣，集中幼儿的注意力，可以使语言活动更具有趣味性和艺术性。幼儿正处在语言及其他方面发展的敏感期，教师语言修养对幼儿的语言发展、认知发展、情绪情感发展及社会性发展都有着重要的影响，教师说话的方式、速度、节奏等还影响着幼儿语言艺术性的发展。所以，教师良好的语言修养及语言策略使用显得尤为重要。幼儿园教育活动中教师语言使用应遵循情感性、形象性、启发性、逻辑性、生活性、文学性、简练性等基本原则。说话过程中实现完整表意的基本构成因素包括语音、语调、语气、修辞、节奏、停顿、轻重音，因此，对这些因素的良好调控与使用能力，也就成了教师语言策略的基本类型。另外，结合我国幼儿园教育创造目标的提出，我们将语言的幽默策略也列入了教师应掌握的基本语言策略。作为文学作品学习活动，对于教师的语言使用策略更应引起重视。

1. 语调策略

语调，通俗地说就是说话的腔调，是一句话中语音高低轻重的配置。教师的语调策略，就是要求教师能根据幼儿的发展特点、个性特点和教育目标内容特点、说话的场合等因素恰当地使用和调控自己的说话腔调。因此，语调策略要求教师在语言使用上应做到：第一，发音准确，说标准普通话，同时考虑幼儿的方言文化。第二，发送指令、讲述故事等注意语音的高低调配、轻重音的分配，使表意清楚，重点突出。第三，语调上要注意舒缓有致，符合幼儿的注意力和神经反应加工速度。第四，巧妙地处理儿化、变调，做到说话抑扬顿挫，娓娓动听。第五，根据不同场合采用相应语调。

2.修辞策略

语调体现语言的音韵美，修辞则体现语言的形式美。修辞是语言表意、表情的主要功能要素，是幼儿在教师语言中感受语言艺术美的重要方面。为了达到美化语言的良好效果，教师在语言的修辞策略上可采用形容词叠用、摹声等手段，选用拟人、比喻、夸张等手法，刺激幼儿的联想和想象；施展绘声绘色的描述技巧，刺激幼儿的“内视觉”，激发其对新事物的再造想象力；把枯燥的词语概念编成儿歌、故事等，使之转化为生动、直观的事物形象。

3.停顿策略

停顿是语言的自然构成成分，是人们在说话时的自然生理表现，也是语言内在逻辑的表现。在教育活动中，教师可用停顿来集中幼儿的注意力。因此，教师在说话过程中的合理停顿，既有助于幼儿学会正确说话，又有利于幼儿对语义的把握，感受语言的艺术美，促进幼儿语言能力发展。教师在使用停顿策略时应注意：第一，使用正确的发声方法，注意气息连贯、平稳。第二，认真把握说话内容的要旨与语义层次，根据表意的需要合理处理短停顿和长停顿。第三，根据幼儿的情绪状态，合理调整停顿。

4.重音策略

幼儿的注意以无意注意为主，幼儿语言理解力的发展水平使幼儿很难从轻重音差别不大的语言中有意地去选择有用信息。由于幼儿的听觉器官发育还不成熟，容易出现不适应或疲劳，因此，缺乏轻重音变化的语言，很快就不再是幼儿知觉的对象，幼儿的注意对象就会发生转移。教师语言的重音策略要求：第一，弄清每个句子的各成分对表意的功效分担，在同一个句子中注意轻重音的分布。第二，弄清句群中各句子的表意功能，信息承载越多的句子说得越重，信息承载越少的句子说得越轻。第三，在布置多个任务时，注意根据任务间轻重、缓急的不同而说话轻重不同。第四，在评价幼儿时，要注意语言的轻重。

5. 节奏策略

教育活动具有节奏美感。教师的语言是构成幼儿园教育活动的重要因素，也应具有遵循生命规律的节奏美感。缺乏节奏感的语言很容易引起幼儿听觉的钝化。相反，教师的语言若抑扬顿挫、快慢有致，就容易引起幼儿的注意或重新注意。因此，教师应注意克服单调的语言节奏，而增强其语言节奏的变化性。教师语言的节奏策略是与语调策略、停顿策略紧密联系的语言策略，主要由语音的强弱、语速的快慢构成。教师语言的节奏策略要注意：

多使用短句，尽可能避免使用长句。幼儿的有意注意时间短、瞬时记忆不发达，因此他们对较长或复杂的语句理解较困难。如果一句话超过了八九个词，幼儿就会听了后面而忘了前面。教师要多使用短小的、符合幼儿心理发展水平的语言与幼儿交流，才能取得较好效果。比如，一位教师在儿歌《春天在哪里》开始时的提示语："这首儿歌，写春天的景物可多啦！像花草呀、树木呀、山水呀、风雨呀、蜜蜂呀、蝴蝶呀……小朋友们要一边听一边想：春天到底在哪里？从儿歌中把春天找到。"

多使用"散句"，尽可能少用"整句"。也就是教师尽可能将一个长句拆零为几个较短的词语单位来表达，同时要符合语法和语言规范。

多用幼儿熟悉的、富有表现力的词语与句式，避免过多生疏的附加成分。注意恰当地使用排比和重复。

6. 语气策略

语气，一方面指说话的口气，另一方面指教师说话时使用的是陈述句、疑问句、祈使句还是感叹句等句式，体现的是语言信息的情绪信息方面。教师语言的语气策略是指教师在教育活动中恰当地调控与驾驭自己说话的口气，选择合适的句式来表意、表情，引导幼儿在语言及其他方面积极、健康地发展。语气策略要求教师注意：

语气柔和，避免说话过重、过于紧张而对幼儿的心理产生不安，影响语义信息表达效果。

结合具体情境和教育要恰当使用疑问句、祈使句和感叹句，尽量少使用感情色彩最淡的陈述句。

适当用“呀”“啊”“呢”“啦”等语气助词渲染情绪氛围，加强表意。

7.幽默策略

幽默，是一种智慧行为或智慧性特征，也是个体的创造性行为和表现。幽默能消除紧张气氛，解决争端，消除不和谐因素。对于富有创造性的教师来说，幽默是不可放弃的教育手段和目标。一个充满教育智慧的教师，在其语言的运用上也使用和发展着自己的幽默策略，促进幼儿幽默感和创造性的发展。幽默感并不是每时每刻都能出现的，而是高兴时那一瞬间的产物，是友好气氛的结晶，是创造性自由的馈赠。因此，教师在使用时要注意：

要有良好的情绪状态并积极参与刺激信息的收集、分析与创造性加工。

对幼儿在积极情境状态下的心理活动有较准确的把握。

准确把握活动目标与内容，以便能随机应变，及时调整。

（三）语言教育活动中教师的非语言策略

信息交流中非语言交流占有十分重要的地位。幼儿时期，由于个体心理活动的具体形象性、无意性以及易受暗示性等特点，非语言交流在个体的信息获得中占有特殊地位。因此，教师不仅要有良好的语言策略和语言修养，还应有良好的非语言策略，主要包括体态语策略、表情策略两个方面，但以前者为主，同时，两种策略经常交织在一起使用。教师常用的非语言策略主要有以下基本类型：

1.亲情式策略

这种非语言策略的基本特征是：教师面带微笑，伴有与幼儿拥抱、抚摸等动作这种非语言策略有非常强大的亲情感，幼儿有安全感。因此，师幼尽情互动，教师更进一步地了解了幼儿，幼儿也更大胆地进行探索，获得发展。

2.平等式策略

这种非语言策略的基本特征是教师与幼儿交流时弯腰、低头、下蹲、上身前倾、眼神注视、微笑。这种非语言给幼儿的感觉是亲切的、平等的，教师不再是“高高在上”的，教师与幼儿的交往互动俨然成了同伴与同伴的交往互动，这能使幼儿比在普通的师幼交往中更敞怀开心，自然且不拘谨，比在亲情式策略营造的师幼交往中更自立。

3.感染式策略

这种非语言策略的基本特征是：教师用积极的面部表情、夸张的动作感染幼儿，让幼儿得到极强的心理暗示，积极投入到活动中来。感染式非语言策略有很强的感染力，能产生涟漪式、浸入式的情感效应，获得渐进而又深度唤醒情感的效果，使教师与幼儿达到双向投入、深度互动的境界。

4. 回应式策略

这种非语言策略的特征是：一般由幼儿主动发起非语言互动，教师在亲密区和社交区内做出适当的体态或表情等非语言回应，如眼神、注视、微笑、点头等。此策略简单、便捷、面广、量多且有效，使教师与幼儿在交流的刹那间，达到心灵的会意与沟通。

5. 示意式策略

这种非语言策略的基本特征是：师幼在已达成默契的情况下，教师使用无须解释、已习惯使用的非语言手段，如手势语的招手、食指掩口等来达到信息交流的目的。这种非语言策略简单、快捷，能使教师与幼儿在看见的第一反应内心领神会，减少了语言交流时可能存在的语意理解差异，使师幼关系更加融洽。

6. 巡视式策略

这种非语言策略的基本特征是：教师用目光巡视活动中的每个幼儿或在幼儿间来回走动，表情或肯定、或否定，或动作辅助。这种非语言策略以教师观察为主，对在自然状态下的幼儿体态进行观察、记录、分析，可以获得发起互动、评价幼儿、改进教育活动的第一手资料。

7. 鼓励式策略

这种非语言策略的基本特征是：当幼儿取得某方面进步时，教师及时地对幼儿跷大拇指、微笑、点头、拍手等。这种非语言策略对幼儿有极大的鼓励作用，能让幼儿产生成功感，提高自信心；及时积极的反馈使幼儿能更清楚地认识到自己什么可以做、什么做得好，从而更加自主地发展。

8. 仰视式策略

这种非语言策略的基本特征是：教师在与幼儿交流时，教师让自己的面部略低于幼儿的面部，呈教师仰视幼儿、幼儿俯视教师的状态。对幼儿来说，教师略低的身体和仰视的神态，说明教师注意自己、在乎自己，从而更加有心理安全感、自信、自尊而又自重。

四、幼儿文学作品学习活动设计与实施指导

幼儿文学作品学习活动主要包括文学欣赏和文学创作两种形式。

（一）文学欣赏活动的设计与实施

文学欣赏活动是对作品再现的生活及作家在作品中表现的审美认识进行再创造和再评价的过程，是一种能动的反映活动。科学研究表明，幼儿期已经具备学习欣赏的基础。文学欣赏是让幼儿通过想象将作品的语言材料转换成他们头脑中的视觉、听觉的表象（画面）的过程。我们可以通过欣赏活动帮助幼儿逐渐学习品味作品的形式和寓意。这类活动的设计与实施步骤如下：

1. 文学欣赏作品的传递

文学作品的传递是文学欣赏活动得以开展的第一步，教师要选用合适的方式将作品呈现在孩子们面前，以达到调动幼儿学习兴趣的目的。文学欣赏作品的传递方法有以下几种：

（1）成人口述作品。有些文学作品内容浅显易懂或者是幼儿具有一定相关生活经验，教师可以直接口述，让幼儿倾听、理解，没有必要再去寻找和运用教具等辅助教学材料。例如中班儿歌《小妞妞》：“小妞妞，下楼来，帮妈妈，拿牛奶。双手抱住牛奶瓶，好像抱着小乖乖。两个好乖乖，长得一样白。”孩子帮助大人做事情的可爱渗透在字里行间，每个孩子对此都有心理体验和生活经验，诸如此类的作品就完全可以直接传递。

（2）结合教具演示。有些文学作品的内容具有较强的知识性，恰恰幼儿在这一经验上比较欠缺，对作品内容的理解就形成了障碍，教师要为孩子提供一些直观材料，如木偶、图片、磁性教具、立体活动教具等，增强孩子的感性认识，以帮助幼儿更好地把握和理解内容。例如大班散文《雨中的森林》是一篇意境优美的散文，文章用诗一样的语言，勾勒出一幅动物与环境和谐一体的画面。文章充分发挥想象力，将雨中的森林拟人化，使植物和小动物都充满了人情味，且意境相当优美，可以培养幼儿对美的理解与认识，非常适合大班幼儿欣赏。教师可以利用美丽的森林背景图和形象的小动物活动图片，帮助幼儿深入感受作品的意境美和内容美。

（3）播放录音、录像和情景表演。可以通过视、听文学作品在幼儿的头脑

中形成知觉表象，由文学作品的具体形象唤起幼儿的情感体验和情感反应，能迅速抓住幼儿注意进入心理加工状态。

2. 多通道参与的相互作用

幼儿在学习文学作品时，由于他们的动作还没有完全内化，还做不到仅凭倾听语言符号就对文学作品进行深入感知。因此，成人需要借助一些手段，使幼儿的视觉、听觉、动觉同时与作品发生作用，对作品进行动态加工，在动中求思、育情。主要有以下几种方法：

（1）作品欣赏与教学媒体相结合。帮助幼儿理解作品是幼儿园文学作品学习活动中的重要环节，也是深层学习的前提。但由于一些作品文体结构与内容的局限，使其具有抽象与跳跃的特点，幼儿难以理解。这就需要教师在幼儿和作品之间搭建平台，通过这个平台，让幼儿直接面对作品，感受、体验、理解作品。为此，可尝试运用多媒体技术中图像、声音、视频能同步设置的优势来处理作品，使文本具有可视又可动、新颖又独特的特点，以此来引发幼儿学习的兴趣与动机，帮助他们进入作品中较难想象的情境，突显作品中的重要细节和时空跨越上的巨大幅度，为幼儿多角度地感受、理解作品提供条件。

（2）作品欣赏与音乐活动相结合。经常用音乐作背景，或者让文学作品作为音乐背景出现，从无意识进入意识区，音乐的介入为幼儿感知和理解文学作品提供了如同“催化剂”的作用。在孩子们静静地欣赏钢琴曲《星空》的音乐声中，教师缓缓地朗诵散文，此时背景音乐渐渐由响至轻，散文的语言与音乐换位，把幼儿带进诗情画意的境地。在其他的文学与音乐配合的活动中，如讲述我国著名作家冰波的童话《梨子提琴》时，老师讲述的故事与小提琴音乐声轮流出现，给幼儿以充分的美的感受。

另外，音乐活动的内容还包括歌舞韵律活动，因此作品欣赏还可以与歌舞结合。如学习儿歌《云》，幼儿在音乐声中身披薄纱学云舞蹈，边跳边听：“云儿云儿真美丽，我把云儿摘下地，云儿云儿真听话，我把云儿变小鸡。”当老师念到“摘”时，幼儿就伸手上举摘云，“云”摘下后，就蹲在地上学小鸡的动作，每个孩子可以用肢体动作表现出不同的形象。

上述方法都能有效地帮助幼儿走进文学作品，与作品形象交融，产生整体形象及体验。随着年龄的增长，幼儿动作将逐渐内化，心灵操作逐渐增加，直至养成静听、静思的习惯。

（3）作品欣赏与游戏结合。很多幼儿文学作品受到幼儿欢迎，那离奇的情节、特定的动作在幼儿看来就像是一场超级游戏。他们可以不受时空的限制，完全沉浸在最本真的游戏动作中，并从中得到现实生活中得不到的情感、幻想和愿望的满足。因此，将文学作品欣赏与游戏结合，可以把幼儿尽快带入故事情境。如《小兔乖乖》的欣赏，老师一开始就把自己当作兔妈妈，把幼儿当作小兔，故事中的对话由老师和幼儿分别担任，即使幼儿初次听这个故事，也会配合默契。在组织角色言语极少、动作感强、情节有趣又便于操作的童话作品教学活动时，可以放开手脚，让幼儿根据自己对作品的理解，去尽情游戏，在动作中体验、理解作品。

（4）作品欣赏与美术活动相结合。这种策略的运用是非常普遍的，教师根据文学作品的内容和情绪色彩，可以通过教师自身的美术作品传递和幼儿美术表现的方式将对文学作品的感受、理解用已有的美术经验表达出来，以达到进一步理解作品、深入体验作品的目的。如幼儿初次聆听了童话《黑暗》后，教师为了让幼儿想象改编出故事中朱莉安想什么办法赶走黑暗的情节，就引导幼儿将自己想象的情节先用简笔画的形式描画出来，然后根据画面内容进行语言的表述。这种方式能够将幼儿的语言先通过美术的形式加以呈现，为幼儿语言的操练做好了充分的准备。

3. 通过形象的解释帮助幼儿理解作品

幼儿作品一般都突出人、境、物的形象，并不需要做过多的语言解释，但是在大班，成人可以利用形象的语言，解释一些难度较大的作品，通过解释帮助幼儿产生作品形象，形成作品的审美意象，同时对文学语言的凝练、含蓄以及拟人、比喻、象征等表现手法有更多的感受，让幼儿对文学词语形成审美感受。如唐代孟浩然的《春晓》一诗："春眠不觉晓，处处闻啼鸟。夜来风雨声，花落知多少。"教师可以这样解释："春天的夜晚，我睡得多么香甜，不知不觉已经到了天亮，是小鸟的啼鸣，把我从睡梦中唤醒。猛然想起昨夜的风雨声，有多少花瓣已经落下了啊？"如果能在欣赏古诗之前，观察与欣赏春天里鸟语花香、春雨绵绵的景象，那么，在幼儿欣赏时，随着朗诵和解释，在幼儿的头脑中就会浮现出作品的画面。

4. 采用开放性的提问方式

开放性的提问是指答案不确定的提问。在幼儿语言教育活动中，教师的提问方式有以下几种：

（1）针对幼儿记忆系统的提问。这种类型的提问，往往答案是确定的，也就是说是显而易见的。如故事或者诗歌叫什么名字？作品里面都有谁？谁对谁说了什么等。一般来说，针对理解、想象和情感提问，答案就会渗透进幼儿的理解、记忆、情感体验和想象创造的成分。如听完故事或诗歌后，让幼儿谈谈听到了什么，成人可及时了解到幼儿能记得和懂得什么、忘记了什么、新增加了什么，这些都是进行进一步提问或欣赏的依据。幼儿故事中，经常只交代人物的所作所为，而对人物的心理描述较少提及。成人可就人物的心理动态进行提问，如谁是怎么想的，说了什么，让幼儿组织自己的经验，猜测作品内容，填补作品空白。成人可从中了解不同幼儿的思维想象能力和语言运用能力。

（2）针对细节的提问。这种类型的提问，幼儿需复述细节，这往往能激发幼儿的情绪，因为细节描述，既可以讲，也可以作出表情或动作。如在《猴子学样》中，先问："小猴子为什么要把老爷爷的草帽拿走？他们是怎样拿走老爷爷的草帽的？"再请幼儿把猴子学老爷爷的动作进行表演。通过讲和演，突出了猴子的淘气和老爷爷的机智。教师也可以在幼儿回答得较为笼统时，用提问启发幼儿把问题展开。如在《白色的蛋》中，幼儿讲："小云看到从蛋壳里钻出来的是一只乌龟，很生气。"老师可以问："乌龟是怎么从蛋壳里钻出来的？你是从什么地方感觉到小云是在生气的？你从哪儿看到小云后悔了？"让幼儿更形象地感受乌龟对新生活的好奇、向往，小云由原来的渴望、期待、失望、伤心直到发火，然后向后悔、难过、内疚的情感过渡。这些细节，可以从小让孩子感受到人类情感世界细腻复杂、丰富多变的内容。我们此处所需要的是一种细致微妙形象的描绘和感受，在此基础上自然达到某些情感的概括以及词的意义和表达。

（3）针对情感识别与匹配的提问。让幼儿对文学作品中某一角色的情感，与幼儿生活中自己的情感体验，以及作品中其他人物的情感进行识别和相应的匹配。如"什么时候谁也会这么高兴或难过？你在什么时候也会这么高兴或难过？"

（4）针对作品的主题或情节的提问。如喜欢故事里的谁？喜欢他什么？为什么？在小班只要求用操作的经验或自我中心的回答，中、大班可要求情境或非情境的，比较客观的、具有社会意义的回答。

（5）针对作品中文学语言的提问。文学语言的学习是文学欣赏活动重要的活动目标之一。教师在活动中，应请幼儿把作品中自己喜欢的词找出来，在小班或中班初期，一般由老师示范为主，如“蹦蹦跳跳、安安静静、乌云密布、汗流浃背”能引起幼儿对文学语言的敏感性和浓厚的兴趣的词语。中班后期则可以让幼儿自己寻找作品中成熟的语言，并讲一讲好听的原因。

（6）针对作品的整体结构形式的提问。一般应从中班后期或大班开始，可以把用来作为对照的两首儿歌写在黑板上，边指着字，边念给幼儿听，听完后，大家来讨论，每一句话有几个字？是否每句话都一样长？两首儿歌的韵脚有什么不一样？哪一首听起来更好听？有什么感觉？你更喜欢哪一种排列？还是两首都喜欢？

（7）针对生活原型与作品形象进行比较的提问。从中班后期开始进行，如故事《城里来的恐龙》中，故事里的小熊与动物园里的小熊有什么不一样？故事里恐龙讲述的城市和我们生活的城市有什么区别？

上述提问包括了引导幼儿的感知、理解、想象、情感等心理功能，与作品展开了全方位的相互作用，但不是说所有作品都需要这样做。教师可以针对目标作品、班级、整体教育的需要灵活设计，如果重点在情感教育，可以在情感方面加宽、加深。

（二）文学创造活动的设计与实施

根据幼儿的水平，将幼儿对文学形象的再创造，也就是自外向内的文学再加工过程中的表达活动和自内向外的文学创作实践，都归并为文学再创造活动。幼儿文学创造活动的主要形式和设计与实施的方法如下：

1.复述和朗诵

复述和朗诵是建立在感受体验基础上的艺术形象创造的活动，是欣赏过程在大脑中产生的作品意象的表达或表现。故事复述有全文复述和细节复述两种形式。用于全文复述的作品大致需要具备以下特征：篇幅短小，结构比较工整，语言和情节有适当反复，词语优美，通俗易懂，形象富有童趣。有些作品篇幅长、难度大，但是作品中部分描述人物或者对话的内容特别有意思，可以让幼儿在欣赏的基础上学习复述某一段或几段。儿歌或幼儿诗的篇幅都特别短，而且整体形象感特别强，基本上都可以全文朗诵。

出声的复述和朗诵，一方面是幼儿对作品语言的语音、语调、音量、语气、韵律、节奏的玩味，另一方面，玩味必须受语义的控制。出声操练语言的过程，是寻找特定语言与文学内涵相契合的过程。由于经常性的欣赏和朗诵讲述的双重练习，幼儿就能对各语言层次（如语音、语感、语义、语法、修辞）以及各语言单位（如词、词组、句子和篇章结构）等具有的特征产生较强的直觉敏感性。与具体作品结合时，就能自发地进行声韵的自我调整，找到自己喜欢的感觉。所以，要进行有美感的复述和朗诵，而不是简单的、背书式的机械重复。

教师如何来帮助幼儿进行有效的复述呢？可尝试以下做法：

（1）有变化地反复欣赏同一个文学作品。

（2）参与和作品有关的系列活动，如绘画、手工制作、参观、观察、歌舞、劳动等。

（3）积累不同语境中的表达经验。教师可以帮助幼儿找到声音特征与情感的关系，如提醒幼儿仔细观察、倾听同伴的话语，猜测他此刻的心情，也可以问说话的幼儿刚才说话时是否高兴；教师还可以帮助幼儿找到声音与场合的关系，如上课发言时声音需要响亮，个别交谈时应该轻轻讲话。多通过开展“说悄悄话”“打电话”等语言游戏，有效地培养幼儿对语言强弱、高低、快慢的控制能力，年龄越小，游戏的方法越有效。

（4）成人的语言榜样。成人抑扬顿挫、声情并茂地朗诵和讲述，既带给幼儿语言美的享受，又激发他们模仿的愿望。

（5）在音乐伴奏中学习朗诵。朗诵时的声音不知不觉地受到音乐的调节而富有韵律感和节奏感。长此以往，只要告诉幼儿像唱歌一样朗诵，韵味就出来了。

（6）在日常生活中自由分散地利用玩具和道具练习复述和朗诵，互相评议、互相模仿。

在过去的语言教育活动中，复述和朗诵往往是让幼儿在集体面前轮流练习，靠机械重复死记硬背整篇作品，无论是念的人还是听的人都是有声无情，谁也吸引不了谁，经常是念到后来幼儿注意力分散人心涣散。现在组织这类活动，我们提倡幼儿相互欣赏，把自己最好的感觉、最好听的声音表现出来，大家就会感到一种愉悦的享受，而不是枯燥的重复，幼儿的注意力自然就被艺术活动所吸引了。朗诵或复述的主动性、能力、自信都会在相互模仿、自我调整中不断提高。

2. 表演

表演一般由复述自然转入。从文本的复述到表演，从语言到动态形象的表达，是早期的戏剧创作实践活动，极具创造性。而且幼儿十分喜欢表演活动，教师完全可以利用一个作品尽可能地扩大教育效益，凡学会复述的作品都可以组织幼儿进行表演。表演可以分层次地进行：

（1）情境性对话；

（2）根据作品或自创作品进行出声或不出声的表演，包括个人的哑剧表演；

（3）主要人物形象的立体动态塑造；

（4）作品段落的表演；

（5）作品完整形象的表演。

（1）～（4）层次的表演，可以在欣赏和朗诵活动中穿插进行，可以在学会复述作品后即兴开展。在大班，教师还可以让幼儿自己确定表演的角色、表演的片段内容，并学习与同伴合作表演。第（5）种表演一般需要在学会复述的基础上进行，这样效果会较好。因为幼儿不必再为了回忆语言而分散注意力，就可以将注意力集中在动作、表情以及彼此的相互关系上。

表演需要个人的天赋，同时也需要在日常生活中积累相关的经验，其中吸收周围媒体中的表演经验是很好的途径。当今的艺术传播媒介相当丰富，电影、电视、录像中有许多幼儿喜欢的形体动作和语言的艺术性表现形式，这些都可以被幼儿在潜移默化中内化积淀，当有实践机会时，这些积淀就会一触即发。

3. 创编

幼儿的作品创造是作品与幼儿各种经验的结合。这些经验包括：认识（直接经验和间接经验）、情绪经验（兴趣和其他内部情感）、语言经验（音、词、语法）、作品经验（结构图式）、幼儿的文学制作实践经验等。但是组合是一种幼儿心理内化后的组合，并不是诸多经验的简单相加，因此，要有情感和动机的激励。幼儿进行创编必须具备两个条件：一是经验，二是动机（即对文学语言的好奇心和自发的探索兴趣、对文学作品的迷恋），教师应帮助他们获得这些经验和动机。

幼儿文学作品创编大致可以分为四种类型：

（1）扩编和续编。这类创编活动都是和欣赏、朗诵、复述结伴而来的，是对原著这一开放系统的拓展，是幼儿对更大的艺术空间的填补。它是建立在幼儿理解童话和故事作品的体裁特点、积累大量知识经验基础上的一种创造活动，创编活动包括扩编和续编。扩编是通过想象和联想，对原作的某些部分进行扩充。教师通常是通过提问来激发幼儿的想象和联想，例如问：小熊还会把萝卜送给谁？谁又会把它怎么样？（《萝卜回来了》）续编是让幼儿根据故事的开头和发展编出结尾或者情节高潮部分。不同年龄阶段的幼儿编构故事有不同的要求，小班编构故事的重点是故事的结局，中班编构的重点是编构故事的高潮部分，大班则是编构完整的故事。

（2）仿编。仿编活动是幼儿在文学欣赏、理解文学作品内容及构成的基础上的一种创造性学习活动。要求幼儿仿照某一篇作品的框架或某一个段落，调动自己个人的经验进行扩展想象，编出自己的文学作品或段落。这种想象往往是在文学欣赏活动的基础上进行的，对发展幼儿的想象力及创造性地学习作品大有裨益。仿编活动设计和实施有其基本结构：一是做好仿编前的准备，包括对仿编作品要充分熟悉和理解，对其中的内容和形式有所认识，需要有一定的知识经验、一定的想象力和语言表达能力；二是组织幼儿讨论仿编中比较关键的问题，教师进行示范仿编；三是启发幼儿在此基础上开展仿编；四是要求教师对幼儿仿编的内容进行串联和总结。根据不同年龄仿编有不同的重点。小班仿编的重点要求在原有画面的基础上更换某一个词汇，通过换词来体现文学作品画面的变化；中班的重点是要求幼儿更换一个词语而构成句子的变化；大班仿编的重点是要求幼儿对原来文学作品的结构进行部分变动，也可以根据幼儿已有的知识经验仅对幼儿提供一个开头作为仿编的线索，引导幼儿独立完成文学作品的仿编活动。

（3）转换编构。转换编构是指根据提供的语义内容（乐曲、声音、绘画、图片、表演及其他幼儿化情境）转换成描述和叙述性的语言（故事、诗歌等）。教师可以安排将艺术符号相互转换的活动，将画面或乐曲转换成故事或诗歌，如根据自己的绘画作品编故事、用木偶编故事、听音乐编故事、根据看到的舞蹈编故事等。

（4）独立完整编构。这类创编不凭借语义和作品，只凭借幼儿想象和联想独立构思完整的文学作品，如同绘画中的意愿画。一般可以分为两种类型：一是根据题目进行口头创编，类似于成人的命题作文；二是让幼儿先把用来编构故事的事件画成图画，再根据图画编构故事。它可以避免幼儿“前讲后忘”的现象发生，使故事的内容和幼儿的语序趋向稳定。

（三）幼儿故事学习活动的设计与指导

幼儿故事学习活动是幼儿园文学作品活动的主要内容，在幼儿语言教育活动中发挥着重要作用。不仅如此，通过故事活动还可以将语言、科学、社会、艺术和健康领域的内容加以整合，实现幼儿的全面发展教育；同时，由于幼儿故事学习活动生动、灵活、丰富多样，因此它成为幼儿园语言教育中最为常用的教育活动形式，也成为每位幼儿教师必备的关键技能。

下面以故事《空气变新鲜了》为例，向大家介绍幼儿故事学习活动的设计与指导策略。

大班语言教育活动:《空气变新鲜了》

有一只小猴从森林来到了大城市。“哇，城市真美呀！”小猴高兴地大叫起来。他看见城市里的马路上跑着各种各样的汽车，人们穿着各种漂亮的衣服来来往往，一座座高楼大厦真漂亮，商店里摆满了各种各样的玩具。大城市真好！

小猴决定在大城市住下来。可是在城里住了一段时间，小猴觉得身体很不舒服。鼻子痒痒的，嗓子干干的，呼吸也很困难。于是，小猴去医院看病，“哇，看病的人这么多。”医生说：“你们都是得了空气污染过敏症，最好的办法是呼吸新鲜空气。”小猴灵机一动，我回老家去。回到森林老家，小猴就觉得森林里的空气甜甜的、香香的，真的和城市不一样。没过几天，小猴的病就好了。

小猴想：要是城里和自己生一样病的朋友们也能吸到新鲜空气，那该多好啊。对，我把空气带到城里去。于是小猴在城里开了一家空气供应站，病人一到这里呼吸新鲜空气，病就马上好了。

于是，这些病人一起商量，要把我们大城市的空气也变得像森林里那么新鲜。他们一起动脑筋、想办法，在空地上种上了许多绿草、红花、大树，还通过先进技术让城市的烟囱不再冒黑烟，让各种车辆排出的尾气不再污染空气。人们知道了不应该随便乱扔垃圾，要保护、绿化、爱护环境，终于大城市的空气也变得甜甜的、香香的。

【作品赏析】故事《空气变新鲜了》通过形象地描述一只猴子从森林来到大城市，由于大城市的空气污染，而出现了身体上一系列的不舒服，从而让幼儿知道造成空气污染的一些原因和危害，激发和培养了幼儿保护环境的意识，从小懂得保护环境、热爱自然。同时，通过故事的引导，使幼儿亲近自然、接触社会，初步了解人与环境的相互依存关系，激发他们认识和探索周围世界的浓厚兴趣。

【活动目标】

1. 围绕故事情节的发展，通过提问、讨论等手段来理解故事和内容。

2. 了解一些城市空气净化的知识，并懂得保护环境的重要性。

3. 喜欢并大胆地用较清楚的语言表达自己的想法。

【活动准备】

1. 大森林与城市的背景图，小猴子图片。

2. 插入教具一套。

【活动过程】

1. 创设情境，引出故事

教师出示城市背景图和猴子图片，以提问的方式引出故事，幼儿进行简单的猜测后，教师开始讲述故事。

教师："小猴从森林来到大城市，非常开心，小朋友猜猜它为什么开心？"

2. 讲述故事，启发提问、讨论

（1）教师边生动地讲述故事第一、二段，边出示森林、城市、小猴的图片，提出描述性问题，帮幼儿熟悉这两段故事内容。

教师："小猴从森林去了什么地方？""小猴到了城市里怎么了？""医生说治小猴的病，最好的药是什么？"

（2）教师继续讲述故事，至"……要把我们大城市的空气也变得像森林里那么新鲜"。在了解第一、二段内容的前提下，提出思考性问题，启发幼儿大胆联想、想象，鼓励幼儿大胆地用较清楚的语言表达自己的想法。

教师："小猴想了什么办法让城市里的那些人也吸到森林的空气？""大家猜猜生病的那些人想怎么样让城里的空气也变新鲜？"

启发幼儿讨论，想出各种办法，教师可以进行引导式提问，如："大烟囱冒烟怎么办？汽车后面排出的尾气有毒怎么办？城里的人还是这么拥挤怎么办？"

此环节中，教师不能只局限于故事中提到的污染现象，还应进一步启发幼儿自己发现城市中更多的污染现象，然后再针对这些污染现象提出解决的方法。幼儿边说污染现象，教师边把此种现象的图片插在城市背景图上。

（3）完整讲述故事。待幼儿充分讨论后，教师讲述故事结尾。

教师："城里的人到底怎样让空气变新鲜呢？让我们来把故事听完就知道了。"讲述后提问："小猴子的病是怎么好的？""你喜欢这只聪明的小猴子吗？为什么？"

（4）引导幼儿开展相关的语言活动。

教师："故事里的小猴子很聪明，自己动脑筋想出了好办法。假如你是那只小猴子，你会想出什么好办法来治自己的病？""如果我们生活的地方也有污染，你该怎么办？"让幼儿大胆想象，引导幼儿扩展思路，将故事与现实生活结合，充分满足幼儿语言表达的需要。

3.活动结束

教师："大家让城里的空气变得甜甜的、香香的，生活在这样的环境里，大家心情愉快，身体一定也会更好。现在，我们一起到幼儿园找找，看看哪些地方还可以添些什么？怎样使我们幼儿园的空气更新鲜。"

【活动评价】

《幼儿园教育指导纲要（试行）》中提出，要让幼儿接触社会，初步了解人与环境的相互依存关系。《空气变新鲜了》这个故事，从环保的角度向幼儿展示了当今大城市中存在的问题，取材现实，有一定的教育意义。整个活动，以小猴生病为线索，把大城市的污染以图片的形式展现在幼儿面前，使幼儿深深感受到空气污染的危害性，从而一起为净化城市出谋划策。于是，种树、种花、改造摩托车等方法应运而生，充分寄托了孩子们的美好设想和愿望。有人说，环保教育对于幼儿来说较难渗入，而本活动，老师的成功在于以情激情，从而激发起幼儿真正的言行。

1.有针对性地选择故事

（1）故事要符合幼儿年龄特点和心理发展水平，主体明确，情节起伏，人物形象突出，易于幼儿理解、喜欢。

（2）结合幼儿实际生活情况，恰当地选择有教育意义的故事。

（3）故事要给幼儿留下发挥想象的空间，便于训练幼儿创造性思维。

2. 创设情景，引出故事

教师要运用新颖的方式引出故事。常见的导入手段有用图片或幻灯片引入，用玩具、木偶表演或真人表演引入，用提问引入，用谜语引入等。如故事《空气变新鲜了》，教师可出示城市背景图和一只小猴子的图片，提问："有一只小猴，从森林来到大城市，小猴非常开心，我们来猜猜它为什么开心？"引起幼儿兴趣，导入故事。

3. 教师生动有感情地讲述故事

教师生动有感情地讲述故事，一方面可以吸引幼儿的注意力，另一方面有助于幼儿理解故事内容，便于幼儿记忆。教师在讲述故事时可采取不同的方式，如把故事分几段讲述后再整体讲述，或整体讲述两三遍等。如故事《空气变新鲜了》，教师可先讲述故事的第一段和第二段上半部分，留时间给幼儿讨论后，再继续讲故事至结尾，最后再整体讲述一遍，便于幼儿整体记忆。

4. 教师用三层提问的方式帮助幼儿理解故事

所谓三层提问，就是设计由简单到复杂的三个层次的问题，幼儿通过回答这些问题，一步一步地理解故事主题、情节和人物性格等。以故事《空气变新鲜了》为例：

第一层是描述性提问。在教师讲述第一遍故事后提出问题，这类问题具体明确，能让幼儿直接在故事中找到答案，帮助幼儿了解故事大意。教师可提问："小猴从森林去了什么地方？""小猴到了城市里怎么了？""医生说治小猴的病，最好的药是什么？"等。

第二层是思考性提问。一般在第二遍讲述后，或幼儿对故事有一定了解后提出。这类问题需要幼儿考虑后再做回答，它能帮助幼儿理解故事主题、人物性格和心理特征。教师可提问："小猴想了什么办法让城市里的那些人也吸到森林的空气？""大家猜猜生病的那些人想怎样让城市里的空气也变新鲜？""大烟囱冒烟怎么办？""汽车后面排出的尾气有毒怎么办？""城里的人还是这么拥挤怎么办？"等。

第三层是假设性提问。回答假设性的问题时，可以鼓励幼儿大胆想象，引导幼儿扩展思路，将故事与现实生活结合起来，充分满足幼儿语言表达的需要。教师可提问："假如你是那只小猴子，你会想出什么好办法来治自己的病？""如果我们生活的地方也有污染，你该怎么办？"等。

5. 引导幼儿进行创造性的语言活动

为帮助幼儿理解掌握故事，教师可以在理解或延伸环节安排活动，如故事表演游戏、复述故事、创编故事、续编故事等。创编或续编故事不仅可以锻炼幼儿的语言能力，还可以使幼儿发挥想象力，从而使幼儿能得到全面的发展。

（四）幼儿诗歌、散文学习活动的设计与指导

在幼儿园文学作品学习活动中不仅涉及幼儿故事学习活动，还包括幼儿诗歌、散文学习活动。学习幼儿文学作品中的幼儿诗歌、散文的相关活动设计与指导策略，主要程序如下：

1. 选择适宜的作品

不同年龄层次的幼儿对诗歌和散文的选择要求不同，小班选材应以篇幅短小、主题明确、画面单一的儿歌为主。中班可选篇幅较长、语言丰富、画面在一个以上的幼儿诗。大班选材广泛，篇幅也较长、画面丰富、表现形式多样。

2. 设置情景，引出作品

教师创设一个吸引幼儿的情景，可以发挥幼儿文学想象的语境和空间。一般来说，教师可以利用图片、幻灯片、美术、音乐等手段，布置与儿歌相符合的场景，提问、谜语等。

3. 教师示范朗诵诗文

教师的示范要求咬字清晰准确、停顿处理恰当、声音起伏有节奏、有音韵美，只有做到这些，才能打动、吸引幼儿。

4. 帮助幼儿理解诗文

（1）通过观察教具或现实场景，帮助幼儿理解诗文。例如诗歌《落叶》《春雨》，就可以引导幼儿边观察图片，边理解诗句。又如诗歌《春天到》，可以结合幼儿观察到的春天的美丽景象来学习诗歌。

（2）可用提问的方式帮助幼儿理解诗句。例如诗歌《伞》："公路边的大杨树是小喜鹊的伞，水塘里的大荷叶是小青蛙的伞，山坡上的大蘑菇是小蚂蚁的伞，下雨了，大家都有一把伞。"教师可以提出这样的问题："大杨树、大荷叶、大蘑菇都长在什么地方？""想一想，公路边的大杨树还可以当谁的伞？水塘里的大荷叶还可以当谁的伞？山坡上的大蘑菇还可以当谁的伞？""想一想，什么还可以当什么的伞？"等。

（3）把有情节的诗歌编成小故事讲给幼儿听，帮助幼儿理解诗歌。如儿歌《蚂蚁搬豆》《小山羊盖新房》等。

5. 教幼儿朗诵诗歌、散文

教幼儿朗诵的形式多种多样，可以集体朗诵、分组朗诵、个人朗诵，也可以分角色朗诵；朗诵时可以分句朗诵、分段朗诵、整体朗诵。教师要时刻注意幼儿朗诵情况，当发现有发音不准、漏词、漏句等情况时，要及时纠正。

6. 围绕诗歌、散文主题开展相关的活动

诗歌散文的学习不只局限于诗歌散文本身，而是要借助诗歌散文提高幼儿的语言表达能力，丰富社会生活知识和经验，发展幼儿的想象力和创造力。

（1）诗歌、散文仿编活动。即幼儿在欣赏诗歌与散文、理解其内容及构成的基础上，仿照某一首诗歌或某一篇散文的框架，调动个人经验进行扩展想象，编出自己的诗歌或散文段落。这种活动形式往往是在围绕诗歌或散文的教学活动基础上进行的，对发展幼儿的想象力及创造性地学习诗歌、散文很有益处。对幼儿仿编诗歌、散文的要求应逐步提高，可先编一句，再编一段，多次仿编后，再尝试编整首诗歌、散文。一般来说，小班可以变换诗歌或散文里的一些词语，但整体画面不变；中、大班可以变化诗歌或散文画面，但主题情感基调不变。

（2）表演诗歌、散文活动。主要是通过动作、表情、对话等再现具体的诗歌或散文，幼儿深层次地理解、体验作品内容。有的诗歌、散文内容有趣，以叙事为主，可以让幼儿边表演边说所学诗歌，提高幼儿兴趣。如诗歌《小猫照镜子》、散文《微笑》等。

（五）幼儿古典诗词欣赏活动的设计与指导

古典诗词作为我国传统文化宝库中的奇葩，以其形式工整、语句精练、寓意深刻而广为传诵。“熟读唐诗三百首，不会作诗也会吟”，让幼儿从小感受中国古典诗词的美，得到祖国优美语言的熏陶，不仅能促进幼儿的语言发展，更能陶冶幼儿的情操。中、大班幼儿的生活经验有了一定的积累，语言和思维有了明显的发展，可以逐步开展古典诗词欣赏活动，但教师必须在教学内容和教学方法上加以精心的设计。

1. 精选与幼儿生活相接近的古典诗词作品

古典诗词工于音韵，讲究意境，句式工整，读来朗朗上口，是中国古典文化的经典，但对幼儿来说，理解上却有一定难度。幼儿学习语言往往借助于自己的经验，而大部分古典诗词隐含的意境、抒发的情感与幼儿的生活较远。因此，教师在开展幼儿古典诗词欣赏活动时，必须首先精选作品，选择一些短小精悍、文字浅显、寓意明了、与幼儿生活接近的作品，才有可能激起幼儿的欣赏兴趣，并通过生动活泼的分析帮助幼儿理解作品。

（1）首选文字优美简练、言之有物的作品。幼儿思维具体、形象的特点使他们往往借助"物"而理解诗。如《咏柳》是一首描写春天柳树的诗，幼儿因对季节情景有印象就比较容易理解。教学中，可以引导幼儿细致地观察柳树的颜色、形状以及柳枝的特征，在综合丰富感性认识的基础上，让幼儿描述对诗词的感受，由近及远地去欣赏诗歌，幼儿对《咏柳》这首诗就产生了理解上的沟通、情感上的共鸣。

（2）选取有一定情节或童趣的作品。幼儿在心理上往往会因为情节或童趣而产生学习诗词的积极性。《小儿垂钓》这首古诗虽然只有短短的四句，却刻画了一个可爱调皮的顽童，描述了一段生动有趣的情节。教学中，可以强调小儿的顽皮和垂钓的情节，并启发幼儿用他们的眼光去观察，用他们的语句去询问，用他们的想象去丰富、挖掘古典诗词内在的寓意，增添欣赏活动的情趣，幼儿在学习中因理解了有趣之处而理解了作品，因记住了有趣之处而记住了作品。

（3）选择幼儿能体验和感受的抒发情感的作品。幼儿的情感往往会因为与作品中抒发的情感相通而获得体会。如幼儿的成长离不开母亲无微不至的关心和照顾，尤其是大班幼儿已能理解母亲对自己的真挚情感。在欣赏《游子吟》的教学中，就可以充分利用和启发幼儿对母亲的情感体验，声情并茂地叙述诗词想要表达的意境，使幼儿在自我体验和教学氛围的双重因素中，较好地理解母亲深夜挑灯为游子缝衣的深情，并为母亲的爱而感动，从而不仅理解了诗词，更萌发了爱妈妈、报答妈妈的情感。

2. 运用多种方法帮助幼儿理解古典诗词

教学方法是教学活动成败的关键，而古典诗词教学的方法尤为重要，因为古典诗词教学更需要借助生动形象的方法引发幼儿学习兴趣，帮助幼儿理解感受，从而能主动与建构式地学习。

（1）借助图片、多媒体等直观教具帮助幼儿理解。幼儿期具体形象思维占主导地位，不太容易理解抽象的古典诗词。因此，在欣赏古典诗词活动中，教师可以引导幼儿有目的地、细致地观察图片或多媒体的色彩形象，帮助幼儿理解诗词内容，体验诗词的优美，同时引发幼儿学习诗词的兴趣。如在欣赏《小池》的活动时，教师引导幼儿观看多媒体课件，“小泉像泉水一样轻轻地淌着细流，映在水上的树荫喜欢这晴天里柔和的风光。鲜嫩的荷叶那尖尖的角刚露出水面，早早就已经有蜻蜓落在它的上头。”自然优美、富于动态的画面立即吸引了幼儿的注意，幼儿边看边想边说，描绘诗词展现的美景，表达自己对诗词的理解，抒发自己的情感，使欣赏活动生动而又充满情趣。

（2）运用讨论的方法帮助幼儿理解。幼儿因经验积累不足，个体理解非常有限，而讨论恰恰弥补了这种不足，不仅增大了幼儿的信息量，同时讨论的过程也是帮助幼儿加深理解的途径。教师在古典诗词的欣赏、讨论中起着十分关键的作用。首先，恰当地把握讨论中心。一般来说，活动中讨论的问题往往是诗词欣赏、理解的重点和难点，所以教师必须根据作品的主题设计提问。其次，教师要引导幼儿积极表达和交流对诗词的兴趣、理解和感受，并相互提问以引发同伴的讨论和争辩。再次，教师应对幼儿的感受、表达进行适时适当的点拨、归纳，帮助幼儿进一步去发现、体验、想象、欣赏。如在《花影》的诗歌欣赏活动中，幼儿围绕花影何时有何时无、围绕花影能否扫开等展开了热烈讨论，从而感知了诗词内在的有趣现象，加深了对诗词的理解。

（3）利用文字加深幼儿的理解。在幼儿欣赏古典诗词的过程中，文字是能与材料挂钩的因素之一。随着幼儿年龄的增长，幼儿的语言学习逐渐涉及一些书面文字，他们在各种环境中自然地接触、认识了一些简单的常用文字。所以在欣赏活动中，根据诗词内容，配合画面出现一些幼儿熟悉的文字，引导幼儿将文字与画面结合，将文字与诗词结合，通过有形有色的图片和文字认知诗词，欣赏效果就理想得多。如《江南》这首诗，文字简单浅显并且重复出现，短短的七句诗中，“鱼”“戏”“莲”“叶”出现了五六次，幼儿对这些文字早已熟悉，教师在欣赏活动中利用文字帮助幼儿理解，就调动了他们欣赏、理解的积极性。

幼儿古典诗词欣赏教学要关注幼儿的兴趣、经验和能力，切忌采用呆板、单一、记忆型的学习模式，应将单向静态的语言知识学习变为多通道的理解建构学习，使幼儿在古典诗词欣赏中有情趣、有感受、有共鸣，既得到传统文化的熏陶，又提高欣赏兴趣与学习能力。

（六）幼儿戏剧活动的设计与指导

1.介绍故事情节

先给幼儿绘声绘色地讲述故事情节（剧情），使他们喜爱剧中的人物，激起表演的欲望。然后由成人（教师、父母等）扮演主角，幼儿扮演配角，进行必要的语言、动作和表情示范。待幼儿对剧情熟悉后，就由幼儿扮演主角。这里所谓的示范，不是让幼儿机械地模仿成人的语言、动作或表情，如果这样，就会成为一种负担而使他们失去乐趣。重点是让幼儿体验人物的情感，熟悉人物的对话。只要幼儿能在想象中置身于规定的情境，增加或忽略某些情节、更换台词中的某些词语都是容许的。这正是幼儿创造性的表现，应该得到鼓励。

2.设计动作性台词

成人戏剧主要通过人物台词（对白、独白）来塑造形象、表现主题，而幼儿戏剧很少有大段对白或独白，它主要通过人物的动作（包括舞蹈）来塑造形象、表现主题。如《五彩小小鸡》就是主要靠动作来展开剧情的，《照镜子》的人物形象和主题是靠唱词配合舞蹈动作来表现的。这符合幼儿好动和感情外露的特点。即使是以对白为主的童话剧和幼儿话剧，如《小熊拔牙》《“小祖宗”与“小宝贝”》，台词的动作性也很强，这样便于演员设计动作，吸引住好动的幼儿观众。因此幼儿戏剧十分强调动作性语言。

为幼儿戏剧设计动作性台词要注意以下几点：

（1）看得懂。

每个动作的意思要明白，即必须让小观众通过人物动作看懂动作的含义。要避免增加不必要的动作，以免分散幼儿的注意力。

（2）幅度大。

细微的表情动作，往往不能引起幼儿的注意。《五彩小小鸡》中有这么一段：灰鼠向红蛋一扑，抱住蛋，向后一仰，四脚朝天地抱住蛋，棕鼠拖着灰鼠尾巴就跑。这一系列动作幅度大，把老鼠偷蛋的形象描绘得十分生动。

（3）有变化。

动作要有变化，动作节奏也要有变化。因为单调的动作、缓慢的节奏会使幼儿感到厌烦，而连续的快节奏动作又会使幼儿过分兴奋而疲劳。如《五彩小小鸡》中，在一系列追回鸡蛋、赶走老鼠的动作之后，是伴随有音乐的孵小鸡动作，节奏是缓慢的，接着又是老鹰捉小鸡的紧张追逐。这种有张有弛、有快有慢的节奏变化，既能使幼儿保持注意力集中，又不至于过分疲劳。

在幼儿戏剧的排演中，夸张的表情和形体动作也是使幼儿戏剧产生幽默感的一种方式。要注意的是，舞台动作要结合幼儿舞蹈动作，使其具有美感。动作设计的多少要恰到好处，例如在表演过程中，一般不要边做动作边说台词，这样会影响戏剧的表达。另外也不要在说台词的同时，出现背台词的现象。

3. 加入音乐元素

幼儿戏剧中的音乐元素要比成人戏剧中的更为突出。它包括两个方面：

（1）台词的音乐性。

台词要朗朗上口，最好是韵文，以便幼儿记诵。《小熊拔牙》的台词就十分富于音乐性。幼儿戏剧中的小歌舞形式很受幼儿欢迎，因为它的动作性强，谱了曲的唱词还能使观众加深印象。如《小熊请客》中，谱曲的唱词几经反复演唱，待全剧结束，小观众也能跟着唱了。

（2）烘托气氛和人物形象的音乐。

幼儿戏剧经常借用音乐形象来烘托气氛。在《小熊请客》中，每一个小动物出场，都伴有相应的音乐。由于幼儿对音乐的感受力较强，因此音乐形象有助于小观众对剧中形象和气氛的领悟。

4. 夸张的服装与道具

在幼儿戏剧排演过程中，角色服装以及舞台道具不容忽视。不论服装还是道具的色彩都要鲜艳亮丽，造型要立体和夸张。如老鼠的造型注意突出它的尖鼻子、圆耳朵和细长的尾巴，尖鼻子可以用较硬的纸张折叠而成，使老鼠尖嘴猴腿的特点更真实，而它细长的尾巴可以用铜丝毛线裹成；小黄鸡用嫩黄色的金丝绒做成一件帽子衫，那毛茸茸的一身绒毛，让人一看就感觉到它的可爱；小熊用肥大臃肿的连衣裤，就把肥肥胖胖的、傻得可爱的小熊形象塑造得活灵活现了。

背景的制作既要注意色彩，又要注意立体感。例如制作苹果树，可以将树画成平面的，而苹果做成立体的，这样可以增加真实感。幼儿戏剧中的道具制作一定要夸张。比如，在制作童话剧《“妙乎”回春》中小猫拿的一把菜刀，就不能做成和真实生活中一样大小，而要比真实生活中的菜刀夸张三倍左右，这样才能产生幽默喜剧的效果。在色彩上也要引人注目，菜刀可以用硬纸来制作，外面贴上金色或银色的锡箔纸。

幼儿在游戏中最容易相信假定的前提，这是他们的心理特征使然，毫不奇怪。一把椅子可以是火车，也可以是商店的货柜，甚至是医院的手术台。因此，活动的服装道具只要多少有些象征性就够了。比如老人的手杖、解放军的帽子或木枪、小姑娘的花手帕等，剧情都是在想象中发展的，幼儿会明白可以相信什么，不应该去注意什么，从而假戏真做地去进行表演。

作为幼儿最喜爱的文学形式之一的幼儿戏剧，能给孩子们带来真正的快乐。而让幼儿快乐，比使幼儿明白一个道理，掌握一个知识点，学会一种技能重要得多。

第四章　儿童世界最早的文学语言——儿歌

第一节　儿歌概述

一、儿歌的内涵

儿歌是以低幼儿童为主要接受对象，以口语化的韵语来叙事表情，适合幼儿听赏吟唱的歌谣。它是幼儿最早接触、最易接受的一种文学样式。

儿歌是最具“人之初文学”意义的文体，早在婴儿时期，就开始进入孩子们的生活领域。它随着母亲的乳汁，渗入幼儿的心田，它像一只美丽的百灵鸟，为孩子们带来欢乐，陪伴他们度过整个幼年的美好时光。

在古代，儿歌一般称为“童谣”，或“童子遥”“孺子歌”“婴儿谣”“童子儿歌”“儿童谣”“小儿谣”“小儿语”“孺歌”等。古人将歌谣诠释为“曲合乐曰歌，徒歌曰谣。”“谣”即不用乐器伴奏、没有固定曲调、唱法自由的“徒歌”，专指口头流传于儿童间的一种无音乐伴奏、短小有韵的短歌。

现在我们看到的儿歌作品，有一些是传统儿歌，即流传下来的民间儿童歌谣，大部分是现代作家根据幼儿的心理特点和理解能力，用简洁的韵语创作的。

儿歌起源于民间，历史十分悠久。早在两千多年前，我国就有人对童谣加以收集和记录，在《春秋左传》《国语》《战国策》等历史著述中，可以读到最早记载下来的童谣。到了明代，吕坤搜集整理了我国第一部儿歌专集《演小儿语》（1593 年，吕坤编），儿歌的发展进入了一个新阶段。清代出现了《天籁集》（郑旭旦编，许之叙校）、《广天籁集》（悟痴生编）等优秀儿歌集，进一步肯定了儿歌的思想价值和艺术价值，称儿歌为“天下之妙文”“天赖”。

五四新文化运动时期，曾出现过一个声势浩大的歌谣运动。在蔡元培、刘半农、鲁迅等人的倡导下，我国现代儿歌史的发展拉开了序幕。1918 年，北京大学成立了歌谣征集处，把征集来的歌谣中的儿童歌谣，冠以“儿歌”的名称在《歌谣》周刊上发表。从此，“儿歌”作为儿童文学的体裁名称沿用至今。

中华人民共和国成立后，儿歌的整理、创作进入了繁荣时期，涌现出许多热心儿歌创作的作家。鲁兵、圣野、张继楼、刘饶民、柯岩等都是其中成就较高者，他们创作了大量深受孩子们喜爱的儿歌，为繁荣儿歌创作做出了重要贡献。

新时期以来，随着人们对儿歌功能认识的深化，儿歌的题材更加广泛，内容更加丰富，表现形式更加新颖多样，儿歌的艺术品位大大提高。古老的儿歌正携带着远古的美丽，碰撞现代文明，焕发出智慧和情趣，展示它的迷人风采，伴随着千百万孩子走向未来。

二、儿歌的文学特征

儿歌之所以成为小朋友情有独钟的文学样式，是因为它有着自己的显著特点，其内容与形式独具艺术魅力，符合幼儿的年龄特征、心理特征和审美要求。

（一）语言浅显，节奏鲜明，音韵和谐

儿歌作为一种口语艺术，语言要求浅显，明白易懂，口语化。幼儿生活经验不多，掌握的知识和词汇不丰富，以直觉感知思维为主要特点，他们对客观事物的认识是从具体形象开始，通过事物的形状、色彩、声音来思考理解周围的世界。因此，儿歌经常运用摹状、摹声、摹色等表现手法，对人、事、物作具体描写；也经常运用比喻、夸张、拟人等手法，绘声绘色地进行形象的描摹，把事物最突出的特征表现出来，使幼儿接受并感兴趣。例如，传统儿歌《小白兔》“小白兔，白又白，两只耳朵竖起来，爱吃萝卜爱吃菜，蹦蹦跳跳真可爱。”这首儿歌语言浅显、口语化，生动形象地刻画出小白兔的外貌、体态、饮食、动作，可爱的形象跃然纸上，幼儿一听就懂。

儿歌是听觉艺术，音乐性是儿歌区别于其他幼儿文学样式最显著的特征。和谐的音律、明快的节奏、铿锵的音响，如珠落玉盘，清脆悦耳，能从听觉上给幼儿以美的享受，这也是儿歌易记易唱的重要原因。

儿歌要求节奏鲜明，句式大体整齐。儿歌的句式，一般以整齐的三言、四言、五言、七言为多，还有三三七言或三四五七言交错的。行数以成双为多。如果用音乐上的节奏来划分，三字句可为两拍，五字句可为三拍，七字句可为四拍。从分节看，有一节、两节和三节不等，儿歌的句式和分节便构成了儿歌特殊的结构特点。有的儿歌节拍字数一致，如《排排坐》："排排坐，吃果果，你一个，我一个，弟弟睡了留一个。"有的节拍字数不一致，如《狗熊打蚊子》："蚊子叮，脸上痒，狗熊抬手就一掌！蚊子没拍住，嘴巴打得响。"有的节拍不固定，如《小猴上楼梯》："猴，猴，上高楼，踩着球，叽里咕噜滚下楼！小猴爬起嘻嘻笑，它说练练翻跟头。"

押韵是儿歌音韵和谐的最重要的手段。在韵脚的安排上，多数儿歌是首句就入韵，句句相押，一韵到底。如儿歌《蚕宝宝》："蚕宝宝，真稀奇，小时候像蚂蚁，大了穿白衣，吐出丝来长又细，结成茧子真美丽。"有的儿歌隔句押韵，一般是首行、偶数行押韵或几行一转韵。如《学猫叫》"小老鼠，哭又闹，大老鼠，学猫叫。猫叫学得太像了，大老鼠自己吓一跳。"有的儿歌用同一个字押韵，如《好孩子》:"擀桌子，抹椅子，拖得地板像镜子，照出一个小孩子。小孩子，卷袖子，帮助妈妈扫屋子，忙得满头汗珠子。"

叠词叠韵的采用，同一词语重叠的手法以及直接模拟声响，也是形成儿歌音韵和谐的有效手段。如《拾豆豆》："小朋友，提兜兜，到地里，拾豆豆，红豆豆，黄豆豆，胖豆豆，圆溜溜。拾了一兜又一兜，把它倒进筐里头。"

（二）歌戏互补，富于情趣

幼儿喜欢游戏，儿歌适应幼儿的生活，具备了游戏性。儿歌富有韵律的语言就成了幼儿游戏的口令，游戏和歌谣的结合是一个鲜明的特点，如传统儿歌的问答歌、滑稽歌、颠倒歌、连锁歌、绕口令、谜语歌都充满了游戏的精神，即使是现代儿歌也融汇了游戏的情调，成为引发幼儿情趣的发酵素。

幼儿往往是边歌边舞、边歌边戏，因此儿歌十分讲究动感。如吴江的《手拉手》："小朋友，手拉手，一个跟着一个走，围个圈圈像皮球。"这是一个集体游戏儿歌，大家念着儿歌围成一个圆圈，孩子们在欢笑中培养了集体观念。

再比如配合“踢毽子”游戏的《踢毽歌》:“小鸡毛，真美丽，扎个毽子大家踢。左脚踢，右脚踢，踢个花样比一比。一会儿高，一会儿低，像只小鸟飞呀飞。你踢八十七，我踢一百一。”幼儿一边说着儿歌，一边踢着毽子，快乐有趣。

（三）内容浅显，篇幅短小，主题单一

儿歌以幼儿为主要读者对象。幼儿心理发展水平和生活经验决定了儿歌内容的浅显性和主题的单纯性。幼儿的注意为“无意注意”，这就决定了幼儿的注意力很难长时间地保持集中在某一个事物上。因此，篇幅短小、易记易唱、通俗有趣便成了儿歌的总体特征。

儿歌往往单纯、集中地描述一种事物、一种现象，简洁明白地表达一个意思或事理，让幼儿一听就懂，一学就会，使幼儿在欢快活泼的状态中受到启发，获得教益。如《吃豆豆》:“吃豆豆，长肉肉，不吃豆豆精精瘦。”这首儿歌仅用 13 个字就告诉了幼儿吃饭与成长的关系，内容浅显，明白晓畅。

（四）想象丰富，情趣盎然

丰富的想象是儿歌不可缺少的因素之一。想象可以使形象达到高度集中，境界更加开阔，并使感情随之飞驰。儿歌的想象应是孩子的想象，是以孩子的眼光看世界。充满童真、童趣的儿歌更具有吸引力，更受到幼儿的喜爱。如叶圣陶的《小小的船》:“弯弯的月儿小小的船，小小的船儿两头尖。我在小小的船里坐，只看见闪闪的星星蓝蓝的天。”儿歌中的“我”坐上月亮船，置身于蓝天星河之中。这大胆的想象十分符合幼儿的心理特征，创造了一个有趣的童话世界，为幼儿提供了驰骋想象的空间，作品内涵丰富。

儿歌的想象不仅表现在大胆的幻想、丰富的联想中，更多地表现在幼儿现实生活的细节中。将幼儿生活的细节展开合理的想象，也能充分表达生活的乐趣。如郑春华的《吃饼干》:“饼干圆圆，圆圆饼干，用手掰开，变成小船。你吃一半，我吃一半，啊呜一口，小船真甜。”吃点心是个常见的生活细节，但在幼儿的眼中，也可以是一个游戏的过程。在他们的想象中，饼干是可以变形的，掰开的饼干变成好吃的小船，这使幼儿更乐于享受进食的过程。“啊呜一口，小船真甜”写得多么传神啊。这首儿歌不仅捕捉了童稚的瞬间变幻，而且融形象、动作、声音、味道、趣味于一体，展示了生动盎然的童趣，就是成年人读了，也会勾起对甜蜜童年的神往。

第二节 儿歌阅读的指导技巧

欣赏儿歌，首先要注意从日常生活出发，把握儿歌描述说明事物的通俗化、表达简洁明白的特点。其次，把握儿歌句式短小、节奏明快、口语化和情绪欢快的特点。第三，欣赏儿歌之美最重要、最基本的途径和方法是说唱、表演、游戏，联系所学知识利用多种感官动脑、动口、动手相互配合进行，效果更佳。

【作品选读】

八哥挑水唱山歌

狗烧锅，猫上灶，
老鼠洗碗垛打垛，
八哥挑水唱山歌。

【导读】这是一首孩子玩过家家游戏时吟诵的儿歌，表现了孩子对大人行为的模仿，场面十分热闹。儿歌中采用了拟人手法，将小狗、小猫、老鼠等动物都人格化了，在孩子们看来就是写他们的小伙伴。孩子们在做游戏时嘴里饶有韵味地唱着节奏鲜明的儿歌，不仅给游戏增添了趣味，还从中感受了劳动的快乐。

什么尖尖尖上天

“什么尖尖尖上天？
什么尖尖在水边？
什么尖尖街上卖？
什么尖尖姑娘前？”
“宝塔尖尖尖上天，
菱角尖尖在水边，
粽子尖尖街上卖，

花针儿尖尖姑娘前。”
“什么圆圆圆上天？
什么圆圆在水边？
什么圆圆街上卖？
什么圆圆姑娘前？”
“太阳圆圆圆上天，
荷叶圆圆在水边，
烧饼圆圆街上卖，
镜子圆圆姑娘前。”
“什么方方方上天？
什么方方在水边？
什么方方街上卖？
什么方方姑娘前？”
“风筝方方方上天，
渔网方方在水边，
豆腐方方街上卖，
手巾方方姑娘前。”
“什么弯弯弯上天？
什么弯弯在水边？
什么弯弯街上卖？
什么弯弯姑娘前？”
“月亮弯弯弯上天，
白藕弯弯在水边，
黄瓜弯弯街上卖，
木梳弯弯姑娘前。”

【导读】这是一首问答歌，儿歌中四个四问四答，介绍了常见的日常事物，把它们集中在一起加以比较，以表现它们各自的不同特点，帮助幼儿认识“尖”“圆”“方”“弯”的概念，进一步认识客观世界，同时培养了幼儿观察事物、分辨事物的能力。

数数歌

郭明志

"1"像铅笔细长条，
"2"像小鸭水上漂，
"3"像耳朵听声音，
"4"像小旗随风飘，
"5"像秤钩来称菜，
"6"像豆芽咧嘴笑，
"7"像镰刀割青草，
"8"像麻花拧一遭，
"9"像勺子能吃饭，
"0"像鸡蛋做蛋糕。

【导读】自古以来，语言文字和数字计算是人类文明的一对翅膀。教幼儿念唱数数歌，无异于给他们插上文明的翅膀，使其朝着现代化的美好未来飞去。这首儿歌改抽象乏味的阿拉伯数字为具体生动、形象可感的事物，像变戏法一样，将0—9十个数字比作幼儿熟悉、感兴趣的各种事物，对于教会幼儿识记、书写阿拉伯数字是很有意义的。

孙悟空打妖怪

樊家稼

唐僧骑马咚那个咚，
后面跟着个孙悟空。
孙悟空，跑得快，
后面跟着个猪八戒。
猪八戒，鼻子长，
后面跟着个沙和尚。
沙和尚，挑着箩，
后面跟着个老妖婆。
老妖婆，心最毒，

骗过唐僧和老猪。
唐僧老猪真糊涂，
是人是妖分不出。
分不出，上了当，
多亏孙悟空眼睛亮。
眼睛亮，冒金光，
高高举起金箍棒。
金箍棒，有力量，
妖魔鬼怪消灭光。

【导读】这是一种“隔行相衔接”的连锁歌。这种隔行形成的字词的首尾黏合，十分自然，两句换一韵，铿锵有力，妙趣横生。顶真手法的运用，便于幼儿吟诵。

小娇娇

丁曲

小娇娇，胆子小，
看见一条毛毛虫，
“妈妈，妈妈”叫。
鸡宝宝，跑来了，
一口吞掉毛毛虫，
“咯咯，咯咯”笑。

【导读】生活是趣味的酵母。娇娇看见毛毛虫不敢碰，连连叫妈妈；鸡宝宝看见毛毛虫大胆地一口吞掉，还“咯咯，咯咯”笑。儿歌写下了生活中精彩的一瞬间，在强烈的对比中，将天真活泼的稚趣活脱脱地展现出来。

小熊过桥

蒋应武

小竹桥，摇摇摇，
有只小熊来过桥。

立不稳，站不牢，
走到桥上心乱跳。
头上乌鸦哇哇叫，
桥下流水哗哗笑。
“妈妈，妈妈，快来呀！
快快把我抱过桥。”
河里鲤鱼跳出水，
对着小熊大声叫：
“小熊小熊不要怕，
眼睛向着前面瞧！”
一二三，向前跑，
小熊过桥回头笑，
鲤鱼乐得尾巴摇。

【导读】这首儿歌妙在艺术形象的丰富性和生动性。用拟人的手法刻画出了胆小的小熊、幸灾乐祸的乌鸦、嘲讽他人的流水以及善于帮助人的小鲤鱼，尤其通过对小熊的表情、心理活动、行动的描写，将小熊的前后变化表述得十分清晰。一首短短的儿歌细细读来，竟有了故事的容量。

小狗

徐焕云

小狗小狗，毛脚毛手。
早晨洗脸，湿了袖口。
中午喝汤，烫了舌头。
晚上睡觉，掀了被头。

【导读】作品中的小狗，简直就是一个活灵活现的小孩样子。幼儿前期，注意力和动作的协调性还很不够，难免会出现这样那样的失误。儿歌用拟人手法形象风趣和委婉地指出了幼儿的一些缺点，告诉孩子要学会在失误中吸取教训。这种儿歌教育方式，比枯燥的说教和妈妈的唠叨更容易让幼儿接受。

轻轻跳

郑春华

小兔小兔，
轻轻跳。
小狗小狗，
慢慢跑。
要是踩疼小青草，
我就不跟你们好。

【导读】这首儿歌篇幅短，句子也短，传神地写出了一个稚嫩的孩子天真可爱的神态和纯洁善良的心灵。它以一个幼儿亲切的口吻，向他的好友小兔、小狗娓娓嘱咐。这里的小兔、小狗和小青草，全都如同自己幼儿园的小伙伴，亲密无间，心心相通。前两节，14 个字分作 4 行，节奏极为明快，正如小兔的跳，小狗的跑；最后一节转为舒缓轻盈，认真中带着娇嗔，读来如见其人，如闻其声。特别是“踩疼”“不跟你们好”这些词语，非常切合幼儿的心理特征与口语特点，是整个作品内容上的点睛之笔，也是艺术上的最精彩之处，孩子眼中的一切都跟自己一样有生命、有知觉、有感情。作者模拟孩子口气写下的这首儿歌，虽然简短之至，却刻画出了幼小孩童的这一特殊心态。儿歌中，保护绿色环境这一主题，也是很鲜明的。

第三节　儿歌教学的指导技巧

儿歌和幼儿诗是幼儿成长过程中不可或缺的精神食粮，在幼儿园教学中，儿歌和儿童诗的教学也是一个重要的部分。在教学中，我们要注意以下一些细节：

一、根据幼儿的年龄特征选择恰当的诗歌

如《说话》这一首幼儿诗就适合年龄比较小的幼儿。《十二生肖儿歌》由于涉及的内容跟数序有关，则适合大班的幼儿学习。

即使对同一首诗歌，也要根据幼儿特点灵活处理，如幼儿诗《我是三军总

司令》，如果对小班的幼儿，则让他们理解诗的内容即可，而对中班或大班的幼儿，则可以要求他们根据自己的生活经验，进一步创编诗。

二、根据幼儿的接受能力和理解能力对某些诗歌稍做改动，以便幼儿的理解和教学活动的开展

如《墙上挂面鼓》，内容是："墙上挂面鼓，鼓上画老虎。老虎抓破鼓，拿块布来补。不知是布补鼓，还是鼓补布。"如果改成"一面小花鼓，鼓上画老虎。宝宝敲破鼓，妈妈拿布补。不知是布补鼓，还是鼓补布。"就更易于幼儿理解，有利于活动的开展。

有些诗歌讲的是同一内容，只是其中的句子有所不同，对这些诗歌可以根据实际需要灵活运用。如依据冯幽君的《十二生肖儿歌》与儿歌《十二生肖》就可以将儿歌改为："一是老鼠在跳舞，二是黄牛点点头，三是猛虎下山来，四是白兔长耳朵，五是金龙空中舞，六是青蛇摇尾巴，七是红马咴咴叫，八是山羊叫咩咩，九是毛猴望天地，十是公鸡喔喔啼，十一花狗叼骨头，十二小猪肥嘟嘟。"

三、选择恰当的时机教诗歌

如金近的《大西瓜》："大西瓜，圆又圆，切开就变两大碗，你吃一大碗，我吃一大碗，我们吃得真快活，留下空碗当小船。"这首儿歌就可以选择在西瓜上市的季节教，相信幼儿会感觉更亲切。再如《吃饼干》："饼干圆圆，圆圆饼干，用手掰开，变成小船。你吃一半，我吃一半。啊呜一口，小船真甜。"如果选择在用饼干做点心的那天学习这首儿歌，岂不是更添趣？在下雨天，尤其是干旱之后的雨天教《小雨点》，也更能加深孩子对雨点的认识和体会。

四、灵活地运用诗歌

比如儿歌《小熊过桥》，可以把它改编成故事，也可以在体育活动中让幼儿练习走平衡木。

【作品一】

比尾巴

程宏明

谁的尾巴长？
谁的尾巴短？
谁的尾巴像把伞？
猴子的尾巴长，
兔子的尾巴短，
松鼠的尾巴像把伞。
谁的尾巴扁？
谁的尾巴弯？
谁的尾巴像把扇？
鸭子的尾巴扁，
公鸡的尾巴弯，
孔雀的尾巴像把扇。

【作品分析】这是一首充满童趣的儿歌，用问句和答句的对话形式介绍了猴子、兔子、松鼠、鸭子、公鸡和孔雀这六种动物尾巴的特点。简明易懂、欢快活泼、朗朗上口，可根据孩子的不同年龄特征设计深浅程度不一的教学活动。

【活动设计】

《比尾巴》（语言·大班）

（一）活动目标

认知目标：使幼儿通过观察可以说出动物尾巴的特点。

情感目标：培养幼儿不害怕、不驱打小动物的习惯。

技能目标：教会幼儿朗读有疑问语气的句子。

（以教师为主叙述主体活动目标，叙述得当，目标比较具体。）

（二）活动准备

卡纸 6 张（每张写一个问句）、相关的动物造型多个、相关的动物图片多张、录制或收集相关动物的短片、制作多媒体课件。

（三）活动过程

1. 导入。

师：小朋友，你们喜欢小动物吗？

师：你喜欢哪一种小动物？说给大家听听。

（小朋友会七嘴八舌地说出小动物的名称，如小白兔、小狗等，这时应提醒小朋友要用完整的一句话来回答问题，如“我喜欢小白兔。”引导幼儿用完整的话回答问题，这是一个重要的语言训练点。）

出示各种动物的挂图或使用多媒体设备，播放常见几种小动物的图片或录像。

师：小动物很可爱，请小朋友认真看一看这些动物的图片，这些动物都长了什么？

（这个问题可以调动幼儿的认知经验，引导他们进行对比观察。对这个问题，小朋友的问答肯定是五花八门的，如长了眼睛、长了嘴巴，长了毛等等，但小朋友应该能发现“这些动物都长了尾巴”这一共同点。）

师：请大家看一看，它们的尾巴是一样的吗？

师：每一种动物都有不同的尾巴，现在，有几个小动物说要进行一场比赛呢，比什么呢？就是比他们的尾巴。

出示儿歌题目：《比尾巴》

师：我们看看有哪些小动物来参加比赛！

一边出示猴子、兔子、松鼠这三种动物的造型（如果没有，可以用挂图或图片代替），一边让小朋友说出它们的名称。

2. 结合游戏朗读、理解儿歌。

师：这些小动物还想请小朋友为它们的比赛做裁判呢！大家愿意帮这个忙吗？

师：咱们来看看这些动物要比什么内容？

第一个比赛的内容是——出示写有“谁的尾巴长？”的卡片。

“谁的尾巴长？”（教师示范朗读，注意读出疑问语气以及对“长”的重音处理）。幼儿的参与意识都比较强，让幼儿做裁判可以激发他们的参与热情。特别是说让他们帮忙，更是一百个愿意。

师：请小裁判们决定，谁的尾巴长？

等小朋友判断后回答“猴子的尾巴长”，并让小朋友把猴子的模型搬在卡片的下方。

（下面两句的幼儿活动同上。）

出示第二张卡片，示范朗读“谁的尾巴短？”（引导小朋友注意句末的疑问号、读出疑问语气和“短”的重音处理。幼儿的模仿意识和模仿能力都很强，教师在看似询问的同时已经将朗读的技巧融入其中，给幼儿很好的示范作用。）

出示第三张卡片，示范朗读“谁的尾巴像把伞？”

小孩子在这时可能会有疑惑，为什么说小松鼠的尾巴像伞，通过多媒体展示松鼠的尾巴和降落伞，让孩子看到两者之间的相似性。

活动一：

第一步：教师朗读问句，幼儿朗读答句。

第二步：幼儿朗读问句，教师朗读答句。

第三步：一组幼儿朗读问句，另一组朗读答句。

师：小朋友们，猴子、小白兔和松鼠都很感谢小朋友帮他们判断出谁的尾巴长、谁的尾巴短和谁的尾巴像把伞。但是还有三个小动物在等着我们看它们的比赛呢。

第二场比赛开始！

师：我们看看公鸡的尾巴（出示公鸡的图片或录像）是弯弯的还是笔直的？

（幼儿认识事物往往比较直观形象，通过图片的比较，亦有利于孩子明白本体和喻体之间的相似性。）

师：鸭子的尾巴是什么样子的呢？（出示图片）

师：最后出场的是——孔雀！

出示孔雀开屏时的短片或照片，让幼儿说说孔雀的尾巴像什么？

如果小朋友没有想到孔雀的尾巴像扇子，老师可以说“老师觉得孔雀的尾巴还像一把扇子呢。”

出示一幅大扇子的实物或图片让小朋友对比欣赏。

活动二：

游戏：找尾巴。

目的：在游戏中进一步熟悉整首儿歌。

师：小朋友，小动物比了尾巴后，都很高兴地在蹦跳，但是有的小动物不小心把尾巴丢了。（出示没有尾巴的动物图片）

师：我们帮它们找找吧，找到尾巴还给小动物。

（将画有动物尾巴的图片散放在地上，请小朋友出来辨认“这是谁的尾巴”）

小朋友辨认后，让其朗读对应的句子。

活动延伸：

师：小朋友，动物的尾巴有的长，有的短，有的像把伞，还有的像扇子，你知道这是为什么吗？它们的尾巴有什么作用呢？大家再想想，明天回来告诉老师，好吗？

【作品二】

小雨点

唐邑丰

小雨点，
沙沙沙，
落在花园里，
花儿乐得张嘴巴。
小雨点，
沙沙沙，
落在鱼池里，
鱼儿乐得摇尾巴。
小雨点，
沙沙沙，
落在田野里，
苗儿乐得向上拔。

【作品分析】

这是一首表现春天雨后万物生长的儿歌，声形俱备。作者在写作中运用了反复、押韵等手法令这首儿歌朗朗上口，宜唱宜读。这首儿歌适合在春季的雨天教。在学习诗歌的前后，还可以领孩子到公园感受春天的景象。

【活动设计】

《小雨点》（语言·中班）

（一）活动目标

1. 通过感知春雨这一自然现象，理解雨水与万物间的关系，感受春天的勃勃生机。

2. 在观看动画短片的基础上，逐步理解并掌握诗歌内容，萌发热爱大自然的情感。

3. 在看看、讲讲、做做中学习诗歌，认读“小雨点”“张嘴巴”“摇尾巴”“向上拔”等字卡，感受诗歌的语言美。

（教学的准备是没有固定的时间和地点的，教师要做生活中的有心人，在平时注意收集相关的教学资料。）

（二）活动准备

1. 录音机、磁带（录有风声、雨声、小鸟叫声、青蛙叫声等）。

2. 多媒体课件。

3. 字卡（“小雨点”“张嘴巴”“摇尾巴”“向上拔”）。

（三）活动过程

1. 导入，并感知春雨。

（1）教师以愉快的口吻说：小朋友，春天到了，你们听，这是什么声音？（播放风声、雨声、小鸟叫声、青蛙叫声等）。

（2）对了，春天吹来了小雨点，小雨点从天上落下来，发出什么样的声音？

（3）谁会用一个好听的词来说？（沙沙沙）

认读字卡“小雨点，沙沙沙”。

2. 通过师生双向活动，让幼儿感受春天的美，并初步理解诗歌内容。

（1）播放多媒体课件，引导幼儿观察并讲述（在沙啦啦的小雨中，花儿慢慢地开放，张开嘴巴快乐地喝着雨水；鱼儿在池塘里自由自在地摇着尾巴嬉戏；远处青青的禾苗茁壮成长……）。

（2）分节学习儿歌。

① 观看动画短片的同时，引导幼儿回忆、感知春天。

提问：小雨点，沙沙沙，唱着歌，落在哪里？花儿变得怎么样了？

花儿为什么会这样？（引导幼儿用完整的话说出：小雨点，沙沙沙，落在花园里，花儿乐得张嘴巴）

认读字卡“张嘴巴”，并要求幼儿做动作。

小结：花儿喝到了雨水，高兴极了，张大了嘴巴（引导幼儿学做花儿，边读短句边做动作：花儿乐得张嘴巴）。

② 小雨点还落在了哪里？鱼儿变得怎么样了？从哪里可以看出鱼儿很开心？

认读字卡“摇尾巴”，谁来学学小鱼摇尾巴的样子？（引导幼儿边做动作边说短句：鱼儿乐得摇尾巴）

③ 这是什么？（禾苗）它在干什么？（生长）禾苗为什么长得这么快？好像被拔起来似的？认读字卡“向上拔”并用道具示范。（引导幼儿理解并掌握最后一小段：小雨点，沙沙沙，落在田野里，苗儿乐得向上拔）

小结并带领幼儿朗读：小雨点，沙沙沙，落在田野里，苗儿乐得向上拔。

3. 诗歌。

教师：小雨点，沙沙沙地唱着歌，一会儿落在花园里，一会儿落在池塘里，一会儿落在田野里，像个顽皮的小朋友，把春天打扮得真漂亮，我们一起来学《小雨点》这首诗歌。

（1）带领幼儿边看动画边朗诵诗歌。

（2）出示字卡，让幼儿在朗诵时巩固这些词。

（3）诗歌表演

请幼儿在朗朗的诗歌声中，贴上字卡，分别饰演“小雨点”“鱼儿”“花儿”“苗儿”，用肢体语言来表现诗歌的美。

（四）活动延伸

创编新的诗歌：小雨点，沙沙沙，它欢快地唱着歌，又会落在哪儿呢？（树林、草地、小朋友身上……）

【作品三】水果歌

什么水果红红的？
苹果苹果红红的。
什么水果黄黄的？
梨子梨子黄黄的。
什么水果紫紫的？

葡萄葡萄紫紫的。
什么水果绿绿的？
西瓜西瓜绿绿的。

【活动设计】

《水果歌》（语言·小班）

（一）活动目标

1. 观察梨子、苹果等水果的颜色，以水果的颜色为题材创编儿歌。

2. 培养幼儿敢于在众人面前大胆发言，学说普通话。

（二）活动准备

1. 苹果、梨子、葡萄、西瓜等水果的图片（正面没涂色，反面涂有颜色）。

2. 水果挂饰（梨子、苹果、葡萄、西瓜）若干。

（三）活动过程

1. 导入。

（1）“今天呀，我们班来了几位小客人。是谁呢？现在，就请它们出来和大家见见面。”

教师逐一出示苹果、梨子、葡萄、西瓜等水果图片（展示没涂颜色的一面），并引导幼儿说出是什么水果。

（2）“仔细看看，它们有颜色吗？”（没有）

（3）请幼儿说说苹果是什么颜色的，说对了，老师则将图片翻过来。（红红的苹果）

（4）用同样的方法，请幼儿说说其他水果的颜色，如说对了，老师则将该水果的图片翻过来。（即黄梨子、紫葡萄、绿西瓜）

2. 编儿歌《水果歌》。

老师告诉幼儿要根据水果的颜色来编儿歌。

（1）给苹果编儿歌。

老师先编一句：什么水果红红的？启发幼儿编第二句：苹果苹果红红的。告诉幼儿把老师编的一句和小朋友编的一句连起来，儿歌就编好了。

（2）给梨子编儿歌。

由老师编第一句：什么水果黄黄的？启发幼儿说出“梨子梨子黄黄的”。

（3）给葡萄编儿歌。

“现在我们给葡萄编。谁来编第一句？”请能力强的幼儿编第一句：什么水果紫紫的？再由大家编出第二句：葡萄葡萄紫紫的。

（4）请幼儿把刚才编的儿歌连起来念一遍。

“什么水果红红的？苹果苹果红红的。什么水果黄黄的？梨子梨子黄黄的。什么水果紫紫的？葡萄葡萄紫紫的。”

（5）“小朋友们编的儿歌真好听。现在我们再给西瓜编。谁会把两句一起编出来？”

请幼儿模仿前面的句式编出：什么水果绿绿的？西瓜西瓜绿绿的。

（6）请幼儿试着把编的儿歌连起来念一遍。

（7）集体再念一遍，可边念边动作。

3. 游戏：水果歌。

请幼儿戴上水果挂饰，练习儿歌。如老师（或个别幼儿）问：“什么水果红红的？”戴苹果挂饰的幼儿则站起来说：“苹果苹果红红的。”而戴其他挂饰的幼儿不可以站起来。

4. 活动延伸：

（1）区域设置和日常活动组织。

在语言活动区放置其他水果图片，引导幼儿为它们编《水果歌》。

（2）鼓励幼儿回家后把其他水果编进儿歌，并念给爸爸妈妈听。

与家长沟通计划。可请家长带幼儿认识更多的水果，了解其颜色，并将其编进儿歌，建议家长邀请邻居家的小朋友一起参加创编，体验成功的快乐，增进孩子之间的友谊。

【作品四】

我是三军总司令

小康

鸟妈妈问：“我的小鸟哪儿去了？”
我说，小鸟上了我的飞机。
鱼妈妈问：“我的小鱼哪儿去了？”
我说，小鱼上了我的军舰。

猫妈妈问："我的小猫哪儿去了？"
我说，小猫上了我的坦克。
三位妈妈一起问："你是谁？"
我说，我是海陆空三军总司令。

【活动设计】

《我是三军总司令》（语言·大班）

（一）活动目标

1. 知道儿歌的要求，理解儿歌的主要内容，初步学会朗诵儿歌。
2. 学习词：飞机、军舰、坦克、三军、司令等。
3. 增强学习儿歌的兴趣。

（二）活动准备

1. 知识准备：老师有意识地讲述一些有关海、陆、空三军的故事。
2. 教具准备：桌面教具有飞机、军舰和坦克，活动教具有鸟、鱼、猫以及背景图一张。

（三）活动过程

1. 组织教学，引起幼儿兴趣。

（1）逐一出示小动物鸟、鱼、猫，提问"这是谁？""谁是飞的？谁是跑的？谁是游的？"

（2）逐一出示飞机、军舰、坦克，提问"这是什么？""它们是什么地方开的？"

（3）"飞机归空军管，那军舰归谁管？坦克归谁管？"

（4）"海军、陆军、空军叫海陆空三军，那谁又去管三军呢？"（司令）

2. 幼儿学习儿歌。

（1）教师用桌面教具作道具，表演儿歌并有表情地朗诵。示范朗诵后提问："儿歌的名称叫什么？"

（2）教师再次进行示范，之后提问："儿歌里讲了些什么？"（学习儿歌里的短句）

（3）幼儿学讲儿歌。教师做动物妈妈，幼儿做儿歌中的我，以对话的形式边操作教具边学习。

（4）幼儿边念儿歌边分角色进行表演。

3. 幼儿听录音欣赏儿歌，可自由参与表演。

【作品五】

模仿歌

两个手指竖起来，
把它立到头上来，
把你的身子蹲下来，
吧嗒吧嗒跳起来。（仿兔子）

两个手指勾起来，
把它立到头上来，
把你的身子弯一弯，
咩，咩，慢慢走起来。（仿山羊）

十个手指张开来，
把它立到胸前来，
把你的身子蹲下来，
呱呱呱呱跳起来。（仿青蛙）

十个手指伸开来，
把它伸到胸前来，
把你的身子立下来，
咚，咚，慢慢走起来。（仿熊）

【活动设计】

《模仿歌》（语言·大班）

（一）活动目标

1. 理解儿歌内容，根据内容提示，猜出动物名称。

2. 学习动词：竖、立、蹲、勾、弯、跳、伸、走。

（二）活动准备

1. 与孩子谈话，巩固认识动物的基本特征。

2. 兔、青蛙、山羊、猫头饰若干个。

（三）活动过程

1. “小朋友们，今天老师给小朋友们带来了一些动物，你们想不想知道是什么动物呀？”

2. 教师将儿歌完整地读一遍。

提问：

（1）儿歌里一共出现了多少只动物？

（2）有哪些小动物呢？

3. 教师一小节一小节地帮助幼儿理解儿歌内容。（教师第二次读儿歌）

4. 教师帮助幼儿学习儿歌，并重点学习词语：竖、立、蹲、勾、弯、跳、伸、走。

5. 为幼儿戴上头饰，将儿歌完整地读一遍，然后请幼儿出来表演自己喜欢的动物。

6. 幼儿边表演，边离开教室。

第五章 幼儿最初的诗意语言——幼儿诗

第一节 幼儿诗概述

一、幼儿诗的内涵

幼儿诗是指以幼儿为主体接受对象，符合幼儿的心理和审美特点，适合于幼儿听赏、阅读、吟诵的自由体短诗。幼儿诗是诗的一个分支，由于它受到特定读者对象幼儿心理特征的制约，因此所反映的生活内容、所进行的艺术构思、所展开的联想和想象、所运用的文学语言等，都必须符合幼儿的年龄特征，必须是幼儿所喜闻乐见的。这样才能在培养幼儿良好的道德品质、思想情操，激发丰富他们的想象力、思维能力等方面，尤其在培养幼儿健康的审美意识和艺术鉴赏力上，发挥自己独特的作用。

幼儿诗与儿歌同属于儿童诗歌类，它们具有诗歌的共性特征，但又各自具有自己的个性特征，二者之间有着明显的区别。从读者对象的角度看，儿歌是以学龄前期和学龄初期的儿童为主要对象；幼儿诗则是以学龄中后期的儿童为主要对象。从主题思想的表现看，幼儿诗的主题思想常常以间接方式表现出来，比较深刻、含蓄；儿歌则往往是比较单纯浅易地表现它的主题思想。从语言表现形式上看，幼儿诗与儿歌的语言均要求凝练、简洁、有概括性，但幼儿诗的语言书面色彩浓厚，儿歌的语言则十分口语化；由于表现深度的不同，幼儿诗的语言比儿歌的语言更纯粹、更集中，更富有想象的张力。在韵律方面，幼儿诗的节奏、韵律比较灵活自由；儿歌则特别讲求节奏、韵律，音乐性很强，格式比较整齐，被称为“半格律诗”。从篇幅长短看，幼儿诗有长有短，不受限制，其中叙事诗、童话诗的篇幅都比较长；而儿歌一般都较为短小。幼儿诗的题材广阔，内容丰富深厚；儿歌则多取材于日常生活，内容单纯浅近。幼儿诗可以自由地运用多种多样的艺术手法，注重情感的抒发、思想内涵的锤炼、意境的营造和表达的含蓄；儿歌则常以叙述、白描、说明等方式表达事物现象，偏重于明白的展示，追求生动幽默，富有趣味，有着明显的实用性和游戏性。

在中国的历史长河中，适合幼儿诵读的诗不多。在一些古代文人的诗集中，偶尔出现过几首幼儿容易理解、乐于背诵的诗，如李白的《静夜思》、孟浩然的《春晓》、白居易的《草》和《悯农》、骆宾王的《咏鹅》、杜牧的《清明》等。

直至五四时期，诗体大解放“诗无定句，句无定言”，用通俗的白话写成的自由体诗正式登上历史舞台，才有了现代意义上的幼儿诗。当时，一大批文化名人，如胡适、叶圣陶、郑振铎、俞平伯、刘半农、汪静之等，都曾为幼儿写过诗。

20 世纪 30 年代，叶圣陶创作了不少幼儿诗；在教育家陶行知的诸多儿童诗作中，也有一些幼儿诗。

新中国成立后，幼儿诗进入到一个新的发展阶段。特别是新时期以来，幼儿诗创作迅速繁荣起来，不仅创作硕果累累，评论和理论研究也空前活跃。

二、幼儿诗的特征

由于幼儿诗的听赏对象是幼儿，幼儿生理和心理发育生长具有特殊性，所以幼儿诗除了具备一般诗的特点外，还具有符合幼儿年龄特征的独特的艺术特征，主要表现在以下方面：

（一）抒发幼儿的情感、性灵和体验

抒情，是诗歌反映生活的根本方式。幼儿诗也不例外。但由于它的读者对象的特殊性，所以要求幼儿诗的情感必须从儿童心灵深处抒发出来，逼真地传达出孩子们那种美好的感情、善良的愿望、有趣的情致，以激起小读者感情上的共鸣。例如，圣野的《夏弟弟》就是一首饱含着童真的激情去描摹夏天绿意

的诗，诗人把夏天比喻成爱爬竿子的绿孩子，由衷地赞美它给我们带来了“多么可爱的绿颜色！”表面上诗人在赞美大自然那绿的生命力，实际上是在赞美“为了祖国四个现代化，在洒满绿荫的窗口，勤奋看书的学生……”这些学生才是夏天真正的充满绿意的风景。这样不仅可以让幼儿受到美的熏陶，更能增加幼儿对知识的渴望，对生命的热爱，对社会的责任。

应当注意的是，幼儿诗中盎然的幼儿情趣是幼儿生活中本来固有的因素，只不过是由诗人采撷发现并进行了形象化的描摹而已，而不是生硬的外加的成分。由于幼儿思维能力、语言能力不足，难以表达他们内心的情感，即使勉强为之，也难以达到诗歌语言的要求。所以，幼儿诗大都是成年人站在幼儿的立场上创作的。作者往往让幼儿作为诗中的抒情主体，来抒发幼儿的情感。如高洪波的幼儿诗《蝈蝈》：

爸爸买回一只蝈蝈，
一只蝈蝈好寂寞。
天天在窗外叫着：
“哥哥！哥哥！哥哥！”
妈妈又买回一只蝈蝈，
两只蝈蝈真快乐。
谁都愿意当弟弟，
争着叫“哥哥，哥哥”。
我也想当小弟弟，
可就没有大哥哥。

幼儿有时候也会感到孤独寂寞，而且觉得怎么都表达不清楚，诗中形象地道出了幼儿欲言而不能言的内心感受，展现了当代独生子女真切而丰富的内心世界。诗中抒发的是本色的幼儿情感，丝毫不夹带“一叶落而天下知秋”之类的成人喟叹。

（二）形象生动具体，富有动感

孩子们天性好动，对活动、行动着的事物最感兴趣，他们自身的情感也是流动起伏的。他们的主要思维特点是形象思维，他们对鲜活生动的诗歌形象很容易接受，对于抽象、朦胧的意象则不容易理解。因此，幼儿诗的形象要求鲜明生动、富有动感。俄罗斯著名儿童作家马尔夏克曾说：“孩子们要求动，他们喜欢那些积极行动的诗。”幼儿诗的作者，总是致力于描绘具体可感的诗歌形象，让孩子们在具体的画面中感受诗情和诗意，唤起审美感受，引发无限遐想。如霍红的《会走路的树》：

所有的树都会走路，
它们用树枝
一点一点朝天空走。
它们用树根
一点一点朝地下走。
它们用树叶
在秋天走到我们脚旁，
在我们脚下沙沙地唱歌。

树的生长是看不见的，可诗人用拟人的手法作了具体的动态的描写：树枝朝空中走，树根朝地下走，秋天的落叶在我们脚下沙沙地唱歌。诗中描绘的画面，给人一种生机盎然的动态美。

（三）构思新颖巧妙，富有幼儿情趣

幼儿诗所抒发的情感不论在丰富性上，还是在深刻性上，都远不如成人诗歌，这是幼儿的情感特点所决定的。如何才能在不甚宽阔的情感层面上表达情趣并创造独特的表达效果呢？这主要依赖于构思的新颖巧妙。所谓构思，是对题材、主题、形象、意境、语言等方面进行合理组合。这种依赖于生活积累和儿童式想象的构思在很大程度上决定了幼儿诗的艺术水平。如舒兰的《虫和鸟》：

我把妈妈洗好的袜子，
一只一只夹在绳子上，
绳子就变成了一只多足虫，
在阳光中爬来爬去。
我把姐姐洗好的小手帕，
一条一条夹在绳子上，
绳子就变成一群白鹭鸶，
在微风中飞舞，飞舞。

该诗对平凡生活中的物象加以新奇的想象，依赖这种想象的巧妙构思，使

平凡的生活现象变成了一种儿童式的神奇和余味无穷的美丽，富有幼儿情趣。

有的幼儿诗采用新颖别致的形式。如任溶溶的《你们说我爸爸是干什么的？》，诗篇采用小朋友们最熟悉的围坐猜谜的形式，让每个孩子去夸耀自己爸爸的职业，从而启迪孩子们不仅要热爱自己的父亲，对自己的父亲所从事的工作感到自豪，而且要尊重各行各业的劳动。

有的幼儿诗设置悬念，情节生动。例如，南斯拉夫女诗人布兰科·乔皮奇特的《病人在几层》：

著名的亚娜医生，
家里的电话响个不停。
“喂！喂！亚娜大夫，
有个客人，嗓子得了急病。”
“客人，什么客人？
是外国人吗？”
“对对，一点不错，
是刚从非洲来的！”
“我马上就去，
快告诉我：什么地方？在几层？”
“几层？嗯嗯……
他病得很厉害，可能是二层或三层。”
亚娜大夫觉得奇怪，
“什么什么，到底几层？”
“对不起，大夫，
我实在说不清。
我们这儿是动物园，
一个长颈鹿突然嗓子疼，
他站在大楼旁边，
疼处可能在二层或三层。”

医生不知道病人住在哪层楼已是一个笑话，更可笑的是“病人”原来是长颈鹿，谁也不知道它嗓子痛处在二层还是在三层。强烈的悬念、有趣的情节，环环相扣，紧紧吸引着孩子的注意力，给他们带来欢乐的笑声。

（四）幼儿式的丰富想象

大胆的想象是诗歌的重要特征，对幼儿诗则更为重要。幼儿是最富于想象和联想的，他们总是用自己创造性的想象来认识并诠释世界上的一切事物。在他们通过想象而诗化的世界里，花儿会笑、鸟儿会唱、草儿会舞、鱼儿会说……因此，幼儿诗必须以符合幼儿心理的丰富想象创造优美的意境，抒发幼儿的童真童趣，让幼儿在奇妙多姿的世界里，展开想象的翅膀，感悟诗的主旨。所以，诗人要善于捕捉生活中孩子闪光的想象，并展现在幼儿诗中，要在想象的世界中用心灵和儿童对话。如巩孺萍的《天空是一条蓝色的大河》：

天空是一条蓝色的大河，
河面上飘着洁白的云朵。
我想此时此刻，
天妈妈正在河边洗衣，
云朵是她洗出来的泡沫。
天空是一条蓝色的大河，
河上荡着粼粼的波浪。
我想此时此刻，
天妈妈正在河边呼唤，
云朵是一群晚归的白鹅。

诗人抓住天空和云朵的特点，采用拟人和比喻的修辞手法，将蓝蓝的天空想象成蓝色的大河，将洁白的云朵想象成天妈妈洗衣服洗出的泡沫和晚归的白鹅。奇妙的想象，使常见的自然现象具有一种童话似的神奇和美丽。又如管用和的《夕阳》：

太阳公公走了一天，
累得面红耳赤。
他跳到清净的湖中，
把一天的疲劳浴洗。
哎呀，他不见了，
是不是沉进了湖底？
不，他扎了一个猛子，
第二天又从湖东冒起。

诗中把太阳西下，想象成跳进湖中洗澡，累了一天他想洗去一天的疲劳；太阳第二天又从湖东升起，是“扎了一个猛子”之后，重新露出红红的脸庞；寥廓无垠的天空，是一池清清的碧水。这首诗所表现的充满童真的神奇想象，不仅孩子们喜欢，也足以让成人惊叹、感动。

（五）天真而精粹的诗歌语言

诗是语言的艺术。深刻的思想、鲜明的形象只有用凝练、形象、具有表现力的语言来表现，才能成为诗。幼儿阅历浅，生活见识少，掌握的词汇不多，但幼儿品性单纯，往往语出真情，他们用稚嫩的童声歌唱生活。因此，幼儿诗的语言应该平易浅近，简洁明了，自然流畅，让幼儿易懂、易诵、易记。幼儿诗应为幼儿学习、驾驭语言提供优良的条件，让幼儿在优美的语言环境中学习语言，丰富语汇，提高他们驾驭语言、鉴赏语言的能力，同时得到美的享受。如刘饶民的《大海睡着了》：

风儿不闹了，
浪儿不笑了。
深夜里，
大海睡觉了。
她抱着明月，
她背着星星。
那轻轻的潮声啊，
是它睡熟的鼾声。

寥寥数语就把静谧安详的大海展现在读者面前。诗人运用拟人的手法，以极其准确的词语“抱着”“背着”“鼾声”形象地描绘出大海这位“母亲”熟睡时的优美的体态。经常吟诵此类诗，幼儿不仅可以提高审美能力，还能从中学习并提高驾驭语言、鉴赏语言的能力。如高洪波的《四季风》：

夏天的风很轻，
它踏在荷叶上，
连露珠都没碰落。
秋天的风很重，
它站在高粱上，
把田野都压红了。

冬天的风很硬，
它刚踩上小河，
小河就结了冰。
春天的风很软，
刚一碰到柳枝，
柳絮就满天飞了……

诗中运用排比和拟人手法，准确生动地描绘出了四季风的特点。“轻”“重”“硬”“软”四个字浅近易懂，形象感强，把春夏秋冬四季风的特点表述得简洁明了，对于词汇量不多的幼儿来说也很容易理解。“踏”“站”“踩”“碰”四个动词浅显凝练，给全诗带来生命与灵气。

幼儿诗优美的语言，除了词语的锤炼要准确恰当外，诗的声音节奏更应具有音乐性，即诗的音韵要有美感效应。美学专家朱光潜先生说：“情感的最直接的表现是声音节奏，而文学意义反在其次。文学意义所不能表现的情调常可以用声音节奏表现出来。”幼儿诗的音乐性主要表现在押韵和节奏上。通过韵脚的变化、句式的错落有致，既兼顾了不同年龄段的幼儿，同时又可使诗歌具有较强的音乐感和节奏感，形成全诗回环整齐的美感。年龄越小的儿童，阅读儿童诗的韵脚应越整齐。例如，望安的《嘀哩，嘀哩》和鲁兵的《下巴上的洞洞》等诗歌中那鲜明的节奏感，都给人以读诗如唱的明快感觉，使幼儿激动之余获得美感。

第二节　幼儿诗阅读的指导技巧

幼儿诗浅显易懂，但不乏诗的魅力。一首优秀的幼儿诗不仅具有诗的形象、精巧的构思和优美的意境，而且富有幼儿情趣。阅读欣赏幼儿诗，或从诗中的人物形象和有趣的情节出发，通过分析人物语言、行动和生动的情节，理解诗中的内容；或根据抒情诗具有丰富想象、强烈感情和优美意境的特点，反复诵读，传达出诗的意境和作者的激情；或根据形象生动的画面展开丰富的想象，体味诗情画意；或从诗的语言入手，去感受诗的语言美，尤其是富有节奏的音乐美。

【作品选读】

半个喷嚏

张秋生

这座大楼里，
谁有他娇气？
“啊—啊—”
他刚想打个喷嚏，
正巧奶奶走过来，
问了他一个问题。
由于奶奶的打岔，
他再也打不出下半个喷嚏。
小东西又叫又嚷，
要奶奶赔他半个喷嚏。
他和奶奶怄气，
从早晨一直闹到夜里。
无论奶奶说什么话，
他都噘着嘴巴爱答不理。
窗外刮起了北风，
奶奶叫他快穿上毛衣。
他却犟着脑袋，
偏偏走到阳台上去。
还没等到吃晚饭，
他就又是眼泪又是鼻涕。
老天满足了他的要求，
一连赔了他二十个喷嚏！
小东西患了重感冒，
只因为要奶奶赔他半个喷嚏……

【导读】这是一首幼儿生活故事诗，诗中寥寥几笔就塑造出一个娇生惯养、蛮不讲理的幼儿形象。他正打喷嚏时被奶奶打岔了，这个任性的孩子非要奶奶赔本来无法赔的喷嚏。他从早晨一直闹到夜里，结果把自己搞感冒了。“犟着脑袋”“偏偏”把孩子的个性，描写得活灵活现。诗人以夸张的手法针对幼儿生活中不良的现象进行了委婉的批评，诙谐幽默，情节生动有趣。

小猪奴尼

鲁兵

有只小猪，
叫作奴尼。
妈妈说：“奴尼，奴尼，
你多脏呀！快来洗一洗。”
奴尼说：“妈妈，妈妈，
我不洗，我不要洗。”
妈妈挺生气，
来追奴尼，
奴尼真顽皮，
逃东逃西，
扑通——
掉进泥坑里。
泥坑里面，
尽是烂泥，
奴尼又翻跟头又打滚，
玩了半天才爬起。
一摇一摆回家去，
吓得妈妈打了个大喷嚏。
“啊——欠，你是谁，
我不认得你。”
“妈妈，妈妈，
我是奴尼，我是奴尼。”
“不是，不是，
你不是奴尼。”

“是的，是的，
我真的是奴尼。”
“出去，出去！”
妈妈发了脾气。
“你再不出去，
我可不饶你。
扫把扫你，畚箕畚你，
当作垃圾倒了你。”
奴尼逃呀，逃呀，
逃出两里地。
路上碰见羊姐姐，
织的毛衣真美丽。
“走开，走开！
别碰脏我的新毛衣。”
路上碰见猫阿姨，
带着孩子在游戏。
“走开，走开！
别吓坏我的小猫咪。”
最后碰见牛婶婶，
在吊井水洗大衣。
“哎呀，哎呀！
哪来这么个脏东西？
快来，快来！
给你冲一冲，洗一洗。”
冲呀冲，
洗呀洗……
井水用了一百桶，
肥皂泡泡满天飞。
洗掉烂泥，
是个奴尼。

奴尼回家去，
妈妈真欢喜。
"奴尼，奴尼，
你几时学会了自己洗？"
奴尼，奴尼，
鼻子翘翘，眼睛挤挤。
"妈妈，妈妈，
明天我要学会自己洗。"

【导读】鲁兵，笔名严光化，生于1924年，浙江金华人，编辑、儿童文学作家，首届韬奋奖获得者。中国作家协会会员，中国作家协会上海分会理事，中国散文诗协会会员，上海诗词学会理事，中国出版工作者协会幼儿读物研究会会长。作品《唱的是山歌》获全国第二次儿童文学评奖一等奖，《老虎外婆》获全国儿童读物优秀奖，《小猪奴尼》获儿童文学园丁奖。

《小猪奴尼》是一首有着浓厚趣味性的童话诗。故事新奇、有趣，夸张而不荒诞。现实生活中，像奴尼这样的顽皮孩子确实不多见，但仿佛又似曾相识，就是身边的某一位。诗的语言朴素自然，句子简洁有力，读起来朗朗上口，极富音乐性。

第三节　幼儿诗教学的指导技巧

幼儿园各年龄段的诗歌，情感洋溢，想象丰富，语言凝练，并集中体现了语言艺术的形式美特征，给幼儿以强烈的美的刺激，形成情感的共鸣。诗歌教学首先是一种美感体验的活动，是一个由感受而感动的过程。其次，诗歌学习是师幼共同进行的文学审美活动，教师要有意识地引导幼儿感受、体验诗歌中丰富多样的情感。诗歌教学的组织与指导，教师能否采用适宜的教学方法和策略，将直接影响着幼儿对诗歌的理解、体验和感受，以及诗歌教学的教育价值的充分发挥。因此，如何组织和指导好诗歌教学，是值得我们大家一起进行探讨的。

下面以幼儿诗歌《摇篮》的教学设计为例加以说明。

【活动目标】

1. 引导幼儿体会诗歌优美的意境和丰富的想象，激发幼儿对诗歌的兴趣。

2. 在掌握诗歌的基础上，学习仿编诗歌。

3. 感受妈妈的爱，懂得感恩，用行动报答妈妈的爱。

【活动准备】

1. 多媒体课件、《摇篮曲》。

2. 与诗歌内容匹配的图片、创编所需的图片若干。

【活动过程】

（一）导入课题，激发兴趣

1. 出示摇篮，提问：看，这是什么？

幼：摇篮。

师：对了，是摇篮。摇篮有什么用呢？

幼：小宝宝睡觉的。

幼：我们小时候可以睡在里面。

师：摇篮是小宝宝的床，睡在里面有什么感觉呢？

幼：很舒服。

幼：感觉很暖和、很温暖。

（评析：出示摇篮图片，让幼儿用已有的经验说说睡在摇篮里的感觉，很多幼儿都能说出睡在摇篮里舒服、温暖的特点，有的幼儿会不自觉地做出一系列身体摇摆的动作，很好地感受到了睡在摇篮里舒服的感觉。）

2. 师：睡在摇篮里软软的，很舒服，我们生活中有很多像摇篮一样的东西，我们一起来看看。

3. 欣赏课件（设声音的画面），说说看到了什么？你觉得什么像摇篮呢？它摇着谁？

幼：我看到了星星，我觉得白云像它的摇篮。

幼：妈妈是宝宝的摇篮。

幼：花园里有很多的小花，风吹起来像它的摇篮。

师：小朋友说得真不错，这段动画当中还藏着一首好听的诗歌呢，我们一起来听一听。

（完整欣赏诗歌，加上配音）

（评析：一开始出示课件，让幼儿欣赏诗歌中漂亮的场景，没有加上配音，让幼儿根据看到的内容猜测生活中的一些摇篮，第二遍加上配音朗诵，让幼儿在欣赏画面的同时初步感受诗歌的意境，熟悉诗歌的内容，为学习、朗诵诗歌作铺垫。）

（二）学习诗歌，感受诗歌的优美意境

1.教师配乐朗诵，完整欣赏诗歌。

（1）教师配乐诗朗诵，幼儿欣赏，欣赏后提问：你听见了哪些好听的话，用诗歌中的话来说一说。（出示相应的图片）

（评析：请幼儿试着用诗歌中的话来说说，同时出示相应的图片，以加深幼儿对诗歌的印象，熟悉诗歌内容，并看着图完整地复述句子。）

（2）引导幼儿用诗歌中的语言来回答。（蓝天是摇篮，摇着星宝宝；大海是摇篮，摇着鱼宝宝；花园是摇篮，摇着花宝宝；妈妈的手是摇篮，摇着小宝宝。）

（3）为什么说蓝天是星宝宝的摇篮？（为什么说大海是鱼宝宝的摇篮？花园是花宝宝的摇篮？）

（4）分析句式，这首诗歌中一样的地方有哪些？

幼：都有摇篮。

幼：最后一句一样，它们都睡着了。

幼：小宝宝都睡在摇篮里。

（评析：让幼儿看着图片来进行句式分析，在帮助幼儿理解记忆诗歌内容的同时，更加便于幼儿去分析整理句式，发现四句诗歌的共同之处。）

2.观看课件，分段欣赏诗歌。

（1）播放诗歌中第一小节的课件，提问：星宝宝是怎样睡着的？

幼：白云摇着它，它就睡着了。

幼：到了晚上星星就睡着了。

（2）为什么白云要轻轻地飘？我们一起用动作来表现。

请小朋友和老师一起来读一读。（蓝天是摇篮，摇着星宝宝；白云轻轻飘，星宝宝睡着了）

（3）播放诗歌中第二、三、四小节的课件，提问：鱼宝宝是怎样睡着的？花宝宝是怎样睡着的？小宝宝是怎样睡着的？

引导幼儿说一说，浪花轻轻翻，鱼宝宝睡着了；风儿轻轻吹，花宝宝睡着了；歌儿轻轻唱，小宝宝睡着了。

（评析：用动作表现白云、浪花、风和歌声的轻柔，去体验这些摇篮的特点。）

3. 诵读诗歌，体会意境。

（1）教师和幼儿一起诵读。（看着图将这首诗歌完整地朗诵一遍）

（2）教师和幼儿分角色诵读。

（3）讨论：星宝宝、鱼宝宝、花宝宝和小宝宝都睡着了，不能将他们吵醒，要用什么样的声音来朗诵呢？

幼：轻轻的声音。

幼：不能太吵的声音。

幼：用好听的声音来朗诵。

（4）引导幼儿用轻轻的声音来朗诵诗歌。

师：那我们就用轻轻的、好听的声音来读读这首诗歌吧！

4. 表演诗歌：这么美的诗歌，我们一起用动作来表现，看谁做得最美。

（评析：通过讨论，让幼儿自己去发现朗诵这首诗歌所要注意的声音，用轻轻的声音进行朗诵，意境很美，在感受诗歌意境美的同时也体验到了诗歌轻柔的特点。）

（三）发挥想象，仿编诗歌

1. 蓝天里除了有星宝宝外，还会有谁？

幼：蓝天里还有太阳。

师：那我们试试，把太阳编到好听的诗歌中去。（用插卡的形式，将原来诗歌中的白云图片替换为太阳，连贯地看图朗诵整句话。）

2. 大海中除了鱼宝宝，还有谁？

3. 花园里除了花宝宝外，还住着谁？

4. 把创编的内容看着图完整地朗诵，提醒幼儿用轻轻的，好听的声音进行朗诵。

（评析：用插卡的形式让幼儿进行故事创编，幼儿能看着图片完整地进行创编，既发展了幼儿的创造力，也使幼儿的朗诵能力得到了提高，能够进行完整的句子创编。）

（四）感谢妈妈

1. 妈妈很辛苦，把小朋友照顾得很好，妈妈平时都做哪些事情呢？

幼：在我很小的时候，妈妈要喂我吃饭。

幼：妈妈生宝宝的时候，要去医院动手术，很痛的。

幼：妈妈要给我洗衣服，做饭给我吃。

幼：妈妈每天都送我上幼儿园。

2. 妈妈这么辛苦，你想怎样感谢妈妈呢？（和旁边的幼儿讨论，说说自己的感谢方法。）

幼：上课认真听讲，考试得 100 分，妈妈就会很高兴。

幼：我画一幅画送给妈妈。

幼：妈妈回家的时候，我给妈妈拿拖鞋。

幼：我帮妈妈扫地。

幼：我给妈妈唱首好听的歌曲。

3. 幼儿讲述感谢妈妈的方法，教师进行小结：感谢妈妈的方法有很多，可以送给妈妈一句好听的话，亲手做礼物送给妈妈，帮妈妈做家务等。

4. 布置感恩小任务：回家后用自己的方式感谢自己的妈妈。

（评析：回忆妈妈平时做事的情形，很多小朋友都能说出妈妈的辛苦，有的幼儿还想到了妈妈生宝宝时的辛苦，都说要上课认真听讲，考试得 100 分来报答妈妈对自己的爱。报答妈妈的方法很多，没有局限在送妈妈礼物这个方面，孩子们思维很活跃，能说也愿意表达自己的看法。）

【活动延伸】

1. 将图片放在语言区供幼儿自己练习朗诵诗歌。

2. 回家后用自己的方式感谢妈妈。

第六章　幼儿最早的叙事语言——幼儿故事

第一节　幼儿故事概述

一、幼儿故事概况

故事是一种以叙述事件为主，侧重于事件过程的描述，强调情节的完整性、连贯性、生动性和趣味性，比较适宜于口头讲述的文学体裁。

幼儿故事的概念有广义和狭义之分。广义的故事是泛指神话、传说、寓言、童话、小说、笑话等体裁的作品，即人们口头上常说的“神话故事”“传说故事”“童话故事”；狭义的故事是本章要阐述的，是指适合幼儿欣赏的、篇幅短小的各类叙事性作品。

故事是孩子们接触较早、较多的文学样式之一。爱听故事是儿童的天性，每一位父母都有被孩子缠着讲故事的经历。故事能帮助孩子丰富人生经验和知识。

幼儿故事是适于幼儿聆听、阅读的故事。喜爱故事是人的欣赏特性，热衷于理解故事情节是儿童阅读的天性，幼儿故事是幼儿喜闻乐见的文学形式。

幼儿故事一般内容单纯，篇幅短小；情节生动有趣、完整连贯；角色性格类型化，即只是突出表现角色性格的一个方面，不追求性格的完整和丰富。

二、幼儿故事的发展概况

在我国几千年的封建社会中，陪伴孩子度过漫漫长夜的，除了一些神话、传说、寓言外，常常就是动物故事或民间生活故事。如，兔子的尾巴为什么这么短，猫和老鼠的故事，长工斗财主的故事，巧媳妇的故事，以及女婿的故事等。此外，叙述古代儿童聪明的故事也常被编入一些启蒙读物中，如元代卢韵的《日记故事》，明代萧良友的《蒙养故事》，其中的“曹冲称象”“灌水浮球”“司马光破缸救小儿”等故事，已成为历代孩子都知晓的名篇。

1909年，我国最早的以学龄前儿童为对象的刊物《儿童教育画》创刊。此后，各种比较适合幼儿欣赏的故事陆续刊登在报刊上。如，陆费逵的《我小时候的故事》(1992)、陈伯吹的《破帽子》(1930)、叶圣陶的《小蚬回家去了》(1934)。

新中国成立后，幼儿故事的创作开始增多，出现了不少精美之作。如，杲向真的《小胖和小松》、方轶群的《小碗》、任溶溶的《人小时候为什么没胡子》、安伟邦的《圈儿圈儿圈儿》。新时期以来，幼儿故事的作家队伍中，有一些来自幼儿园教师和小学教师，如胡莲捐、任霞夸、倪冰如、郑春华、谭小行。他们熟悉幼儿生活，作品质量也比较高。

三、幼儿故事的类型

（一）幼儿故事的类型多种多样

根据不同的视角来看幼儿故事，其类型是多种多样的。

从创作者来看，可分为民间故事、改编故事和创作故事。

从表现媒介来看，可分为纯文字故事和图画故事。

从艺术手法来看，可分为童话故事和生活故事。幼儿生活故事是幼儿故事中的主要形式。

从体裁来看，可分为散文体故事、诗体故事和谜语故事。

（二）几种常见的幼儿故事

1. 幼儿动物故事

动物故事是以动物为主人公的故事。从动物故事反映的内容看，大致可分为两类：

一类是通过动物的行动、生活特点和它们之间的相互关系，生动有趣地介绍各种动物的特征、习性等的故事。这类故事大都基于人类长期对一些动物的观察与了解，加上自己的想象，对它们的起源、习性、外部特征、性格作了有趣的解释和描绘。如，民间动物故事《笨狼上学》，写的是一只笨狼，在森林里待得不耐烦了，就想去上学和小朋友一起玩。第一节课，老师教大家学习“苹果”一词，告诉大家说这是“苹果”，这时候笨狼站起来说不对，苹果应该是大大的、圆圆的、红红的、甜甜的；当老师给孩子们讲小红帽的故事时，小朋友们听得很认真，忽然笨狼站起来愤怒地抗议道，不对，全是造谣，我根本就没有吃过小红帽。老师本来是想告诉笨狼一个道理，故事并不一定都是真的，怕它又不明白，当老师带领孩子们上体育课时，说谁跑得最快，谁就是体育最好的学生，老师口令刚发出，笨狼就像箭一样地朝前飞奔，可是在拐弯处它忘记了拐弯，直接跑回了大森林。这个故事告诉小朋友一个道理：要多动脑筋、多思考、多观察，在观察和思考中健康快乐地成长。这是用想象来解释动物的某些特征，这种来自民间文学的创作手法甚至被作家沿用。

另一类是借动物形象，间接地反映人类社会生活、人与人之间的关系，体现人们对真与假、善与恶、美与丑的爱憎分明的观点。如《乌鸦和狐狸的故事》，是借乌鸦骄傲和狐狸狡猾的习性，以此来象征那些“没安好心”的人。《骄傲的公鸡》是说公鸡趾高气扬，到处炫耀它的羽毛，主人嫌它太吵就将它杀了（或是被鹰看见了，逮住它吃掉了），以此教育人们不要骄傲。

2. 幼儿历史故事

幼儿历史故事是指以历史上有意义的事件作为题材的幼儿故事。这类故事一般以历史事件为主，也可以写某个人物在某一历史时期的活动、生活片段。它要求尊重史实，不能随意虚构，但在一定历史资料的基础上，可做必要的提炼加工。此外，其还应当考虑幼儿的特点，尽可能生动有趣，浅显易懂。这些历史故事可以分为历史人物故事和历史事件故事两类。

一类是历史人物故事。它是以历史上的真实人物为主体，通过这个历史人物在一定历史时期内的活动，让小读者了解历史知识，学习历史人物身上的美好品德。

二类是历史事件故事。它是以历史事件为主写历史人物活动。这类故事中的人物不被细致刻画，而是侧重于故事的情节性。内容大都以某个历史时期的军事、政治事件为主线，引出一个个故事，是大故事套小故事，有详有略。

3. 幼儿民间故事

广义的民间故事涵盖了写实的与幻想的所有民间集体创作的故事，其类型包括神话故事、人物故事、寓言故事、笑话故事等。狭义的民间故事则主要指现实性较强的生活故事，它包含时间、地点、人物、情节等要素，具有一定的传奇性和幻想成分。本章所谓的民间故事是狭义的。

民间故事有三大特点。其一，模糊的故事背景。如“很久很久以前”“从前”“古时候”；其二，类型化的人物形象。如葫芦娃、阿凡提的故事等；其三，具有基本的情节模式和三段式的结构，如《鲁班的故事》《长工和地主的故事》《女娲补天》等。

第二节　幼儿故事阅读的指导技巧

一、幼儿生活故事的概念及类型

（一）什么是幼儿生活故事

幼儿生活故事，是以现实的幼儿为主要角色，以他们的日常生活和活动为题材的幼儿故事。

幼儿生活故事是幼儿故事这个家族中的一个大类。它在幼儿故事里虽然发展较晚，但数量最多，发展最快，影响也最大。

幼儿生活故事是以写实性的虚构为题材的，是用故事的形式来表现幼儿的生活现实，而幼儿童话则是以幻想性的虚构为题材，但二者在故事的篇幅、情节、结构、语言等形式上没有太大的差异。

一则幼儿生活故事的篇幅往往十分短小，语言浅显，结构简单。当然也有篇幅比较大的，但其情节、语言也是适合幼儿听读的。有的幼儿生活故事是系列故事，如《大头儿子小头爸爸》（郑春华）、《老蓬的故事》（任霞苓）、《弗朗兹的故事》（克里斯蒂娜·纽斯特林格尔）、《我和小姐姐克拉拉》（迪米特尔·茵可夫）等。这些幼儿生活故事是一本本的书，尽管书里的系列故事在情节的逻辑性、基本的角色及其关系等方面具有一致性，但一个个的故事还是相对独立的，单个故事的篇幅一般还是短小的。

（二）幼儿生活故事的类型

幼儿生活故事的素材可以取自于幼儿的家庭生活、幼儿生活以及相关的社会生活，主要表现幼儿在生活世界中与成人、同伴以及玩物、自然等的关系。

1.按照生活世界区分的类型

（1）家庭生活故事。

阅读《瓜瓜吃瓜》[1]。

有个小朋友，他的名字可怪了，他叫瓜瓜，就是西瓜的那个瓜。他干吗叫瓜瓜呀？原来是他生下来的时候，胖墩墩，圆滚滚，就像个西瓜，他爸爸正想着给他起个名字呢，他妈妈说："甭伤脑筋了，就叫他瓜瓜吧！"

瓜瓜可爱吃西瓜啦，他一下就能吃几大块，吃完了，把小背心往上一拉，挺着圆鼓鼓的肚子，用手一拍，"嘭嘭嘭"地响，说："西瓜在这儿呢！"

有一天，天气热极了，瓜瓜又闹着要吃西瓜。妈妈拿出一个小西瓜来，对瓜瓜说："就剩这个小的了，先吃着吧。一会儿，外婆要来了，说不定会给你带个大西瓜哩！"

妈妈切开西瓜，上班去了，瓜瓜斜着眼瞧了瞧那西瓜，翘起了嘴巴，心想："哼，这也叫西瓜？"可他怪口渴的，又想："瓜儿小，说不定还挺甜的哩！"就拿起一块咬了一口。哎，一点儿都不甜。

他吃完一块，心里生着气，一甩手，把西瓜皮从窗口扔了出去，掉到胡同里的路上了。剩下的几块，瓜瓜气呼呼地咬上了几口，也一块接一块地往窗口外面扔。他想：要是外婆真的带了个大西瓜来，又大又甜的，那该多好呀！他就趴在窗台上，一个劲儿地往胡同东口望着。外婆每次上他家来，都是从东口来。

哟！来了个人，慢慢地走近了，是一位老奶奶，没错，是外婆来了。真的还抱来一个大西瓜呢！

瓜瓜大声嚷嚷："外婆，我来接你——"然后连蹦带跳，跑下楼去了。

外婆听见了，心里一高兴，加快了脚步。走到垃圾箱旁边，不小心，一脚踩在西瓜皮上，滑了一跤，手里抱的大西瓜，"啪嗒"一下，摔了个粉碎。

外婆一边爬起来，一边说："哎哟，谁把西瓜皮扔了这一地！"

瓜瓜出了门看见外婆坐在地上，连忙跑去把她搀起来，一边气呼呼地抬起脚，往西瓜皮上踩："该死的西瓜皮，哪个坏蛋扔的。"

咦，西瓜怎么这么小？——坏了，这不是他自己扔掉的吗？瓜瓜偷偷看了外婆一眼，吐了吐舌头，悄悄地把西瓜皮一块一块地拾起来，丢进路旁的垃圾箱里去了。

---

[1] 马光复主编．给跳跳讲故事 [M]. 青岛：青岛出版社，2004:89.

瓜瓜再看外婆带来的大西瓜，瓤儿红红的，一定很甜，可惜全都碎了，沾上了泥。他只好咽着口水，拿起碎瓜块往垃圾箱里扔。

外婆不知道西瓜皮是瓜瓜扔的，只看见瓜瓜把西瓜皮扔到垃圾箱里去，就说："真乖，真乖，都像咱瓜瓜这么懂事就好了。"小朋友，你们猜猜：瓜瓜听了外婆的话，心里是怎么想的呀？

赏析：《瓜瓜吃瓜》是一则家庭生活故事，家庭是幼儿最重要的生活世界，幼儿生活故事讲述得最多的就是幼儿与长辈以及兄弟姐妹之间发生的各种生活事件。《瓜瓜吃瓜》讲述了瓜瓜扔掉不喜欢吃的小西瓜皮和外婆之间发生的有趣的亲情故事，故事同时也告诉孩子们从小要养成良好的环境保护意识。这则故事里面有很多的叠音词，故在教学中一定要学会处理好轻重音，感受这则故事的幽默和诙谐。

（2）幼儿园生活故事。

请阅读《张老师的脸肿了》[1]。

真怪，张老师左边的脸突然肿了起来。是给人打了一巴掌？不会的。是给刺毛虫刺了一下吗？那更不会了。小朋友们坐在一起，想呀想，猜呀猜。春春说："我知道了，一定是达达昨天上课拉小娟的辫子，老师生气了，脸才肿的！"

小朋友们都说："对！对！是达达不听话，老师的脸才气肿的！"

达达的脸"腾"地一下子红了，他眼睛瞪得大大的："我……我不知道老师的脸会肿起来的呀！"说着，眼泪都快滚下来了。新新连忙说："达达，别哭，这不要紧的，只要你以后不欺负小娟，张老师不生气，脸就不肿了！"达达使劲地点点头。

上课了，张老师走进来，脸还是肿着。达达认认真真地听老师讲课，小娟的小辫子就在前面晃来晃去，达达一动也不去动它。可是，一直到下课铃响了，张老师的脸还是肿着。达达连忙跑到张老师面前，说："张老师，我今天没有拉小娟的辫子！"张老师笑笑，摸摸达达的脑袋，就走了。

第二天早上，春春对达达说："达达，张老师的脸还肿着，他还在生你的气呢！"达达一听，可急坏了，他"噔噔噔"地跑到小娟面前，把自己最心爱的

[1] 朱庆坪等编文；金城等绘．大苹果婴儿成长童话 金苹果版[M]．杭州：浙江少年儿童出版社，2006:48.

小象卷笔刀往小娟手里一塞，说："送给你。"他又跑到张老师跟前，对张老师说："张老师，张老师，我把小象卷笔刀送给小娟了！"张老师又是笑了笑，没说话。达达急得结结巴巴地说："张老师，你……你别生我的气……"

张老师愣住了："我生你什么气呀？"

达达说："前天，我拉了小娟的辫子，您的脸就气肿了。"

张老师一听，咯咯笑了起来："老师早就不生你的气啦，老师的脸肿是因为牙齿疼呀，达达对老师这么好，老师的病一定好得更快啦！"

达达乐得蹦了起来，大声嚷着："张老师的脸不是我气肿的，不是我气肿的……"

赏析：幼儿园生活也是适龄幼儿重要的生活圈，幼儿生活故事有相当一部分取材于幼儿园生活。《张老师的脸肿了》开篇就设置悬念张老师的脸肿了，为什么肿了？是给人打了一巴掌？是给刺毛虫刺了一下？接下来故事围绕着"达达"认错补过的情节展开，最后揭开了谜底——原来是张老师牙痛导致脸肿了。《张老师的脸肿了》这则故事属于儿童故事，儿童故事是写实的，真实地展现了儿童奇妙的幻想和思维，它和童话是有区别的。

（3）社会生活故事。

请阅读《在医院里》。

妈妈带小明去医院看望一位阿姨，还没走到病房，小明就看见走廊上挂着一个大大的"静"字，就大声地问妈妈："这是什么字？"妈妈赶紧把手指放在嘴中间："嘘——不能太大声了，这是医院，这个'静'字表示要你安静的意思。"

小明兴奋地大声说："真有意思，真有意思！哈哈——"妈妈赶紧制止他，可他不听，仍旧大声地讲话。妈妈生气了，只好将小明强行带到了病房大楼外面再跟他讲道理。

赏析：幼儿生活故事中也有少量的社会生活故事。《在医院里》这个故事发生的环境是在医院里，小明在医院里大声讲话的行为为什么不受欢迎？引导幼儿一起讨论在其他什么环境中还会的什么规则（如：医院里的"静"等提示，公园里的"爱护花草"等提示，垃圾筒上的"垃圾入箱"等提示），我们应该怎样遵守这些规则？告诉小朋友在日常生活中做个有心人，发现并遵守环境中的各种规则，做个文明人。

2. 按照故事中的角色关系区分的类型

（1）同伴生活故事。

幼儿与同伴的交往是其生活的重要内容，同伴交往可以促进幼儿的社会性发展，幼儿生活故事中有相当一部分是表现同伴生活的。这些故事有的着重表现幼儿独特的生活情趣，如《东东西西打电话》；有的则含有明显的教育意图，如《蓝色的树叶》。

同伴生活故事，其发生的背景不外乎家庭、幼儿园或者社区、户外等，因而与家庭生活故事、幼儿园生活故事以及社会生活故事会有一定程度的交集。

（2）幼儿与成人的故事。

幼儿生活故事中有一部分是讲述幼儿与成人之间的故事的，如家庭生活故事中表现幼儿与长辈的故事比比皆是，像《瓜瓜吃瓜》就是典型代表。《张老师的脸肿了》表现的则是幼儿与老师之间的故事。这一类故事大多表现幼儿与成人之间的温情，以及相应的幼儿情趣。

观察、模仿是幼儿社会性学习的重要途径，幼儿与成人的故事在表现温情与情趣的同时，常常传递着有关生活与成长的知识。

（3）幼儿与心爱之物的故事。

幼儿生活故事中也有一些表现幼儿与其心爱之物的作品，如《卡罗尔和他的小猫》（梅布尔·瓦茨）讲述了卡罗尔和小猫的温情故事。

卡罗尔很想要只小猫，爸爸帮她登了一则广告："我们非常需要一只小猫。我们会给它安排一个很舒适的家，会很好地照顾它，请问您有多余的小猫吗？"一个男孩送来了第一只猫，它叫伯洛，卡罗尔给小猫喝牛奶，吃点心，还给它玩绒线团。之后，不断有人送猫来，家里的小猫多得不得了。于是爸爸又在报上登了一则广告："免费赠送胖胖的、漂亮的小猫。请快来选取。"于是孩子们从四面八方跑来领取小猫，等卡罗尔从奶奶家回来的时候，一只小猫也没有了，妈妈糊涂地把所有的小猫全送走了。她伤心极了，突然伯洛从厨房跳了出来，卡罗尔终于有了自己的一只小猫。

赏析：几乎所有孩子都有属于他的心爱之物，或是宠物，或是玩具，甚至只是一件旧物，就像图画故事《爷爷一定有办法》中的小约瑟，恋着爷爷在他出生时缝制的毯子，哪怕又小又旧又难看，他也不肯把它丢掉。讲述幼儿与心爱之物的故事，往往都是有关爱的故事。

二、幼儿生活故事的特点

幼儿生活故事具有自己的艺术魅力和艺术特征。归纳起来，它的艺术特征主要有三点：

（一）很强的现实针对性

在幼儿文学各种体裁样式中，生活故事最贴近幼儿生活，是幼儿在家庭和幼儿园内外生活的真实写照。不少作品是作者撷取幼儿日常生活中的某些现象、片段、事例编织而成，有的甚至直接运用真人真事进行构思。这主要与以虚构假托的幻想为内容，采用夸张、拟人等艺术手法去表现的童话有很大不同。此外，作家创作幼儿生活故事的动因和意图，又往往源于成长教育中需要解决的问题。如是与非、诚实与说谎、勇敢与莽撞、顾己自私与替人着想，以及如何培养正确的思想与行为，养成高尚的品行与情操，怎样引导幼儿积极向上，追求美好事物。所以，较之童话和其他幼儿故事，生活故事的现实针对性就要强得多，教育性也要明显得多。

例如《为什么要说“谢谢”》。

在林中的小道上走着两个人——爷爷和小男孩。天很热，他们多么想喝口水呀！

爷孙俩走到一条小河旁。清凉的河水发出轻轻的潺潺声。他们弯下身子，喝了起来。

“谢谢你，小河。”爷爷说。

男孩笑了起来。

“您为什么要对小河说‘谢谢’？”他问爷爷，“要知道，小河不是活人，它听不到您的话，也不会接受您的感谢。”

“是这样，如果狼喝了小河的水，它是不会说‘谢谢’的。而我们不是狼，我们是人。你知道吗，为什么人要说‘谢谢’？好好想一想，谁需要这个词？”

小男孩沉思了起来。他还有的是时间，他的路还很长很长……

问题：你觉得爷爷为什么要对小河说“谢谢”呢？

因为爷爷在最口渴最需要喝水时，小河帮爷爷解渴。爷爷很感激小河，所以，爷爷才会对小河说“谢谢”。我们受到帮助，应该要心存感激。

赏析：这篇作品写了祖孙俩在小河边喝水而发生的一系列对话的生活故事。文章着眼于启发幼儿认识人性的特点和把握社会交往的正确态度。故事巧妙地引导幼儿要懂礼貌，学会感恩，特别是爷爷意味深长地用狼和人做比较，启发男孩思考，发人深省。对于降临世上不久的孩子来说，让他们认识做一个人应当具备美好的道德品性，无疑具有深远的意义。虽然看似小事，篇幅又短，却暗含哲理，具有很强的针对性和现实意义。

又如《谢谢你》和《一亮一暗的灯》。前者鼓励诚实、反对撒谎，后者着眼于提醒幼儿遇事要勇敢，对幼儿认识生活、适应社会具有很大的现实意义。

（二）故事单纯而又略有曲折

故事吸引读者，靠的是引人入胜的情节，这是它和以塑造人物性格为核心的小说的最大不同。幼儿生活故事同样如此。由于幼儿注意力容易分散和转移，难以集中和持久，那些平淡无味、平铺直叙的故事很难引起他们的兴趣，因而生活故事需要生动曲折的情节，需要悬念，有波澜。但是，幼儿又有逻辑思维能力不强、生活经验不足的特点，因而生活故事要讲究线索单一，即情节沿着一条线索发展，并贯穿到底，一般没有倒叙、插叙，也少有枝节藤蔓，而且结构连贯、完整。那么多线索、多头绪的故事是不适宜孩子们的。单纯而不平直，短小而有点曲折，正是幼儿生活故事与成人故事在情节结构上的区别之一。

例如任霞苓的《一亮一暗的灯》。

爸爸不在，妈妈不在，家里只剩下小叶一个人。他跑到屋外来，抬起头，想看一看天上跑着的云彩，一看，却看见了一桩怪事情：他家阁楼里的灯一亮，一暗，一亮，一暗。小叶跑进屋里，想到阁楼上去瞧一瞧。他登上一格楼梯，忽然心里一阵害怕，一反身一直逃到弄堂口，找到好朋友夏青，夏青一抬头，也看见了：阁楼里的灯一亮，一暗，一亮，一暗。两人轻手轻脚地登上一格楼梯。小叶说：“你在前，我在后。”夏青说：“你在前，我在后。”结果，两人一起逃了出来，心“扑扑”乱跳。他们一起去找好朋友春条。春条一抬头也看见了：阁楼里的灯一亮，一暗，一亮，一暗。三个人一起登上一格楼梯。小叶说“你们在前，我在后。”夏青说：“你们在前，我在后。”春条说：“你们在前，我在后。”结果三人一起逃了出来，一直逃到马路口，心“扑扑”乱跳。

小叶说：“三个人一并排上吧。心里数一，就上一格，数二，就再上一格，谁再逃，明天就不和他玩了。”

小叶捏住夏青的手，夏青捏住春条的手，三个人一并排，心数“一”，一起登上一格楼梯，数“二”，数“三”，一格又一格。一直数到二十四，阁楼到了！他们一下子撞开了门，只见小叶家的白猫在阁楼里“跳舞”，它咬住电灯拉线，跳一下，电灯亮了，再跳一下，电灯暗了。

三个小伙伴哈哈大笑起来，笑完了又觉得有点不好意思。

赏析：这篇故事最大的特点就是情节紧张曲折又单纯。先是“一亮，一暗”的灯造成悬念，“扑扑”声使悬念加深，这些都使故事情节紧张曲折，极具吸引力。然而，故事线索并不复杂，全文不过是依据探寻灯“一亮，一暗”的原因来组织材料的，悬念始终系在它借以存在“一亮，一暗的灯”这条情节线索上，非常单纯。

（三）浓郁的幼儿生活情趣

我国著名儿童文学作家陈伯吹曾说：“趣味是儿童故事的基础。”因此，“一个好的幼儿生活故事，不仅要有鲜明的主题，生动的人物和情节，还应当有浓郁的儿童情趣，让小朋友听了或读了以后，发出亲切的笑声，感到愉快。”

如果说现实针对性强是幼儿生活故事在题材、主题上的特点，故事单纯、有点曲折是它在情节、结构上的特点，那么，浓郁的幼儿生活情趣则是生活故事赖以存在的基础，是它最本质的特征。

例如梅子涵的《东东西西打电话》。

东东和西西同时从家里跑出来。东东是去找西西的，西西是去找东东的，他们在路上碰见了。

东东说：“西西，我告诉你，我家装电话了。”

西西说：“东东，我也告诉你，我家也装电话了。”

“我现在就给你打电话。”

“好！我也给你打电话。”

东东和西西跑回家，同时拿起了电话。

咳！忘记问电话号码了！他们就奔跑出来，又在路上碰到了，你问我，我问你，“你家的电话号码是多少？”然后，又记着号码往家里奔去。

东东念叨着西西的号码，按着电话钮，听见的是“嘟—嘟—嘟”的声音，没有听见西西问：“喂，你是东东吗？”

西西也一样，听见的只是“嘟—嘟—嘟”的声音，没有听见东东问：“喂，你是西西吗？”

他们打了好久，全是“嘟—嘟—嘟”。东东想：他家的电话怎么一直是“嘟嘟嘟”的？西西想：他家的电话怎么一直是“嘟嘟嘟”的？忽然，他们都明白了，这是忙音。

“西西在打给我，所以，我打过去要嘟嘟嘟了。”东东心里说。

“东东在打给我，所以，我打过去要嘟嘟嘟了。”西西心里说。

于是，他们又都聪明起来，谁也不先打了。东东想：让西西先打过来吧；西西想：让东东先打过来吧。他们就这样坐在桌子旁想着……

赏析：这是一个风趣幽默、充满儿童情趣的幼儿生活故事，非常适合幼儿追求快乐的天性。故事主要写两个孩子因家里装了电话而奔走相告、互打电话的故事，从约定打电话开始，在等待电话之中结束，不仅从一个侧面反映出我国家庭生活的变化，故事更是刻画了两个幼稚、快乐、纯真、想急切感受到新事物的孩子形象，充满着浓郁的生活气息，幼儿兴趣盎然。

再如安伟帮的《圈儿圈儿圈儿》，作品中老师让大成念自己写的字，大成有好几个字写不出来，就用圆圈表示，在念的时候全都读成圈儿，逗得同学们哈哈大笑。这是一个非常风趣幽默、语言朴素自然的故事，是一篇不可多得的佳作。

幼儿生活故事的艺术特征除上述三点外，还有一点需要提及，那就是容许想象和幻想成分引入故事。幼儿想象灵活多变，常将现实与幻想相互置换，并不着意区分其间的界限，可以随时把自己置身于幻想境界中。所以故事并非必须摒除想象与幻想，可以在故事中出现拟人化的人物和一些超乎现实的图景，如《新雨衣》《鸟树》等。当然，这些拟人化人物幻想图景应当融于整个故事之中，成为故事的一个有机环节，因为生活故事毕竟不是童话。

第三节　幼儿故事教学的指导技巧

会动的房子（中班）

【活动目标】

1. 引导幼儿理解作品故事情节以及动物形象特点感受其中幽默。

2. 通过让幼儿改编故事，培养幼儿爱动脑筋、大胆想象和创造意识。

3. 要求幼儿掌握象声词并能正确地模拟声响。

【活动准备】

物质准备：电脑、电视机各一台，“会动房子”故事软件录音机。

知识准备：课前丰富幼儿对自然界声响的了解，使幼儿认识乌龟。

【活动过程与方法】

1. 设置疑问激发幼儿兴趣。

小朋友，你们见过会动的房子吗？一般房子不会动，可今天老师讲的这个故事里，房子是会动的，房子为什么会动呢？让我们一起来瞧瞧就知道了。

2. 操作软件“会动的房子”，请幼儿安静地欣赏、倾听故事。

3. 根据故事内容提问：

（1）故事中有哪些小动物？

（2）小松鼠到过哪些地方？

（3）小松鼠在旅途中听到过哪些声音？

（4）房子为什么会动呢？

4. 幼儿仿编故事。

幼儿边操作图片边讲述故事。

将仿编故事讲给同伴听或相互合作讲述。

推选代表在集体面前讲述。

5. 幼儿改编故事。

老师：小朋友，故事都讲得很好听，不过我还想让小朋友动动脑筋，小乌龟还会带小松鼠到哪儿？它们还会听到什么声音？请把这种声音也编到故事里去行吗？（请幼儿自由结伴讲述。）

贪吃的小猪

【活动目标】

1. 在猜猜想想中感受故事的趣味性，领悟夸张的想象力。

2. 指导同伴讲话时要安静倾听。

3. 尝试用简单的话讲述小猪去过的地方和身体发生的变化。

【活动准备】

大图书一本，词汇卡片、四色纸（红、黄、蓝、绿）、故事课件。

【活动过程】

（一）教师出示大图书，与幼儿一起认识书的封面与故事名称

1. 引导语：宝宝瞧，今天谁来到我们教室里来啦？（小猪）它的名字叫噜噜，这是一只贪吃的小猪。

2. 你们知道什么叫“贪吃”吗？（很喜欢吃，一下子会吃好多好多东西。）它现在肚子饿了，想吃东西，它究竟吃到了哪些东西呢？

（二）看课件，理解故事内容

1. 小猪噜噜走进了一家什么店？吃了什么东西？（苹果）怎样的苹果？（红红的苹果）吃了苹果，噜噜的脸蛋有什么变化？（脸蛋变得红扑扑的）（出示“红扑扑”字卡）请幼儿一起讲述噜噜吃苹果的样子。

2. 小猪噜噜又走进了一家什么店？吃了什么东西？吃了甜奶油后，噜噜有什么变化？（同样方法学习讲述噜噜吃甜奶油的样子。出示：黄灿灿）

3. 小猪噜噜又走进了一家什么店？吃了什么东西？（蓝蓝的圆饼干）吃了蓝蓝的圆饼干后，噜噜有什么变化？（同样方法学习讲述噜噜吃饼干的样子。出示：蓝汪汪）

4. 哇！噜噜的尾巴也变啦！变成什么颜色了？（出示：绿莹莹）猜猜噜噜吃了什么呀？怎么尾巴会变成绿莹莹的呢？原来噜噜走进了饮料店，喝了一杯绿绿的饮料。（一起讲述噜噜喝饮料的样子）

5. 贪吃的小猪噜噜还没吃够，又来到了一家大超市，瞧，它在吃什么呀？（稍稍猜一下）那吃了这个东西后有什么变化呢？

师：肚子突然变大了，里面都是什么呢？（看课件）扑哧！扑哧！许多泡泡从嘴巴里冒出来了。有些什么颜色的泡泡呀？（根据回答出示四种颜色的泡泡：红红的、黄黄的、蓝蓝的、绿绿的）

师：那噜噜到底是吃了什么东西呢？听完这个故事你就会明白啦！

（三）幼儿完整欣赏故事

1. 听录音，完整欣赏故事。

师：噜噜最后到底吃的什么东西？（肥皂）

2. 阅读大图书，完整讲述。

3. 看图片讲述故事。

（四）情感迁移

噜噜吃了好多的东西，身体也变得五颜六色了，到最后还吐出了许多彩色泡泡。这个故事有趣吗？小朋友还可以想一想：噜噜还会吃什么？身体还会变成什么样呢？

第七章　幼儿最纯粹的幻想——童话

第一节　童话概述

一、幼儿童话及其分类

童话作为我国古已有之的文学样式，其名称最早来源于日本。它泛指专为儿童创作的，内容上符合儿童想象、极具幻想色彩，同时又为儿童的成长提供指导方向的故事。最早可以追溯至远古时期的传说与神话，但它们之间的界限并不十分明显，有时甚至就是同一回事，比如一篇故事，它极有可能既是童话又是传说还是神话，如佛陀、耶稣、摩西的部分故事等。

童话的分类可概括为下述几种：

（一）奇幻童话

奇幻童话主要是指运用超自然元素、天真烂漫的幻想等特点吸引儿童的童话故事。在这类童话世界里，总是存在一个幻想中的世界与现实世界互为表里、互相照应，而主人公（多为儿童）往往能够在这两个世界中穿梭，不受时空的限制。比如美国作家李曼·法兰克·鲍姆的童话故事《绿野仙踪》，生活在现实世界的多萝茜被一阵龙卷风刮到了奥兹国，打败了恶巫女之后又通过银鞋重新回到现实世界。在德国童话《胡桃夹子》中，女主角玛丽所生活的世界看似只有现实世界一个，但仔细读来不难发现，这个现实世界实际上也可分为“夜世界”和“昼世界”。而当玛丽和教父的侄子见面之时，这两个互为表里的世界才最终合二为一。其他代表性作品还有格林童话《亨塞尔与格莱特》、詹姆斯·巴里的《彼得潘》（英国）等。奇幻童话通过主人公的神奇经历（即超越时间和空间的限制、往返真实与虚幻的世界），表达出人们对大自然的敬畏、对真善美的向往以及对自由幸福的渴望。

（二）动物童话

动物童话特指童话故事的主人公是动物，这类童话的内容以动物们的经历或历险为主（只作为配角出现的童话则不在此列）。这类童话在童话故事中占有极大的比例，如《安徒生童话》（丹麦）中就有大量的动物童话，其中包括《丑小鸭》《夜着》《野天鹅》《屎壳郎》等人们耳熟能详的名篇。这些主人公大多具有人类的性格特征，它们能像人一样思考、交流，它们身上也有着人所具有的优点和缺点。实际上它们的故事就是人类生活的一种特殊折射。这类童话故事之所以深受创作者的喜爱，一方面是因为在日常生活中，动物和人类最为接近，被赋予人的思想和性格之后，动物界可以作为人类世界的一种象征。同时，也因为动物与孩童之间有着一种天然的联系，孩童天生便对动物有着一种亲近感。这种源于人类儿童时代的泛灵观念，使得儿童往往认为动物也是有思想和情感的。由于极为符合儿童的思维习惯、精神气质，动物童话一直深受儿童读者的喜爱。值得一提的是，这类童话中的动物虽然有着人类的习性和思维，但作家们在创作时仍会保留它们身上原有的一些动物习性，如《小熊维尼·菩》（英国，A.A. 米尔恩）中的维尼，它身上不但有着儿童所有的天真烂漫，同时还保留着熊的特性（爱吃蜂蜜），以及熊给人的笨憨之感。

（三）生活童话

生活童话是指以现实世界为舞台，以反映儿童日常生活为主要内容的童话。这类童话站在幼儿独特思维方式的角度上，一方面反映了真实的生活，另一方面却仍然折射出幻想世界的影子，即故事本身仍具有夸张甚至荒诞离奇的特点。这类童话数目众多，如英国作家艾肯的《馅饼里包了一块天》、法国作家汤米·温格尔的《三个强盗》、德国作家戈·毕尔格的《吹牛大王历险记》、瑞典作家阿斯特丽德·林格伦的《长袜子皮皮》等。需要说明的是，奇幻童话、动物童话和生活童话之间并没有严格意义上的界限。

总而言之，童话作为儿童文学中的一种样式，以其大胆奇异的想象，对启迪儿童的思想、陶冶他们的情操起到了极大的推动作用。

二、幼儿童话的艺术特征

（一）虚化的故事背景

幼儿童话通常都会将故事背景虚化，即一般故事中需要交代的时间、地点、环境这类要素，在幼儿童话中往往一笔带过，极为简单。即使是一些以历史传说为蓝本流传下来的童话，对其时代的背景介绍也几乎是粗略带过。早期的幼儿童话在介绍故事开端之时，使用得比较频繁的表达方式是“很久很久以前……”。不同的故事则根据各自的需要又分为“很久很久以前有个小姑娘（小男孩）”或“很久很久以前有一座小村庄（城堡）”等模式。

幼儿童话这种虚化背景的手法，实则可以看作是童话世界对现实世界刻意保持的距离。这是由于幼儿童话的受众多以儿童为主，与现实世界的疏离可以使得儿童在立足现实世界的基础之上，更快地进入故事本身以及自身所构建的幻想世界之中。

（二）跳跃的叙事风格

幼儿童话的篇幅一般较为短小，但内容却完整而丰富，有的时间跨度长达数年甚至数十年。想要在有限的篇幅里将儿童带入一个内涵丰富的童话世界，按照常规的叙述方式几乎是不可能的。因此，童话的叙事往往具有跳跃性，即仅选择故事中较重要的部分做生动具体的交代，而情节之间的串接以及相对次要的场景则简要交代或者一笔带过。这类叙述中最常使用的方法是直接交代时间，比如使用“一夜过去”“第二天早上”“几年过去了”这样的句子来提示时间的过去以及事件的发展。如在《上帝的小丑》（托米·特·鲍纳）这则童话中，作者便着重交代了主人公乔·范尼年轻时的经历以及晚年为圣婴表演杂耍时的场景，而中间乔的遭遇则略述。

（三）简明晓畅的语言

幼儿童话所使用的语言大多简单流畅，力求避免儿童在阅读时因字词生疏而产生隔离之感。通俗易懂的语言能够帮助儿童理解故事本身，即能使儿童阅读的重心放在故事情节之上，从而更主动地去感知童话为其精心打造的浪漫世界，并感受其中的内涵。

（四）多样化的艺术表现手法

任何一部文学作品想要打动人，只采取单一的表现手法几乎是不可能的，幼儿童话也不例外，其中最主要的表现手法可简单概括为以下几种：

1. 拟人

拟人是童话中经常使用的表达手法，它是指将物当作人来写，使物具有人的动作行为或思想情感。在幼儿童话中，大多数物都具有自己独立的人格，如前文已提到的动物类童话。

2. 夸张

夸张即对事物言过其实，以强调或突出事物的某些特征。幼儿童话中使用夸张是为了突出剧情、强调角色性格，并创造出独特的儿童世界，以引起读者对此艺术世界的共鸣。如《夜莺与玫瑰》（英国，奥斯卡·王尔德）中，年轻的姑娘愿意与男子共舞的条件是收到一朵红玫瑰，几乎什么都不缺的男子却独独找不到红玫瑰。为了帮助男子获得爱情，夜莺四处奔走，最终用自己的鲜血和歌声造就出了世间最美的红玫瑰。这种夸张即是通过对困难的夸大来强调夜莺感情的真挚和纯粹，以激发孩童对于美好事物的向往之情。

3. 象征

象征也是童话中使用较多的一种表现手法。幼儿童话除了通过浪漫的想象给孩子们营造一个神奇的幻想世界外，它还存在一定的教化功能，因此大多数童话都会反映某种社会现象或价值观念，这主要是通过象征的手法来完成的。比如《夜莺与玫瑰》中，青年男子和夜莺所追寻的玫瑰就是纯洁爱情的象征。

第二节　童话阅读的指导技巧

3—6 岁幼儿正处于增长知识、渴求知识的时期，幼儿童话故事以其奇妙的幻想、拟人化的手法、生动的语言深受孩子们的欢迎。因此，将知识、情感融入童话故事，是幼儿的情感、态度、意志品质等在潜移默化中得到培养的重要途径。如《会滚的汽车》：

一只大木桶在路上玩，它不停地滚啊滚……

一只小鸡见了它大声叫：“会滚的汽车，停一停！请你运我回家好吗？”“好呀！”大木桶停了下来说：“请上车吧！”

一只小鸭见了它，大声喊：“会滚的汽车，停一停！请你运我回家好吗？”“好呀！”大木桶停了下来说，“请上车吧！”又一只小鹅见了它，大声喊：“会滚的汽车，停一停！请你送我回家好吗？”“好呀！”大木桶停下来说：“请上车吧！”

这时，小鸡、小鸭和小鹅快活地唱起了歌。唱啊唱，唱了一遍又一遍，越唱越有劲儿，它们的歌声被一只狐狸听见了，狐狸走过来，流着眼泪说：“会滚的汽车，我的肚子好疼呀！请你送我去医院好吗？”“好吧！”大木桶同情地说：“请上车吧！”狐狸眨眨小眼睛，一下子就爬进了大木桶的肚皮里。“医院到了，肚子疼的朋友快下车吧！”大木桶停下来喊。狐狸抱着圆鼓鼓的大肚皮，慢吞吞地爬出了大木桶，挤挤小眼睛对大木桶说：“嘿嘿！你这个大傻瓜！谁要来医院呀？”狐狸又指指鼓鼓的肚子说：“刚才我肚子饿呀，这会儿，我的肚子可饱呐！已经装着一只鸡、一只鸭，还有一只小肥鹅！”

说完，便大摇大摆地往前走了。大木桶一听火了，用力一滚，便压住了狐狸的尾巴。狐狸痛得哇哇叫，张开了大嘴巴。“噗”，跳出了小鸡，“唰”蹦出了小鸭，跟着伸出了小鹅的脖子，小鸡、小鸭一起抓住了小鹅的长脖子，拉呀拉，小鹅也被拉出来了。大木桶又用力一滚，把狐狸压扁了。

赏析：这则童话故事的整体结构完整，情节曲折，结局圆满，具有强烈和大胆的幻想性。故事中的动物、木桶被拟人化，大木桶就像一个热情、勇敢的好孩子，他热情，但也糊涂，开始时没有识破狐狸的诡计，让狐狸将小鸡、小鸭、小鹅吃掉了。而最后运用了极其夸张的表现手法，让大木桶把狐狸吞进肚子里的小动物一个一个地救了出来。既表现了大木桶勇敢的品质，又营救出了小鸡、小鸭、小鹅，使故事有了一个美好的结局。而且通过对狐狸“流眼泪”“眨眼睛”等许多细节的描写，将狐狸狡猾奸诈、贪婪成性的丑恶嘴脸刻画得淋漓尽致。

一、语言的欣赏

童话的语言简洁明快，语句幽默风趣，要让幼儿学会欣赏。除了从整体上引导学生欣赏童话婉转曲折的故事情节之外，还应从词句入手欣赏作者的机智俏皮，极富个性的语言。如海伦·班纳曼的《小黑孩桑博》：

有个男孩叫桑博，他是个非常可爱的黑人小男孩。妈妈给他做了一件漂亮的红上衣和一条蓝裤子。爸爸给他买了一把绿色的伞和一双紫色的鞋。小男孩桑博高兴极了。

有一天，小桑博穿上妈妈做的衣服，穿上鞋，带上爸爸买的伞，一个人蹦蹦跳跳地到丛林里玩。

太阳照得火辣辣，
可我一点也不怕，
一把绿伞手中拿。
道路坑坑又洼洼，
可我一点也不怕，
脚穿紫鞋往前跨。
咚咚锵、咚咚锵，

“小黑孩桑博！我要吃掉你。”突然蹿出一只大老虎，小桑博吓了一跳。

“求求你啦，别吃我。我给你这件红上衣，好吗？”

“好的好的。你既然愿意把那件漂亮的红上衣送给我。我就饶了你这一回吧。”

老虎穿上桑博的红上衣神气得不得了：“这回老爷我可就是森林里头号漂亮的老虎了。”

可怜的小桑博被老虎拿去了红上衣后，继续往前走。

“小黑孩桑博！我要吃掉你。”又蹿出了一只老虎，小桑博又吓了一大跳。

“求求你啦，别吃我。我可以给你这条裤子。”

“那好吧，你要是把这条漂亮的蓝裤子给我，我就饶了你这一回。”

这只老虎穿上了桑博的裤子后也神气得不得了：“这回老爷我可就是森林中第一号漂亮的老虎了。”

唉，可怜的小黑孩桑博的裤子又被要去了，但是他继续往前走。

“小黑孩桑博，今天我要吃掉你。”又蹿出另外一只老虎，挡住了小桑博的去路。小桑博这次可吓得够呛。

“我求求你啦，大老虎。我把这双鞋送给你。”

“什么什么？鞋子！我就是要了那双鞋也没有用场啊。你是两条腿，可老爷我是四条腿啊。”

于是小黑孩桑博就说：“你套在耳朵上不就行了吗？”

“嗯，你说的也是，这倒是个不坏的主意。那好吧，我就饶了你这一回。”

老虎把桑博的紫鞋套在两只耳朵上，觉得非常神气：“这回谁都比不上我啦。我可是真正成了森林中头号漂亮的老虎啦。”

可怜的黑孩桑博这下连鞋子也没有了，今天可够倒霉的。小黑孩桑博继续往前走。

“小黑孩桑博，我要吃掉你。”好家伙，又跳出来一只老虎。这是小桑博碰到的第四只。他战战兢兢地说：“求求你啦。别吃我，我把这伞给你。”

“你别开玩笑啦，你没看见我是四条腿走路吗？我拿什么打伞啊。”

“咳！那不简单吗，你不会把伞绑到你尾巴上吗？”

“噢，可也是啊。好的好的。我就放过你这一回吧。”

老虎把绿伞绑到了自己的尾巴上，来回走了两步，觉得非常神气：“这一回嘛，老爷我是森林中头号漂亮的老虎了。”

可怜的小黑孩桑博，爸爸、妈妈给的上衣和裤子、鞋和伞统统被老虎要去了，他难过得哭起来，“呜呜——呜呜”，好伤心哟。小黑孩桑博一边哭一边走着。突然，咕噜咕噜、咕噜咕噜，从林里响起了可怕的老虎的声音。小黑孩桑博心里想：怎么办啊，老虎又要吃我啦？我身上什么也没有了，拿什么对付老虎啊？小黑孩桑博灵机一动，藏到了一棵大椰子树的后边，偷偷地往外瞧。

“老爷我是森林里头号漂亮的老虎。”

“是老爷我！”

“不对。大爷我才是头号漂亮的老虎。”

“你们都不是。我才是森林中头号漂亮的老虎。”

四只老虎怒气冲冲地吵着架。它们把从小黑孩桑博那儿要来的上衣、裤子、鞋和伞都扔在一边，只顾拼命地吵架。

这时，小黑孩桑博从椰子树后面喊：“喂！那些衣服和伞你们都不要了吧？”

可是四只老虎都一个劲儿地咕噜噜、咕噜噜，大声地吼着，哪里听得见呢。可不是吗，那四只老虎互相咬住对方的尾巴围着一棵大树咕噜咕噜地直打转转。

“那么对不起了，我可拿走了。”说着，小黑孩桑博悄悄地从树背后走出来，把东西统统拿上，一溜烟地走掉了。

太阳照得火辣辣，
可我一点也不怕，
一把绿伞手中拿。
道路坑坑又洼洼，
可我一点也不怕，
脚穿紫鞋往前跨。
咚咚锵、咚咚锵，

老虎们互相咬着尾巴转起来没完，它们越转越快，越吼越厉害，一会儿工夫它们的耳朵呀尾巴呀，还有爪子什么的都看不见了。转得好快哟，哎，怎么啦，最后它们统统都化成了黄油！

“嗬！可真是香喷喷的一大堆黄油咧。”

刚好这时，小黑孩桑博的爸爸来了。爸爸把那些黄油都装进一个大盆里，领着小桑博走回家。小桑博的妈妈见有这么多黄油，高兴极了：“咱们就用这黄油做烤饼吧。”

不一会儿，妈妈就端出了烤得焦黄的烤饼，真香啊！妈妈吃了 27 个饼，爸爸吃了 55 个。你猜，小桑博吃了多少？好家伙，他竟然吃了 196 个，因为他的肚子实在太饿了。

赏析：展读此篇，绚烂的色彩迎面扑来，有黑、红、蓝、绿、紫，令人眼花缭乱，但又丰富了彩色画面，让人眼前一亮。语言生动活泼，具有强烈的儿童化，通过小男孩桑博四次与老虎的相遇和对话，突出了桑博应对危险的镇静与机智，一个勇敢、聪明而又可爱的小男孩形象在作者的语言描写下已跃然纸上了。

又如谢尔·希尔弗斯坦的《爱心树》：

从前有一棵大树，它喜欢上一个男孩儿。男孩儿每天会跑到树下，给自己做王冠，想象自己就是森林之王。他也常常爬上树干，在树枝上荡秋千，吃树上结的苹果，同大树捉迷藏。累了的时候，就在树荫下睡觉。

小男孩儿爱这棵树，非常非常爱它，大树很快乐。但是时光流逝，孩子逐渐长大，大树常常感到孤寂。

有一天孩子来看大树，大树说：“来吧，孩子，爬到我身上来，在树枝上荡秋千，吃几个苹果，再到阴凉里玩一会儿，你会很快活的！”

“我已经大了，不爱爬树玩儿了，”孩子说，“我想买些好玩儿的东西。我需要些钱，你能给我一点儿钱吗？”

“很抱歉，”大树说，“我没有钱，我只有树叶和苹果。把我的苹果拿去吧，孩子，把它们拿到城里卖掉，你就会有钱，就会快活了。”

于是孩子爬上大树，摘下树上的苹果，把它们拿走了。大树很快乐。

很久很久，孩子没有再来看望大树。大树很难过。

后来有一天，孩子又来了。大树高兴地摇晃着肢体，对孩子说：“来吧，孩子，爬到我的树干上，在树枝上荡秋千，你会很快活的！”

“我有很多事要做，没有时间爬树了。”孩子说，“我需要一幢房子保暖。”他接着说：“我要娶个妻子，还要生好多孩子，所以我需要一幢房子。你能给我一幢房子吗？”

“我没有房子，”大树说，“森林就是我的房子。但是你可以把我的树枝砍下来，拿去盖房。你就会快活了。”于是那个男孩儿把大树的树枝都砍下来，把它们拿走，盖了一幢房子。大树很快乐。

孩子又有很长时间没有来看望大树了。

当他终于又回来的时候，大树非常高兴，高兴得几乎说不出话来。“来吧，孩子，”它声音沙哑地说，“来和我玩玩吧！”

“我年纪已经大了，心情也不好，不愿意玩儿了。”孩子说，“我需要一条船，驾着它到远方去，离开这个地方，你能给我一条船吗？”

“把我的树干砍断，用它做船吧。”大树说，“这样你就可以航行到远处去，你就会快活了。”于是孩子把树干砍断，做了一条船，驶走了。大树很快乐，但是心坎里却有些……

又过了很久，那孩子又来了。“非常抱歉，孩子，”大树说，“我没有什么可以给你的了。我没有苹果了。”

“我的牙齿已经老化，吃不动苹果了。”孩子说。

“我没有枝条了，”大树说，“你没法儿在上面荡秋千了——”

“我太老了，不能再荡秋千了。”孩子说。

“我也没有树干，”大树说，“不能让你爬上去玩了——”

“我很疲倦，爬也爬不动。”孩子说。

“真是抱歉，”大树叹了口气，“我希望还能给你点儿什么东西……但是我什么都没有了。我现在只是个老树墩，真是抱歉……”

“我现在需要的实在不多，”孩子说，“只想找个安静的地方坐坐，好好休息。我太累了。”

“那好吧。”大树说，它尽量把身子挺高，“你看，我这个老树墩，正好叫你坐在上面休息。来吧，孩子，坐下吧，坐在我身上休息吧。”于是孩子坐下了。

大树很快乐。

赏析：这个故事讲述了一个小男孩和一棵大树之间的故事，小男孩只出现了四次，每一次大树都以快乐的心情满足孩子的需求。当男孩儿最后一次来到大树身边的时候，他已经变成了一个垂暮老人，大树用仅剩下的一个树墩儿去接纳这个疲惫的孩子，并且依然感到快乐。作者用“时光流逝”“很久很久”“又过了很久”这样的词语来完成时间的跳跃，在浓缩了人一生的时光里去表达对爱的理解，以快速的叙事节奏带给人绵长悠远的回味。

又以《三只小猪》为例：

在一个遥远的山村里，住着一位猪妈妈和她的三只可爱的小猪。妈妈每天都很辛苦，小猪们一天天长大了，可还是什么事都不做。

一天晚上，吃过晚饭，猪妈妈把孩子们叫到面前郑重其事地说：“你们已经长大了，应该独立生活了，等你们盖好自己的房子后就搬出去住吧。”

三只小猪谁也不想搬出去住，更不想自己动手盖房子，又不能不听妈妈的话。于是，他们开始琢磨盖什么样的房子。老大先动手了。

他首先扛来许多稻草，选择了一片空地，在中间搭了一座简易的稻草屋，然后用草绳捆了捆。“哈哈！我有自己的房子了！”老大乐得活蹦乱跳。

第二天老大搬进了自己的新家，老二和老三好奇地前来参观。老二说：“老三，你看大哥的房子，也太简陋了，我要盖一座又漂亮、又舒适的房子！”

老二跑到山上砍下许多木头回来，砍成木板、木条，叮叮当当地敲个不停。不久，老二也盖好了自己的木房子。显然比老大的要漂亮、结实得多。

老二很快搬到自己的新家住了，老大和老三也过来参观。老大赞不绝口，深感自己的房子过于简陋；老三看后说：“我盖的房子还会更好的。”

老三回到家左思右想，终于决定建造一栋用砖石砌成的房子，因为这种房子非常坚固，不怕风吹雨打，可这需要付出许多努力啊！

老三每天起早贪黑，一趟一趟地搬回一块一块的石头，堆在一旁，再一块一块地砌成一面面墙。哥哥们在一旁取笑道:“只有傻瓜才会这么做!”

小弟毫不理会,仍夜以继日地工作。哥哥们休息了,他还在不停地干。这样整整过了三个月,老三的新房子也盖好了!他好高兴啊!

有一天来了一只大野狼。老大惊慌地躲进了它的稻草屋。野狼“嘿嘿”地冷笑了两声,狠狠吹了口气就将稻草屋吹倒了。老大只好撒腿就跑。

老大径直跑到二弟家,边跑边喊:“二弟!快开门!救命啊!”二弟打开门一看,一只大野狼追了过来,赶紧让大哥进了屋,关好门。

大野狼追到门前停了下来,心想:“你们以为木头房子就能难住我吗?”他一下一下地向大门撞去。“哗啦”一声,木头房子被撞倒了。

兄弟俩又拼命逃到老三家,气喘吁吁地告诉老三所发生的一切。老三先关紧了门窗,然后胸有成竹地说:“别怕!没问题了!”

大野狼站在大门前,他知道房子里有三只小猪,可不知怎么才能进去。他只能重施旧伎,对着房门呼呼吹气,结果无济于事。

野狼有点儿急了,他又用力去撞。“当”的一声,野狼只觉得两眼直冒金星,再看房子,纹丝不动。野狼真的急了,转身去找了一把锤子。

野狼憋足劲,挥起大铁锤敲了下去,没想到锤子把儿断了,锤子反弹回来,正砸在野狼的头上。“疼死我了!”野狼大叫。他真的无计可施了。

野狼只好满脸坏笑地请三只小猪一起去郊游。三只小猪很聪明,也很团结。他们提前到郊外摘了许多苹果。不久,野狼来了。

三只小猪按计划迅速爬到苹果树上。野狼迷惑不解地问:“你们到树上去干什么?”老三回答说:“我们在吃苹果呢!你要不要来一个?”

野狼馋得直流口水,便满口答应了。老三摘了一个大苹果丢下去,苹果顺着山坡滚下好远,野狼在后面追,结果越跑越远。三只小猪趁机跑回了家。

野狼气急败坏地返回来,他绕着房子转了一圈,最后爬上房顶,他想从烟囱溜进去。老三从窗口发现后,马上点起了火。

野狼掉进火炉里,熏得够呛,整条尾巴都烧焦了。他号叫着夹着尾巴逃走了,再也不敢来找三只小猪的麻烦了。

赏析:在这个小小的故事里,作者以简单质朴的语言给我们讲述了一个既充满趣味又意味深长的故事,体现了幼儿童话的叙事风格。它在叙述结构上以线性展开,在故事情节上采用三段式,还运用小猪的自言自语以及小猪之间、小猪和狼之间的对话来体现三者之间的关系，丰富故事情节的发展，在语言重复性上，符合儿童的阅读习惯，富有民间趣味。

二、艺术特色的欣赏

童话是儿童文学中最富有想象力的，呈现的艺术风格丰富多样，学会品味文本的艺术风格也是引导幼儿阅读欣赏童话的一个重要内容。不仅要从整体风格入手引导幼儿感受作品洋溢的艺术氛围，还要从艺术手段的具体运用来考察作品的艺术特色。如阿诺德·洛贝尔的《信》：

蟾蜍坐在一片沼泽前面。

来了一只青蛙，说："什么事呀，蟾蜍？看起来你很伤心。"

"是的，"蟾蜍说，"我在等信，可这总是使我很不快乐。"

"为什么？"青蛙问。

"因为，我从来就没有收到过任何信。每天，我的信箱里总是空的。这就是我在等信的时候，为什么要伤心的原因。"

青蛙和蟾蜍坐在沼泽前，都很伤心。

一会儿，青蛙说："蟾蜍，现在我要回家了，我要去办一件事。"

青蛙迅速回到家里。他找出一支铅笔和一张纸，在纸上写了一会儿。然后又把纸装进信封，在信封上写上"一封给蟾蜍的信"。

青蛙跑出屋子，看到一只蜗牛。

"蜗牛，请把这封信给蟾蜍送去，放在他的信箱里。"

"没问题！"蜗牛说，"我立即送去。"

接着青蛙跑回蟾蜍的家。蟾蜍已经上床睡觉了。

"蟾蜍，"青蛙说，"我觉得，你应该起来，再到外面等一会儿信。"

"不，我已经等得很厌倦了。"

青蛙看看蟾蜍挂在外面的信箱，蜗牛还没有把信送来。

"蟾蜍，你大概不知道吧？有人可能要给你寄信来了。"

"不，不，我已经不指望任何人给我寄信了。"

青蛙又看看窗外，蜗牛还是没有来。

"不过，蟾蜍，今天可能有人给你寄信来。"

"别说傻话了，从来没有人给我寄过信，今天也绝不会有人给我寄信。"

青蛙再看看窗外，蜗牛仍旧没有来。

“青蛙，你为什么老是往窗外看？”蟾蜍问。

“因为我在等信。”青蛙说„

“但是，你等不到任何信。”蟾蜍说。

“噢，等得到的，因为我给你寄了一封信。”

“你寄来了一封信？你在信里写了些什吗？”

青蛙说：“我写了：‘亲爱的蟾蜍，我很高兴，你是我最好的朋友。你最好的朋友青蛙。’”接着，青蛙和蟾蜍来到沼泽前等信，他们坐在那里，都很快乐。

四天以后，蜗牛才来到蟾蜍的家门口，交给蟾蜍一封青蛙寄来的信。蟾蜍高兴极了。

赏析：这个故事文字优美流畅，叙述方式幽默童趣，故事感人又好玩，这两个角色表现出的童心及纯真的友谊将使人会心一笑。将青蛙和蟾蜍拟人化，让它们和人类一样有了各种各样的情绪和言行举止，并且他们之间因为等待一封信所表现出来的友情与默契，能让人从头到尾都沉浸在一种温馨的情绪中，又让故事的发展充满幽默风趣的惊喜。再以格林兄弟的《极乐世界的童话》为例：

我在极乐时代旅行，看见罗马城和拉特兰宫悬挂在一根细丝线上，看见一个没有脚的人跑得比飞马还快，一把锋利的剑斩掉了一座桥。我看见一头银鼻子的幼驴在追赶两只飞跑的兔子，枝繁叶茂的菩提树上长着热腾腾的扁甜饼。我还看见一只又瘦又老的山羊背上驮着100桶猪油和60车盐。这难道不是弥天大谎吗？我看见一副没有马和牛拉的犁在耕田，一个周岁大的幼童把四块魔石从雷根堡扔向特里尔，又从特里尔飞到了斯特拉斯堡，一只鹰轻松自如地游过了莱茵河。我听见鱼儿在相互嬉闹，欢叫声直冲云霄；一股甜滋滋的蜂蜜像水一样从深谷流向高山；这真是些稀奇古怪的事儿。……

赏析：作者通过运用颠倒这一艺术表现手法，构建了一个荒诞不经的童话世界，让儿童读者觉得趣味十足。作者明知这是弥天大谎，却仍在不断讲述那些稀奇古怪的事儿，言语之间充满了游戏感和幽默感，孩子们可以透过这个故事倒着看看世界，而且这种角度的变化能给他们带来更多奇异的感受。

例如，在罗大里的童话《一个没头脑的人去散步》里所运用的夸张手法就是全方位的，而且也体现了独特的想象力。

故事的主人公乔万尼是一个十分“没头脑”的男孩儿，有一天，他开开心心地去散步，竟然粗心到连自己的手、脚、腿、耳朵、鼻子掉了都不知道。尽管如此，乔万尼仍然开开心心地回到家：

最后，乔万尼回来了，他一条腿瘸着，既没有耳朵，也没有鼻子，还没了胳膊，还是照样和平常一样开心，就像一只小麻雀。他的妈妈无可奈何地摇摇头，把他给重新整理好，亲了他一下。

“什么也不缺了吧，妈妈？我挺好的吧，妈妈？”

“是啊，乔万尼，你挺好！”

赏析：贪玩、“没头脑”是孩子的天性，但是像乔万尼这样的孩子只有在童话的世界里才会出现。罗大里以夸张的方式极大地彰显了孩子的这种天性，并表现出接纳和喜爱的态度，他让故事里所有的成年人都安慰乔万尼的妈妈说：“小孩子们都是这个样子的！”童话中的夸张于是便拥有了现实的合理性。

在日本儿童文学作家今西祐行写的《彩虹桥》这个故事里，将象征性的表达手法运用到了极致，可以说是一个杰作。每当美丽的彩虹桥出现的时候，山里的动物就会停止争吵，他们因寻找彩虹桥的愿望而相遇，共同体验了旅行的快乐。故事的结局是这样的：

当他们来到原野上的时候，忽然，彩虹桥一下子消失了。

“呀，桥不见了。”他们惊奇地叫起来。可是，不知为什么，大家都觉得自己好像刚刚从桥上走过来一样。

在回家的路上，大家约好：“下次有彩虹的时候，咱们再来过桥。”

当山上再架起彩虹桥的时候，小动物们一定会想起这次愉快的旅行。

彩虹桥一出现，山林里、村庄中真是静极了，美极了。

赏析：彩虹桥所具有的象征性内涵是不言而喻的。但作者到最后都没有直接说出彩虹桥到底具体象征着什么，而是将意义自然融入故事情节之中，这样既使作品拥有了悠远绵长的意蕴，也使幼儿容易理解和接受。

三、主题意义的欣赏

格林兄弟说，“童话在最简单的形式中却能表现着特殊生命的东西”。所以，童话的当代启蒙作用必定表现在对主体生命世界的呈现中，以多元的主题切入，吻合现代人生存状态，以此来重建精神家园。于是，人们可以在这个童话世界里，感悟到成长的艰辛并获得成长的经验；感受到自由的魅力与主体的觉醒；体会到爱的力量和友谊的崇高……从而知道了生命的价值与意义，守护住精神的家园，延续爱的血脉。如卡达耶夫的《七色花》：

有个小姑娘，叫珍妮。有一天，妈妈叫她去买面包圈。

珍妮买了七个面包圈，爸爸两个，妈妈两个，一个粉红色的给小弟弟，两个带糖的给自己。

珍妮提着一大串面包圈，一边走，一边念着商店招牌上的字，数着天上飞来飞去的乌鸦，这时，一只小狗跟在珍妮后面，它偷偷地把面包圈吃了，先吃了爸爸的、妈妈的、小弟弟的，然后吃了珍妮带糖的面包圈。珍妮觉着手里轻了，她扭头一看，哎呀，面包圈全没了，旁边一只小狗正舔着嘴。

“你这害人的狗，小偷！”珍妮追着小狗，要打它。

珍妮追呀追呀，追不上小狗，自己却迷路了，她走到了一个陌生的地方，她害怕了，呜呜地哭起来。

忽然，不知从哪儿出来一位老婆婆，老婆婆问她为什么哭，珍妮把一切全告诉了老婆婆。

老婆婆很可怜珍妮，就说：“别哭，小姑娘，我这儿有一朵‘七色花’，它什么事都能办得到，我把它送给你，它会帮助你的。”

那朵七色花，有七片花瓣，黄、红、蓝、绿、橙、紫、青，一片花瓣一种颜色。

老婆婆说：“你想要什么，就撕下一片花瓣，扔出去，说：‘飞吧，飞吧！我要……’它就会替你办好。”

珍妮接过七色花，谢了老婆婆，她要回家去，但不知该走哪条路。她想起七色花，就撕下一片黄色花瓣，把它扔出去，说：“飞吧，飞吧！我要带面包圈回家去……”话还没说完，手里已经拿着一串面包圈，回到家里了。

珍妮把面包圈交给妈妈，就走进房里，想把七色花插进心爱的花瓶里，可是一不小心，花瓶掉在地上，打碎了。

妈妈在厨房里大声说：“珍妮，你把什么东西打碎了？”

“没有……”珍妮赶快撕下一片红色花瓣，扔出去，说：“飞吧，飞吧，给我一个像这一样的花瓶吧……”地上破花瓶的碎片立刻又合拢起来了。妈妈进来一看，那花瓶好好的。

珍妮来到院子里，男孩子们正在玩到北极探险的游戏，他们不肯和珍妮玩。珍妮说："我自己到北极去！"她撕下一片蓝花瓣，扔出去，说："飞吧，飞吧！我要到北极去……"话刚说完，忽然太阳不见了，一阵大风吹来，把她吹到北极去了。

珍妮这时穿的是夏天的衣裙，光着腿，孤零零地一个人到了北极，冰天雪地的北极冷极了。

"妈妈，我冻坏了，快来呀！"珍妮哭喊着，眼泪一串串流下来，马上冻成了冰柱子。这时，七只大白熊从大冰块后边蹿出来，向珍妮扑过去。珍妮吓坏了，她用冰僵的手指，抓起七色花，撕下一片绿花瓣，扔出去，大声说："飞吧，飞吧！快让我回去……"一眨眼工夫，她又在院子里了。

珍妮去找邻居的女孩们玩，她看见她们有好多玩具：小汽车、大皮球、会说话的洋娃娃……珍妮很羡慕，她把一片橙色花瓣扔出去，说："飞吧，飞吧！我要好多好多的玩具……"立刻，玩具从四面八方向珍妮拥来了。会说话的娃娃堆满了院子，它们吵得要命；汽车、皮球、玩具飞机、飞艇、坦克、大炮……把整条胡同，甚至连对着胡同的马路都挤满了；空中降下来的许多带着降落伞的娃娃，它们都挂在了路边的树上，电线上。站岗的警察吹着口哨，叫大家来维持秩序。

"够了，够了！"珍妮抱着头叫起来，"玩具快别来了。"可是玩具还是不断涌来，它们堆着、堆着，一直堆到房顶上了。珍妮走到哪里，玩具跟到哪里，珍妮爬到房顶，连忙撕下一片紫花瓣，扔出去，说："飞吧，飞吧！快叫玩具回去吧！"于是所有的玩具都不见了。

珍妮一看七色花，只剩下一片花瓣了。心想：六片花瓣都浪费了，这最后一片，要它做什么事，得好好想一想。

珍妮想买巧克力糖、买蛋卷……可是吃过就没有了；买三轮小车，买电影票……不，等一等，让我再想想看。

忽然，她看见一个小男孩坐在大门前的小凳上，他有一双可爱的黑眼睛，珍妮很喜欢他，想和他玩，但是小男孩是个跛子，不能跑、不能跳。珍妮想，要让小男孩能够走路！于是，她小心翼翼地撕下最后一片青色花瓣扔出去，说："飞吧，飞吧！让这个小男孩健康起来吧。"

就在那一分钟，小男孩站了起来，同珍妮玩起捉迷藏来了，他跑呀，跑呀，珍妮怎么也赶不上！珍妮心里充满了快乐。

赏析：这个故事里的小姑娘珍妮得到了一朵神奇的七色花，并用它实现了自己的七个愿望。前面六个愿望不但没有使自己得到想要的快乐，反而给自己带来了新的烦恼。而珍妮用最后一片青色花瓣帮助一名残疾的孩子获得了健康，她才得到了真正的快乐。从故事中可以体会到“赠人玫瑰，手有余香”的美好，可见，只有真正献出爱心，乐于帮助别人，才能拥有真正的快乐，此乃助人为乐之本。

又如《松鼠和松果》：

松鼠聪明活泼，学会了摘松果吃。他高高兴兴地走进了大森林，摘了一个又一个。每个松果都那么香，那么可口。

忽然，松鼠眨眨眼睛，想起来了：如果光摘松果，不栽松树，总有一天，一棵松树也没有了！

没有了松树，没有了森林，以后到处光秃秃的，小松鼠、小小松鼠、小小小松鼠……他们吃什么呢？到哪儿去住呢？

对，松鼠有了好主意：每次摘松果，吃一个，就在土里埋下一个。

春天，几场蒙蒙细雨过后，在松鼠埋松果的地方，长出了一棵棵挺拔的小松树。

将来，这里会是一片更茂密的松树林。

赏析：这篇童话通过描写一只机灵可爱的小松鼠和松果，意在表现人与自然和谐相处的动人故事，从而让孩子从小形成热爱自然、保护自然的观念。用浅显直白的语言告诉大家，在向大自然索取的同时，一定不要忘记回报大自然。

第三节　童话教学的指导技巧

童话作为一种以奇异的想象、大胆的夸张来反映现实生活、表现儿童思想感情的文学样式，它对儿童思想的启迪、性情的陶冶以及想象力的培养，都能起到很大的作用。儿童爱听、爱读童话故事，而童话故事能为儿童展示一个未知而精彩的世界。因此，讲童话是教师向儿童灌输知识、增进与儿童情感交流的一个极为有效的途径。

总的来说，幼儿童话的教学可从下述几个方面进行：

一、借助童话故事展开教学

如前所述，由于童话本身的特性使得它成为儿童接受教育较为适合的桥梁之一。通过对故事情节的分析开展教学，使儿童更好地融入角色、感知童话情境，从而更有利于儿童学习新的知识。因此，在幼儿童话的教学中，教师可按童话故事的发展顺序进行讲授，使整个教学过程如同儿童自身亲历一般，即童话上演的故事就是儿童自己的故事。

[片段一]《爱吹牛的小花狗》

师：孩子们，从前有一只小花狗，这只小花狗有一个特点，它呢，非常喜欢吹牛。那么它都吹了些怎样的牛呢？大家想知道吗？先一起看看课文吧。

师：首先，我们来看看小花狗吹的第一个牛是什么？

生：告诉小伙伴们自己本事大，捉到了一只兔子。

师：那么这只兔子到底是怎么来的呢？真是小花狗自己捉到的吗？

生：是被猎人吓跑的狼扔下的，不是小花狗自己捉到的。

师：想想看小花狗的朋友们相信它的话吗？找找看文中有没有说，没有的话自己想想看。

生：相信了吧……

师：那么小花狗吹的第二个牛是什么呢？

生：对小伙伴说它抓了只老鹰。

师：老鹰是怎么来的呢？

生：老鹰是被猎人打中刚好掉到小花狗面前的，被小花狗叼走的。

师：这次伙伴们怀疑了吗？哪句话交代了这个细节？

生：怀疑了！书上说："黄牛、白马、山羊看见了，更觉得奇怪了。"

师：很好。同学们看看"更觉得奇怪了"这句话，用了一个"更"字，再来回想一下，小花狗吹的第一个牛有没有被朋友们怀疑？

生：有！

师：同学们都知道，吹牛并不是一个好习惯。而小花狗到现在为止已经吹了这么多次牛了，朋友们对它的态度是怎么样的呢？

生：谁都不相信它有这么大的本事。

师：那朋友们有没有采取什么行动呢？

生：装成狮子去吓小花狗，逼小花狗说实话。

师：小花狗有什么表现呢？

生：被假狮子吓坏了，说了实话。知道真相后，害羞地低下了头。

师：那同学们想一想，小花狗以后还会再吹牛吗？为什么？

……

师：很好，小花狗意识到了自己的错误，不会再吹牛了。那么我们来看看这篇童话故事其实是想告诉我们些什么道理呢？同学们也想想，为什么吹牛是不好的行为呢？

……

这样将教学和整个故事的情节相结合，通过简要的提示，让儿童自主地读童话，找线索，抓细节。这样，儿童便能更积极地去思考故事情节的发展，更主动地去接受童话本身所传达的道理，逐渐地提高他们的理解能力和感悟能力。而教师在教学的同时，也没有减少童话本身的趣味性，使整个教学能轻松愉快有效地进行。

二、借助情节角色加深体验

童话故事不单有着生动的故事情节，同时也有着性格鲜明的各色人物。而童话所传达的内涵往往需要通过对这些角色进行解读之后才能感知。因此，让学生将自己代入角色，设身处地地探寻角色的内心世界是理解角色和作品较为有效的方法之一。

[片段二]《富翁乔克》

师：我们一起来简单表演一下《富翁乔克》这则童话故事吧。请教师进行范读。在朗读的时候，请幼儿将自己想象成自己扮演的角色，适当添加你觉得合适的表情和肢体动作。

……

师：乔克既然被大家嘲笑了，他的语气和动作应该是怎么样的？

……

师：哈巴狗“哼着鼻子说”，这是什么样的神态？它为什么有这样的动作？（生表演到“乔克的现在”时）

师：现在的乔克肚子里有了钱，成了大家眼中的“富翁”，想一想乔克现在跟大伙说话应该是什么口气了？动作行为和以前还一样吗？

……

师：注意哈巴狗此次的表情动作。想一想乔克成了大人物，哈巴狗比不过它了，会是什么样的反应？

（生表演完毕）

师：很好，大家要注意到，角色的行为应当是存在某种合理性的，我们在读童话的时候，看到书中人物作出的行为，要想想他为什么要这么做，你站在他的位置上时又会怎么做呢？有同学会说，我会和他做得不一样，那你就要想一想，为什么你会和他不一样呢？是不是因为你觉得他做错了呢？那么，他又错在哪里呢？

通过情节角色加深儿童印象的教学，可较多地通过角色扮演的方式来进行。儿童在扮演自己的角色时，教师只就角色的心理作简要提示，这样，儿童便会由被动地接受变为主动地思考，使得整个教学过程生动有趣。

三、借助图画进行想象

图画在儿童学习中占有极为重要的地位，它可以帮助儿童更为形象地感知书中所展现的世界，因此，很多儿童读物都配有插图。教师也需注意在教学过程中，通过对图画的渲染来加深儿童对故事的认知。

[片段三]《快乐王子》

（师出示两幅王子图）

师（指第一幅图）：这是快乐王子雕像刚落成时的模样，同学们试着形容一下在你们眼里，它是什么样的？

……

师（指第二幅图）：这是童话结束之时王子雕像的模样，大家看看这座雕像还像王子吗？

……

师：明明在刚落成的时候，是一座宏伟华丽的雕像，为什么到了后面却变得如同乞丐一般呢？

……

师：故事结尾处美丽的雕像变得破烂不堪，最后还被人们推倒了，那为什么这篇童话的标题却叫《快乐王子》呢？大家想一想，作者是想要传达什么样的想法给我们呢？

……

这里便是先利用图画的直观性，给儿童留下一个鲜明的印象，使儿童对童话的深层内容产生足够的兴趣。再通过教师的指导，让儿童逐渐进入作品之中，并逐步掌握作品的内涵。

当然，在讲授童话之时，将各类教学方法交叉灵活使用，取得的效果会更好。

第八章　幼儿最初的哲学思考——寓言故事

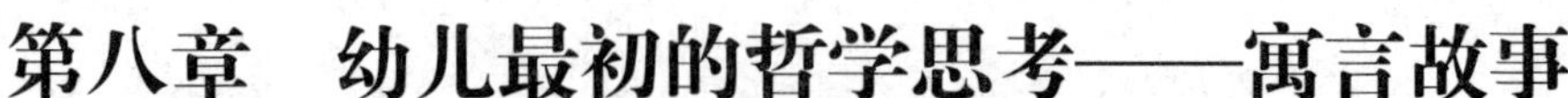

第一节　寓言故事概述

寓言故事是世界上最古老的文学体裁之一，最初是流传在民间的口头文字样式，经过寓言作家们长期的努力，一方面引用人们已经创作出来的寓言，另一方面又不断创作新的寓言，最终形成了一种独特的文学样式。它用假托的故事或自然物的拟人手法说明某个道理，常带有劝诫、教育的性质。如我国古代诸子百家著作中的寓言、古希腊的《伊索寓言》等。

一、寓言的概念

寓言是一种包含深刻讽喻意义的简短故事。寓言由喻体和本体两部分构成。喻体就是所叙写的故事，本体是指寓言所阐明的教训或哲理，即寓意。寓意是寓言的灵魂，故事必须为寓意服务。

我国春秋战国时期是寓言文学最发达的时期。先秦诸子往往把寓言作为他们立论的有力手段。在当时的不少著作中，特别是在《庄子》《列子》《韩非子》《晏子春秋》等书中，就有大量宣传哲理的寓言故事。秦汉以后，寓言文学虽然没有先秦时期的繁荣，但在后代作家的著述中，都不乏寓言或寓言性的篇章。如唐代柳宗元的《三戒》、唐末罗隐的《说天鸡》、宋代苏轼的《日喻》、明代刘基的《卖橘者言》、清代蒲松龄的《蛙神》等，都是作者用来宣传自己哲理性观点的，都是很好的寓言。

古希腊寓言，是古希腊文化的一个重要组成部分。伊索是古希腊寓言的鼻祖，《伊索寓言》原是古代希腊流传的讽刺故事，后人搜集整理后，归于公元前6世纪寓言作者伊索的名下，延传至今。两千多年来，《伊索寓言》被誉为“智慧的语言”，在欧洲文学史上有着深远广泛的影响，成为后世许多寓言创作的蓝本。其多为哲理性的道德寓言，通过日常生活中很小的事，告诉人们一些生活哲理，使人更加聪明、爱憎分明。

此外，17世纪法国著名诗人拉封丹的十二卷《寓言诗》，18世纪德国著名诗人莱辛的《寓言三卷集》以及19世纪俄国的寓言大师克雷洛夫大量的杰作，都是既闪耀着绚丽的艺术色彩，又放射出耀眼智慧光芒的珍品。这些作家都善于运用精练的语言、短小的篇幅和大胆的幻想，虚构引人入胜、发人深省的故事，宣传深刻哲理的杰出代表。

可见，寓言是将生活哲理寄托在一个假想的、具体形象的、具有劝谕或讽刺性的故事里的一种文学体裁。其主题的表现都是借此喻彼，借远喻近，借古喻今，借小喻大，把较深刻的道理寓于简短的故事之中。

二、寓言的基本特征

寓言是在民间动物故事的基础上发展起来的，所以它在艺术形式上保留着不少和民间动物故事相同的地方。它讲述带有劝谕或讽刺意味的故事，惩恶扬善，多充满智慧哲理。寓言多是语言精练、篇幅短小、充满幻想、纯属虚构、寄托着深刻教训的故事。

（一）讽刺和训诫

寓言的寓意所体现出来的哲理性和训诫性是十分强烈而明显的。寓言体现的是作者对生活的思考和认识，是人类智慧的凝结，每一则寓言都可以说是某一方面人生经验的总结，具有强烈的思想启示作用。寓意的表达方式有两种：一种是只讲故事，不加说明，寓意隐含于作品中，由读者自己去挖掘。我国的古代寓言大多如此，例如，《守株待兔》就是通过宋人愚蠢可笑的行为给人们讲明了这样一个哲理：绝不能把偶然出现的事情当成规律性的东西而心存侥幸、企图不劳而获，那样做的结果只能成为别人的笑柄。另一种是既讲故事，又加说明，寓意在行文中直接表述出来。许多寓言在开篇或结尾时直接点明寓意。如著名的《狼与小羊》《乌鸦和狐狸》《狗的友谊》《橡树下的猪》等。要不要点明寓意，是在开篇还是在结尾时点明，这大都由作者根据故事的具体情况，考虑到故事的客观效果而决定，同时也和各国民间文学的传统以及作家的风格有关。

（二）幻想和虚构

寓言的故事只是一种寄托，犹如我们在说理时举些假设性的例子，做些具体的比喻。正因为是假设性的举例，是比喻，其虚构性就很明显，而且寓言作者也并不去掩饰这一点。至少读者也不计较这一点，只要寓言的构思巧妙，举例恰当或比喻生动，言之成理，他们明知其“假”，还是会愿意阅读，并从而接受教育的。

寓言作者运用幻想，虚构故事，具体表现在：故事中的时间、地点大都是泛指。人物也是如此，而且可以是动物、植物或其他的事物。故事情节则并非真有此事，只是有此可能或只是在逻辑上说得通而已。修辞手法则多种多样。寓言中常用比喻，往往整个故事就是比喻；寓言中常用拟人，让人格化了的动植物或其他事物来充当角色；寓言常用夸张，对善与恶、智与愚、强与弱、骄傲和谦逊、勤劳和懒惰、诚实和虚伪、狡猾和厚道都是极而言之；寓言也常用象征，用某些具体的形象去代表某些抽象的概念，或者用某些个别的形象去代表某一种类的事物。这些修辞手法在寓言创作中被广泛而又灵活地运用着，这就给幻想以更多的自由，给虚构以更多的凭借。

当然寓言的幻想和虚构必须建立在现实生活的基础上。例如，现实生活中确有不少急躁而有主观的人，然后寓言中才会出现“拔苗助长”这一类的事；现实生活中确有不少把偶然当作必然的机会主义者，然后寓言中才会出现“守株待兔”的人。幻想和虚构也必须抓住事物的本质，吃人者的凶残、顺从者的软弱、骗子的狡猾、上当者的愚蠢等，这些都是事物的本质所在，寓言作者必须在这些方面着力地刻画。幻想和虚构还必须体现事物发展的规律。骄者必败，作恶者必自毙，鹬蚌相争、渔翁得利等，违背了这些，幻想和虚构就成了无稽之谈。

（三）短小而精练

寓言篇幅短小，语言精练而概括性强。寓言作者通常截取生活中一个最富代表性的片段加以概括，重在揭示道理，并不注重对细节的描写。把深刻的道理浓编在一个短小故事里，例如《伊索寓言》中的《母狮与狐狸》，全文由狐狸和狮子的两句对话构成。

狐狸夸耀自己的孩子多，狮子冷冷地答道："我只有一个（孩子），不过它是狮子。"

仅仅几十字，既表现了狮子的机智，又精练地阐明了"价值不能单以数目来计算，须看那德行"的深刻寓意。又如卡雷尔·恰彼克的小寓言《狼和山羊》，寓言是这样写的："让我们在节约的基础上签订一项协议：我不吃你的草，而你要自愿地把你的肉供给我。"

这里用的是独白的形式，整个故事只有一个长句，却极为尖锐地讽刺了一些吃人者的哲学，无情地揭露了他们的嘴脸。这种入木三分的讽刺，所用的语言已经到了最少的限度，如果没有极高的概括能力和缜密而又犀利的观察能力是办不到的。

第二节　寓言阅读的指导技巧

故事是寓言的外壳，要读懂寓言了解寓意，首先要解读故事，在分析故事时要突出分析喻体和寓意的关系，感受其巧妙自然的隐喻之美。其次，联系现实生活，概括寓意。揭示寓意是寓言作家创作的目的，在分析故事的基础上概括寓意是阅读寓言的关键。

[作品选读]

亡羊补牢

《战国策》

从前有个人，养了几只羊。一天早上，他去放羊，发现少了一只。原来羊圈破了个窟窿，夜间狼从窟窿里钻进来，把羊叼走了。

邻居劝告他说："赶快把羊圈修一修，堵上那个窟窿吧。"

他说："羊已经丢了，还修羊圈干什么呢？"就没接受邻居的劝告。

第二天早上，他去放羊，发现又少了一只。原来狼又从窟窿里钻进来，把羊叼走了。

他很后悔，不该不接受邻居的劝告。他赶快堵上那个窟窿，把羊圈修得结结实实的。从此，他的羊再没有被狼叼走了。

【导读】《亡羊补牢》出自《战国策·楚策四》。《战国策》也称《国策》，主要记载战国时代谋臣策士游说诸侯或相互辩论时所发表的政治见解和提出的斗争策略，以及他们错综复杂的政治活动。由于辑录者尤其重视语言的艺术，所以该书具有很高的文学价值。书中大量运用寓言故事，据统计有五十余则。代表性的寓言有《画蛇添足》《鹬蚌相争》《狐假虎威》《狡兔三窟》《亡羊补牢》《南辕北辙》《两虎相斗》《伯乐与千里马》《惊弓之鸟》《三人成虎》《自知之明》等，这些都是今天的儿童所熟悉的故事。

这则寓言告诉人们：出了问题以后想办法补救，可以防止继续受损失。寓言的深刻性还在于给犯有错误的人留有余地，做错了没关系，错了，一段时间没明白也没关系，鼓励他们不要因为有了过错就自暴自弃。如果当时没有认识到，事后才明白过来，并采取措施及时补救，也是好的，可以防止以后再受损失。必须坚决反对的是，对别人的正确意见拒绝接受，一错再错不愿改正。

揠苗助长

《孟子》

古时候宋国有个人，看到自己田里的禾苗长得太慢，心里很着急。这天，他干脆下田动手把禾苗一株株地往上拔高一节。他疲惫不堪地回到家里，对家里的人说："今天可把我累坏了！我一下子让禾苗长高了许多！"他的儿子听了，连忙跑到田里去看。田里的禾苗全部枯死了。

【导读】《揠苗助长》出自《孟子·公孙丑上》。《孟子》是一部记录孟子言行的书。孟子（约前 372—前 289），名轲，字子舆，战国时期邹国（今山东邹县）人，古代思想家、教育家，儒家学派的重要代表人物。在政治上主张行"仁政"，强调"民贵君轻"，重视民心向背。在人性问题上，提出"性善论"，肯定人性生来是善的，但也重视环境和教育对人的影响。孟子在宣传自己的主张时，善于运用比喻来说明事理。这种比喻，有时三言两语，有时是寓言式的故事，其中如《揠苗助长》《学棋》《五十步笑百步》《齐人有一妻一妾》《偷鸡的人》等，作品尤为生动深刻，传诵至今。

这则寓言告诉人们：任何事物都有自己的规律，迫不及待地拔高禾苗以促其生长是主观急躁的人的做法。谁如果违背规律蛮干，就必然受到惩罚，也只能得到失败的结局。这则虚构的故事，采用了夸张的手法，寓意明确，情节简单，语言简洁。对人物的形象并不作细致刻画，讽喻蛮干的效果却十分明显。

鼫鼠

《荀子》

田野里有一种小动物，名叫“鼫鼠”，也有人把它叫作“硕鼠”。它有五种本领：会飞、会走、能游泳、能爬树，又会掘土打洞。但是，它虽然学了这五种本领，却一种也没学会。说它会飞吧，飞得不是很高；会游泳，却又游得不远；爬树呢，又爬不到树顶；走又走不太快；掘土打洞，也不能弄得很深。

名义上是学会了五种本领，用起来时，却一样也不中用。这哪里能说它有本领呢！

【导读】寓言《鼫鼠》出自《荀子》。《荀子》是先秦时期儒家的重要著作，涉及哲学、逻辑、政治、伦理等许多方面的内容。荀子（约前313—前238），名况，时人尊而号为“卿”，汉人为避宣帝刘询讳，改称孙卿人，战国后期赵国人，古代思想家和教育家，先秦时期唯物主义思想的集大成者。在政治思想上，主张发展经济和礼治、法治相结合。在自然观上，反对传统的天命鬼神信仰，提出“人定胜天”的思想。在人性问题上，与孟子“性善论”相反，倡导“性恶论”，强调后天环境和教育对人成长的影响。著名的《劝学篇》是传统的中学教材，集中论述了作者对学习的见解。文中强调“学”的重要性，认为只有“博学”，才能“知明而行无过”，还指出学习必须联系实际，学以致用；学习态度应坚持不懈，精诚专一。

本寓言也是以学习为内容的，告诉人们，学习应该踏踏实实，下一番苦功夫，把本领真正学到手。不要像鼫鼠那样浮华不实，东抓抓西抓抓，只图虚名，什么真才实学也没有。

邯郸学步

《庄子》

相传在两千年前，燕国寿陵这个地方有一位少年，不愁吃不愁穿，论长相也算得上中等人才，可他就是缺乏自信心，经常无缘无故地感到事事不如人，低人一等——衣服是人家的好，饭菜是人家的香，站相坐相也是人家高雅。他见什么学什么，学一样丢一样，虽然花样翻新，却始终不能做好一件事，不知道自己该是什么模样。

家里的人劝他改一改这个毛病，他认为是家里人管得太多。亲戚、邻居们说他是狗熊掰棒子，他也根本听不进去。日久天长，他竟怀疑自己该不该这样走路，越看越觉得自己走路的姿势太笨、太丑了。

有一天，他在路上碰到几个人说说笑笑，只听得有人说邯郸人走路姿势很美。他一听，急忙走上前去，想打听个明白。不料想，那几个人看见他，一阵大笑之后扬长而去。

邯郸人走路的姿势究竟怎样美呢？他怎么也想象不出来，这成了他的心病。终于有一天，他瞒着家人，跑到遥远的邯郸学走路去了。

一到邯郸，他感到处处新鲜，简直令人眼花缭乱。看到小孩走路，他觉得活泼、美，学；看见老人走路，他觉得稳重，学；看到妇女走路，摇摆多姿，学。就这样，不过半月光景，他连走路也不会了，路费也花光了，只好爬着回去了。

【导读】《邯郸学步》出自《庄子·秋水》。《庄子》是由庄子及其门人后学所著的一部道家学派的重要著作。庄子（约前 369—前 286），名周，战国时期宋国蒙城（今河南南丘）人，当时道家的代表人物。“寓言”这一文学形式及其定名，就是从《庄子》开始的。《庄子》中的许多文章大都是由寓言故事组成，作者的哲学思想和政治观点通过这些故事或故事人物的对话方式表现出来。如《鲲鹏展翅》《庖丁解牛》《陷阱之蛙》《蜗角之争》《匠石运斤》《东施效颦》《望洋兴叹》《涸辙之鲋》《螳臂当车》《邯郸学步》等，都含蕴深厚，脍炙人口。《庄子》的寓言故事取材广泛，设想奇诡，意境开阔，描写传神生动。

《邯郸学步》以一个愚人的悲剧告诫人们，如果生搬硬套，机械地模仿别人，不但学不到别人的长处，反而会把自己的优点和本领也丢掉。

愚公移山

《列子》

太行山和王屋山，是两座大山。从地面到山顶，有一万来丈高，绕着山走一圈，就有七百里。

山的北面，住着一位叫作愚公的老汉。

愚公的年纪快 90 岁了。他家的大门，朝着这两座大山，出门做事要兜圈子，得走很多弯路，进出十分不便。这可叫他恨透了。

有一天，他召集了全家老小，对他们说：“这两座大山，堵住了我们的出路，来往不便。我要大家出力，搬掉它，开出一条直通豫州去的大路。以后我们出门，也省得转弯抹角地兜圈子了！”

大家很赞成。只有他的妻子心中有些疑虑。她说：“你们有多大本领！我看你们这点人，怕连一个小土堆也平不了，别说这么又高又大的两座山！我来问问你们，挖出来的那些石头、泥土往哪里送呢？”

大家都说：“挖出来的石头、泥土，把它搬到渤海滩去不好吗？再多些，也不愁没地方堆呀！”

第二天，愚公就带着全家人，动手开山了。

他的邻居是个寡妇，她有一个才七八岁的儿子，也来帮忙。

他们工作得很起劲，长年累月地挖泥土、挑石块，在路上来来往往，把石头、泥土送到渤海去，一年四季很少回家。

黄河边上，也住着一位老汉，这人很精明，人们管他叫智叟。他见愚公他们辛辛苦苦地挖泥土、挑石块，暗暗地笑话他们。还走去劝告愚公说：

“你这人为什么这么傻！这么大岁数了，离死也不远了！用尽你的气力，也拔不了山上的几根草，怎么搬得了那么多泥土、石块！”

愚公深深地叹了口气，回答说：

“我看你真是糊涂透顶了，你还不如那寡妇家的小孩子哩！不错，我是老了，活不了几年了。可是我死了还有儿子，儿子又生孙子，孙子又生儿子，子子孙孙一直传下去，便可以无穷无尽。可是这两座山呢，却是再也长不高了，不会长出一粒泥、一块石头来，我们为什么平不了它！”

听了这话，那个自以为聪明的智叟，再也想不出话来回答了。

天帝被愚公的诚心所感动，就派大力神的两个儿子背走了这两座山。从此，愚公住的那一带就再没有大山阻碍交通了。

【导读】《愚公移山》出自《列子·汤问篇》。《列子》，相传为战国时郑人列御寇所作。原书已亡佚，现在流传的本子是东晋时张湛辑注的，共8卷134则。文章体裁不全是先秦名家著作，大部分属于民间故事、寓言和神话传说。思想内容较为复杂，文学价值颇高。书中有很多脍炙人口而又有教育意义的寓言故事和神话传说，如《两小儿辩日》《歧路亡羊》《九方皋相马》《纪昌学箭》《齐人攫金》《杞人忧天》《扁鹊换心》《高山流水》《愚公移山》等，写得生动活泼，寓意深刻，深受今天儿童的喜爱。

这则寓言反映了我国古代劳动人民不怕困难、坚持奋斗的精神。愚公和智叟两个人物对比鲜明，故事结局的浪漫主义手法体现了人定胜天的乐观信念，后人用这则寓言来称颂抱定某一宗旨，便坚持不懈、顽强地干下去的必胜信念和坚毅精神的人。也鼓舞人们一旦看准了目标，坚持不懈地干下去，美好的理想就一定会实现。

守株待兔

《韩非子》

宋国有一个农民，每天在田地里劳动。

有一天，这个农夫正在地里干活，看见一只野兔突然从草丛中窜出来。野兔因见到有人而受了惊吓，拼命地奔跑，不料一下子撞到农夫地头的一截树桩上，折断脖子死了。农夫便放下手中的农活，走过去捡起死兔子。农夫高兴极了，他毫不费力地白捡了一只又肥又大的兔子，他非常庆幸自己的好运气。

第二天，农夫照旧到地里干活，可是他再不像以往那么专心了。他干一会儿活就朝草丛里瞄一瞄、听一听，希望再有一只兔子窜出来撞在树桩上。就这样，他心不在焉地干了一天活，该锄的地也没锄完。直到天黑也没见到有兔子出来，他很不甘心地回家了。

第三天，农夫来到地边，已完全无心锄地。他把农具放在一边，自己则坐在树桩旁边的田埂上，专门等待野兔子窜出来。可是又白白地等了一天。

后来，农夫每天就这样守在树桩边，希望再捡到兔子，然而他始终没有再得到，而他的田地却荒芜了，他的行为也成了宋国人谈论的笑料。

【导读】《守株待兔》出自《韩非子·五蠹》。《韩非子》是先秦法家的代表作。韩非死后，后人搜集其遗著，并加入他人论述韩非学说的文章编成《韩非子》一书。韩非（约前280—前233），战国末期韩国（今河南中部和山西东南部）人，荀子的学生。《韩非子》全书20卷，55篇，10余万字，提倡人人平等，用人唯贤，反对用人唯亲；反对儒家“礼治”，提倡“法治”，提出了以“法”为中心的“法、术、势”相结合的法制理论。为了阐明他的观点，书中引用了大量寓言故事，使抽象的道理形象化，使深奥的道理易于理解。其中寓意深长的寓言有《远水不救近火》《毁树容易种树难》《滥竽充数》《自相矛盾》《守株待兔》《削足适履》《郑人买履》《买椟还珠》等。

这篇寓言告诉人们：自然界和人类社会都有它们发展、变化的客观规律。这些规律不以人们的意志为转移。人们只能认识它、利用它，不能违背它、改变它。违反了客观规律，光凭自己的主观意愿去办事情，尽管用心是好的，但结果必然碰壁，把事情办坏。另外，幼儿通过故事还可明白一个道理：只有通过自己的劳动，才能有所收获，否则终将一无所获，留下终身遗憾。故事的寓意突出，虽没点明，但短小故事中的道理却是显而易见的，叙述语言也十分朴实自然。

刻舟求剑

《吕氏春秋》

有个搭船过江的人，一不小心，将所带的一柄剑，从船边落到江里去了。那人马上在船边落下剑的地方，划了个记号。

别人问他：

“喂，你在船边划了个记号，做什么用呀？”

那人回答说：

“我的剑就是从这地方落下去的，等会儿船靠岸了，我就要从这个有记号的地方下水去把剑找回来。”

【导读】《刻舟求剑》出自《吕氏春秋·察今》。《吕氏春秋》，又名《吕览》，先秦杂家的代表著作，由战国末秦相吕不韦（约前300—前235）集合门客编成。内容丰富广博，保存了大量史料。每篇文章说明一个中心问题。写法上大体是先交代中心意思，然后引用历史事实或寓言故事来说明问题，写得生动具体，有说服力。著名的寓言故事有《唇亡齿寒》《掩耳盗铃》《刻舟求剑》《穿井得一人》《割肉自啖》等。

作者在论证因时变法的主张时，引用了这则寓言。原文在上述故事后写道："舟止，从其所契者入水求之。舟已行矣，而剑不行。求剑若此，不亦惑乎！以故法为其国，与此同，时已徙矣，而法不徙，以为治，岂不难哉！"意思是说，船停了下来，那人就从刻记号的地方下水找剑，船已经移动了，而剑没有移动，这样找剑，不是太糊涂了吗？用旧法治理国家，和这一样。时代已经变迁了，而法不变，用这样的法来治理国家，难道不困难吗？体现出可贵的发展的观点，启示人们遇事不知变通，无视发展，用静止不动的观点去看待变化万千的世界，其结果只有失败。

从岩缝里长出来的小草

岩石长年累月地经受风侵雨蚀，裂开了一道缝。一棵草的种子落到岩缝里来。岩石说："孩子，你怎么到这里来了？我们太贫瘠了，养不活你啊！"种子说："老妈妈，别担心，我会长得很好的。"经过阵阵春雨的滋润，种子从岩缝里冒出了嫩芽。阳光爱抚地照耀着它，春风柔和地轻拂着它，雨露更不断地给予这不平凡的幼芽以最慈爱的关注和哺育。小草渐渐生长了，长得很健康，很结实。岩石高兴地说："孩子，不错，你是倔强的，值得我们骄傲！"她用自己风化了的尘泥，把小草的根拥抱得更紧。一个诗人走过，看见了从岩缝里长出的小草，不禁欣喜地吟咏道："呵！小草的生命多么顽强，我要千百遍地赞美它！"小草谦逊地说："值得赞美的不是我，是阳光和雨露，还有紧抱着我的根的岩石妈妈。"

【导读】这则寓言故事像幼儿散文，故事虽短，但寓意明显。故事讲述了一颗种子落到岩缝里，贫瘠的岩缝里没有肥沃的泥土，更没有充足的水分，但小草不畏艰苦，不怕困难，在春雨、阳光、春风、雨露的帮助下，成为一棵挺拔、结实的小草，当人们赞扬它时，它却谦虚地告诉人们：值得赞美的是阳光、雨露和岩石妈妈，是她们让我成长。

现实社会中，温室里的花朵越来越多，娇生惯养已成了独生子女们的形象：怕苦、怕累、怕脏，时刻依赖别人。而故事中的主人公——小草，克服了烈日晒、狂风吹、暴雨淋等种种困难，一天天长大。故事的主人公为我们树立了一个很好的榜样：每个人的成长不光需要自己的努力，更离不开家人、朋友的关心和呵护，所以，我们要怀着感恩的心来感谢拥有的一切，同时也要谦虚做人！

农夫与蛇

《伊索寓言》

冬天已经来临了，河里结了一层厚厚的冰。这天早晨，农夫外出办事，冒着寒风出发了。从天蒙蒙亮一直走到中午，他没吃一口饭，没喝一口水，肚子"咕噜""咕噜"直叫。"找个地方歇一会儿吧。"农夫想到这儿，在路边坐下来，从怀里掏出干粮，大口大口地吃了起来。突然，他在身边的地上发现了一条冻僵的蛇。这条蛇耷拉着脑袋，就像死了一般。"这条蛇只是冻僵了，看样子还能救活。"农夫心想着，便把这条蛇拾起来，放进自己的怀里。这时，他又想："蛇是会咬人的，如果它醒来之后咬我一口，我这条老命就交代了。"想到这儿，农夫一把将冻僵的蛇丢在地上，站起身，继续赶路。走着走着，农夫的脚步又放慢了下来。"蛇是会咬人的，可是我如果把它救了，我就是它的救命恩人。对待恩人，它难道会恩将仇报，再咬我一口吗？不可能，绝对不可能！"想到这儿，农夫转回身，又向那冻僵的蛇走过去。这个好心的农夫，弯下腰，将蛇拾起，贴着肉，放进怀里，继续赶路。走了一阵子，农夫觉得那蛇在他怀里动了一动，"好啊！看来，这蛇是能救活的。"农夫又走了好一阵子，那蛇猛地动了起来，接着就向农夫温暖的胸膛狠狠咬了一大口。"哇！"农夫痛得捂住胸膛，叫了起来。他将那该死的蛇一把摔在地上，掐住七寸，将它弄死。但是蛇毒已经进入农夫的血液，很快就蔓延到了他的心脏。农夫只觉得眼前的一切都变得模糊不清了。

【导读】《农夫与蛇》出自《伊索寓言》。伊索是公元前6世纪的古希腊人，相传他原是一个奴隶，后因才智出众，善讲动物寓言故事，受到主人的赏识，获得了自由。被称为"西方寓言之父"。伊索的死也与寓言有关，据说他作为使节出使戴尔波伊时，讲了一个《鹰和屎壳郎》的故事，戴尔波伊人以为伊索是在侮辱他们，将他的话理解为暗指他们是靠别人养活的。为了报复，戴尔波伊人设计陷害伊索，一代巨人就这样被人从悬崖上推了下去。可以说伊索是成于寓言也毁于寓言。

《伊索寓言》是一部世界上最早的寓言故事集，原书名为《埃索波斯故事集成》，是古希腊古罗马时代民间流传的讽喻故事，经后人汇集，统归伊索名下，成为现在流传的《伊索寓言》。《伊索寓言》大部分以动物的关系作喻，短小精悍。《伊索寓言》以其精彩的故事与深刻的寓意，历来成为教育儿童最好的文学读物。

《农夫与蛇》这个寓言故事说明，做人一定要分清善恶，只能把援助之手伸向善良的人，即使对恶人仁至义尽，他们的邪恶本性也不会改变。怜惜恶人，后患无穷。善良和同情要分清对象，对于敌人绝不可以发善心，因为你一时的善心绝不可能感化他那邪恶的本性，他非但不会感激你，还会得寸进尺，甚至加害于你。故事鞭挞了那些恩将仇报的恶人和帮助恶人的伪善的人。告诫我们要学会辨别是非，不要与坏人打交道，因为狐狸也会哭泣、蛇也有落难的时候。由这个故事我们可以联想到我国的另一个故事《东郭先生和狼》，东郭先生也是一时心软救了狼，结果差点把性命给搭上。

忠告

[罗马]巴布里乌斯

两位朋友一起外出散步。突然一只熊出现在他们面前。其中一个人非常害怕，爬到附近一棵树上躲藏起来。另一个人见无处藏身，于是扑倒在地，屏住呼吸，一动不动，假装死了。熊把躺在地上的人从头到脚嗅了一遍，但是由于那人一动不动，而且尽可能屏住呼吸，熊以为他真的死了，就溜溜达达地走开了——因为熊不吃死人。

熊走远了后，另一个人从树上爬下来，他想知道熊对他的伙伴耳语了些什么。“它给我一个忠告，”他的伙伴回答，“它告诉我，绝不要再和一见危险就自己逃跑的朋友一起外出。”

【导读】巴布里乌斯是大约公元2世纪时生活在叙利亚的一个罗马人，他在那里收集希腊的寓言。虽然人们一向知道他的存在，但是他的作品的手抄本却到100年前才在希腊圣山的修道院里被发现，共收集诗体寓言140则，散文寓言约60则，是现存最早的希腊寓言集。

《忠告》是一则家喻户晓的道德寓言，讽刺了那些在危险面前只顾个人逃命、不顾朋友死活的虚伪者，告诫人们不要同这类人交朋友。真正的朋友应该是能够共患难的。

第三节　寓言教学的指导技巧

童话作为最受幼儿喜爱的一种文学体裁，一直是幼儿园课程内容的主要载体，作为学前教育专业的师范生，应该掌握幼儿园童话教学的基本流程。

一、幼儿园童话教学的基本流程

活动前，教师要定位活动的目标，进行活动准备。定位目标就是关于幼儿学习这一篇童话的感受、想象、表演、情感等方面的定位，孩子应该熟悉童话中的哪些情节，并能够说一说，做一做，演一演。做好活动前的准备，如上课所需材料、图片、课件等。

活动中，师生共同感受童话美、发现生活美。首先，教师引出故事，以实物、教具、课件等具体的事物，让孩子看一看、摸一摸、听一听、说一说，激发幼儿情趣。然后，教师朗读，关于读几遍、整体把握还是分段把握，根据童话具体内容和孩子的感受情况来定。第三，设置情境，如看课件，让幼儿讲一讲，发现童话美。第四，教师将童话与生活联系进行提问，师生共同享受发现的美。

活动延伸，创造美。学习童话之后，常常是区域活动，在这里，孩子们尽情地表达自己的情感，创造美。

【教学实例】

童话《桃树下的小白兔》教学片段

【活动目标】

1. 了解童话的内容，并能将童话中动物与它们各自把桃花瓣当作的物品进行匹配。

2. 扩展思维，能想象用桃花瓣做自己喜欢的物品。

3. 懂得美好的东西应该与大家一起分享。

【活动准备】

1. 事先观察、认识过桃花，知道它的主要特征。

2. 课件、幼儿操作材料人手一份、图片（童话中的动物及物品）。

3. 装有桃花瓣的信封。

【活动过程】

1. 教师出示一个装有桃花瓣的信封，引出故事。

教师：桃树下的一只小白兔寄来了一封信，猜猜里面会是什么？

2. 分段欣赏故事，帮助幼儿理解故事内容。

教师讲述故事。（讲到“就能看见这张漂亮的书签，有多好！”时停住）

提问：小白兔把桃花瓣寄给了谁？它把桃花瓣当作什么？

其余同上。

3. 看课件，进行物与物的匹配，加深对童话的理解。

欣赏课件。

教师：我这里有一张图，请你们用画线的方法把小动物和它们用桃花瓣做成的东西连起来，一边连一边说：“×× 小动物用桃花瓣做成了 ××。”

幼儿讲述。

提问：老山羊、小猫、小松鼠……收到桃花瓣时的心情怎么样？（请个别幼儿表演一下小动物收到桃花瓣时的心情和动作，让幼儿加深对童话的理解）

4. 教育幼儿美好的东西应该与大家一起分享。

提问：小白兔为什么要把桃花瓣寄给好朋友？如果你是小白兔，你会把桃花瓣寄给你的好朋友吗？为什么？

小结：好朋友之间要互相分享自己快乐的事情、难过的事情和自己的一些东西等。

5. 扩展思维，丰富幼儿的想象。

（教师出示装有桃花瓣的信封）小白兔也给你们寄来了信，你们想用小白兔寄来的桃花瓣做什么？

幼儿讲述自己的想法，使用“如果我收到桃花瓣，我会……”续编故事。

【活动延伸】

在区域活动的时候把自己的想法画下来，并与好朋友分享自己的想法。

二、幼儿园童话的分级教学

针对不同年龄的幼儿，教师应以文学心理学、审美心理学以及儿童文学接受的有关理论为基础，了解3—6岁幼儿在童话欣赏过程中的感知、想象、理解、情感等审美心理特点，切实进行幼儿童话欣赏教学。

（一）幼儿园小班童话教学

1. 了解小班幼儿学习童话的特点

（1）感知的特点。3—4岁幼儿喜欢声音、色彩等形式美特征鲜明的童话作品，这一点在年龄越小的幼儿身上体现得越明显。在对情节的感知上，多数3—4岁幼儿常常只记住作品的高潮，忽视作品的开头和结局，有的还颠倒了事件的顺序。在对人物的感知上，都知道作品中有哪些人物，但对细节缺乏完整把握。在对环境的感知上，3—4岁幼儿对环境尚不能准确把握，如在故事《小蚂蚁和豆芽兵》中，他们把小蚂蚁、蚂蚁爸爸、妈妈和蚂蚁哥哥姐姐一起随意地放进红手套房子里。另外，各年龄阶段的幼儿往往对传奇般的、新鲜的、刺激的故事情节发展有兴趣，而且会有一种预期。

（2）想象的特点。幼儿童话想象有两个倾向：一是自我性，幼儿表现出一些与故事无关的联想；二是游戏性，即儿童接受文学作品的过程，幼儿如同“搭积木”一般将作品中的人物转化成手中的玩具，常常是边画边讲，边讲边画，把自己看到的、听到的、想到的故事一一描绘出来。

（3）理解的特点。3—4岁的幼儿对童话的喜欢是源于好玩，他们的理解常常和作品的意蕴没有多大关系。这一年龄段的幼儿以形象性的理解为主，他们的理解是和作品中的形象分不开的。

（4）情感的特点。一是情感共鸣，表现易“人”难“出”，达到了“忘我”“入迷”的境界，幼儿忘记了这是一个虚构的、不真实的童话世界。美国文学理论家乔治·普莱认为，“在他们接触文学作品的时候，甚至不能很好地将现实生活和艺术世界区分开来，他们时常将艺术中描写的人物、事件当作真实的现实来感知。”二是情感识别不敏锐。认识、辨别、表述人物心情的能力刚刚开始萌芽。

2. 幼儿园小班童话教学的实施

（1）学习目标。让幼儿反复感知同一作品，充分感受作品的色彩、声音等特征，并掌握大部分情节；在直观形象水平上理解作品主要形象的意义；专注地欣赏作品并获得快乐。

【案例分析】童话《糖果雨》教学片段

童话《糖果雨》的第一个开放性问题：如果那么多好看的糖果从天上像下雨一样落下来，你会怎么做？这会激发孩子们想象的空间，幼儿基本上能大胆地进行回答。有人会说拿一把伞打开，把糖果接住；有人会说伸出双手接住；有人说会快去捡；还有人会说拿个网把它们网住。孩子们的回答让老师觉得欣喜，他们的小脑瓜里会有好多鬼点子。第二个开放性的提问：如果你是天空里的魔法师，你会下一场什么雨？又一次为幼儿插上了想象的翅膀，有人会说下一场蛋糕雨；有人会说下一场花雨；有人会说下一场玩具雨等。最后教师可以变成魔法师，在教室里下一场糖果雨（撒糖果），孩子们看到那么多五颜六色的糖果激动不已，都去捡糖果，在快乐的氛围中结束活动。

分析：第一个问题的设置是为了达到培养孩子的生活技能这一学习目标，第二个问题的设置是为了达到童话教学培养幼儿丰富的想象和拥有快乐的情感的教学目标，教学目标的设定是以娱乐审美为核心，兼顾认知、技能等多元价值的发展，这位教师的安排非常好！

（2）学习内容。选择形象生动，符合幼儿生活经验，具有鲜明声音、色彩特征的童话，即具有音乐感和画面感，情节单纯、情感几乎不变的童话。如童话故事《起床啦》《开小船》。

（3）活动组织。亲切、温馨的欣赏氛围，吸引幼儿的注意，激发幼儿的情绪，使之尽快进入欣赏情境；以较为夸张的语气、语调，富有感情地介绍童话作品，充分表现作品蕴含的意味；多次组织幼儿欣赏同一篇图文并茂的作品。

（二）中班童话教学

1.学习目标

充分感受作品，能创造性地想象和复述完整的作品和某些细节，感受生动形象性词语的美感并喜欢学说这些词语；在直观形象的水平上理解作品形象的社会意义；能产生强烈的情感共鸣，并对常见的情感进行选择和匹配。

【相关活动】

童话《会动的房子》教学片段

利用课件，分段讲述故事，帮助幼儿理解故事情节。

（1）讲述故事第一段

提问：第一天，小松鼠来到什么地方？它听到了什么声音？

① 根据幼儿的回答出示相应的图卡，引导幼儿用语言描述：第几天？有谁？到了什么地方？听到什么？（第一天，小松鼠来到山脚下，听到风儿“呼呼呼”地唱歌）

② 模仿象声词“呼呼呼”。

（2）讲述故事第二段

提问：第二天，小松鼠来到什么地方？它听到什么声音？

① 引导幼儿用语言描述：第二天，小松鼠来到大海边，听到浪花“哗哗哗”地唱歌。

② 模仿象声词“哗哗哗”。

讲述故事最后部分，体验小松鼠和乌龟之间的友谊。

提问：

① 小松鼠到了这么多美丽的地方，它是什么样的心情？

② 小松鼠知道原来是乌龟驮着它走过那么多地方，小松鼠又有什么样的表情？

③ 乌龟驮着小松鼠去了那么多地方，它生气了吗？

④ 你喜欢故事里的谁？为什么？

启发幼儿大胆想象，尝试续编故事。

分析：这是一篇美妙的童话，让读者感受到了大自然的美妙、珠玉般的语言、美好的生活。这位老师让孩子们不断模仿象声词，感受到了博大自然界的美妙，培养了孩子们热爱大自然的情感；象声词的模仿学习，是中班小朋友非常喜欢的活动，孩子们在喜欢的活动中进行语言学习，提高了孩子们的语言运用能力。尤其是后面四个问题的设置，非常符合中班幼儿在直观形象的水平上体验情感，培养孩子们善良、友爱、快乐的情感以及博大的胸怀，孩子们产生了强烈的共鸣，达到了学习童话的目标——使情感发生变化。

2. 学习内容

选择形象较为夸张、情感变化丰富、情节发展较复杂的作品，篇幅可长可短，以适应不同发展水平幼儿的需要。

3. 活动组织

周兢认为文学作品学习活动的开展应该包括以下四个部分：接受文学作品；理解体验作品；迁移作品经验；扩展和表述自己的想象来学习语言。所以，完整的童话作品学习活动的开展也应该包括这四个部分，一般常采用讲述法、提问法、角色扮演法和改编创编法这四种方法。讲述要声情并茂，把握好作品的内在节奏。提问注意不能提问一成不变的问题，千万不能破坏童话的趣味性和审美性，保罗·德曼说过，阅读与欣赏是一种体验，是美学的真正主题。采用角色扮演法，教师应选择接近儿童生活经验的故事内容，使儿童在角色扮演中有话可说、有事可做，能把平时积累起来的生活经验创造性地再现在角色扮演中。故事改编或创编很好地发展了儿童的想象力，教师要大力支持儿童的一些新奇想法，因为童话的内核是幻想，童话的改编也应该注重幻想性。

只有充分调动所有幼儿的心理要素，使之与作品不断碰撞，才能使不同水平的幼儿都能进入欣赏状态。对同一作品欣赏几次，可根据作品的情节、情感变化的复杂程度以及幼儿的兴趣灵活决定。

（三）大班童话教学

1. 了解幼儿园大班童话学习的特点

（1）感知特点。5—6 岁幼儿对作品所有人物细节的感知才逐渐丰富起来，能将童话的所有事件有序地、完整地讲述出来。

（2）想象特点。在广泛欣赏作品的同时，能创造性地复述作品，填补作品的空白，促进想象力的发展；对作品形象的社会意义，逐渐从直观形象基础上的理解过渡到概念和现象基础上的理解；能产生共鸣和移情，并能对复杂的情感进行选择和匹配。

（3）理解的特点。5—6 岁幼儿开始能从社会价值层面理解作品，真正感受到作品蕴含的所谓“人性”的东西。少数 5—6 岁幼儿能离开具体形象，如对《小蚂蚁和豆芽兵》作出概念性的理解：“粗心大意不好”“关心帮助别人是好的”。

（4）情感的特点。5—6 岁幼儿比 3—4 岁幼儿情感反应强烈。5—6 岁幼儿中有半数以上能识别作品中全部人物的情感模式。因此，年龄较大的幼儿产生的情感共鸣也相应地要强烈许多。

从总体来看，小班幼儿的童话欣赏水平较低，中、大班幼儿的童话欣赏水平迅速提高并且较为接近。这就说明，以4岁为界，4岁之前幼儿（即小班幼儿）的童话欣赏处于一种阶段水平，4—6岁幼儿（即中、大班幼儿）的童话欣赏处于另一种阶段水平。对幼儿来说，童话欣赏心理的发展与认知心理发展有密切联系。

2.幼儿园大班童话教学的实施

（1）关于内容。选择题材广泛、情节与情感变化复杂的童话，作品篇幅可适当增加，可以给幼儿欣赏一些中外著名童话的原著，增加作品数量，以满足大班幼儿的童话欣赏需要。

（2）关于活动组织。

适度加快欣赏进程，增加作品欣赏的数量，扩大幼儿阅读面；组织形式更为自由，可以在专门的文学活动中进行，也可以在日常用餐前后、午睡前、游戏后进行。教师指导可适当减少，鼓励幼儿大胆复述、表演作品；组织多种形式的讨论活动，使幼儿感受、体验、理解作品的意蕴，学习精彩的语句，获得情感升华。

另外，无论哪个年龄阶段的幼儿，在“情节”感知上都要大大高出“人物”“环境”感知，这是因为幼儿往往对传奇般的、新鲜的、刺激的故事情节发展有一种预期。同时，幼儿更易接受也更加喜欢声音、色彩等形式美特征鲜明的童话作品，这一点在年龄越小的幼儿身上体现得越明显。

第九章　幼儿在文学世界中的寻美之旅——幼儿散文

第一节　幼儿散文概述

一、幼儿散文

幼儿散文，被包括在狭义的散文之内，是指以幼儿为接受主体，传达幼儿生活情趣及心灵感受，适合幼儿审美需求和欣赏水平，能够提升幼儿文学素养、语言能力的散文样式。幼儿散文介于幼儿叙事体故事和抒情体诗歌之间，语言生动、优美、凝练，抒写幼儿在生活中的点点滴滴感受，以表达他们天真、稚拙、好奇、好学、好强的情感与品性。幼儿对美好事物的欢喜、羡慕，溢于言表，如涓涓细流流淌在幼儿散文的字里行间，所以，幼儿散文潜移默化地陶冶着幼儿的情感和语言。

幼儿散文的欣赏对象主要是幼儿园中、大班中4—6岁的幼儿。这一年龄阶段，是孩子思想意识和个性特征萌芽的时期，他们的“自我意识”也逐渐由“物我同一”走向“物我有别”。他们的率真、本色与散文的注重“主体”及抒写本色人生相映生辉，追求人文气韵和情致的特点不谋而合，为幼儿走近散文、欣赏散文、接受散文创造了条件。

4—6岁阶段又是孩子语言发展的关键时期，他们对词汇的学习和积累表现出非常浓厚的兴趣。孩子们在幼儿园以学习口语为主，进入小学后则主要学习书面语。幼儿散文的语言既生活化、口语化，又有不少生动形象、规范优美的书面语。给他们欣赏散文，可以让他们受到更多的语言熏陶，并在学习口语的同时，初步感受书面语言的丰富多彩和神奇魅力。这也有利于幼儿从口语学习自然过渡到书面语学习。

二、幼儿散文的艺术特征

幼儿散文与成人散文相一致的地方是形式自由、感情真挚、语言凝练，富有诗意美。但是，幼儿散文除了具备散文体裁的这些特征外，还有着属于它自身的特点。

（一）美好的童心，美妙的童趣

表现幼儿的童心、童趣，是幼儿文学的固有特色，也是儿童文学作家在不同体裁的文学传达中所遵循的美学原则。在幼儿散文中，以跃动的童心表现童趣，是幼儿散文的一个鲜明特色。幼儿散文从幼儿生活的方方面面取材，从孩子的视角表现幼儿的生活世界、情感世界和精神世界，自然地将美好的情感情趣表现出来，可谓“清水出芙蓉，天然去雕饰”。

幼儿散文童心童趣的表现，常依托于具体的人、事、物、景。也就是说，作者常常将幼儿稚气拙朴的语言、行为、心理与散文的事件、情景结合起来，表现跃动的童心，表现作者对幼儿世界的观察，对幼儿心灵的倾听与盛赞，以此呈现幼儿美好的童心、美妙的童趣，并给小读者带来盎然的情趣和快乐。因此，童心童趣是幼儿散文的灵魂和核心。

【案例分析】

抬轿子

夏辇生

男孩子，搭轿子，女孩子，坐轿子，一颠一颠出村子。女孩戴着野花环，活像一个新娘子。还有对话：“去哪儿呀？”男孩子问。“找新郎！”女孩子说。“新郎在哪儿呀？”男孩子瞪大眼睛找。“太阳里！月亮上！”女孩子咯咯笑弯了腰。

分析：乡村常见的孩子玩抬“新娘”出嫁游戏时的情景，表现了孩子们天真、无邪、两小无猜的纯真友谊，童趣盎然。

（二）率真的情感美

率真是幼儿最突出的特点，这种品质要求幼儿散文将孩子最美好的感情诉诸笔墨，表现幼儿至真至善至美的情感。因此，幼儿散文总是通过幼儿对大自然、社会及外部世界的充满童稚之气的认识和感悟，抒写属于幼儿的内心情感和情愫。我们读屠格涅夫的《小鹌鹑》《麻雀》，读普里什文的《金色的草地》《可爱的野兽》，读郑振铎的《纸船》，读郭风的《红菰的旅行》，读谢武彰的《鱼》等散文，都能感受到流淌于作家笔下的那份出自纯洁美好的童心世界的情感美。幼儿散文丝毫不做作，它天然地排斥为文而造情。

【案例分析】

金色的草地

普里什文

我们住在乡下，窗前是一大片草地。草地上长满了蒲公英。蒲公英盛开的时候，这片草地就变成金色的了。

我和弟弟常常在草地上玩耍。有一次，弟弟跑在我前面，我装着一本正经的样子，喊："谢廖沙！"他回过头来。我就使劲一吹，把蒲公英的绒毛吹到他脸上。弟弟也假装打呵欠，把蒲公英的绒毛朝我脸上吹。就这样，这些并不引人注目的蒲公英，给我们带来了不少快乐。

有一天，我起得很早去钓鱼，发现草地并不是金色的，而是绿色的。中午回家的时候，我看见草地是金色的。傍晚的时候，草地又变绿了，这是为什么呢？我来到草地上，仔细观察，发现蒲公英的花瓣是合拢的。原来，蒲公英的花就像我们的手掌，可以张开、合上，花朵张开时，它是金色的，草地也是金色的；花朵合拢时，金色的花瓣被包住，草地就变成绿色的了。

多么可爱的草地！多么有趣的蒲公英！从那时起，蒲公英就成了我们最喜爱的一种花。它和我们一起睡觉，和我们一起起床。

分析："从那时起，蒲公英就成了我们最喜爱的一种花。它和我们一起睡觉，和我们一起起床。"这样的句子简单，超出了一般的拟人手法，蒲公英成了孩子们生活中的一部分，不是生活的点缀。有的作品看起来是把花草当作人来写，骨子里却是一种矫情，是一些小情怀。而普里什文的作品，能够让你听到大地的心跳。在他的眼里，一片树叶、一朵鲜花、一只小鸟，跟我们人一样具备生命的神奇。

（三）生动的意境美

意境是我国古代文论中的一个概念，是抒发文学审美理想的集中体现。意境美，指抒情性作品所呈现的情景交融、虚实相生的形象系统及其所开拓的审美想象空间。

幼儿散文极为重视诗意地表现幼儿眼中的世界和幼儿的情感。无论是叙事抒情，还是状物写景，都将“物”和“我”交融一体，从而绘制出充满纯美和欢愉之气的艺术图景。郭风的《我听见小提琴的声音》、吴然的《走月亮》等作品都较好地体现了这一特点。幼儿散文这种情景互融互渗的艺术表现，无疑能使小读者在文学接受的过程中，获得超乎于文本表层画面的审美感受。

【案例分析】

金色花

（印度）泰戈尔

假如我变了一朵金色花，只是为了好玩，长在那棵树的高枝上，笑哈哈地在风中摇摆，又在新生的树叶上跳舞，妈妈，你会认识我吗?

你要是叫道：“孩子，你在哪里呀？”我暗暗地在那里匿笑，却一声儿不响。我要悄悄地开放花瓣儿，看着你工作。

当你沐浴后，湿发披在两肩，穿过金色花的林荫，走到你做祷告的小庭院时，你会嗅到这花的香气，却不知道这香气是从我身上来的。

当你吃过午饭，坐在窗前读《罗摩衍那》，那棵树的阴影落在你的头发与膝上时，我便要投我的小小的影子在你的书页上，正投在你所读的地方。

但是你会猜得出这就是你的小孩子的小影子吗?

当你黄昏时拿了灯到牛棚里去，我便要突然地再落到地上来，又成了你的孩子，求你讲个故事给我听。

“你到哪里去了，你这坏孩子？”

“我不告诉你，妈妈。”这就是你同我那时所要说的话了。

分析：这篇散文把纯真美妙的童趣，把人生欢爱之情，化为一幅幅美好的生活图景。孩子为了好玩变成金色花，长在树的高枝上，“笑哈哈地在风中摇摆”“又在新生的树叶上跳舞”，让妈妈找，而自己“悄悄地开放花瓣儿”，看着妈妈工作；林荫道中，有金色花散发的温馨袭人的花香；妈妈窗前读书时，金色花变成小小影子落在妈妈的书页上；妈妈黄昏时拿了灯到牛棚里去，金色花落到地上，又成了求妈妈讲故事的孩子。孩子调皮而可爱，妈妈可爱而伟大。妈妈沐浴、祷告、读书、拿灯到牛棚去、讲故事等，这些平凡、美丽琐细的家务事、对神的虔诚以及对文化生活的执着，都是通过孩子的口述表现出来的，这里不仅可以看出她的慈祥可爱，而且可以看出她的精神丰满高大。散文诗的画面生动有趣，且和深邃的意境达到了完美统一。

（四）自由、灵动的语言美

散文是“飞”的艺术。清代文论家刘熙载在《艺概》中对散文的语言做过这样的总结：“文之神妙，莫过于能飞”，并以一个“飞”字来评价庄子的散文，说其是“无端而来，无端而去”。这里所说的“无端而来，无端而去”，点出了散文在语言运用上自由灵动的特点。对于幼儿散文来说，它一方面必须用散文的语言来表情达意，一方面要充分考虑它作为美文对孩子的语言熏陶。因此，优秀的幼儿散文总是以充分的幼儿化的语言创造美的意境、抒发美的感情、表现美的情趣，吸引孩子们，使他们流连不已，在优美的语言氛围中获得美的享受和启迪。

儿童散文家吴然的儿童散文语言形式活泼、自由、灵动，多体现儿童口语风格的短句、排比、反复等手法的运用，呈现为诗的韵律和节奏。例如《春娃娃》中，“听到他的歌声——山崖上的冰柱感动得流泪；松树上的雪团化成泉水；小草的嫩芽鼓起了勇气；池边的青蛙从梦中惊醒”，排比、反复语句在文中的运用，造成起伏的音韵节奏，不觉使人产生情感的共鸣，感动于春天带来的万物复苏。这样的儿童散文语句使小读者欣赏到一种自由、灵动的语言之美。

第二节　幼儿散文阅读的指导技巧

一、幼儿散文的鉴赏

描写真切、贴近幼儿生活是幼儿散文的生命。幼儿散文以抒情为重要特征。作者以幼儿纯真的情感关注生活，常用比喻、拟人、象征的手法，用精美的语言、动态的描述，展现一幅幅富有色彩、声韵和动感的画面，小读者能从中感受到对生命运动的美妙遐思，所以，我们以及小读者常常从情感美、语言美、意境美来欣赏幼儿散文。

（一）欣赏幼儿散文的情感美

散文既没有激烈的矛盾冲突，也没有曲折离奇的故事情节。散文的美并不在于形式，而是在于它抒真情。以情感人，是散文恒久的魅力。无论是叙事散文还是抒情散文，但凡好的作品，字里总是流淌着作者对生命最为真切的感受，幼儿散文更是如此。

【案例分析】

一只小蜻蜓

樊发稼

早上，我坐在窗口，正在看一本有趣的小人书。

突然，一只小蜻蜓从窗外飞进屋里，我赶紧关住玻璃窗，轻轻地逮住了它。小蜻蜓一会儿撅撅尾巴，一会儿扑扑翅膀，样子很着急，好像在说："小姐姐，放了我吧！爸爸妈妈一定到处在找我，找不到我，他们会很伤心地哭的……"

我对小蜻蜓说："小蜻蜓，放心吧！我不是那种淘气鬼，我不会剪掉你的翅膀，不会伤害你的。我知道你会捉牛虻、吃蚊子，帮我们做好事……"

在灿烂的阳光下，我把这只可爱的小蜻蜓，轻轻地托到窗外，小蜻蜓从我手上快活地飞走了，我好像听见它说："谢谢你，小姐姐！小姐姐，再见！"

在早餐的时候，我还在想：这时候，小蜻蜓该找到爸爸妈妈了吧？它们也该吃早餐了吧？

分析：这篇幼儿散文抒发了孩子的真情，小女孩理解小蜻蜓着急找爸爸妈妈的心情，她知道小蜻蜓会捉牛虻、吃蚊子，她爱小蜻蜓，惦记着小蜻蜓。

（二）欣赏幼儿散文的语言美

文学是语言的艺术，幼儿文学更是欣赏的艺术。在幼儿散文中，美的语言，开启美的情感，进而培养美的心灵。

1.欣赏幼儿散文语言的音乐美

音乐是一切艺术的灵魂。我国著名美学大师朱光潜强调："图画所不能描绘的，语言所不能传达的，音乐往往能曲尽其蕴。它的节奏的起伏，音调的宏纡，往往恰合人心的精微变化。”国学大师季羡林提倡：“写散文应该用交响乐那样的方法来写。”欣赏幼儿散文，也要像欣赏交响乐那样，用心感受文中语言所形成的音乐的旋律和节奏，进而更好地体会作品的情感韵味。

【案例分析】

神奇的雨点

云娃娃把雨点播在树林里，林子里长出了好多蘑菇。

云娃娃把雨点播在草地上，草地上长出了好多花朵儿。

云娃娃把雨点播进池塘里，池塘里长出了好多小蝌蚪。

春天的雨点儿，播在哪儿，那儿绿油油；播在哪儿，那儿红艳艳。

大地穿上了很美很美的彩色衣服。小动物们又跳又笑，快活极了。

分析：文中蘑菇的“菇”、小蝌蚪的“蚪”、绿油油的“油”、彩色衣服的“服”，这些词韵母相同或相近，有一种声音的回环美。而“播”“长出”这两个动词交替着反复呈现，则形成了作品明快的节奏。所以，欣赏幼儿散文时，必须要有感情地反复朗诵给孩子听，让他们感受语言的音乐美。

2.欣赏语言的动感美和韵味

语言的美表现在动感十足、变化多端的动作，让孩子着迷；叠词的运用让孩子感到安稳有趣。

【案例分析】

顽皮的小雨滴

小雨滴滚进泥土里，钻出了芽宝宝；
小雨滴扑在树枝上，冒出了绿娃娃。
小雨滴洒在蓝天下，飞起了小风筝；
小雨滴落在溪流里，跑出了小浪花。
小雨滴挂在电线上，走钢丝练杂技；
小雨滴喷在马路上，给马路洗个澡。
小雨滴跳到小草上，草儿伸伸臂；

小雨滴撒在小花上，花儿眨眨眼。

小雨滴蹦到池塘里，鱼儿点点头；

小雨滴浇在狗身上，狗儿摆摆尾；

小雨滴滑到鸭身上，鸭儿叫得欢。

分析：多么顽皮的小雨滴啊！孩子特别喜欢。孩子们读这首诗时，会把自己想象成顽皮的小雨滴，听得津津有味；说的时候，还会把许多动词（落、淋、撒、浇、洒、滴、跳、跑、蹦、滚、滑、抱）都派上用场，有动感和韵味，能够尽情地抒发自己的情感，在快乐中学习。

3. 欣赏语言的色彩美

孩子尤其喜欢鲜艳的颜色，在幼儿散文中，语言的色彩美也非常突出。

春天的色彩

一声春雷，惊醒了正在冬眠的小熊，小熊在黑黑的树洞里睡了一个冬天，小熊想：过了一个黑色的冬天，春天来了，春天是黑色的吗？春天是什么颜色的呢？小草告诉小熊："春天是嫩嫩的绿色。"草莓告诉小熊："春天是甜甜的红色。"小白兔告诉小熊："春天是跳跳的白色。"小熊听了说："哦！我知道了，原来春天是嫩嫩的绿色、甜甜的红色、跳跳的白色。"听了小朋友的诗歌，小熊突然激动地叫起来："我找到了，我找到了，春天是五彩缤纷的。"

分析：文中鲜明的色彩吸引着孩子们的眼球，激发孩子们的想象，培养孩子美的语言。

（三）欣赏幼儿故事的意境美

散文创作贵在意境。散文中的"意"是指作者在文中流露出的主观情感。这种情感，必须要有所依托，或是借景抒情，或是托物言志，或是因事明理。这些可寄托作者情思的景、物、人、事就是"境"。"意境"就是主观情感与客观事物交相融合而形成的一种独特的艺术境界。

单纯的景物描写谈不上意境，意境应该是外在景物与作者心境的高度统一，是外物与内情的自然融合，是给读者以美感的艺术画面。幼儿散文的意境美，孩子们眼中美的画面与他们美的心灵的契合。例如，《神奇的雨点》是大班的一首散文诗，它用优美的词语描述了春天美丽的景色。"云娃娃把雨点播在树林里，林子里长出了好多蘑菇。"蘑菇长得多快啊！"云娃娃把雨点播在草地上，草地上长出了好多花朵儿。”草地上花朵长得真多啊！“云娃娃把雨点播进池塘里，池塘里长出了好多小蝌蚪。”池塘里的好多小蝌蚪多好玩啊！“春天的雨点儿，播在哪儿，那儿绿油油；播在哪儿，那儿红艳艳……”春天的颜色，真好看啊！“大地穿上了很美很美的彩色衣服。小动物们又跳又笑，快活极了。”孩子们，多快活啊！孩子美丽的心灵和这一幅幅帅气的画面相契合，这就让我们一起欣赏到了幼儿散文的意境美。

二、幼儿散文的创作

幼儿散文是散文的一个分支，因而在散文的总体特征上，它与成人散文是一致的。但是，幼儿散文在遵循一般散文创作规律的同时，需考虑到小读者生活经验、心理特点、接受方式、接受能力区别于成人，所以在创作幼儿散文时，常常要注意以下几方面：

（一）贴近幼儿生活，写出孩子晶莹的真情

幼儿散文最贴近幼儿生活，哪里有幼儿，哪里就有幼儿散文的素材。孩子生活在现实世界中，又生活在想象的世界中。创作者深切体察了幼儿的生活，了解他们的感知、感受和想象，写出篇幅简短的散文，供幼儿享用。

【案例分析】

会找孩子的太阳妈妈

潘仲龄

太阳是个会找人的妈妈。

爱玩耍的雨水孩子，从天上哗哗地跑下来了，落在山上，落在田里，落在路上，落在小河里……它们就不想回去了。为什么要回去呢？天上太寂寞了，谁都不愿再去过那种清清冷冷的生活。于是，它们就沿着大山这个滑梯，沿着大路、小路这个滑梯，钻进泥土里，钻进庄稼地里，钻进树林里，把头蒙起来了，把身子藏起来了。跳进小河里，让哗哗的流水把它们送到了远方。

可是，会找孩子的太阳妈妈，每次一大早就从天上找下来了。

你瞧，她伸出了那么多长长的手，伸到地上每一个地方，把躲在每一处的雨水孩子，一个一个找回家去。

分析：写太阳是妈妈，而且会找孩子，这是孩子在生活中的真切体会。生

活中，妈妈最了解孩子，有时仿佛有特异功能——千里眼、顺风耳。文中“雨水”那个活泼劲儿，多么贴近孩子的生活！

真实是所有散文的灵魂。真实的核心内容是真情。幼儿散文的作者一般都是成人，往往是生活中的人物、事物、景物触发了作者的情思，而使其诉诸文字感染读者。因此，生活中的人、事、景、物首先要打动作者自己。只有从自己切身感受出发写成的散文，方能不落俗套，富于个性，比如林清玄的《宝蓝色的花》不正是如此吗？

幼儿散文的篇幅一般三五百字，少则几十字，很少超过千字，幼儿散文不必对事件的来龙去脉交代得十分清楚，而要以幼儿的视角选取最富有特征的人、景、事、物来描述，以真挚的情感吸引幼儿，打动幼儿，培养他们的审美情趣。

（二）运用清浅的语言，表现具体鲜明的形象

幼儿散文中的语言清浅、活泼，是让孩子倍感亲切的口语与书面语的自然融合；文中形象活灵活现，逼真、具体。同时，作品中的形象都幼儿化了，渗透着孩子的情感与想象，孩子们通过这些具体可感的形象进入情景交融的艺术境界，获得美的享受。如薛卫民的《月亮渴了》：“太阳从大地上、河里、江里、大海里，蒸起无数的小水珠儿；小水珠成帮结伙地升到天空，就这样，天空喝到了水，月亮和星星喝到了水，它们不渴了。”这里叙述的语言清浅，描写的形象鲜明。

（三）通过浓郁的幼儿情趣，美化幼儿散文的意境

幼儿散文是介于幼儿故事和幼儿诗歌之间的一种文体，它除了注重故事性外，还要像幼儿诗歌那样构造意境。所谓“意”，是指作者主观内在的思想感情；所谓“境”，是指作者所描绘的客观外在事物。幼儿散文具有诗的特质，所不同的是，幼儿散文的诗意美总是糅合着浓郁的幼儿情趣，幼儿情趣像花朵绽放一样自然地舒展开来，有着特写镜头式的画面美，有时还要有画外音，因为幼儿散文是以内视角来写的。幼儿诗的幼儿情趣，有跳跃性，具有连续的画面美。

幼儿散文中的幼儿情趣常常通过故事性的生活片段、事情片段加以描写，是不讲究有完整曲折的故事情节的，有跳跃，行文比较自由，如前面举的例子泰戈尔的《金色花》，写到“我为了好玩，变成金色花”，在新生的树叶上舞

蹈；妈妈沐浴后，走在金色花的林荫道上嗅到了花香气，可妈妈不知道那就是我；吃过中午饭，我变成金色花，是投到妈妈书页上小小的影子；黄昏时，我落到地上变成缠着妈妈讲故事的孩子。作家通过一天生活中的几个片段，表达了对孩子调皮可爱、妈妈美丽伟大的赞美之情。

幼儿情趣强化了幼儿散文的诗意美，可以说，幼儿情趣是幼儿散文的鲜明特征，富于幼儿情趣是幼儿散文同成人散文的主要区别。以浓郁的幼儿情趣美化幼儿散文诗的意境，以优美的意境展示童稚童真的情趣，是幼儿散文的魅力所在。

【案例分析】

梅花鹿

吴城

小鹿长大了，头上长出角角。你那角好像树丫丫。

春天来了，山青啦，水绿啦，草地上也开出了朵朵野花。为什么这些树丫丫不发芽、不长叶呢？

哦！他一定喜欢冬天，要不，怎么身上开满了梅花？

我想，他的妈妈也许就是一棵会跑的梅树……

嗔！这简直是一个有趣的童话。

分析：幼儿看到小鹿头上长出角角，联想，发问，以幼儿的心理猜想、赞叹，散文充分表现了童心童真的情趣。

总之，幼儿散文的灵魂是真情。创作幼儿散文时，一定要以天真孩童的视角感受、体会、认识外在的世界，用活泼、清浅、形象、优美的语言抒发富于幼儿情趣的本真性情。

第三节　幼儿散文教学的指导技巧

幼儿园的散文教学，不仅要着眼于智育与德育，更要偏重于幼儿审美情趣的培养；不仅要把散文教学的功能用于培养幼儿记忆能力，纠正幼儿的语言，更要让幼儿体验散文的内在美，以体现文学作品最本质的功能——审美愉悦。

成功的幼儿散文教学对于培养幼儿的审美情趣，培养幼儿对文学作品的兴趣，是其他教育手段所不可替代的。

此外，幼儿对散文的欣赏与创造不能像成人那样直接通过阅读文字轻而易举地来把握，而是要依靠教师声情并茂、形象生动的语言传递来学习。如果只引导幼儿单纯去理解散文中的语言及其所描绘的画面内容，那么就不能算是完全了解了散文，或者说仅是一种浅层次的解读。只有让幼儿从老师的朗读中去感受、把握作品中跳跃着的思想感情脉络，才能真正懂得作品所蕴含的文化内容。

【作品一】

欢迎秋爷爷

“秋爷爷要来了！”

水果娃娃们听了这个好消息，可高兴了！

苹果娃娃们笑呀笑，笑红了圆圆的脸蛋。

石榴娃娃们笑呀笑，咧开嘴巴，露出像珍珠一样的牙齿。

香蕉娃娃们笑呀笑，把腰都笑弯了，像一个弯弯的小月亮。

山楂娃娃想：秋爷爷年纪大了，眼睛花了，走路摔跤怎么办？他们商量了一下，一齐点亮了小红灯，好像一树红色的星星……

柿子娃娃见了，也悄悄挂起一树黄黄的大灯笼。

【作品分析】

当秋天悄悄来临的时候，农村的田野里，果树上硕果累累。孩子们每天都能吃到各种秋天的水果，橘子、苹果、石榴……孩子们身边到处都有秋天的气息，他们感受着秋天带给他们的快乐。

散文诗欣赏《欢迎秋爷爷》选自幼儿园大班教材，它短小精悍，以优美生动的语言描绘了秋天这一丰收的景象。诗中充分发挥想象力，将秋天的水果娃娃的颜色、形态作了巧妙的比喻和契合的联想，显得具体而形象。散文诗符合幼儿的年龄特点，结合幼儿的生活经验，便于幼儿理解接受。

【活动设计】

《欢迎秋爷爷》（语言 · 大班）

（一）活动目标

1. 引导幼儿体会散文诗中水果娃娃的高兴心情，并能创造性地学习散文诗歌。

2. 引导幼儿在理解散文诗的基础上，有感情地朗诵散文诗。

3. 学习仿编散文诗，初步掌握仿编散文诗的技巧。

（二）活动准备

1. 散文诗歌录音带及录音机。

2. 与散文诗歌内容相符的幻灯片 6 幅和蔬果课件。

（三）活动过程

1. 放幻灯片，导入课题，引起幼儿学习兴趣。

教师：小朋友，现在是什么季节？

放幻灯片，噢，秋爷爷要来了，它一来，地里的庄稼、果园里的水果都要成熟了，秋天是一个果实丰收的季节。

教师：秋爷爷要来了，水果娃娃听到这个好消息，可高兴了。他们笑呀唱呀，欢迎秋爷爷。请小朋友听听他们是怎样欢迎秋爷爷的。

（在这里运用多媒体教学，创设意境，充分调动了幼儿的各种感官，激发了学习、认知兴趣，活动画面使幼儿立刻产生了极大兴趣，小朋友和秋爷爷马上互动起来。此时所有孩子的热情都被调动起来，神情流露出对接下来内容的无限好奇和猜想，也由此引入了课题。）

2. 完整听录音，欣赏散文诗《欢迎秋爷爷》。

欣赏录音散文诗后，提问：

（由教师朗诵会比播放录音效果更好，幼儿借助老师的表情、声调和肢体语言理解作品。）

（1）“诗中都提到了哪些水果娃娃？”“水果娃娃们听说秋爷爷要来了，水果娃娃们高兴地有了怎样的变化？”“山楂娃娃和柿子娃娃又做了什么呢？”

（2）为什么山楂娃娃点亮小红灯，柿子娃娃挂起大灯笼？帮助幼儿体会山楂、柿子对秋爷爷的爱心。

3. 教师和幼儿共同在幻灯片的启发下学习诗歌。

（1）边体会散文诗歌情感边学习内容，逐一放幻灯片。

提问：苹果娃娃笑呀笑，笑得怎么样？

山楂娃娃是怎么想的？怎么做的？

柿子娃娃是怎样做的？

（2）教师朗诵散文诗歌一遍，引导幼儿体会散文诗中水果娃娃的高兴心情。

（3）教师讲述：秋爷爷要来了，水果娃娃们都非常快乐，请幼儿分组探讨创编不同的动作表现诗歌内容，请幼儿表演创编动作，巩固练习诗歌内容。

（孩子这次欣赏着重体会画面中各种水果在颜色、形状上的区别，有的孩子已经开始凭着模糊的印象跟着念诗。在欣赏完毕之后，孩子们便就他们通过观看课件的发现，纷纷争先恐后地回答问题。在这里看幻灯片的目的是帮助幼儿记住散文诗的内容，有利于让幼儿抒发感情，通过观看让幼儿情感得到升华，借此向幼儿进行情感教育。接下来反复学说，跟读原句熟悉散文诗结构。）

4. 仿编散文诗歌

（1）放映蔬果丰收的课件，并出示实物蔬果让幼儿观察，教师启发幼儿思考：

A. 你在录像中还看到了哪些水果娃娃和蔬菜娃娃？

B. 能不能把他们也写到我们的诗中来？

C. 其他的水果或植物听到秋爷爷来了，会怎么想？怎么做？

D. 怎样把你所说的句子变成和诗歌里面的话一样好听？

（仿编的过程也是学习语言的过程。语言的学习要靠反复的运用，所以在仿编时提供了图片，通过提问引导幼儿运用句式的同时，也让幼儿感受到大自然的美。在看过蔬果丰收的课件之后，小朋友分组进行讨论，每组小朋友都显得更加兴奋。幼儿大胆地将自己的想法用语言表达给别人，成为真正的活动的主人，从而解决了难点。）

（2）用绘画形式表现自己创编的散文诗歌。教师讲述：请你们把创编的散文诗歌内容画下来，再讲给其他的小朋友听，好不好？

【作品二】

秋天的雨

陶金鸿

秋天的雨，滴答滴答地唱着歌。它是一把钥匙，带着清凉的温柔，悄悄地打开了秋天的门。

秋天的雨，有一盒五彩缤纷的颜料。它把黄色给了银杏，红色给了枫树，金黄色给了田野，橙红色给了水果，紫红的、淡黄的、雪白的都给了菊花仙子。

秋天的雨，有非常好闻的气味。不信啊，你闻：菠萝甜甜的，梨子香香的，小雨滴迎来了许多香味，烤红薯、糖炒栗子……小朋友的脚呀，常被那香味勾住。

秋天的雨，有一支金色的小喇叭，它告诉大家，穿上厚厚的、亮亮的衣裳。落叶树的树叶飘呀飘，飘到大树妈妈的脚下，小动物准备过冬了。

秋天的雨，带给大地的是一曲丰收的歌，带给小朋友的是一首快乐的歌。

秋天的雨，滴答滴答地唱着歌……

【作品分析】散文《秋天的雨》用了拟人化的手法，把秋天的雨比作人，滴答滴答的声音就像在唱歌，秋雨有五彩缤纷的颜料，有非常好闻的气味，还有一支金色的小喇叭，亲切有趣。全篇从不同的角度描绘了秋天的美，让幼儿感受到秋天是充满喜悦的丰收季节。

【活动设计】

《秋天的雨》（语言 · 大班）

（一）活动目标

1. 从不同的角度去感受秋天的美，知道秋天是充满喜悦的丰收季节。

2. 能细心倾听，初步理解诗中的拟人表现手法。

3. 理解并掌握词汇“五彩缤纷”“温柔”等。

（二）活动准备

自制多媒体课件。

（三）活动过程

1. 猜谜“雨”：千条线，万条线，落入水中看不见。

（幼儿积极、踊跃、大胆地发表了自己的意见，而且在不知不觉中就运用了散文诗中的语言。）

2. 完整欣赏散文诗《秋天的雨》。

（1）教师演示课件，幼儿欣赏一遍，完整地感受整首散文诗。

（2）幼儿自由讨论、讲述。（重点引导幼儿简单讲述散文诗的内容）

（3）提问，引导幼儿大胆地说出自己的感受，教师可适时用散文中的语句予以引导。

① 师：诗里说了些什么？

幼 A：秋天的门开了……

幼 B：小树叶慢慢离开了树妈妈。

幼 C：秋天的雨滴答滴答唱起了歌，它给小朋友带来了音乐。

幼 D：各种颜色给了菊花，金黄色给了农田、橙红色给了水果……

② 师：你听了这首散文诗有什么感觉？

幼 A：我听了这首诗觉得很美、很好听。

幼 B：我觉得好像闻到了梨子的香味。

幼 C：我觉得菠萝甜甜的，有点馋。

3. 幼儿再次欣赏一遍，并学习运用散文诗中的句子来讲述。

师：这次请小朋友一边听，一边把你最喜欢的、觉得最美的话记在心里，等会儿告诉大家。

（幼儿对于“秋天的雨是一把钥匙”这个比喻不容易理解，因此教师引导幼儿说出雨后的变化，运用已有的经验去理解秋雨带来的快乐。）

4. 结合五个画面，分段欣赏。

（1）欣赏第一画面：着重引导幼儿注意倾听、感受。

（2）提问，理解清凉、温柔。

师：为什么说秋天的雨是一把钥匙，打开了秋天的门？

幼 A：因为秋雨一下，花儿都开了。

幼 B：雨下了之后，我们的城市就变得很干净。

师：秋天的雨下过后，自然界就有了很多的变化，就好像一把钥匙轻轻地把门打开，我们可以看到许多美丽的东西。

（分段欣赏在以往是很枯燥的，幼儿兴趣不高。但在色彩鲜艳、动态的画面中，充分调动了幼儿的注意力、记忆力，幼儿主动思维、积极讲述，特别是讲到小动物、植物怎样过冬时，幼儿非常地兴奋，纷纷举手要求回答。同时活动中，教师设计的提问也应着重于幼儿对散文诗的感受与理解，而不是纯粹的记忆。）

（3）欣赏第二画面：在动态画面中感受色彩的美。

（4）提问，重点指导幼儿说出各种植物、花卉的色彩变化。

师：为什么说秋天的雨有一盒五彩缤纷的颜料？

幼 A：雨下到哪个地方，哪个地方就变颜色。

幼 B：秋天的雨落到田野上，田野变得金黄；落到枫树上，枫叶就变成红色；落到菊花上，美丽的菊花都开了……所以它有各种各样的颜色。

幼 C：因为秋天的雨落到银杏树上、枫树上、田野上，它们都变成各种颜色了，所以是五彩缤纷的。

师：因为秋天到了，各种植物都有了变化。银杏叶变黄了，水稻成熟变得金黄，各种颜色的菊花都开了……所以秋天是五彩缤纷的，是四季中最美的。

（5）欣赏第三画面：进一步倾听，感知语言的美。

（6）提问，引导幼儿从气味上说出秋天的雨给小朋友带来了什么。

师：为什么说秋天的雨有非常好闻的气味？这气味是从哪里来的？

幼 A：因为秋天水果都成熟了，好闻的气味是从水果中发出的香味。

幼 B：糖炒栗子、烤红薯都很香，我在很远都能闻到，所以，秋天的雨有非常好闻的气味。

师：秋天来了，水果成熟了，发出了很多好闻的香味。远远都能闻到糖炒栗子、烤山芋的香味。

（7）讲一讲秋天来了有些什么变化。

（8）欣赏第四画面：引导幼儿感受动、植物的过冬方法。

师：为什么秋天的雨有一支金色的小喇叭？小动物、小树是怎样过冬的？

幼 A：天冷了，小动物们开始穿上厚厚的、亮亮的衣裳，忙着准备一些食物，准备过冬了。

幼 B：要给小树刷上一些白的东西……

幼 C：大风吹过来有点冷，小树叶钻到泥土里会温暖一些，还有小草可以盖上树叶当被子，温暖一点。

师：为了减少水分的蒸发，树叶纷纷飘下来，工人叔叔开始为小树过冬做好准备，冬眠的小动物也忙着储藏食物……

（9）欣赏第五画面。

（10）提问，进一步引导幼儿感受秋天像首快乐的歌，想象秋天的丰收景象。

师：为什么秋天的雨给大地、小朋友带来的是丰收、快乐的歌？

幼A：因为秋天水果都成熟了、丰收了，所以它是一首快乐的歌。

幼B：吃了水果甜蜜蜜的，所以很快乐。

5. 再次完整欣赏，进一步倾听、感知语言的美。

6. 讨论。（重点引导幼儿会用散文诗中的优美语句来表达）

（1）你听后觉得秋天美吗？什么地方美？

（2）散文诗里是怎么描写秋天的美的？

（3）秋天的人们为什么这么高兴，你是从那儿句话里感受到的？

7. 初步理解散文的拟人化写法。

师：散文诗里为什么说秋天的雨会唱歌？有一盒五彩缤纷的颜料？（幼儿自由讨论、发言，鼓励幼儿充分想象）

幼A：小雨滴答滴答就像在唱歌。

幼B：滴答滴答落在地上，有好听的声音，所以小雨就唱歌了。

幼C：小雨把颜色给了银杏、枫树、田野、菊花，银杏变黄了，枫树变红了，田野变得金黄，水果变成了橙红色……

师：作者把秋天的雨比作人，滴答滴答的声音就像在唱歌；秋天下了雨以后，银杏变成黄色，枫树变成红色，五颜六色的菊花盛开了，就好像人用颜料涂上去的，这样写就让小朋友听起来感到秋天更美。

（拟人手法对大班幼儿的理解有一定的难度，但前两个环节进行得较扎实，在本环节中，幼儿充分发挥想象，各抒己见，使幼儿的语言表达能力有了进一步的提高。）

附课件演示效果：

第一画面：（配乐《秋日的私语》，音乐声响起）屏幕上出现滴答不停地纷纷落下的小雨点，秋天的门悄悄地向两边打开，出现一幅美丽的风景。

第二画面：银杏、枫树、田野、水果、菊花按顺序逐一染上黄色、红色、金黄色、橙红色、紫红色、淡黄色、雪白色，雨滴在不停地下（动画）。

第三画面：画面中出现纷纷飘落的雨滴，带来了香香的菠萝、梨子分别闪动，烤番薯、糖炒栗子冒着热气（动画）。

第四画面：落叶树的树叶纷纷地从树上飘落下来，小刺猬背着果子回家，准备过冬了（动画）。

第五画面：小朋友唱着歌走来了，音符从他们的口中跳出，他们把水果摘下来，堆成一堆又一堆（动画），最后，一扇秋天的门轻轻关起来，雨点还在不停地落下来，音乐声渐弱至结束。

【活动评价】

《秋天的雨》是一首非常优美的散文诗，教师依据散文制作的课件更是很好地抓住了散文诗中“情”与“景”的完美交融，其中色彩艳丽、形象生动的画面，充满感情的朗诵，钢琴《秋日的私语》的伴奏，使散文充满了诗情画意，把文学作品的美表现得淋漓尽致，深深地吸引了幼儿。在看动画片的兴趣调动下，幼儿专注地注视着屏幕，一幅幅动人、逼真的动画画面充分调动了幼儿视、听、说等多种感官，使幼儿处在一个情景交融的虚拟的感觉世界里，同时感受到了散文诗中语言、文字所表现的韵味，从而极大地提高了幼儿学习的积极性、主动性、创造性。教师灵活运用课件的优势，始终抓住幼儿的兴趣，注重幼儿对诗歌的感受，让幼儿来主动学习。通过重复播放、定格观看等方法，在具体形象的生动画面中，把看、听、说统一起来，使幼儿进一步提高对词汇、句子的运用能力及表达能力。如当幼儿看到画面中的各种色彩——红色、黄色、橙红色等逐一染到各种花卉上时，一下子就理解了词汇“五彩缤纷”的含义。

【作品三】

梦姐姐的花篮

陈秋影

在一片深绿色的树林里，住着美丽的梦姐姐。梦姐姐长着一对会飞翔的翅膀，胳膊上总是挎着一只轻巧的花篮，花篮里装满五颜六色的花朵。

白天，梦姐姐是很少露面的，可是每天夜晚，梦姐姐都会提着花篮，从林中轻轻飞出来。

小黄鸡正靠在妈妈身边香甜地睡觉。梦姐姐飞过来，在它身边撒下一朵黄色的花。于是，小黄鸡做了一个金黄色的梦。它梦见金黄的太阳，金黄的田野，田野上开满金黄的油菜花。

小青蛙正在小草边静静地睡着。梦姐姐飞过来，在它身边撒了一朵淡绿色的花。于是，小青蛙做了一个绿色的梦，它梦见碧绿的湖水，碧绿的荷叶，荷叶丛里有一支碧绿的莲蓬。

红颏鸟用脚爪抓住树枝，在树上睡觉。梦姐姐飞过来，在它身边撒下一朵红色的花。于是，红颏鸟就做了一个红色的梦。它梦见火红的枫叶，火红的浆果，天边上照耀着火红的晚霞……

梦姐姐最喜欢那些爱幻想的孩子，她觉得这样的孩子可比小黄鸡、小青蛙和红颏鸟可爱多了，所以，她总是把最美最好的梦送给孩子们。

【作品分析】

《梦姐姐的花篮》虚拟了一个人物形象——梦姐姐，把虚幻的、不可捉摸的梦境写得具体可爱，带给幼儿美的感受。文章借小黄鸡、小青蛙和红颏鸟的梦，描绘了三幅美丽的图景，利于引导幼儿发现生活中不同颜色的美，从而热爱大自然。同时也可让幼儿学习文中有关颜色的词语，如“五颜六色”“金黄”“碧绿”“火红”等。适合大班或中班教学。

【活动设计】

《梦姐姐的花篮》（语言 · 大班）

（一）活动目标

1. 感受散文优美的意境，体验快乐、美好、多彩的梦境。

2. 积极参与活动，能大胆讲述自己的梦，发挥想象力。

（二）活动准备

1. 课件一份。

2. 花篮一个、花 45 朵、音乐磁带《梦幻曲》。

（三）活动过程

1. 直接导入

师：我们有时会做梦，那是因为有梦姐姐。梦姐姐在哪里呢？瞧，她来了……

2. 欣赏故事前半部分，积极参与活动。

（1）看课件，幼儿欣赏故事。

（2）提问：梦姐姐住在哪里？

梦姐姐长什么样子？

她是什么时候出来的？

她看见了谁？在做什么？

梦姐姐给了它一朵什么颜色的花？

它梦见了什么？

3. 大胆想象青蛙的梦，并讲述。

（1）师：小青蛙正在水草边静静地睡觉。梦姐姐飞过来，在它身边撒下一朵淡绿色的花。

师：猜猜小青蛙会梦到什么？（幼儿自由讲述）

（2）师：小青蛙自己也做了一个很美的梦，我们一起去看看吧。（师幼共同讲述）

4. 积极讨论、讲述故事第三部分。

师：红色的小鸟用脚抓住树枝，在树上睡觉。猜猜它会做一个什么颜色的梦？梦里有什么呢？

（1）幼儿和好朋友一起讨论并讲述。

（2）完整欣赏。

5. 听音乐，随着课件欣赏散文，感受散文的意境美。

（1）幼儿听音乐想象，教师扮演梦姐姐。

（2）请一名幼儿讲述。

（3）再次想象，请和好朋友一起说一说。

6. 幼儿想象自己的梦，并能大胆讲述。

7. 活动延伸。

画梦：请你把自己美丽的梦用笔画下来。

【作品四】

秋叶

秋天，
枫叶红了，

吵着要离开妈妈。

风爷爷说："让它去吧，世界大着呢。"

于是，

叶子落了，

落到山冈上，变成了花地毯，

落到书本上，变成了一张小小的书签。

【活动设计】

《秋叶》（语言·大班）

（一）活动目标

1. 初步尝试运用朗读的技巧朗诵诗歌，感受优美语言为诗歌带来的感染力。
2. 培养幼儿语言艺术方面的才能并掌握相应的技巧。
3. 运用不同的声调、情绪和语速进行朗诵。

（二）活动准备

1. 诗歌课件、音乐带。
2. 诗歌标记图。

（三）活动过程

1. 幼儿在音乐中由教师引领做小树叶飘进教室。
2. 幼儿听配乐，欣赏 Powerpoint 课件中的图片。

师：你们刚才看到了什么？

幼 1：树叶。

幼 2：书签。

师：请用完整的句子说："我看到了什么。"

幼 1：我看到了大树。

幼 2：我看到有书签。

师：说得真好。还有谁看到什么呢？

幼 1：我看到了大树。

幼 2：我看到了书本。

幼 3：我看到了树叶做的书签。

幼 4：我看到有好多树叶掉下来。

幼 5：我看到五颜六色的树叶。

师：你们看到刚才的景色，心里是什么样的感觉？

幼 1：我觉得有点想哭。

幼 2：我觉得很高兴。

幼 3：我觉得很漂亮。

幼 4：我觉得很美丽。

师：看到刚才的景色，你们心里都有不同的感觉，对吧？

幼（齐答）：对！

师：老师带来了一首诗歌，这首诗歌就是描绘刚才的美丽景色的。老师问你们，刚才看到的是什么季节呀？

幼：秋天。

师：真聪明！

师：这首诗歌描写的就是这个美丽的秋天，请听。

（老师配乐朗诵诗《秋叶》）

师：好不好听？

幼：好听。

师：那你们能不能跟老师说是什么叶子红了？

幼：枫叶。

师：枫叶是怎么变红的？是一下子就变红了还是慢慢变红的？

幼：慢慢。

师：对，那我们一起来读。

（尝试让几个小朋友读此句，有一个小女孩将"枫叶"读得很慢。）

师：我们读"枫叶红了"时，是"枫叶"还是"红了"应该读慢一点？

师：因为枫叶是慢慢变红的，所以应该是"红了"读得慢一点。

师：小树叶说我要离开妈妈去旅游了。小朋友，想一想小树叶说话的声音是快的还是慢的？

幼：慢的。

师：小树叶说话和小朋友一样（教师模仿小朋友快速说话的样子），那么是很快的，还是很慢的？

幼：很快的。

师：对，小树叶说话的声音像小朋友说话一样，尖尖的，快快的。

（指导幼儿用尖尖、细细的声音读“吵着要离开妈妈”。）

师：小树叶吵着要离开妈妈时，风爷爷说什么？

幼：让它去吧。

师：爷爷说话的时候是快的还是慢的？

幼：慢的。

师：对，风爷爷说话的时候应该是很深沉地、慢慢地说。

（指导幼儿尝试用沉慢的语气朗诵“让它去吧，世界大着呢！”）

师：我们一起来学老爷爷说话好不好？

幼：好。

师：小树叶和风爷爷说话的声音很不相同，小树叶说话的声音是尖尖的、很快的，而风爷爷说话的声音是沉沉的、慢慢的。

今天老师请来了小树叶、风爷爷和大家玩游戏，现在小树叶飘落在哪个小朋友的身上，哪个小朋友就用小树叶的声音说“吵着要离开妈妈”，风爷爷吹到哪个小朋友的头上，哪个小朋友就用老爷爷的声音说：“让它去吧，世界大呢！”

（小朋友在优美的背景音乐中玩游戏，老师有意识地让不同的孩子开口朗读，并且对表现良好的小孩不吝赞扬。）

师：老师和大家一起表演好不好？

幼：好。

师：小树叶用尖尖细细的声音说“吵着要离开妈妈”，风爷爷说：“让它去吧，世界大着呢！”之后，小树叶怎么样呀？

幼：小树叶落在地上。

师：示范朗读“于是，叶子落了”。

师（对一生说）：“我来讲，你来做。”

（幼儿做树叶飘落状）

师：真棒。

（师朗读“于是，叶子落了”，示意小孩做树叶飘落状。）

师：真好看，我也很想做小树叶。你们来说，我做小树叶好不好？

幼：“于是，叶子飘落了。”

（师做树叶飘落状）

师：诗歌里有一个词，“落了”，因为树叶是慢慢飘落的，所以应该读得慢一点。

（示范读此句）

师：树叶落到什么地方了？

（无人回答）

师：朗读“落到山冈上，变成了花地毯”，问落在哪里？变成什么？

幼 1：落到山冈上，变成花地毯。

幼 2：地毯很美。

师：对，小树叶变成了美丽的花地毯，那么，大家想一想，小树叶落到山冈上，是高兴的感觉还是一种不高兴的感觉？

幼：高兴。

师：那我们念“变成花地毯”的时候，应该是很高兴地念还是伤心地念？

（幼儿意见不统一，有人回答高兴，有人回答伤心）

师：听老师用两种方法来念，大家看应该用哪一种方法来念？

（师朗读此句，第一种：用欢快的声音朗读；第二种，用低沉的声音朗读）

师：第一种还是第二种？

幼：第一种。

幼：很高兴地念。

师：那你们用高兴的声音和老师一起来念“落在山冈上，变成了花地毯”，好吗？

（师生一起念“落在山冈上，变成了花地毯”，之后请不同的孩子念这一句）

师：小树叶落在山冈上，变成了花地毯。大家看看这一张图，小树叶还落在了哪里？

（展示另一张 PowerPoint 图片）

幼 1：书上。

幼 2：变成了书签。

师：这一句，老师是这样念的。请听。

（示范朗读“落到书本上，变成了一张小小的书签”）

师：小小的书签，是用大声读还是小声来读？

（师示范朗诵）

幼：小声。

师：你们来试一试好不好？

（幼儿一起朗诵）

师：现在我们将这首诗完整地读一遍。

（师生齐朗读）

师：好不好听？

师：这首诗有个好听的名字叫《秋叶》，现在听老师读一遍，大家听一听老师念了这首诗的名字后，停了多长时间才开始接着读？

（师示范朗读，并打拍子）

师：老师停了多久？

幼：四下。

师：真聪明。我们一起按老师刚才的方法读一遍好不好？

幼：好。

（师幼一起朗读全诗。老师纠正其中的一些细节，如“叶子落了”师幼再次朗读全诗。）

（结束，师幼在音乐声中做树叶飘落状离开教室。）

【作品五】

捉迷藏

黑夜用长长的手帕，将太阳的眼睛蒙了起来，趁它还在数着：一二三……颜色宝宝们赶快找了个自己喜欢的地方，静悄悄地躲起来。

绿色躲到草丛里，

黄色躲到菊花里，

白色躲到白云里，

蓝色躲到大海里，

红色躲到花园里，

大家都躲好啦，黑夜将手帕解开，太阳睁开眼睛，哇！一下子全都找到啦。

【活动设计】

《捉迷藏》（语言·大班）

（一）活动目标

1. 通过游戏、欣赏、讲述等形式，帮助幼儿理解散文内容，感受散文的有趣意境。

2. 积极参与游戏。

3. 引导幼儿仿编诗歌，培养幼儿的想象力和语言表达能力。

（二）活动准备

1. 背景图一幅，背景音乐带。

2. “颜色宝宝”和相对应的物体、太阳、黑夜的胸饰若干；角色扮演所需的场景图片。

（三）活动过程

1. 引入：

（1）教师：你们玩过捉迷藏的游戏吗？是怎么玩的呢？

（2）老师带来了一首有趣的散文诗，名字叫《捉迷藏》。请你们听听，散文诗里的“捉迷藏”，又是怎样的？

2. 整体欣赏散文诗。

（1）初步欣赏阶段。

教师伴随着背景音乐，有感情地朗诵，幼儿认真倾听。

边提问边讲述。教师：你听到了什么？（让幼儿自由讲述）

（2）第二遍欣赏散文诗。

教师：老师再把这首散文诗读给小朋友听，你们再仔细听听，散文诗还写了什么？

提问：

① 散文诗里有谁？谁和谁在捉迷藏？

② 黑夜用长长的手帕把太阳的眼睛蒙了起来应该是什么时候？（晚上）

③ 黑夜解开手帕，太阳睁开眼睛又是什么时候？（白天）

④ 颜色宝宝躲到哪里去了？（将“绿色躲在草丛里……红色躲在花园里”连起来朗诵）

（3）第三遍欣赏散文诗。

教师：这首散文诗真好听，各种各样的“颜色宝宝”组成了一幅美丽的图画。（教师出示背景图）请幼儿边看图画，边听老师朗诵。（幼儿跟着老师朗诵）

学习诗歌中的词：蒙、静悄悄、躲到、解开。（老师说，小朋友做动作表示，并结合散文诗中的句子来理解）

太阳为什么一下子就把它们都找到了呢？（晚上我们看不到美丽的颜色，就好像它们都找到了自己喜欢的地方躲起来了，白天到了，太阳睁开眼睛，我们一下子就能看到所有漂亮的颜色宝宝躲在自己喜欢的地方，构成了一幅美丽的风景图）

（4）幼儿角色的扮演：

幼儿带上颜色宝宝的胸饰，教师扮演“黑夜”，教师边念散文诗，幼儿边根据散文诗的内容，“躲到”相应的场景图片后面。（当教师读到“绿色躲到草丛里”时，带着“绿色宝宝”胸饰的小朋友则躲到“草丛”后面。）

3. 仿编诗歌。

（1）提问：为什么绿色要躲到草丛里……红色要躲到花园里去呢？（引导幼儿说出色彩与物体的相对应）

（2）幼儿创编：

想想颜色宝宝除了躲到诗歌中的地方，还可以躲哪里去？

讨论：除了诗歌中的颜色外，还有什么颜色可以运用呢？（注意运用句式“××躲在××里”）

教师小结：用幼儿创编的语句，重新把散文诗朗诵一遍。

第十章　幼儿最钟爱的文学范本——绘本

第一节　绘本概述

一、图画故事和图画故事书

图画书这个名称是译自西方的“ReturnBooks”。日本称图画书为“绘本”。图画书是图文合奏，是通过图画与文字这两种媒介在两个不同层面上交织、互动，来呈现内容的一门艺术。培利·诺德曼在《阅读儿童文学的乐趣》中说：“一本图画书至少包含三种故事：文字讲的故事、图画暗示的故事，以及两者结合后产生的故事。”日本学者松居直也说：“图画书 = 图 + 文。”

图画书通常分为叙事类图画书和非叙事类图画书，非叙事类图画书包括字母书、概念书、算术书、儿歌或诗集图画书、知识性图画书等。美国童书理论家根据图画书的功能，将图画书分为以讲故事为主要目的的图画故事书；以传达知识为主的资讯书；以介绍字母为主的字母书；以算术为主的数数书以及以传达抽象观念为主的概念书。而其实现在出版的较为集中的是图画故事书，这种图画书是图画语言和文字语言相结合的艺术，图是图画故事的生命，所以图画故事可以有图无字，切不可有字无图。图画故事的本质在于叙事。图画故事书是图画书中为数最多且最受欢迎的种类。

二、图画故事书的特征

图画故事书具有以下特征：

第一，具有丰富的童趣。图画故事书的阅读对象是幼儿，它必须考虑儿童的需要，顺从儿童的身心发展，以显示趣味的、动态的、鲜明的造型特质和具体的主题。鲁迅说，儿童读物要“不但有趣，并且有益”，这两点成为评价包括图画书在内的儿童文学的标准。“有益”这一标准或许体现着家长与教育者的殷切希望，是生命成长路途上的反刍与丰富。对孩子而言，并不会主动探寻一个作品的意义与价值。儿童最感兴趣的是富有情趣的故事，新鲜易感的形式。因此，图画书对孩子而言，不是拿来当作教材，而是用来感受快乐的。一本图画书越有趣越能深刻地留在幼小生命的记忆中。图画书严肃主题的呈现，也往往需要巧妙地包裹在有趣的形式之下。

第二，具有直观的图画。图画故事书不是图画与文字的简单组合，也不是在文字叙述里加入插图，而是以图画为主，辅以简单的文字解说，完成对故事的叙述。

图画故事书中的图画具有可读性，因为图画本身就是一种语言，具有交流的作用。图画是一种工具，承载了一定的信息；也是文本的一种表现形式，是作者与幼儿开展对话的媒介。图画故事书中的文字语言简单明了，它依赖于图画故事书所提供的支持环境，离开这个环境就不能独立存在。

第三，具有极强的叙事性。图画语言的可读性与文字语言的依赖性共同决定了其叙事的本质。

第四，具有整体性。美国画家芭芭拉·库尼（Barbara Cooney）曾经说过：“图画书像是一串珍珠项链，图画是珍珠，文字是串起珍珠的细线，细线没有珍珠不能美丽，项链没有细线也不存在。”图画故事书中的每一部分都不是孤立存在的，它们是一个有机的整体。

第五，具有独特的艺术性。由于媒介的多层次性，图画书的艺术性也显得更为多元。绘画艺术、语言艺术及多媒体艺术的融合是可以考虑的三个纬度。儿童早期的视觉经验将影响其一生的美感发展。角色造型、构想、色彩运用、情境内容若善加利用，也是很好的美术教育材料。图文结合，与幼儿的心理特点相契合。

图画故事书的上述特征与幼儿的心理特点相符，这使得幼儿阅读图画故事书成为可能。幼儿图画故事书阅读是一个复杂的心理过程。在这个过程中，幼儿通过观察、想象、探究、理解、情感表达等，不断改组知识和经验，不断生成新的意义。可见，阅读图画故事书是一个不断建构的过程。幼儿和创作者通过图画故事书进行交流，使图画故事书阅读成为一种理解与对话的过程。

第二节　绘本阅读的指导技巧

一、图画故事书阅读的几个环节

图画故事的阅读和欣赏是让幼儿在过程中获得创造的快感，激发起阅读的兴趣，从而培养其独立阅读的能力。但对于低龄儿童来说，独立完成图画故事的阅读还是有一定的困难，因此，幼儿对图画故事的阅读和欣赏，是在与成人的阅读讲述互动中完成的。实际上，图画故事的阅读和欣赏，是成人指导幼儿阅读的一个过程，在这个过程中，指导者要注意下述几个环节：

第一，指导幼儿仔细看图。通过对画面的观察，了解故事的主要人物，领会人物的动作表情、周围环境，以及诸多因素构成的情境。

第二，帮助幼儿理解情节。要善于从儿童的视角发现有趣的细节，幼儿在观察图画故事书的过程中对人物造型的观察非常敏锐，有时会对图画中的细节进行探索，有时会对陌生的词汇刨根问底，有时对故事的发展好奇不已，有时对故事背后的原因产生疑问，而这个过程就是不断探究的过程，幼儿极强的好奇心，促使他们会想尽办法解决这些问题，由于年龄和情感体验的局限，有些问题是不能解决的，这个时候指导者就要因势利导，帮助幼儿加以理解。

第三，引导幼儿展开想象。图画故事书阅读需要幼儿运用想象再现故事场景，了解人物的心理活动，获得审美体验。幼儿的思维处在“自我中心”水平，他们缺乏自我意识和对象意识，把主观情感和客观认识混合在一起，把世界人格化。图画故事书正是契合了幼儿的这一思维特点，让幼儿产生了浓厚的兴趣。幼儿很容易进入想象的故事世界，由图画故事书联想到生活经验或者其他故事书，在生活中也很容易联想到图画故事，并在生活中想象自己是故事中的人物。图画故事书既能满足幼儿天马行空的想象特点和心理需要，又可以进一步激发幼儿的想象，促进其记忆和思维能力的发展。

图画故事书独特的叙述方式为幼儿的想象提供了素材和平台。指导者要善于启发幼儿想象，以充实的故事情节，构筑完整的故事。

第四，鼓励幼儿表述故事。在幼儿看图、析图、感知图画故事全貌的基础上，指导者要引导幼儿对故事的画面、内容进行表述和评价。

二、图画故事的欣赏指导

图画故事可分为单幅图画故事和多幅图画故事，现就这两种类型的故事欣赏指导分别说明。

（一）单幅图画故事的欣赏指导

单幅图画故事图片简单，因此可以先紧扣图画主旨提问，以引起幼儿的兴趣，再出示图片，对图片进行观察探究。也可以先出示图片，在幼儿观察的基础上提问。出示图片可采用三种方法：直接出示整幅图；先出示背景，后出示图片人物角色；先出示人物角色，后出示图片背景。

（二）多幅图画故事的欣赏指导

多幅图画故事，是由多幅连续的图画组成的，讲述同一个故事或同一个主题，图画的多少不等，少则几幅，多则二三十幅。它可以是单纯的图画，也可以是图和文共同传达故事。出示图片可采用两种方法：情节比较平淡的，可逐一展示，也可一起展示；情节紧凑、上下文联系密切的，可以一幅一幅出示，以吸引幼儿的注意力。

（三）指导小结

如果是图画故事的教学，可以在教学时利用 PPT 制作有声的图画故事，这会给幼儿带来特别的感受，也能让幼儿接触到不同于成人的阅读方式方法，而不会只局限于老师的讲述。

在阅读过程中，对幼儿想象的评价要以鼓励为主，不要打击幼儿的积极性和磨灭幼儿的想象力。

年龄较小的孩子可以多采用结构相似、有重复语句的图画故事。

第三节　绘本教学的指导技巧

幼儿阅读活动是以书面语言为对象的，但幼儿尚未具备阅读文字材料的条件，因此，阅读大多是通过图画故事进行的。图画故事画面之间前后有联系，便于幼儿运用已有的知识和经验来理解图画故事的意义。因此，为了促进幼儿语言的发展，使幼儿多说，在组织幼儿进行阅读活动时，我们应着重引导幼儿运用已有的知识经验来说图画故事。一是让幼儿边看边说图书故事内容；二是引导幼儿分享读书体会，让幼儿尽情说说自己的想法；三是引导幼儿模仿故事中的人物对话；四是开展讲故事比赛活动；五是鼓励幼儿说说自己在图书中认识的字。通过以上的引导，能更好地培养幼儿说的兴趣、用语言表达的良好习惯，并习得语言。

此外，幼儿阅读图画故事的特点决定了对幼儿进行图画故事阅读时，必须遵循其阅读的规律。第一，要指导观图，引导幼儿通过对画面的观察，了解画面角色，领会角色的动作、表情所带动的情节，以及感知所处的环境，从而对作品故事的轮廓有大概的了解。第二，要指导幼儿拓展想象的空间，引导幼儿进行艺术的再创造。在具体的操作中，采用设问、提示、编发等多种方法，以牵引幼儿用个人的想象去弥补跳跃的画面所造成的叙事“空白”，从而在想象中充实故事的细节，在脑海中构筑生动、完整的故事。

【作品一】《大象救兔子》

【活动目标】

1. 能仔细观察图片中角色的表情、动作，并根据图片提供的线索，展开合理的想象，编出不同的情节。

2. 能用恰当的词句，描述出角色的心理活动与语言。

3. 能用完整、连贯的语言表达自己的想法，并愿意与同伴分享。

【活动准备】

1. 教师用大图片三幅。

2. 两个幼儿一起讲述图片。

3. 提前录好“啊！”“哈哈，太棒了！”“哎吆！”的声音。

【活动过程】

1. 谈话引入，逐一出示图片，请幼儿观察、讲述。

出示第一幅图片，请幼儿观察。

（1）“这是在什么地方？”鼓励幼儿用不同的词汇形容看到的背景图。发生了一件什么事？

（2）大老虎是怎样的？从哪里看出来的？它见到小兔子会怎么说？

（3）小兔子是怎样做的？心情是怎样的？从哪里看出来的？会怎么说？

2. 出示第三幅图片，请幼儿观察。

（1）最后怎样了？老虎吃掉小兔子了吗？

（2）谁帮助了它？怎样帮助的？

（3）大象的表情是怎样的？会怎么说？老虎的表情是怎样的？又会怎么说？小兔子呢，它的表情是怎样的？它会怎么说？大象是怎样知道老虎要吃小兔子的？小兔子是怎样到河对岸的？

（4）引导幼儿想象并说出兔子请大象帮忙时会怎么说？

（5）鼓励幼儿充分发挥自己的想象力，想出各种可能。

3. 出示第二幅图片，请幼儿观察。

（1）大象像什么？老虎是怎样想的？心情是怎样的？从哪里看出来的？会怎么说？

（2）小兔子是怎样过大象桥的？小兔子会怎么说？

4. 以对话框的形式，帮助幼儿进一步了解图片中各角色的心理变化。

（1）出示对话框，知道对话框放在谁那里，就是谁在讲话。

（2）请幼儿分别听“啊”“哈哈，太棒了！”“哎呦！”的声音，请幼儿说一说是第几幅的、谁讲的？为什么？是怎么说的？

5. 请幼儿根据自己对图片的理解，完整地讲述故事。

（1）教师提出讲述要求：在什么地方？发生了一件什么样的事？是怎么说的？是谁、怎样救的它们？最后怎样了？给故事起名字。

（2）请幼儿两人一组用小图片互相讲故事。

（3）请一至两名幼儿讲故事。

（4）老师完整地讲故事。

第十一章　幼儿世界的筑梦之旅
——幼儿戏剧文学

第一节　幼儿戏剧文学概述

一、幼儿戏剧概说

戏剧是介于文学和艺术之间的一种类型，戏剧的文本属于文学，即剧本；戏剧演出则属于艺术，即表演。戏剧是一门综合性的艺术，包含了文学、音乐、舞蹈、绘画造型等多种艺术形式。

幼儿戏剧，从狭义的角度，是指适合幼儿接受内容和欣赏趣味的综合性舞台艺术形式。狭义的幼儿戏剧可以由成人表演给幼儿观看，也可以是由幼儿表演给幼儿观看。其文学形式的剧本不被幼儿所关注，这是幼儿年龄特点所决定的。

广义的幼儿戏剧，是指在保持戏剧元素的前提下，幼儿和成年人在幼儿园和家庭中开展的戏剧活动。

幼儿与戏剧之间有一种天然的联系，一是源于幼儿对于大千世界感到好奇的探索欲望，希望能够参与到成人的生活中，但在现实生活中无法实现，戏剧为幼儿提供了机会；二是幼儿接受幼儿文学的特点，是“听”与“动”相互联系、相互促进的特点。“动”是“听”的深化，是对文学形象的联想与再现的过程。“游戏是构成幼儿文学‘动’的审美特性的重要部分”[1]，幼儿时期的全部工作和生活就是游戏。幼儿戏剧给幼儿提供了游戏的空间，在这个空间里，幼儿不仅体会到成人社会化的生活，而且自身对于模仿、表演、创造的需要得到满足。我们可以看到幼儿进入角色是何等的投入，所以幼儿与戏剧是天生的好朋友！

二、幼儿戏剧的特征

幼儿戏剧从狭义和广义两个角度来定义，有其现实的必要性。狭义的幼儿戏剧主要是从戏剧作为文艺形式的一种，与成人的戏剧共同具有戏剧的艺术特点角度，并且以舞台表演为最终目的来进行概念的界定。广义的幼儿戏剧则是狭义幼儿戏剧的延伸，在现实生活中，被广泛地运用在幼儿园和家庭之中，对幼儿成长起到了助力的作用。

狭义的幼儿戏剧与广义的幼儿戏剧具有以下区别：

（一）目的不同

狭义的幼儿戏剧虽然也具有游戏性，但它是将幼儿游戏“经过一番去粗取精，丰富、改造、加工、提炼的艺术品……是一种经过组织训练，具有戏剧艺术特征的高级游戏”，其主要目的是舞台表演。广义的幼儿戏剧具有更为浓重的游戏性，其主要目的是满足幼儿参与成人社会化生活的需要，以及幼儿的好奇心和探索欲望。

（二）参与度不同

狭义的幼儿戏剧主要是少许表演能力较强的幼儿可以参加。广义的幼儿戏剧是所有幼儿都可以参加。

（三）时空不同

狭义的幼儿戏剧则需要较为正规的演出场地。广义的幼儿戏剧不受场地、时间的限制。在幼儿园的教室里、操场上，在家里的客厅、卧室，在午休以后、离园之前的任何时间空间都可以开展。

（四）演绎空间不同

所谓演绎空间不同，是指在幼儿戏剧的表演过程中，幼儿对文本创造性再

[1] 陈韵湖．幼儿文学作品阅读的指导策略[J]. 基础教育研究,2017(17):81-83.

现程度不同，具体表现在情节的改编和台词的表达。狭义的幼儿戏剧，创造性的再现程度有限。广义的幼儿戏剧中，只要在保证主题不变的前提下，情节的改编、角色的变化和台词表达具有较大的随意性。比如，用戏剧方式演绎《三只蝴蝶》的故事，在幼儿园因为幼儿数量很多，所以我们可能会在一次表演中，同时出现三只黄蝴蝶、四只白蝴蝶、五只红蝴蝶，而如果是狭义的幼儿戏剧的演绎，我们可能要考虑：舞台上能否站得下这么多幼儿？舞台构图是否美观？以及角色人数太多是否会妨碍舞台上的台词表达？所以，广义的幼儿戏剧比狭义的幼儿戏剧的演绎空间大得多。无论狭义还是广义的幼儿戏剧，它们又具有共同特点。首先，都具有游戏性，无论是幼儿观赏还是亲自参与，他们都享受到游戏的快乐，得到了艺术创造的精神满足。其次，都有单纯且富于趣味的戏剧冲突。由于幼儿戏剧取材于幼儿文学作品，往往在幼儿的生活经验的范畴内且符合幼儿审美期待。最后，语言形象化、动作化。戏剧主要通过台词来塑造形象、推动剧情发展和表达主题。幼儿戏剧语言要求形象化、动作化以便与幼儿年龄特征相符合，并且常常以大幅度的、夸张的动作表现人物的思想感情和性格，使幼儿一听就懂，并留下深刻印象。

第二节 幼儿戏剧文学阅读的指导技巧

尖锐的戏剧冲突是戏剧的基本特征，没有冲突就没有戏剧。幼儿戏剧冲突往往不像成人戏剧那样尖锐复杂，但单纯的戏剧情节中却充满奇妙的幻想和盎然的情趣。欣赏幼儿戏剧时应该从这一特点入手。其次是欣赏幼儿戏剧个性化的台词。戏剧的台词不同于其他文体中的人物对话，它肩负着展开冲突、塑造形象、表现主题的重任。除此之外，分组排练是学习幼儿戏剧最好的方法，这样可以在实践中体会台词性格化的特点，理解角色关系的表现，感受戏剧的结构。

幼儿戏剧是把幼儿生活中自然发生的模仿游戏引向更积极健康、更具有艺术品位的方向，使之深入地发展。在开展幼儿戏剧活动时，先要给幼儿绘声绘色地讲述故事情节（剧情），使他们喜爱剧中的人物，激起表演的欲望。然后由成人（教师、父母等）扮演主角，幼儿扮演配角，进行必要的语言、动作和表情示范，待幼儿对剧情熟悉后，就由幼儿扮演主角。这里所谓的示范，不是让幼儿机械地模仿成人的语言、动作或表情。如果是这样，就会成为一种负担而使他们失掉乐趣。重点是让幼儿体验人物的情感，熟悉人物的对话。只要幼儿能在想象中置身于规定的情境，增加或忽略某些情节，更换台词中的某些词语都是容许的。这正是幼儿创造性的表现，应该得到鼓励。

【作品选读】

“妙乎”回春

方圆

人物 猫大夫（著名的动物界医生）

小猫“妙乎”（猫大夫的儿子）

小兔、小牛、小鹤

时间 **早晨**

场景“动物医疗站”。一间芭蕉叶盖的屋子，墙上挂着写有“妙手回春”的横幅，猫医生的椅子像只倒放的灯笼辣椒，病员坐的是扁豆荚形的长凳。床、桌等各有特色。

［暮启时，只见小屋外戴眼镜的猫大夫在打太极拳。远处公鸡叫，一会儿，他侧耳听听屋里，见没动静，摇摇头，向树林跑去。不一会儿，躺着的小猫“妙乎”翻过身蒙头大睡。猫大夫回来，敲窗］

猫 妙乎，该起来了！唉！还想当名医呢！

妙（又翻了个身）呜……呜……

猫（进门）妙乎，妙乎！怎么不响啊？

（掀开被，拎妙乎耳朵）

妙 妙——呜！妙——呜！爸爸，您不知道我在背书吗？

猫 背书？我看你连书都不翻，还背什么书？

妙 您在家，我跟您学！您不在家，我才念书！

猫 好了，我没空和你斗嘴。我要去出诊了，有谁来了你就记下来。有急事，你打电话来，号码369。（拿起电话拨号，听筒和话筒是苹果形，柄是香蕉形）

喂，喂！恩，没人接电话，一定病得很重，我得赶快去了。

妙（起床坐到桌边）爸爸，您去好了。有谁来看病，我给看。

猫 你还没学会，好好看书，将来我教你。（匆匆忙忙走了）

妙（边吃东西边翻书）ABC，CBA，看书真想打瞌睡，当个医生谁不会？胡说八道信口吹！哎哟，好累呀！（伏在书上睡着）

[小兔挎着草莓篮上]

兔 猫大夫！猫大夫！

妙（抬起头）妙哇妙哇！（开门）喂，你是谁？

兔 我是小兔。猫大夫在吗？我请他看病。

妙 不在家。

兔 您是他的儿子吗？

妙 我不回答你。不过我告诉你，我是大名鼎鼎的妙乎医生。

兔 真的吗？我怎么没听说过？

妙 我才当医生，你当然不知道。不过，有句话你该知道。

兔 什么？

妙 人家赞扬我医术高明，是"妙乎回春"！

兔 好像只有妙手回春……

妙 不对，你记错了。我这儿有书为证。

（翻书）翻不着，反正是你错了。

兔 我不跟您争了。妙乎医生，今天猫大夫不在家，请您给我看看好吗？

妙 行！小事一桩，坐下吧。（给小兔按脉，看面色）哎哟不好！你生大病啦！

兔（吓一跳）什么什么？

妙 你生的是一种出血病。出血病，危险透了！

兔（吓坏了）啊！

妙（拿起镜子）你看！你的眼睛都变红啦！

兔（松了一口气）我们从小就是红眼睛，我爸爸妈妈，爷爷奶奶，哥哥姐姐，弟弟妹妹生来就是红眼睛，不是出血。

妙 生来就这样？那就是遗传性的毛病，非看不可。

兔（糊涂了）那，那猫大夫怎么从来没讲过？

妙（一本正经）你到底听谁的？

兔 那请您给看看吧。

妙 这是红药水，一天吃三次，还用它滴眼睛，也是一天三次。（拿一大瓶红药水给小兔）

兔（不敢接）红药水能吃能滴眼睛吗？

妙 你不照照你的眼睛，都红成什么样了！坐着马上吃，马上滴！

[兔怀疑地接过，坐着犹豫不决。小牛上]

妙 还磨蹭什么？谁不知道我“妙乎回春”……

牛 哞——，谁的喉咙这么大呀？

兔（如获救）小牛快来，妙乎医生让我吃红药水，还要用红药水滴眼睛。我有点害怕……

牛 从没听说红药水能吃呀！

妙 妙哇妙哇，你是谁，来这儿大发议论？

牛 哞——，我是小牛，您是医生吗？

妙 我是得过“妙乎回春”锦旗的医生妙乎！

牛 什么？“妙乎回春”？

妙 对。

[小牛反刍，胃里的草回上来，用口嚼着，没有能接话]

妙 你怎么啦？不作声光努嘴？

牛（咽下草）哞——，不是，刚才我胃里的东西回上来，得嚼一嚼。

妙（拍拍小牛的背）得了，又是一个病号！

牛 怎么啦？

妙 你呀，生了大病啰！

牛 什么病？

妙 吃的东西要回上来，那是胃病；经常回上来，那就是胃癌！

牛 癌？

妙 对。这非我看不可！

牛 我们从小吃东西都要回上来嚼嚼，我爸爸妈妈、爷爷奶奶、哥哥姐姐也是这样。

妙 得了，跟小兔一样，遗传的病。你可得开刀才行！要不半路上倒下去，我可不会救啰！

牛（害怕地）那我怎么办呢？

妙　躺到那床上去！我来磨刀，给你做手术。

[妙乎拿起一把大菜刀，在门槛上磨起来。小鹅上]

牛（慢吞吞躺上去）真害怕呀！怎么拿菜刀给我动手术……

兔（坐立不安地）真害怕呀！红药水吃下去肚子不疼吗？

鹅（鞠个躬）吭——请问，谁在里面叫害怕呀？

妙（抬起头）是小兔小牛，我在给他们治病。哦，你也是来看病的？

鹅　我没生病！

妙　不。很明显。你生大病啦。

鹅（镇静的）什么大病？

妙　脑瘤。脑子里的瘤长到外面来了。非开刀不可！

鹅（笑）咬咬咬，我们生来就这样。

妙　你和他俩一样，得了遗传病。

鹅（继续笑）吭吭吭，你这样的医生我也会当。

妙　乱讲！我可是得了“妙乎回春”的锦旗的！

鹅　吭吭吭，只有妙手回春，没有“妙乎回春”！

妙　你们三个都一样地读白字！

鹅（端详着他，灵机一动）好吧，就算你对。（看看发抖的小兔和小牛）不过，我也学过一点医，我看你也生了大病。

妙（有点儿紧张）别骗人！我生了什么病？

鹅　吭——你生了未老先衰病。

妙（不明白）怎么讲？

鹅　你小小年纪就衰老得不行了。不医好马上得完蛋。

妙（更紧张，凑近他）你，你有什么根据？

鹅　自然有。（拿起镜子给他）你自己瞧瞧，瞧你的胡须有多长？

妙（照着）胡须？这胡须一生下来就……

牛（疑问的）哞——，那也是遗传病！

妙　啊！我？

鹅　是吧？你爸爸妈妈、爷爷奶奶、哥哥姐姐、弟弟妹妹，生下来都有胡须……

妙（害怕起来）难道我也是遗传病？那我当不了名医了！妙呜呜呜……（哭起来）

鹅 （推推小兔小牛）有一个办法可以治好。（这时猫大夫回来了，在门外拄着手杖听）

妙 只要能救我，用什么办法都行。

鹅 我先问你：小兔和小牛到底得了什么病？

妙 天知道他们什么病。

兔 你不是说我生了出血病，眼睛都变红了吗？

牛 哞——，不是说我得了胃癌，走不到家半路就会倒下去吗？

妙 我是随便说说。

牛 哞——，随便说说？我差点没让你用菜刀宰了！

兔 嚷，我差点没把红药水吃掉！

鹅（笑）吭吭吭，他俩没病，你倒是真有病啊！

妙（紧张起来）怎么办？

鹅 小兔小牛帮个忙。（拿出一根细绳，在墙上一个铁环中穿过，一头交给兔、牛，另一头拿着）来，“妙乎回春”大夫，把胡须结在这一头，拉它七七四十九次，胡须掉下来就好啦！

妙 不疼吗？

鹅 有一点，可是要病好哪。（用绳子扎住他的胡须）

兔、牛 （开心地用力拉）嗨哟，哞！

妙 （怪叫）喔唷！妙乎！妙乎！妙乎！

鹅（一本正经）一下、两下、三下、四下……

妙 哎哟、哎哟、哎哟哟！（全身跟着绳一上一下）

兔、牛 哈哈，哈哈！

妙（忍不住）几下啦？

鹅 十三，十四，十五……妙乎大夫，还有二十几下就行啦！

妙 什么大夫不大夫，我连书都没有好好看过一本。（把绳子从胡须上取下，抓起电话拨号369）喂喂！

[猫大夫出现在门口]

小动物们 猫大夫好！

妙　爸爸，您可回来了……

猫　我早就在窗外边，瞧你吹得晕头转向的！（搂住小鹅肩）孩子，你今天帮助了妙乎，我谢谢你，也谢谢小兔、小牛！（小动物们摇头表示不必）

妙　爸爸，（摸摸胡须羞愧地说）今后一定老老实实学习，不吹牛了！

鹅　到时候啊，我送你一面锦旗，就写上“妙乎回春”四个大字！

[众笑。幕落]

【导读】《“妙乎”回春》是低幼儿童十分喜爱的童话剧。剧中塑造了一个爱吹牛的小猫“妙乎”形象，寓思想教育于有趣的人物和故事之中。小猫“妙乎”自作聪明，信口开河地说小兔、小牛、小鹅这个病了，那个病了，编造的那些病症与幼儿已知的动物生理特征形成矛盾，进行合理的想象和精心的构思，使全剧充满喜剧色彩，故事波澜起伏，妙趣横生。其台词极富个性化，特别是以“妙乎”这日常生活中唤猫和猫叫的声音，且“乎”与“手”又字形相近，因此小猫把“妙手回春”当作“妙乎回春”，既显得合理，又突出“妙乎”不懂装懂和骄傲自大的毛病。

小鹅以子之矛攻子之盾，说“妙乎”得了“未老先衰病”，要拔掉胡须才能治好，这是用游戏方式来解决戏剧的冲突，符合幼儿的审美情趣。

作者善于从幼儿日常性格行为和内在心理特点出发设计构思，把人物置于戏剧冲突的中心，围绕人物个性特点展开剧情，符合幼儿的审美心理，达到了寓教于乐的育人效果。

第三节　幼儿戏剧文学教学的指导技巧

虽然“戏剧教育”这一概念在我国幼教界较少被使用，但我们熟悉的“角色游戏”“表演游戏”“情景游戏”“故事表演”“童话剧演出”其实都属于“戏剧教育”的范畴，且体现了“戏剧教育”的两种不同取向：一是把戏剧作为艺术；二是把戏剧作为教与学的手段或媒介。我们在近十年的探索中，力图将儿童、戏剧和教育三者作为和谐对话的生态关系来考察，以融合的取向来阐释与实践幼儿戏剧教育，把戏剧既作为艺术也作为教与学的手段，并将“幼儿戏剧教育”界定为：在激发儿童创作戏剧的过程中，教师培养儿童乐于并善于用戏剧语言（符号）表达自我、思考和认识周围世界，由师幼共同建构的指向人文精神的一种审美教育。这一界定充分考虑到我国戏剧教育重“戏剧表演”的已有经验与思维习惯，也借鉴了西方幼儿戏剧教育重“戏剧创作”的合理要素，并充分关注了儿童自身对于戏剧语言与生俱来的喜好与发展的需求。

在研究中，人们将幼儿戏剧教育的内容体系分为“戏剧表达、戏剧创作和戏剧表演”三个组成部分。“戏剧表达”是指儿童在假想的情境中，通过扮演角色来表达自己的内心感受和想法。戏剧表达从感知、模仿、造型、控制、想象和情感六个方面展开。“戏剧创作”是指儿童作为主体，在教师的引导下不断产生新的想法，在虚构的情景中将自己的想法转化为行动，以寻找解决问题的各种方案。戏剧创作与戏剧表达相比，增加了情节和场景两个要素。“戏剧表演”是指具有想演给别人看的欲望的儿童，在教师的引导下，创造可多次传递、不断丰富的舞台性戏剧作品，从而形成一种真正意义上的戏剧艺术活动。人们所说的儿童“戏剧表演”包括音乐剧表演、哑剧表演、偶戏表演和话剧表演。对于幼儿园不同年龄班来说，小班以戏剧表达为主，初步开始戏剧创作；中班以戏剧表达与戏剧创作为主，初步进行戏剧表演；大班在进一步完善戏剧表达与戏剧创作的基础上，丰富戏剧表演。

那么，在幼儿戏剧教育中，“戏剧表达、戏剧创作和戏剧表演”三个方面的内容应以何种形式组织与实施呢？基于幼儿园课程的组织形式，人们通过研究提出了幼儿戏剧教育的三种组织形式，即主题式、渗透式和区域式。

一、主题式戏剧教育活动

主题式戏剧教育活动是指围绕某一主题，随着幼儿戏剧经验整合与提升的进程，由师幼共同建构一系列戏剧活动，从戏剧表达开始，到戏剧创作，最终形成完整的戏剧表演的一种幼儿戏剧教育组织形式。

主题式戏剧教育活动的主题来自三个方面：一是艺术作品（文学、音乐、美术、戏剧等）；二是事件；三是想法。主题式戏剧教育活动中的系列戏剧活动因主题而联系在一起，并且使儿童的戏剧经验彼此产生联系，从而在戏剧表达、戏剧创作和戏剧表演三者之间建立起相互支持的通道。现以“小鸭的故事”这一中班戏剧主题活动为例（表 11-1）加以说明。

表 11-1　小鸭的故事（中班）戏剧主题活动内容

序号	活动名称	戏剧教育内容与戏剧要素		
		戏剧表达	戏剧创作	戏剧表演
1	小小蛋儿把门开	控制		
2	母鸭带小鸭	模仿		
3	小鸭学跳水	想象、模仿		
4	迷路的小鸭（一）	情感	角色创作	
5	迷路的小鸭（二）	想象	情节创作	
6	小鸭捉蝴蝶	控制、造型	情节创作	
7	我想帮助它	想象	情节创作	
8	谁来了	感知、模仿	情节创作	
9	小鸭找妈妈	想象	情节创作	
10	小鸭盖房子	想象	场景创作	
11	小鸭的故事	感知、控制、想象、模仿、造型、情感	角色创作、情节创作、场景创作	音乐剧表演

“小鸭的故事”这一戏剧主题活动来自音乐作品《迷路的小花鸭》，选择该主题的理由是：首先，该音乐作品不仅有情节，还有一定的戏剧冲突——小鸭迷路后怎样才能找到妈妈，适宜开展戏剧创作；其次，小鸭散步、游泳、吃虫子的动作以及不同情感的语言表达恰恰可以用来开展戏剧表达；最后，歌唱的形式可以转换为音乐剧表演，可以让幼儿进一步以“诗、乐、舞”的音乐剧样式进行表演。

整个系列戏剧主题活动的设计与实施是随着幼儿戏剧经验的整合和提升而展开的，以戏剧表达为开端，逐步增加戏剧创作的成分，最后通过音乐剧表演将在戏剧表达和戏剧创作中积累的戏剧经验统一起来。幼儿在这一过程中逐步学习相关的戏剧要素。戏剧主题活动开展的前期以戏剧表达为主，幼儿不需要进行情节的创编与表演，只要扮演小鸭，用肢体动作与声音表现小鸭出生、跟妈妈一起散步、跳水等动作。其中每个具体活动涉及不同的戏剧要素，例如

“母鸭带小鸭”活动所运用的戏剧表达要素是“模仿”。但是教师并没有让幼儿直接模仿自己的动作来扮演小鸭，而是自己扮演母鸭，让孩子们扮演小鸭，“母鸭”带领“小鸭们”或伴随着音乐，或唱着歌曲，来模仿“母鸭”走路、游泳、吃虫子的动作。在戏剧主题活动开展的中期，戏剧创作逐步渗透到戏剧表达中，伴随着越来越多的感知、情感等戏剧表达要素的添加，幼儿对角色、情节和场景的戏剧创作会更感兴趣。在“迷路的小花鸭”“小鸭捉蝴蝶”“小鸭找妈妈”“谁来了”“小鸭盖房子”等活动中，幼儿开始创作母鸭、小鸭、各种小动物等角色的外形和动作特点，接着创作小鸭迷路前、迷路时以及迷路后的情节发展，最后进一步创作戏剧发生的场景（小鸭的家、池塘、小树林等）。在戏剧主题活动的结束阶段，幼儿表演“迷路的小花鸭”音乐剧，他们在不经过排练的情况下，自觉地将先前的戏剧经验统一起来，愉快地在集体面前展示自己的戏剧作品。虽然前面几个小组的表演还不是那么熟练，但是通过不断反思与改进，后面几个小组的表演就越来越生动、有趣了。随后在表演区里，教师投放相应的材料，继续满足孩子们表演的需要。幼儿通过这一系列戏剧活动逐步建构起来的戏剧经验，有助于幼儿最终进行戏剧创作与表演。

这里需要说明的是，一个戏剧主题活动不太可能涉及所有戏剧要素的学习，我们更为重视的是幼儿戏剧经验与戏剧要素的有机融合。主题式戏剧教育活动在幼儿园课程中的安排要做到少而精，每个学期各个年龄班可以安排 1—2 个戏剧主题活动，一般小班的一个戏剧主题活动可以有 4—5 个系列戏剧活动，中班可以有 7—10 个系列戏剧活动，大班可以有 10—15 个系列戏剧活动，且应该集中在 1—2 周内完成。

附：小鸭的故事

谁给高高的山顶披上了红纱巾？噢！太阳落山了，留下一片红艳艳的彩霞。田野静悄悄，河边静悄悄，风儿凉了，树林里暗了，黑夜要来了。“呜呜呜，我要回家……”

小鸭子迷路了，哭得好伤心。“不哭，不哭，小鸭子，我送你回家。”小白兔跑过来，亲热地抱住小鸭子。小鸭子笑了，“嘎嘎嘎……”“告诉我，你的家在哪儿？”“有水的地方，我的家就在那儿。”小白兔领小鸭子来到小河边。河水潺潺流，鱼儿水中游，可这里没有小鸭子的家。

“呜呜呜，我要回家……”“不哭，不哭，小鸭子，我来帮助你。”小青蛙跳过来，眼睛睁得溜溜儿圆。“告诉我，你妈妈叫什么名字呀？”“叫妈妈。”小青蛙发愁了，到哪儿去找呢？“小鸭子，我送你回家。”

小鹅摇摇摆摆走来。“告诉我，你爸爸叫什么名字？”“叫爸爸。”小鹅没主意了，这可怎么找呢？“小鸭子，我送你回家。”

小松鼠从树上跳下来。“告诉我，你叫什么名字呀？”“叫妈妈的宝贝。”小松鼠叹口气，不知道该怎么办。

“呜呜呜，我要回家……”小鸭子又哭起来。小鸟儿飞来，给小鸭子擦眼泪。“别急，别急，小鸭子，我能找到你的家。”小鸟儿飞呀飞，飞到西，飞到东，一路上不停地打听：“谁知道？谁知道？哪位鸭妈妈丢了小宝宝？红嘴巴红脚掌、一身黄绒毛……”

老牛听了哞哞叫：“谁家丢了鸭宝宝？”

山羊听了咩咩叫：“谁家丢了鸭宝宝？”

白马听了咴咴叫：“谁家丢了鸭宝宝？”

黄狗听了汪汪叫：“谁家丢了鸭宝宝？”

花猫听了喵喵叫：“谁家丢了鸭宝宝？”

哞哞哞，咩咩咩，咴咴咴，汪汪汪，喵喵喵，一声低，一声高，东呼西唤好热闹。

鸭妈妈急急忙忙跑来了，“哎呀呀，我家丢了鸭宝宝……”

小鸭子见了妈妈嘎嘎叫，带着眼泪拍手笑，跑起来，摇啊摇，跑得急，摔一跤，滚到妈妈身边又撒挢：“妈妈，妈妈，我从很远很远的地方回来了……”“我的孩子，跑出去那么远，你找到了什么呀？”“我找到了许多好朋友。”小鸭子仰着头，跷着脚，快活地嘎嘎叫。

二、渗透式戏剧教育活动

渗透式戏剧教育活动是指为了更好地实现某一具体教学活动的目标，将戏剧作为一种教学媒介（或手段、工具）融入某一具体教学活动中，同时达成戏剧教育目标的一种幼儿戏剧教育活动组织形式。

戏剧之所以能够作为教学媒介，是因为戏剧可以让儿童以角色的身份进入想象世界，通过体验、思考、行动，达成对问题的解决，从而取得更好的教学效果。英国幼儿戏剧学者多萝西·海滋考特（Dorothy Heathcote) 作为戏剧教学

(Dramain Education) 流派的创始人，将戏剧视为教学的媒介，即在教育教学中运用戏剧来丰富儿童的觉察力，使他们能通过想象发现现实，发掘行为所隐含的深刻意义。尽管在戏剧教学中出现了角色扮演，但它的目的不是为了让儿童创作剧本或扮演角色，而是为了让儿童深入体验学习主题。

不论是在何种课程模式中，我们都可以将戏剧作为一种教学手段或者工具渗透到某个具体教学活动中。这里的渗透强调的是戏剧与其他领域学习的相互影响。可以这么说，渗透于各种类型的幼儿园课程中的戏剧教育活动具有两种类型的教育目标，一是一般教学目标，它与该活动所要探讨的问题或某一学科领域有关；另一个是戏剧的教学目标，涉及戏剧表达、戏剧创作和戏剧表演的相关戏剧要素的学习。

渗透式戏剧教育活动由于戏剧的渗透，使得它所涉及的某一具体活动表现出更多的戏剧活动特点。应当注意的是，如果仅仅在某个活动环节运用了动作模仿，例如“学一学小花猫走路的样子”，这还不是渗透式戏剧教育活动。我们在“戏剧教育运用于早期阅读的研究”中，采用了渗透式戏剧教育活动形式，使得具体的阅读活动接近于戏剧教育活动。例如，在中班“大老虎与小老鼠”早期阅读系列活动中，我们将戏剧要素与“预期阅读能力”加以整合，设计了五个系列阅读活动，如下所述。

①绘本欣赏。小老鼠和大老虎的小问题（以教师表演绘本为活动开端）。

②绘本欣赏。小老鼠生气以后（戏剧创作与阅读）。

③我喜欢谁（扮演自己喜欢的角色）。

④我是小老鼠（大老虎）（以角色身份体验角色情感）。

⑤犀牛来了以后（创作性表演与绘本创编）。

随着戏剧成分的逐步增加，这些阅读活动逐步向戏剧活动发展，第四个活动和第五个活动已基本成为渗透式戏剧教育活动。在第四个活动中，由所有幼儿扮演的“小老鼠”在一次次被教师扮演的“大老虎”欺负的过程中，和绘本中的小老鼠一样，越来越生气，最后终于发怒了。伴随着各种发怒的动作与表情，幼儿说出了绘本中没有的话语：“可恶的家伙！”“哼，你砸了我的城堡，我再也不和你做朋友了！”“你太坏了，我不和你玩了。”……幼儿在扮演过程中不仅重温了绘本内容，更重要的是体验了角色的情感变化，并进行了阅读中的二度创作。这正是渗透于阅读活动的戏剧教育活动的真谛。

渗透式戏剧教育活动是我们对已有的渗透于各种领域、具有戏剧教育要素的教育活动的重新界定与提升。由此看来，即使我国绝大多数幼儿园尚没有开展专门的戏剧教育活动，或者对于戏剧教育有强烈的陌生感而难以接受，也可以尝试从渗透式戏剧教育活动做起，逐步让戏剧为幼儿园课程和幼儿的学习生活增添活力。

三、区域式戏剧教育活动

区域式戏剧教育活动是指采用区域活动的组织与实施方式，在特定的、有表演材料的空间（或表演区）内，由少数幼儿在教师直接或间接指导下，在扮演中自主地进行戏剧创作，体验戏剧扮演或戏剧表演的愉悦与成就感的一种幼儿戏剧教育活动组织形式。与主题式戏剧教育活动、渗透式戏剧教育活动相比，在区域式戏剧教育活动中，教师与幼儿、幼儿与幼儿之间互动的机会增多；教师更能充分与每个幼儿互动，彼此交流想法的机会增多；操作材料（道具和场景）由幼儿自主选择或制作，幼儿在与材料的互动中可以更加生动地扮演角色。

在区域式戏剧教育活动中，幼儿小组的形成是分层次的。起初由教师按照幼儿的能力分组，具有不同能力的幼儿在教师的帮助下逐步形成相互学习的团队，人人都有参与活动的机会。一般而言，小班和中班大多采用这一小组建立方式。随着幼儿戏剧创作兴趣的提高以及幼儿戏剧表演能力的增强，幼儿小组完全由幼儿自主建立：选择是否参加、分配角色、协商装扮、讨论情节、合作扮演等，教师则彻底成为协助者。一般大班幼儿会在某一系列区域活动的后期采用这一形式，他们很可能打破原来教师所建立的小组。此外，区域活动一般都以教师间接指导为主，教师在各个区域进行巡回指导。但是对于区域式戏剧教育活动来说，教师的指导必不可少，否则幼儿往往会停留在角色分配或头饰、道具的装扮上，较难将戏剧活动进行下去。教师往往需要从直接指导逐步向间接指导过渡，依次以导演、角色、观众的身份与幼儿互动。例如，在小班戏剧主题活动“小蝌蚪找妈妈”的后期，教师安排了区域式戏剧教育活动——手偶表演《小蝌蚪找妈妈》。一开始教师作为导演，不断提醒幼儿关注戏剧工作的每个环节，帮助他们解决问题，提供一些建议和示范，最后与幼儿讨论表演的优缺点。幼儿在教师指导下表演得比较完整，但是出现了依赖教师的问题。随后，教师扮演各种动物妈妈，与“小蝌蚪们”对话交流，启发幼儿思考在扮演小蝌蚪时心里该想什么，该说什么，该怎么说，是大声地说还是小声地说，很快地说还是很慢地说，伤心的时候该怎么说，找到妈妈开心时该怎么说。孩子们被教师的表演感染了，更加投入到小蝌蚪找妈妈的情境中。最后，当幼儿已能较为生动、自然、完整地进行表演时，教师和其他幼儿一起作为观众，欣赏孩子们精彩的表演，给予掌声和评论，让幼儿更有成就感。

区域式戏剧教育活动可以作为主题式戏剧教育活动或渗透式戏剧教育活动的延伸，完成它们所不能承担的任务。区域式戏剧教育活动作为一种延伸活动，其内容与主题要渗透的领域是连续的，幼儿有更广阔的自主创造的空间。

综上所述，主题式、渗透式和区域式三种戏剧教育活动作为幼儿园戏剧教育的组织形式，可以使戏剧从不同层面进入幼儿园。主题式戏剧教育活动的戏剧艺术的专门性更强，对教师的戏剧教育理论与实践相关经验的要求更高；渗透式戏剧教育活动的适用性更广，可以渗透到各种模式的幼儿园课程中，并兼有一般教学目标和戏剧教学目标的达成；区域式戏剧教育活动的互动性、个性化更明显，在教师与幼儿充分的肢体与语言的对话交流中，每一个幼儿都能够深入戏剧活动，创造属于他们自己的戏剧作品。

第一阶段

培养幼儿对戏剧表演艺术的兴趣，启发幼儿的想象力，培养其能动性、语言表达逻辑性、形体的协调性，最终让孩子能在松弛的状态下“孤独地站在舞台上”表现自己。同时树立自信、自理、互助、互爱的团队观念，使孩子的身心与技能达到同步健康成长。

第二阶段

巩固第一阶段所学内容，首先，继续以训练想象力为主，让孩子充分发挥想象力，能主动踊跃上台展示。其次在语言的表现力方面加强训练，让孩子们都能以准确的语言来表达情感。

第三阶段

让孩子有自己发挥的空间，激发儿童对事物最本质的情趣，喜、怒、哀、乐的真实情感的表达，对规定情境与发生事件的正确判断和理解，让孩子从肢体上、从行动中真实地走出来，最终达到表演的“真实性”。

第四阶段

让孩子认识角色，刻画人物或动物的基本形态，让孩子瞬间抓住其特性及代表性特征，如淘气的孩子与文静的孩子的区别，胆大与胆小性格的人物的区别等。

可以说，戏剧作为儿童发展的手段是首先被教育者所关注的。美国的幼儿戏剧学者在20世纪二三十年代提出了“创造性戏剧”，旨在通过儿童的“做戏剧（Do Drama）”，实现促进儿童发展的教育目的。美国学者艾林纳·蔡斯·约克（Eleanor Chase York）专门对创造性戏剧的儿童发展价值进行了总结，具体包括创造性、敏感性、流畅性、灵活性、想象力、情绪稳定性、社会合作能力、道德态度、身体平衡协调能力、交流能力等。就拿创造性来说，儿童在创造性戏剧活动中，要把自己完全放置到某一个想法中，自由地表达自己内心深处的思想、感受和信念，使自己的创造力得到充分的发展。后来，美国幼儿戏剧学者麦凯瑟琳（Nellie Me Caslin）进一步强调创造性戏剧是通过戏剧培养儿童的批判性思考和创造性表达，即关注儿童在戏剧中面临的各种矛盾、冲突、问题。比如在一次“冬天里的小鸟”的创造性戏剧主题活动中，教师预先设计了一个情景：一只受伤的小鸟遇到了自私的树和友好的树，由儿童设想接下来发生的故事情节，装扮成受伤小鸟的儿童面对疼痛、寒冷、饥饿，想办法寻找帮助，而面对受伤小鸟的大树也会有自己的想法。创造性戏剧正是通过儿童在戏剧扮演中尝试各种解决办法，促使儿童在“演戏”中思考人与人、人与社会、人与自然的各种关系和问题，从而丰富了儿童的各种经验。虽然，创造性戏剧表现形式是戏剧扮演，但是其教育目的不是戏剧作品的创造，而是通过戏剧培养儿童的批判性思考和创造性表达。创造性戏剧重过程轻结果，着重抓住戏剧“思考人生”的本质，也就是通过戏剧这种最能直接面对生活的艺术让儿童学会思考、学会生活。

治疗戏剧（Remedial Drama）在幼儿戏剧教育领域的出现，更加有力地证明了戏剧的心理治疗价值，尤其对有心理障碍的特殊儿童。维也纳的莫利诺博士专门将戏剧作为医疗的辅助手段，他于1911年用戏剧来做儿童的心理疏导。他让儿童玩一种“即兴戏剧”的游戏：先确定一个故事，比如格林童话的“小红帽”，让孩子们各自扮演一个角色，他们不必背台词，而是根据角色的需要，揣摩角色的心理，自发地编说对白。指导者随时做些提示或引导，并对孩子们的活动进行心理分析。莫利诺博士发现，对那些儿童演员来说，他的情感迷醉状态是在第一次扮演的时候发生的，随着表演次数的增加，这种迷醉状态会越来越微弱，攻击性强的孩子变得越来越平和了，胆小紧张的孩子变得越来越勇敢了。戏剧的心理治疗价值还有一个最大的优势，它是让儿童在假设的戏剧情境中反复体验的，从而避免了真实错误导致的各种消极影响，使情感得到释放和宣泄，可谓一举两得。戏剧作为促进儿童发展的手段，在儿童的认知、社会性、情感等各个心理发展维度都能发挥其特有的价值，具有全方位的、多层次的、立体的教育价值。

四、幼儿戏剧案例评析

现以中班教材案例《三只蝴蝶》为例进行详述。

中班教材案例《三只蝴蝶》

花园里有三只蝴蝶，一只是红的，一只是黄的，一只是白的，它们天天在花园里一块儿游玩、一块儿跳舞、游戏，非常快乐。有一天，它们正在草地上玩，突然下起大雨来。红蝴蝶飞到红花那里，向红花请求说："红花姐姐，红花姐姐，大雨把我们的翅膀淋湿了，大雨把我们淋得发冷了，让我们飞到你的叶子下避避雨吧！"红花说："红蝴蝶的颜色像我，请进来；黄蝴蝶、白蝴蝶，别进来！"三只蝴蝶齐声说："我们三个好朋友，相亲相爱不分手，要来一块儿来，要走一块儿走。"雨下得更大了。三只蝴蝶一同飞到黄花那里，齐声向黄花请求说："黄花姐姐，黄花姐姐，大雨把我们的翅膀打湿了，大雨把我们淋得发冷了，让我们飞到你的叶子下避避雨吧！"黄花说："黄蝴蝶的颜色像我，请进来；红蝴蝶、白蝴蝶，别进来！"三只蝴蝶齐声说："我们三个好朋友，相亲相爱不分手，要来一块儿来，要走一块儿走。"三只蝴蝶一起飞到白花那里，齐声向白花请求说："白花姐姐，白花姐姐，大雨把我们的翅膀淋湿了，大雨把我们淋得发冷了，让我们飞到你的叶子下避避雨吧！"白花说："白蝴蝶的颜色像我，请进来；红蝴蝶、黄蝴蝶，别进来！"三只蝴蝶一齐摇摇头说："我们三个好朋友，相亲相爱不分手，要来一块儿来，要走一块儿走。"三只蝴蝶在大雨里飞来飞去，找不着避雨的地方，真着急呀！可是它们谁也不愿意离开自己的朋友。这时候，太阳公公从云缝里看见了，连忙把天空的乌云赶走，叫雨别再下了。

天晴了。太阳把三只蝴蝶的翅膀晒干了。三只蝴蝶迎着太阳，又一块儿在花园里快乐地跳舞，游戏。

《三只蝴蝶》教案

【活动目标】

1. 鼓励幼儿记住故事的名称，尝试熟悉和理解故事的内容，并主动说说三朵花和三只蝴蝶的对话。

2. 分角色表演故事内容。

3. 引导幼儿要像蝴蝶一样团结友爱。

【活动准备】

1. 三只蝴蝶的故事挂图。

2. 红、黄、白花各一朵，红、黄、白蝴蝶各一只，太阳道具。

3. 多媒体课件。

【活动重点】

引导幼儿要像蝴蝶一样团结友爱。

【活动难点】

分角色表演故事内容。

【活动方法】

情景教学法、表演法、讲解法、启发引导法。

【活动过程】

（一）情景导入，引起兴趣

1. 小朋友知不知道现在是什么季节？引导幼儿了解春天。

2. 春天都有哪些变化？（树绿了，花红了）

3. 春天来了，花儿开了，今天花园里迎来了三个漂亮的好朋友，大家想不想知道它们是谁啊？

4. 引起幼儿的兴趣，按照红、黄、白的顺序，先后出示蝴蝶，并问："这是什么呀？是三只什么颜色的蝴蝶呢？"在幼儿回答后，老师说："这三只蝴蝶呀，还有一个好听的故事呢，小朋友想不想听呢？"

（二）观看多媒体课件，讨论故事内容并表演故事情节

1. 教师：让我们一起来看看吧！

2. 分段欣赏多媒体，组织幼儿讨论。

教师：

A. 花园里有三只蝴蝶，它们在干什么呢？（在花园游戏和跳舞）

B. 有一天，它们正在草地上玩，可是天空怎么了啊？（下雨了）

C. 它们一起飞到红花那里，向红花请求时说了什么？（红花姐姐，红花姐姐，大雨把我们的翅膀淋湿了，大雨把我们淋得发冷了，让我们到你的叶子底下避避雨吧！）

D. 红花听了三只蝴蝶的请求，说了什么？（红蝴蝶的颜色像我，请进来！黄蝴蝶、白蝴蝶，别进来！）

E. 三只蝴蝶听了红花的话，是怎么说的呢？（我们三个好朋友，相亲相爱不分手，要来一起来，要走一起走。）

3. 雨更大了，三只蝴蝶一起飞到黄花那里，对黄花请求了什么？黄花是怎么回答的？三只蝴蝶又是怎么说的？（在尝试回答问题后再看它们之间的对话。）

4. 三只蝴蝶一起飞到白花那里，向白花请求了什么？白花怎么说的？三只蝴蝶怎么回答的？（幼儿一起讲述。）

5. 如果你是红花，你该怎样做？（“如果我是红花，我会让三只蝴蝶全进来。”）（“如果我是红花，我会让黄蝴蝶和白蝴蝶先进来，最后让红蝴蝶进来。”）

6. 欣赏故事最后一段：谁帮助了它们，三只蝴蝶最后怎么样呢？

7. 组织幼儿表演，老师串联故事。

8. 分组表演展示。

（三）小结

1. 在这个故事里面你们觉得谁最好？好在什么地方？谁的做法不好？为什么？

2. 鼓励孩子们要像三只蝴蝶学习，要团结友爱。

【活动延伸】

在表演区表演故事《三只蝴蝶》。

《三只蝴蝶》活动教学反思

《纲要》指出：幼儿的语言是通过在生活中积极主动地运用而发展起来的，

单靠教师的“教”是难以掌握的，教师应充分利用各种机会，引导幼儿积极运用语言交往。

在《三只蝴蝶》的教学活动中，我首先让幼儿仔细观察了画面，通过边看画边了解故事内容，幼儿能把看到的画面内容大胆地讲述出来，兴趣较浓厚。在遇到红花姐姐后，我先说了红花姐姐及三只蝴蝶的对话内容，接着让幼儿学着复述故事中的对话，接着遇到了黄花姐姐，我采取了让幼儿来学一学黄花姐姐说话的形式，帮助幼儿学习对话。

在幼儿学习完整个故事后，我又提出了“蝴蝶说的哪句话最让你感动，为什么？”以此让幼儿来学一学动作、表情，为下一环节的角色扮演做铺垫。在紧接着的表演环节，由于时间有限，能够上来表演的幼儿只有少数，为了不打消其他幼儿的表演积极性，和幼儿共同商量后决定把这个故事放在《宝宝秀》供幼儿在区域活动时表演。

在此次活动中，幼儿乐意大胆讲述，观察画面时也很认真，很细致。但在表演环节，都是由教师来指定幼儿演什么角色，教幼儿该怎么演，而少了幼儿的自主权，使得幼儿不能按自己喜欢的角色来扮演。可让幼儿自主讨论故事中的角色以及每个角色的表现方法，相信幼儿具有挖掘角色的潜能，这也反映了老师对幼儿的充分信任。

课程构思

本次活动采用了欣赏、游戏、表演等多种教学方法，综合语言、游戏、分角色等活动来优化教学过程。确定了知识性目标（让幼儿欣赏故事）；发展性目标（让幼儿能简单地复述故事）；情感性目标（让幼儿体验故事的趣味性，分角色表演故事并培养幼儿的口语表达能力和创造性思维的能力）。

在教法和学法中，教师采用了观察法和直观演示法，让幼儿交流讨论，三只蝴蝶在什么地方？干什么？发生了一件什么事？后来怎样了？整个课程设计的次序为：听一听——想一想——看一看——说一说——做一做（表演）。通过这节活动，让幼儿知道同伴要互相帮助，相互友爱。

第十二章　幼儿最喜爱的阅读方式——亲子共读

第一节　亲子共读：陪伴孩子最美的童年

为了让孩子爱上阅读，更好地开展家庭阅读，家长们可以注意以下几条要求：

一、树立正确的幼儿文学作品阅读观

家长要从心底里认可并尊重幼儿文学作品，并且不过分强调幼儿文学作品的教育功能。有的家长总是认为幼儿的文学作品过于浅显，自己不屑于阅读。持这样心态和看法的家长无法从内心进入幼儿文学作品，对幼儿文学作品的理解也不会真正深入和正确，一方面会无形中给孩子带来一种不良的心理暗示，即这个作品并不值得去阅读，从而导致幼儿对阅读作品的兴趣逐渐递减；另一方面，也很难做到真正平等并充满感情地与幼儿交换阅读心得，从而使幼儿的阅读水平无法真正提高。事实上，优秀的幼儿文学作品是能直抵人的心灵本质的，它与年龄没有关系。所以，家长需要放下姿态，站在幼儿的角度感受幼儿作品所传递的美感。

有的家长在阅读后总是寻找幼儿文学作品的教育价值，这其实也忽略了阅读本身的意义。阅读是一种强调过程而并非重视结果的活动，关键是看孩子在阅读中是否情感上获得陶冶和提升，而不是过分追求阅读的功利目的，即阅读的具体过程中不能过分强调阅读能使孩子“获得什么知识”，而应该强调阅读过程中孩子是否获得了阅读的“快感”，而当经历了漫长的阅读过程后，家长

希望达到的功利目的其实也能最终获得——孩子会爱上阅读，进而爱上学习。

二、购买符合幼儿年龄与兴趣的书籍

很多家长感叹给孩子阅读书籍的时候，孩子不乐意倾听。出现这样的情况，有可能是家长的讲述方式不吸引人，也可能是书籍超越了幼儿阅读的接受水平，或者是忽略了孩子自身的兴趣爱好。故此，给孩子选书的时候要在深入了解孩子兴趣的基础上以及关注孩子的特殊性的基础上加以选择。一般情况下，0—3 岁的幼儿由于年龄的缘故，适合以图为主的书籍，所以可以购买故事情节较为简单且多有重复、色彩对比强烈的图画书。另外，购买的书籍也可结合不同幼儿的性格特点进行购买。一般性格内向害羞的幼儿可以多读一些风格幽默诙谐、人物表情夸张大胆的书籍，有利于孩子性格向外向的方向变化，从而达到性格的良性发展；有的幼儿好动易躁，难有安静的时刻，则可以选择温馨感人的故事，从而让孩子养成良好的倾听习惯。所以书籍的选择是关键的一步。

三、营造良好的幼儿阅读环境与氛围

孩子是家长的一面镜子。想让孩子爱上阅读，大人在家里也要以身作则，自己也要经常阅读，给孩子树立良好的榜样。一方面，家长可以为孩子营造阅读的外在环境。即在家中专门辟出一角来存放孩子的书籍，给孩子制造可以随时方便取阅书籍的外在条件，另一方面，制订家庭阅读守则和计划，家长可以每周或每天规定特定时间开展家庭阅读会，让家人围坐一起，关掉电视，一起拿出书籍阅读，这样有利于孩子养成对阅读的心理期待和良好的阅读习惯。

四、阅读结束后的互相交流

积极的反馈能够激发孩子的阅读动机和兴趣。如果只单纯让孩子阅读书籍，而不交流阅读所得，或者解答孩子在阅读中产生的疑惑，那么阅读的收效也会大打折扣，久而久之，幼儿阅读的兴趣也会下降。因此，阅读后的交流就显得必不可少。作为家长，首先要认真倾听幼儿阅读后的感受，积极并隐性地引导幼儿正确理解阅读的内容，注意这个时候父母的身份不是权威的专家，而是孩子快乐阅读的一个分享者，其身份与孩子是平等的，其交谈的氛围是宽松自由的，甚至是松散的。其次，启发孩子思考并及时给予鼓励。孩子的认识总是有限的，很多时候他们的认识存在一些偏差，甚至没有正确领悟到作者所传递的信息，这个时候就可以采用启发的方式让孩子进一步思考，从而达到正确的阅读。另外，心理学家分析，处于幼儿阶段的孩子对自我的评价能力较低，特别容易受到外在评价的影响并以外在的评价作为自我评价的准绳。故此在启发幼儿进一步思考的同时，还要对幼儿的每一个小进步及时地给予正面的鼓励和评价，使幼儿在阅读中感受进步的快乐和产生阅读的成就感，从而让阅读获得良性循环发展。

第二节　亲子共读：诗意旅程的开展途径

由于幼儿接受文学作品主要是依靠听赏来获得，即依靠成人的力量来完成阅读活动，所以幼儿阅读活动的开展大部分时候需要得到成人的配合和帮助。这一时期典型的家庭阅读方式是亲子阅读，即在家长的引领下展开幼儿的阅读活动。

一、家长朗读式

父母的声音在每个孩子心中都是最美的。孩子在妈妈的肚子里的时候就已经开始熟悉爸爸妈妈的声音了。爸爸妈妈的声音能让孩子在心灵上获得巨大的安全感和满足感，但如果家长在朗读幼儿文学作品的时候能够更加绘声绘色，用声音营造一个优美的故事环境，孩子就能更好地倾听家长的朗读。为此，家长朗读的时候可以尽量注意声音的处理，即声音的轻重缓急、粗细大小的处理。一般情况而言，忧伤的文字可以用缓慢低沉的声音来表现，欢快的词句则用高亢、急促的声音来朗诵；另外性格傻傻的、憨憨的角色，声音上可以处理得粗犷、缓慢一点，而性格聪明机灵的角色，声音上可以处理得尖细、急促一点。下面以一篇童话《给狗熊奶奶读信》为例，来说明声音的处理可以更好地促进家长朗读质量的提高，让孩子更加爱上家长的声音，尤其是朗读故事的声音。

给狗熊奶奶读信

张秋生

邮递员鸵鸟阿姨，给狗熊奶奶送来了一封信。狗熊奶奶是那样的高兴，她盼信盼了好几天，她是很想念远方的小孙子的。狗熊奶奶老眼昏花，她看不清信上说些什么。她来到河边，请河马先生帮她念一念信。当河马张开大嘴，高声地读了一句："奶奶您好！"时，狗熊奶奶就不那么高兴了："他是这样粗声粗气地称呼我吗？连'亲爱的'也不加。这个没礼貌、不懂事的小东西！"当信中说到他想吃奶奶做的甜饼时，狗熊奶奶更不高兴了："他就这样用命令的口气，叫我给他捎甜饼吗？这办不到！"狗熊奶奶气鼓鼓地从河马先生手中拿回信，步履蹒跚地回家了。走在半路上，她越来越想小孙子了。正巧，夜莺姑娘在树上唱歌。她请夜莺姑娘把信再读一遍。夜莺姑娘喝了点露水润润嗓子，当她念了第一句："奶奶，您好！"时，狗熊奶奶听了浑身舒服："小孙孙你好！虽然你没用'亲爱的'，可是我从语气中听出来了，这比加'亲爱的'还要亲爱……"当念到小孙孙想吃奶奶做的甜饼时，狗熊奶奶眼眶湿润了："这多好，我可爱的小孙子，他没忘记我，连我做的蜂蜜甜饼也没忘记，他是一个有良心的孩子。"狗熊奶奶乐呵呵地从夜莺姑娘手中接回了信，迈着轻快的步子，回家给小孙子做甜饼去了。

点评：这则童话总共出现了三个主要的角色，一个是狗熊奶奶，一个是河马，还有一个是夜莺。狗熊奶奶年纪很大，在声音的处理上总体来说，可以相对慢一点，粗一点，但注意在河马和夜莺读信后，她的表现是相反的，所以还要注意声音的变化——前者是激愤、生气的语气，声音上要在总体的缓慢、粗重外，还略显高亢、急促；而后面是高兴、轻快的语气，声音在总体的缓慢、粗重外，还略显轻柔、优美。而河马的嘴巴很大，直接就处理为粗声粗气地说话，夜莺的嗓音甜美，这就需要处理得清脆、圆润。

二、家长提问式

为了提升幼儿勤于思考，善于观察的能力，家长在和孩子开展亲子阅读的时候，可以采用提问的方式来进行。尤其是阅读图画书的时候，可以向孩子提出相关的问题，如：这幅画画的是谁啊？它在干什么？它遇到什么啊？等等。比如阅读图画书《可爱的鼠小弟》就可以采用提问式。这种方法可以针对那些巧设机关、注重细节的书籍。另外，也可以选取那些构思精巧，结局出乎意料的故事，家长讲述时在情节出现逆转的地方戛然而止，向孩子提问：你认为接下来会怎样？让孩子猜测结局，《100只狼和一只猪》就可以采用这种方式。

三、共同朗读式

当孩子已经具备一定的阅读能力的时候，我们可以采取亲子合作完成阅读的方式。一方面，可以以自然句和段来区分，如一人读一句或者一段等方式来展开。另一方面，也可按角色的分配来朗读，即家长和孩子以不同的角色来分配所读的内容。共同朗读式在声音的处理上与家长朗读式一样，注意声音的轻重缓急、粗细高低的变化。通过共同朗读可以让父母与孩子间的脉脉温情在家庭中氤氲而生，极大地鼓舞孩子的阅读兴趣，从而实现更好地阅读。这种方法比较普及，适合绝大多数的幼儿文学作品。

四、表演游戏式

阅读是多元的、立体的学习。在亲子阅读中，家长可以用游戏和活动的方式来实现阅读的目的，在玩玩演演、画画说说、唱唱跳跳中感受文学的魅力。其中，亲子共同表演故事是孩子们非常喜欢的游戏，通过表演重现书中角色与情节，发挥孩子想象力，激发阅读的兴趣，延伸阅读行为。戏剧表演作为一种高级游戏，是最受孩子追捧的，也是最符合孩子内在需要的一种学习方式，所以采用戏剧表演的方式来开展阅读活动，也是最能获得孩子认可的阅读方式。家长在与孩子共同制作道具、共同表演中会不知不觉地激发孩子说话的欲望，巩固和强化学得的语言，提高他们的语言水平，而且，还锻炼了孩子的动手能力和空间想象力。阅读，将带给孩子精神的满足，也发展欣赏、观察、判断、表达、记忆等多元的能力。比如美国著名童话作家阿诺德·洛贝尔的《青蛙和蛤螺》，因为角色单一，适宜家庭表演。

春天来了

（美）阿诺德·洛贝尔

青蛙加快脚步，跑上通往蟾蜍家的小路。到了蟾蜍家，他敲敲门，没有人答应。“蟾蜍，蟾蜍，”青蛙大声地叫，“快点起床，春天到了！”“瞎扯。”屋子里传来了一个模糊的声音。“蟾蜍！蟾蜍！”青蛙又喊，“太阳出来了，雪在融化了，你该醒来了。”

“我不在家。”那个声音说。

青蛙自己开了门，走进蟾蜍的小屋。里面一片黑乎乎，所有的窗户都关着，所有的窗帘都垂着。

“蟾蜍，你在哪儿啊？”青蛙叫着。

“走开！”那个声音从屋子的一角传来。

青蛙一看，蟾蜍还躺在床上，被子蒙到头上了。

青蛙把蟾蜍推下床，又推出卧房，推到了门外的走廊上。外面的太阳好明亮，晃得蟾蜍直眨眼。

他说“救命啊！我什么也看不见了。”

“别傻了，”青蛙说，“你看见了四月明亮温暖的阳光。也就是说，我们可以开始一起度过这新的一年了，蟾蜍。”

青蛙又说：“你想想看，那该多好啊。我们可以在草地上蹦跳，在树林里奔跑，还可以在小河里游泳。到了夜晚，我们就坐在这儿，数着天上的星星。”

“青蛙，我可没这个兴致。”蟾蜍说，“这会儿，我要回房睡觉去了。”

蟾蜍转身回到屋子里，跳上床，拉起被子，又要蒙头大睡。

“可是，蟾蜍，”青蛙着急了，“你会错过一大堆好玩的事情！”

“那你告诉我，”蟾蜍说，“我到底睡了多久啦？”

“你呀，打从去年十一月就一直睡，睡到现在了。”青蛙回答。

“这么说，我再多睡一小会儿，也不要紧。”蟾蜍说，“等过了五月半，你再回来，把我叫醒好了。再见，青蛙。”

“可是，蟾蜍，”青蛙说，“这样一来，我就会孤孤单单的一直到那个时候啊！”

蟾蜍没吭声，他已经睡着了。

青蛙看看蟾蜍的月历，十一月的那张还在上面。青蛙把十一月的那张撕掉，又撕掉了十二月的那张，一月的那张，二月的那张，三月的那张，撕到了四月的那张。青蛙把四月的那张也撕掉了。

青蛙跑到蟾蜍的床边。“蟾蜍，蟾蜍，快起来，现在是五月了。”

“什么？”蟾蜍说，“五月这么快就到了？”

“是啊，”青蛙说，“不信，看看你的月历嘛。”

蟾蜍看看月历，五月的那张果然在最上面。

“哇！真的是五月了！”蟾蜍说着，一骨碌爬下床。然后，他和青蛙跑到外面去，看看春天的大地是个什么样儿。

点评：分析这个故事，我们发现它多用对话来推动情节，便于开展表演。另外该故事人物较少，适合家庭表演。在角色的处理上，青蛙是能干的、聪明的，而蟾蜍是笨笨的、可爱的。扮演的时候表情、动作要夸张，声音要洪亮，尽量把人物的性格融入表演中。另外，为了增强戏剧效果，家长和孩子可以动手制作简易的青蛙和蟾蜍的头饰，便于更好地进入角色。

家长是孩子的第一任老师，在孩子的生命中，家长扮演着不可替代的重要角色。所以，要想孩子拥有良好的阅读能力，关键还是家长的努力。让我们一起徜徉在阅读的海洋中，用爱心来浇灌幼儿的成长，用书籍来塑造幼儿的灵魂！

第十三章　幼儿文学的创编

第一节　儿歌的创编

儿歌主要表达幼儿质朴率真的情愫，儿歌作家张继楼先生曾说，一首受幼儿欢迎的儿歌必须具备三个条件：一是内容贴近幼儿的生活；二是语言必须浅显，口语化，做到朗朗上口；三是要有童趣。因此，创作儿歌切忌成人化、概念化，必须适应幼儿的心理特征，用幼儿的眼光和心思去观察体验幼儿生活，从中发现幼儿情趣并加以表现。要写好儿歌，应特别注意以下几点：

一、细致观察生活，发掘合适题材

文学来源于生活。要创作幼儿文学作品，就必须深入幼儿生活，有意识地观察幼儿生活，处处做有心人，发现幼儿生活中具有代表性和典型意义的一些现象，善于捕捉孩子生活中的“真、善、美”。在对这些素材进行提炼、加工、创造的过程中，要以孩子特有的生活、习惯、眼光、心理状态来表现它，才能写出好的作品来。如许浪的《粗心的小画家》：

丁丁自称小画家，
红蓝铅笔一大把，
他对别人把口夸，
“什么东西都能画。”
画只螃蟹四条腿；

画只鸭子尖嘴巴；
画只灰兔圆耳朵；
画匹马儿没尾巴。
哈哈哈哈哈哈哈，
真是个粗心的小画家。

“粗心”是孩子生活中常有的现象，好表现自己、好炫耀也是孩子的特征。儿歌作者把一些现象加以集中、典型化和夸张化，使孩子在笑声中接受了教育。

另外，知识性的内容也是儿歌题材的一个重要方面。在儿歌里传授知识，要多考虑孩子的年龄特点。他们活动的天地不大，见闻有限，因此儿歌中包含的知识，应该从他们身边的事物谈起。例如：

小猫小猫，
爱画画，
一路走，
一路画，
梅花开出一朵朵。

这首儿歌没有直接写小猫五个脚趾像朵五个瓣的梅花，而用小猫画画来表现。这样写就比较新颖有趣，引起了孩子们的好奇心和注意力，并介绍了最简单的生物知识。

二、精心设计构思，选择崭新角度

题材选好了，还需要从艺术上按一定的结构和思路去进行加工处理，这就是构思。儿歌的特殊听赏对象决定了在进行构思时应注意以下几点：

（一）形象具体，切忌空洞抽象

如张继楼的《小蚱蜢》：

小蚱蜢，学跳高，
一跳上狗尾草。
腿一弹，脚一疑，
哪个有我跳得高。

草一摇，摔一跤，

头上跌个大青包。

这首儿歌构思新颖，有简单的情节和鲜明的形象。在短短的篇幅里，“跳、弹、跷、摇、摔、跌”等一连串动词的运用，把小蚱蜢得意忘形的行为写得活灵活现、幽默风趣，孩子们读后定能在笑声中心领会神。

（二）适当含蓄，避免单调直白

为幼儿创作儿歌，有时不直接挑明其意，犹如捉迷藏，符合幼儿心理的适当含蓄，能使儿歌具有思考性，增加儿歌的吸引力。如《给泥娃娃洗澡》：

泥娃娃，玩脏啦，

拿盆水，洗洗吧。

越洗泥越多，

娃娃没影啦！

为什么泥娃娃和别的娃娃不同，不能洗澡呢？让幼儿自己去思考，以激发其求知欲，发展其思维。

（三）角度不同，创作独辟蹊径

儿歌取材于孩子们的生活，生活中的点点滴滴包含了许许多多的道理。创作中应注意从不同角度入题，即使是同一题材，也能写出不同的效果。如同是教育幼儿要爱惜粮食，儿歌《宝中宝》与《宝宝乖》就有所不同。

宝中宝

妈妈教宝宝，

粮食宝中宝。

爱惜宝中宝，

是个好宝宝。

《宝中宝》开门见山地告诉幼儿，爱惜粮食的孩子是个好宝宝。再加上采用传统字头歌的形式，句式整齐，节奏感强，十分适合幼儿朗读。

宝宝乖

宝宝乖，

宝宝乖，

宝宝的桌子不用揩，
饿得抹布脸发白。

《宝宝乖》由侧面落笔，引发幼儿的想象与推理：宝宝乖在哪里呢？原来宝宝吃饭吃得非常干净，一粒饭粒都不掉，桌子自然就不用揩了。抹布吃不到宝宝掉落的饭菜，只能饿得“脸发白”了。通过写抹布的“饿”来反衬宝宝不掉饭菜的“乖”，想象奇特，给人耳目一新之感。

三、表现手法恰当，体现童真童趣

没有趣味性的儿歌，就没有吸引幼儿的力量。因此，创作儿歌时，幽默快活是不可缺少的。这就要求作者在创作儿歌时，要充分考虑采用哪些手法，选择哪种艺术形式能达到更好的表达效果，能使儿歌充分体现童真童趣。传统儿歌中一些常用的表现手法值得我们学习。

（一）比兴

比就是打比方，它借助于丰富的联想，用具体形象的事物比方说明抽象、深奥的事物或道理。创作儿歌必须从孩子的知识水平及对事物的认识和理解能力出发，在描绘和表现生活时，用易懂的事物深入浅出地打比方。在儿歌的比喻中，可以用一个事物来比喻另一事物，有时需要用多个事物来同时比喻某一事物以加深幼儿对该事物的认识。如徐青的《云》：

天上云，
一层层，
像小狗，
像羊群，
像蘑菇，
像鱼鳞，
又像两个小娃娃，
坐着凳儿在谈心。

作者一口气连用五种具体事物形象地描摹了云彩变换多姿的特点，十分生动。

值得注意的是，对儿歌作者来说，要选择一个孩子喜欢的、易于理解的比喻，就必不可缺少童心。例如，成人诗中有这样的句子：“天边的月，犹似我昨夜的残梦。”把月比作“残梦”，这种比喻是新颖而优美的，可是孩子不一定能理解得了。所以同样写月，儿歌作家喻德荣却从童心出发，对月做了另一番符合孩子想象的比喻：“弯弯月，挂树梢，好像一个大问号。”儿歌中，孩子从月牙儿的形状上去进行联想，直感式地想到了“大问号”。两个完全不同的比喻分别表现成人和幼儿对月的审美态度，孩子的比喻充满了童趣，与成人的比喻迥然不同。因此，如果儿歌作者失去了童心，就等于失去了作家赖以捕捉艺术契机的慧眼，这时要想捕捉到孩子所赏识的比喻，则难以达到目的。

儿歌除了用“比”，有时也用“兴”。兴是一种联想，即托物起兴。它是通过某一事物的描绘而引起对另一事物的联想，常常出现在一首儿歌的开头，或者起和谐韵律的作用，或者起渲染气氛、暗示人物活动环境、点明事件发生的时间地点的作用。兴包含着引出正文，并激发幼儿吟咏兴趣的作用，因此借以起兴的事物，一定要是孩子熟悉和感兴趣的，如动植物或玩具、生活用品等，以加强儿歌的趣味性。如曾兵的《过了新年长一岁》：

雪花、冰花、蜡梅花，
喜鹊飞来叫喳喳，
叫弟弟，叫妹妹，
都是爸妈的小宝贝，
过了新年长一岁。

这首儿歌是运用“兴”手法的典型范例。第一句用三种花起兴，除了和谐音韵的作用之外，还暗示喜鹊的活动时间、地点，同时也渲染了冬天的气氛。

（二）拟人

拟人是儿歌中常用的表现手法，它是把某一事物当作人来写的一种修饰方式。人是幼儿最早接触、关系最密切、感情最深的一种客观存在，人的活动是幼儿最熟悉的，因此，幼儿往往把他对人的观察移植到他所见的非人的其他万事万物上去。优秀的儿歌创作者自然会把幼儿喜欢拟人这一年龄特征反映到儿歌创作中去。如《小桉树》：

小桉树，
绿油油，
手牵手，
站街头，
雨来洗洗脸，

风来梳梳头，
太阳出来了，
对它点点头。

儿歌中那未出场的主人公是把整齐排列在街头的小桉树当成手牵手的小姑娘看待的，它们用雨洗脸，用风梳头，所以在孩子眼里，它们就是一个个讲卫生懂礼貌的好孩子。

（三）夸张

夸张是对事物的某些特征进行有意扩大或缩小的描述，用来增强儿歌的感染力。儿歌的夸张艺术要带点幻想的色彩，经常和比喻合用。如赵家瑶的《指甲长长》：

指甲长长不剪掉，
又像小猫又像豹。
小手伸给奶奶瞧，
奶奶见了吓一跳。

运用这种方法创作的儿歌一般比较幽默。

（四）排比

儿歌中的排比，像小河那潺潺飞溅的浪花，像芦笛里奔腾喷涌的音符，像爆竹里呼啸而出的巨响，声声扣动着孩子的心弦，既有气势，又耐人寻味。有时排比在短小的儿歌中还能起到主宰艺术质量高下的作用。例如，朱晋杰的自由体式儿歌《大风来啦》：

大风来啦
呼——呼——
杨树说：
我守着公路。
柳树说：
我护着水库。
桃树说：
我封着山谷。
松树说：
我把着苗圃。

大风逃啦

呜……呜……

排比赋予了这首儿歌以艺术的生命力！儿歌借杨、柳、桃、松四种树木的语言，象征孩子们勇担责任、不怕困难的精神品质。如果抽掉这个排比，儿歌也就失去了灵魂，即使加上一些体现教育意义的说教，儿歌也必然变成一个概念的空壳！

（五）设问

有的儿歌采用设问法，读来像谜语，引人入胜，让幼儿感到亲切、有趣。如严冰儿的《咪咪咪》：

咪咪咪，

咪咪咪，

哪里来的懒东西？

妈妈叫它洗个脸，

它把鼻子洗了洗。

此外，儿歌常用的表现手法还有对比、摹状、反复、顶真等。无论哪种表现手法，只要用得自然贴切，就能体现童真童趣，为作品增色。

第二节　幼儿诗的创编

一、善于从生活中发现诗

写诗并不神秘，关键是你能不能做生活的有心人。例如，一位作家去拜访朋友，适逢朋友的女儿刚上幼儿园，于是作家就叫她说说幼儿园是什么样的。问者无心，可难住了小女孩。女孩寻思良久，冒出一句话："幼儿园是圆的。"作家为女孩的天真所感动，写了题为《傻莎莎》的幼儿诗：

红红说：

方桌是方的

东东说：

长城是长的

莎莎说：
幼儿园是圆的
妈妈说：
莎莎是傻的

当然，小女孩的名字并不叫莎莎，诗中的其他三个人当时也不在场。它是作家抓住生活中让人有所触动的一句话，运用联想和想象生发出来的。诗人任溶溶说："根据我自己的经验，诗的巧妙构思不是外加的，得在生活中善于捕捉那些巧妙的，可以入诗的东西，写下来就可以成为巧妙的诗，否则冥思苦想也无济于事。"写诗的前提是在生活中发现那些"可以入诗的东西"。

二、通过具体事物，创造优美意境

有了生活并不一定就有诗。诗歌要有诗味。所谓诗味，就是诗中优美的意境。由于幼儿期的孩子以形象思维为主要思维方式，在幼儿生活中往往是具体的事物引发幼儿的联想、想象和幻想，因此在创作幼儿诗时就应该把握这一规律进行艺术构思，引导幼儿自然而然地进入到他们能理解的意境中去。但是，这种意境的体现不是用复杂的情节、华丽的辞藻堆砌而成，而是通过具体可感的事物，用幼儿易于接受和理解的内容和词语来表现，因此作者必须用幼儿的眼光去观察他们的世界，用幼儿的语言去描绘他们的世界，将情景交融在一起。有一个故事说：一个乞丐，胸前的牌子上写着"自幼失明"四个大字。一天，他向诗人乞讨。诗人说："我也很穷，不过我给你点儿别的吧。"说完，他随手在牌子上写上一句话。自此以后，乞丐得到所有人的慷慨施舍。后来他又碰到诗人，很奇怪地问："上次你给了我什么呢，使得众人都那么慷慨？"诗人念出了那句话："春天就要来了，可我不能见到它。""自幼失明"是抽象概括，而"春天就要来了，可我不能见到它"以形象化的语言表达出无尽的痛苦，唤起人们的同情和怜悯。可见富于意蕴的生动的形象确实能打动人心。

三、语言要简洁明快，韵律要和谐动听

幼儿诗的语言不能像成人诗那样深奥、朦胧，必须浅显易懂，简洁明快，韵律感强，具有音乐美，这样才能符合幼儿单纯幼稚和活泼的天性，适合幼儿听赏和记忆。幼儿诗常用反复的手法和叠音词、象声词等，摹声绘色，使诗的

节奏更明快，感情更强烈。如藤毓旭的《春天来了》：

小雨，小雨，
唰唰唰；
小风，小风，
沙沙沙；
小河，小河，
哗哗哗；
小鸟，小鸟，
喳喳喳；
春天，春天，
来到啦！

这首诗语言简洁明快、音韵和谐、感情热烈。作者铺陈小雨、小风、小河、小鸟的声音特点，运用反复、叠音词、象声词，有力地增强了语言的音乐性。诗的节奏与诗的感情合拍，抒发了幼儿对春天的无比热爱之情。

当你的诗写好后，最好朗诵给幼儿听听，看看他们是否认同。如果幼儿觉得津津有味，乐意传唱，那么你的创作就成功了。

第三节　幼儿故事的创编

一、创作幼儿生活故事应当注意的三个方面

（一）题材新

题材新有两层含义：扩大题材范围，写别人没有写过的，变换写作角度，以新角度写旧教材。

生活故事大多直接取决于幼儿生活，亲情、友情、同情几乎成了故事永恒的主题。例如任大霖的《小奇傻不傻》。

小奇是个聪明的孩子，功课也挺好，可是，有时候又有点傻乎乎的。

有一次，邻居阿婆送给小奇一块冰砖，嘱咐他："快吃，孩子。"小奇把冰砖放在碗里，用小调羹尝了一口，啊，真好吃！这么好吃的东西，他舍不得吃

掉，最好等妈妈回来，跟妈妈一起吃，你一口，我一口，多么开心！

小奇把冰砖放进柜里，坐在门口等妈妈。过了很久，妈妈才回来。小奇高兴地叫着："妈妈，快吃冰砖，是邻居阿婆给我的。"他把冰砖拿出来一看，愣住了，哪里还有什么冰砖！碗里只有小半碗牛奶哩！

妈妈过来一看，笑着说："啊，冰砖早化了。傻孩子，你干吗不自己吃呢？"

小奇抓着头皮说："我光想着跟妈妈一起吃，忘了冰砖会化的。"

有一次，妈妈快下班的时候，天下起雨来。小奇正跟小朋友打羽毛球，他赶紧放下球拍，说："我给妈妈送雨伞去。"

小奇拿了一把伞，跑到公共汽车站那儿，等妈妈回来。等了一辆又一辆，妈妈还没回来。

风，大起来了。

雨，密起来了。

小奇动也不动，等着等着，每来一辆车，就睁大眼睛瞧着车门。

等到第七辆，车门开了，妈妈从车上跳了下来。

"妈妈！"小奇跳起来，高声叫着："雨伞，给你！"

妈妈接过伞，高兴地笑了。她打起伞，拉过小奇来，说："好孩子，快回家。"

这时，妈妈忽然发现小奇的头发和身上都有点湿，而雨伞却是干的。她奇怪地问："刚才，你为什么不打伞？"

小奇说："伞是给你的。"

妈妈说："你不能打着伞等我？傻孩子！"

小奇又抓着头皮说："我光想着给妈妈送伞，忘了自己被雨淋了。"

小朋友，你说小奇傻不傻呢？

赏析：该故事用两件"傻"事表现。第一件傻事就是等妈妈回来一起吃冰砖，结果冰砖化了；第二件傻事就是下雨给妈妈送伞，结果自己淋着雨，把伞抱在胸前。你说小奇傻吗？其实一点都不傻，因为小奇是个懂事的好孩子，事事都能替他人考虑，也同时表达了对妈妈的那份纯真的爱。

在当今社会各种电子传媒影响下，社会思潮、价值观念、新鲜事物等不可能不影响、渗入幼儿生活，这就大大拓宽了幼儿生活故事的创作题材。如《东东西西打电话》写家庭装电话给孩子带来的新鲜感，《借生日》却把自己的生日“借”给妈妈，让妈妈也记住生日，角度不同，作品就自然呈现出新意。

（二）构思巧

构思巧是指在构思时要多向思维，不生搬硬套，不落俗套。平淡无味、似曾相识的作品，读者读起会索然无味。

例如奥谢叶娃《三个伙伴》。

魏佳把点心丢了。上午休息的时候，小朋友们都去吃早点了，只有魏佳站在一旁。

郭良问她：“你怎么不吃呢？”

“我把点心丢了……”

“真糟糕！”郭良一边吃一大块白面包，一边说：“到吃午饭还有好长时间呢！”

米沙问：“你把点心丢在哪儿了？”

“我不知道。”魏佳小声地说，把脸转过去。

米沙说：“你大概放在口袋里，不小心丢的，往后得放在书包里。”

可是沃罗佳什么也没有问，他走到魏佳跟前，把一块抹着奶油的面包掰成两半，拉着这个伙伴说：“你拿着吃吧！”

赏析：这篇小故事构思很有特色，这个故事给小读者讲述的是发生在小伙伴之间的一件小事，别的什么也没有说。作品的主题思想，作者没有直接点明，而是让小读者自己去思考：谁真正关心小伙伴？什么是真正的友谊？从而受到潜移默化的思想教育。儿童生活是很平凡的，但也是丰富的。儿童各有各的性格，虽然不如成人复杂，但也并非“千篇一律”。如果在注意情节生动有趣的同时，也能注重人物形象的鲜明活泼，那么，儿童故事就会更有感染力。在这篇故事中，作者勾勒人物形象的手法很高明，笔触极其简洁。作者不置一词，而让人物的性格通过自己的语言和行动具体表现出来。郭良、米沙只是停留在口头上的关心和沃罗佳表现在行动上的帮助，二者形成了非常鲜明的对比，于是给小读者以深刻印象。都是关心，但是，同中有异，“关心”与“关心”不一样；都是小伙伴，但是，“小伙伴”与“小伙伴”不一样。小读者会从不同的行为表现中，通过对比，进行思考，选择好的学习榜样。

（三）谐趣浓

谐趣来源于幼儿生活，来自孩子天真妙语、稚拙动作。

幼儿生活故事现实针对性强，每个故事都寓含一定的思想、道理，但对幼儿来说，听故事是为了得到愉悦。所以，趣味是基础，创作生活故事应更多一些幽默和风趣。

例如海·格里费什的《听鱼说话》。

琼儿的外公是个非常有趣的人。他爱钓鱼。

琼儿看外公把蚯蚓挂上钓钩，就说："蚯蚓不疼吗？"

"我来问问它。"外公把蚯蚓拿到面前，对它说："你挂在钓上，受得了吗？"

接着，外公把蚯蚓搁到耳朵边听了听，然后对外孙女说："它说，没事儿，它最喜欢钓鱼了。"

琼儿不相信外公说的，非要自己亲耳听一听。她把蚯蚓放到耳朵边听了听，说："蚯蚓什么也没说呀。"

"它跟你还不熟呢。蚯蚓的心思我知道，它是急着要下水去钓鱼了。"外公说着就把钓钩往前一抛，蚯蚓立刻沉到水里去了。不一会儿，外公钓上来一条鱼。接着，外公把钓钩给外孙女，让她也碰碰运气。

琼儿学着外公的样子，把钓钩抛进了水里。没多久，她也钓到了一条鱼，是一条小鱼。小鱼躺在岸边草地上，小嘴一张一张的。琼儿看着有些不忍心了。

"小鱼好像在说什么。"琼儿说。

"是的，鱼儿真的像是在说话哩。"外公说着，拿到耳边听了听，说："小鱼说'拿我做汤，一样很鲜的'。"

"我要自己来听。"琼儿说。

"你能听懂鱼话吗？"外公问。

"试试看吧。"琼儿说着，把鱼搁到耳朵边听了一下，说："小鱼说：'我还小呢，放我回水里去吧！'"

外公又惊又喜，说："你说的是真话吗？"

"一点儿不假。"琼儿说。

"那好，你就把它放回去吧。"外公说。

琼儿把小鱼轻轻地放回了水里，看着它尾巴一摇一摇地游远了。

外公又把钓钩抛进了水里，又钓起鱼来。他边钓边说："我还从来没见过，学听鱼话竟有像你学得这么快的。一学就会了。"

"下一回，我要学听蚯蚓说话，保准也能一听就会。"琼儿说。

赏析：这个故事向我们描述的是祖孙俩钓鱼时发生的有趣故事。故事语言简洁生动，情节引人入胜，充满了西方式的幽默。三次充满童趣的对话，充分表现了琼儿的纯真善良、活泼机灵和外公的幽默风趣、童心未泯。

二、编创幼儿生活故事的几种方法

1. 抓住生活中基本成型的故事来写。
2. 抓住“一点”，引起想象、联想、演绎故事。
3. 结合日常感受与体会，调动生活积累，逐渐形成故事。
4. 灵活安排故事结构。
5. 及时成文，反复修改。

第四节　幼儿寓言故事的创编

一、幼儿寓言的创作

寓言的创作，首先是作者在社会生活的长期观察思考中，面对种种复杂的社会现象，能够有自己深刻而独到的见解。思想的敏锐和深刻，是创作寓言的首要条件。作者要学习理论，开阔眼界，勤于思考，思想要尽可能站在时代的高度，走在时代的前面，要善于发现那些在社会生活中普遍存在或已露苗头，而一般人还尚未认识和警觉的东西，并认清其本质。“春江水暖鸭先知”，寓言家应该是先知先觉者。

其次，要注意积累生活中那些生动活泼有趣味的现象。因为这些东西将成为表达思想的载体。在观察思考错综复杂的社会现象时，不要采用“抽象”的办法——抽出思想，去掉现象，而是应该采用选取“典型”的办法——将思想结论连同典型的、生动的现象一起贮存起来。要写好一则寓言，首先要有一个通俗简单的故事。没有一个有趣的故事，道理就没有一个安身的地方。精彩的故事是寓言成功的开始。创作时，一定要将故事编得精巧有趣，既能负载自己想表达的思想意义，又能吸引人，可读性强。不要过分考虑故事中的人和事在生活中是否大量存在，是否完全合理。因为读者对寓言这种虚拟的故事，大多不会较真。

最后，语言一定要注意简练含蓄。寓言篇幅简短，几十个字、几百个字要讲清一个小故事，一定要抓住故事的主干和必不可少的典型细节，用很精练的语言单刀直入，不要有太多的背景介绍和人物描写。同时，正因为寓言是教训性很强的一种文体，我们恰恰需要加强语言的含蓄性，许多时候不要把话说完，即使在开头或结尾需要直接说出故事的寓意时，也应注意不要把话说得过于浅薄直露，如能带点哲理、有点余味则最好。在寓言创作中，寓意是一根看不见的线，大多数时候，这根线并不会直接在文中体现。但是，好的寓言的寓意，会随着读者的阅读进程而逐渐明晰。此外，考虑到儿童喜欢看寓言，语言在简练含蓄的同时，还要兼顾儿童的阅读能力，使他们能看得懂。

二、寓言的改编

寓言主要是为成人创作的，寓言的深刻寓意往往是逻辑思维刚刚萌芽的幼儿难于理解的，所以严格地说，寓言这一文学样式是不适合幼儿欣赏的，但是，许多寓言的故事部分又是幼儿喜闻乐见的。因此，把寓言作为介绍给幼儿的素材就存在一个改写问题。把寓言改写成适合幼儿听赏的寓言，要适合幼儿的心理特征，要根据幼儿的听赏习惯进行改写。下面介绍改写幼儿寓言时应注意的几个方面：

（一）确定角度，淡化寓意

幼儿寓言具有鲜明的教育性，改写寓言时要选择好角度，不同的角度就涉及不同的改写内容。例如，《伊索寓言》中的《兔子和乌龟》，从兔子的角度看，是骄者必败；从乌龟的角度看，是坚持不懈，定能胜利。改写时可以根据幼儿的思想实际和教育目的选择角度，强化其中的某一方面。

改写幼儿寓言时还可以改换主题。例如，克雷洛夫的《狼和小羊》的主题是：弱者在强者面前是有罪的，强者可以对弱者为所欲为。这一主题难以被幼儿接受，并容易引起副作用。因此在改编时可以把主题改为：弱小的、善良的事物可以战胜强大的、凶暴的事物。这样一改，就符合幼儿的心理特点，对引导幼儿形成正确的价值观很有帮助。当然，改换主题要求相应地改动情节。

受幼儿欣赏水平的限制，改写寓言时要注意淡化寓意，使寓意更加鲜明。

即把寓意自然地融于生动的形象和情节之中，最好让幼儿自己体会到故事所要表达的主题。即使有的幼儿暂时还不能理解，也不用强行往主题上引导，能给幼儿一个生动有趣的故事就可以了，等他们长大后自然会明白，或者说体会更深。

（二）增添形象，扩充情节

寓言篇幅短小，情节简单，这对于喜欢听故事的幼儿来说，远远不能满足他们的要求。因此，改写寓言要根据已确定的寓意，编造一个短小生动的故事，以便让幼儿乐于接受。改写时，还可以适当增添形象，增加描绘，扩展情节。也可以适当改变故事内容，使故事变得丰富生动。例如，幼儿熟悉的《龟兔赛跑》就是根据寓言《兔子和乌龟》改写的，改写时增加了一个猴子的形象，情节上也有所扩展，在比赛结束后，小猴子给乌龟献上美丽的花环。这一形象的增添和情节的扩展，使得寓言的寓意更加明显。又如，克雷洛夫的《天鹅、梭子鱼和虾》的原情节如下：

这天，天气特别好，天鹅、梭子鱼和虾一起到郊外游玩。一路上，三个小伙伴高兴地唱啊，跳啊，大家都夸奖自己的本领大。天鹅说："我们三个中数我的力气最大，我能将地上的东西往天上拉。"梭子鱼急着叫道："我的力气也不比你小，我的本领也很大。我能将地上的东西往水里拉。"虾听到天鹅、梭子鱼的话后，连忙尖叫着嗓子说："我的本领不比你们差，我能将地上的东西往后拉。"三个小伙伴说着，笑着，走到了大路边。大路边，有一辆装满东西的车子陷在泥坑里，天鹅说："我们帮车子的主人做好事，把车子从泥坑里拉出来，好不好？"梭子鱼和虾连忙说："好！"天鹅把一根缚在车前的绳子套在颈上，梭子鱼把一根缚在车子中间的绳子系在自己的鳃上，虾把一根缚在车尾的绳子和自己的触须结在一起。天鹅一声令下"拉！"，三个小伙伴马上行动。天鹅向云霄直冲，梭子鱼往路边的小河里拉，虾往后拖，三个小伙伴都使出全身的力气。

改写如下：

……这时，一只猴子正好路过这里。它看到天鹅、梭子鱼和虾拉车子的样子，连忙叫"停下"。三个小伙伴以为车子已经从泥坑里拉出来了，等到它们喘着气仔细一看，都呆住了，车子在原来的地方动都没动。天鹅、梭子鱼和虾都生气了，它们都说："我用了很大的力气，你们都没有用力拉，所以车子没有动。”猴子听了它们的话以后，笑着说：“我看见你们三个都用了很大的力气。因为你们拉车子的方向不一致，所以车子仍然陷在泥坑里。”三个小伙伴听了猴子的话，你看看我，我看看你，谁也不说话。猴子笑着说：“你们三个在前面拉车，我在后面推车，我们一起把车子从泥坑里拉出来，好吗？”天鹅、梭子鱼和虾都高兴地说：“好！”天鹅把绳子套在颈上，梭子鱼把绳子系在鳃上，虾把绳子和触须结在一起，它们都站在车前，等候猴子下命令。猴子在车子后面用两只手推着车。“一二三，拉！”猴子一声令下，三个小伙伴都用力拉。很快车子就从泥坑里被拉出来了。天鹅、梭子鱼、虾和猴子都高兴地笑了。

原创作的情节是天鹅、梭子鱼和虾三个小伙伴一起拉车，它们一个往天上提，一个向后拖，一个朝路边的河里拉，三个小伙伴用尽了力气，结果车子仍停留在原地。改写后的寓言，增加了一个形象，也相应扩充了情节，一只猴子路过这里，听了它们的相互埋怨后，指出它们的错误，并参与到活动中来，使整个故事变得活泼有趣，还有了一个圆满的结局，这是幼儿乐于接受的。此外，猴子说的话也让幼儿更好地领悟了寓言的寓意。

在情节的改写上还可以采用重复情节的方法。例如，改写后的《小羊和狼》，小羊的哭重复了四次，每一次哭都引出一个动物帮助它。这种反复递进式的情节很容易激发幼儿听故事的兴趣。

（三）丰富形象，添加细节

寓言一般对人物形象不做细致的刻画，对他们的活动也不做细致的描写，但幼儿喜欢听人物形象丰富的故事，因此改写幼儿寓言，要使人物形象丰满起来，必须适当增加描绘，增加富于个性的语言和动作。例如，改写后的《蚂蚁和鸽子》中，增添了许多蚂蚁和鸽子的活动，同时把鸽子和蚂蚁的动作、情态都描写得生动细致，人物举止十分可笑，增添了儿童情趣。作品也显得平易近人，趣味性可读性强，更适合幼儿听赏。

（四）改变语言，转换样式

寓言本是成人文学中的一种体裁，大多数作品的语言与幼儿接受水平有距离，因此要将它们改变成幼儿易于理解的幼儿文学语言，使语言变得浅显、生动、有趣，具有口语特色，适于幼儿听赏。同时还要注意文体形式的改变，例如，将用诗体形式呈现的寓言改写成幼儿喜欢的散文样式。

第五节　幼儿散文的创编

幼儿散文的听赏对象是幼儿，创作的主体则是成人，两者在审美心理和人生体验等方面存在明显差异，因此，创作幼儿散文，必须转换立足点，打破用成人脑子来思维的方式，从幼儿的角度出发，用幼儿的眼光去观察事物，特别是要以幼儿的心灵去感受、去体会，这样，才能写出幼儿听得懂、喜欢听、听后有益的幼儿散文。下面从四个方面谈谈幼儿散文创作中应注意的问题。

一、从幼儿感受生活的角度来确定创作的内容

所谓从幼儿角度去感受生活，就是以幼儿的眼睛和心理来观察、体味客观事物。例如，作家嵇鸿写作游记散文《庐山的云》。以前，他被庐山变幻莫测的云雾吸引，脑海里自然涌出一些感受：云雾弥漫，犹如浪涛奔涌，一时林木尽蔽；风过处，霎时雾消云散，天日顿开……经过细心思考，发觉这样写孩子不会接受，不只是语言深，更主要的是所写的云雾形象不是孩子眼里和心里的形象。于是，他再游庐山，并从孩子的角度去感受云雾，终于写出了孩子感兴趣的庐山的云。

坐在芦林湖边歇息，看着湛蓝的天空，一朵白云向山上一幢红屋子飘去，红屋子不见了，被白云吞没了，一会儿白云又把红屋子吐出来，慢悠悠地飞去。

两相比较，可以发现，同是一处云，前者的感受是成人化的，后者的感受是幼儿化的，“吞”“吐”“飞”几个动词，很自然地体现了孩子们的感觉。

二、从幼儿的想象出发来构思营造意境

创造意境离不开形象。形象越生动，越鲜活，就越能启发幼儿想象和联想的空间，让幼儿获得散文意境提供的优美享受。当然，描写形象本身就离不开想象，而且形象也好，想象也好，都应该是幼儿能感受能体味的，都应该以幼儿的感觉为基础。

同时，显现主题也不能超出幼儿的感悟能力，即在构思写作意图时要考虑幼儿的理解能力和接受水平。要注意内容多少相宜，深浅适当，使幼儿易于理解，能够读懂。如《圆圆的春天》，作者选取夏天池塘富有特征的蜻蜓、青蛙、

雨点儿、游鱼几个具体形象，极凝练地写出它们的动态，并用孩子的眼光，把塘中泛起的大大小小的涟漪比作圆圆的唱片；进而通过联想，把孩子们引到由大大小小的圆圈组成的美妙境界里，享受“圆圆的”春天带来的优美乐趣。

三、从幼儿心理切入引发听赏兴趣

叙事类散文常常采用简略交代的方法切入。幼儿散文篇幅短小，所以要在极其有限的空间内，简单清晰地叙事。有的用一两句话写明事情起因，或交代时间、地点，紧接着叙写过程，如“姥姥病刚好，我陪姥姥晒太阳……”(《小太阳》)；又如“北京有座卧佛寺。寺院里，娑罗树开花了……”(《大卧佛》)。也有的开门见山，如“男孩子，搭轿子，女孩子，坐轿子，一颠一颠出村子……”(《抬轿子》)。

抒情类散文往往开门见山，很少铺垫，如“夏天的雨是金色的……”(《夏天》)；有的用特写镜头切入，然后拉开全景，如“小蜻蜓，尾巴尖，弯弯尾巴点点水……”(《圆圆的春天》)；有的用全镜头切入，然后推到近景，如“大海，蓝蓝的，又宽又远。沙滩，黄黄的，又长又软……”(《项链》)。

四、从幼儿认知水平入手运用语言

语言是文学第一要素，幼儿散文生动的童趣、优美的意境都要通过语言来展现。要想吸引和感染幼儿，就必须有幼儿味道。具体的方式有如下几种：

1. 运用比喻、拟人、反复、排比等修辞手法，创造出充满幼儿情趣的优美意境。如张朝东的《神奇的山，美丽的城》：

晚上，一串串街灯亮了，像一条条灯的长龙；千万扇窗户亮了，变成灯的山，灯的海。地上的灯和天上的星连成一片，分不清哪是灯光，哪是星光。五颜六色的灯光，倒映在江水里，忽闪忽闪，就像一座水晶宫。

2. 恰当运用动词、形容词的重叠形式，通过浅显、准确的语句，传递浓郁的生活气息。如金波的《花儿就是你的床》：

花儿香香的，叶子绿绿的，引来一只只蝴蝶，这里飞飞，那里停停。

3. 巧妙运用摹声、摹状、摹色的词汇，展示出富有音响、色彩、动感的立体画面。如楼飞甫的《春雨的色彩》：

春雨，像春姑娘纺出的线，没完没了地下到地上，沙沙沙，沙沙沙……

4. 用亲切、优美、流畅的语言，表现出诗一般的内在的节奏和韵律。如胡木仁的《小凳子听话了》：

楼下的老爷爷生病了，躺在床上休息。

妈妈走路轻轻地，爸爸走路轻轻地，佳佳走路也是轻轻地。

只有小凳子不听话，走起路来“叮咚，叮咚”响。

佳佳想了想，找来了些布条儿，把小凳子的脚包住啦！这下，小凳子也听话了，走起路来轻轻地，轻轻地。

妈妈轻轻地笑了，爸爸轻轻地笑了，佳佳轻轻地笑了，小凳子呢，也轻轻地笑了。

第六节　幼儿绘本的创编

一、把文字故事改编为图画故事

用于改编的文字故事，应该容易出画面、动感强，最好有反复。这样的文字故事才适于改编。

（一）改编方法

先通篇阅读故事，把握主题，概括情节，理清故事线索。再根据情节划分画面，除了开头和结尾，还应考虑主要情节可以分为几个画面，一般以时间、地点变化和人物出场为依据，也可考虑以角色的远、中、近景为依据。然后拟出每幅图的文字，绘出各幅图画。最后把文字镶入画中空白处。

（二）绘画要求

按照图画故事的特征绘制图画。要特别注意主体的绘画性和整体的传达性，包括构图合理、主体物突出、造型生动、有动感、色彩着色饱满等。若用作幼儿园故事教学的教具，画面开本不小于 4 开。

（三）文字要求

若改编成有文图画故事，则改编的文字要精练、生动、连贯，与画面内容一致，语流要和谐，通篇好读。如果改成无文图画故事，仍要先拟出文字，以便绘图，只是不把文字嵌在图画里。

例如，下面是一则幼儿童话故事《小猫钓鱼》：

在树林旁边，有一条小河，河里有许多鱼在游来游去。一天早上，猫妈妈带着小猫到小河边去钓鱼。

一只蜻蜓飞来了，蜻蜓真好玩，飞来飞去像一架小飞机。小猫看了真喜欢，放下钓鱼竿就去捉蜻蜓。

蜻蜓飞走了，小猫没捉着，空着手回到了河边，一看，猫妈妈钓到了一条大鱼。

小猫又坐到河边钓鱼。一只蝴蝶飞来了，蝴蝶真美丽。小猫看了真喜欢，放下钓鱼竿，又去捉蝴蝶。

蝴蝶飞走了，小猫又没捉着，空着手回到了河边，一看，猫妈妈又钓了一条大鱼。小猫说："真气人，我怎么一条小鱼都钓不着？"

猫妈妈看了看小猫，说："钓鱼就要一心一意，不要三心二意。你一会儿捉蜻蜓，一会儿捉蝴蝶，怎么能钓着鱼呢？"

小猫听了猫妈妈的话，很难为情，从此一心一意地钓鱼了。蜻蜓又飞来了，蝴蝶也飞来了，小猫就像没有看见一样，一步也没有走开。

不一会儿，嗨！钓鱼竿上的线往下沉，钓鱼竿也动起来啦！小猫使劲地把钓鱼竿往上提，"哎哟！"一条大鱼钓上来啦！小猫高兴地喊了起来："我钓到大鱼啦，我钓到大鱼啦！"

改编图画故事如下：

二、把图画故事改编为文字故事

这种改编实际上就是看图编故事。它的关键是根据画面提供的人、物、景展开想象和联想，让画面“动”起来，“活”起来。改编的具体做法如下：

1. 认真观察图画，特别要注意细节，包括陪衬物和背景物。

2. 根据画面内容进行合理想象。如从画中角色外貌、衣着想象其年龄、身份，从其动作、神态想象语言、心理，从静止的画面想象来龙去脉、前因后果等。在这个基础上，综合一幅幅画面内容，想象图画故事要表达的思想。

3. 依据角色形象决定改为哪一种故事（童话或生活故事），并按不同类型幼儿故事的写作要求进行改编，注意详略安排，突出重点。

有一个供幼儿看图讲述的无文图画故事——《小兔家的窗》。

下面是改编的文字故事：

小兔用大萝卜造了一间房，窗户还没有装好，它就急急忙忙住进去了。

冬天到了，天气真冷！大雪花飘哇飘哇，飘进了小兔的屋子里，大风吹呀吹呀，也吹进了小兔的屋子里。小兔缩成一团，冷得发抖。它望望窗户想："我得找样东西来挡挡风雪，要不然会冻死的！"

于是，小兔出去找东西。它来到小河边，看到小河结冰了，就用铲子凿了一大块冰。它把这一大块冰搬回家，安在窗框上。这下可好了！冰挡住了风雪，风雪再也吹不进屋了。小兔喝着热开水，心里真高兴。

寒冷的冬天一天天过去了，暖和的春天就要来到了。有一天，小兔出去采蘑菇。它刚从外面回来，忽然看见窗户上的冰不见了，窗下只有一摊水。小兔急得一下子坐在地上，呜呜地哭起来。

小熊猫听见哭声，急忙朝小兔家走去。它一看，明白了是怎么回事，就指着地上的水，对小兔说："别哭啦。春天，天气变暖和了，冰就会融化成水。我还是帮你找一块玻璃装在窗框上吧。"

小兔听了，点点头，不哭了。

第七节　幼儿戏剧的创编

幼儿戏剧的改编是学前教育教师的一项基本功。在日常教育、节假日活动和大型庆典活动中，教师可以选择优秀的幼儿文学作品，将其改编为供幼儿排练、表演、观赏的幼儿戏剧。改编幼儿戏剧应当注意以下问题：

一、选择适宜改编的原作

不是所有的叙事性的幼儿文学作品都能改编成幼儿戏剧。必须选择那些情节完整连贯、人物形象鲜明、矛盾冲突较为紧张、结构线索单纯、场景变化相对集中，一读就使人深受感染、觉得有趣的作品来进行改编。尤其要注意原作是否具有一定的矛盾冲突成分，因为没有冲突就没有戏剧。

二、构思戏剧主题

主题是文学作品中蕴含的基本思想。幼儿戏剧的主题主要有：

（一）道德性主题

道德性主题即以培养幼儿诚实、勤劳、勇敢、团结、爱国等优良品德为基础思想，主题要注意表现角度，努力从幼儿能理解的内容上去表现。如“爱”的主题，如果一开始便给幼儿讲爱祖国、爱人民等抽象的内容，幼儿不易理解。如果先从爱父母、爱家庭、爱动物讲起，效果会好得多。如童话歌舞剧《孔雀羽毛为什么美》，就培养了幼儿热爱家乡的品德。

（二）知识性主题

知识性主题即以丰富幼儿的知识作为作品内容的核心。幼儿戏剧《小蝌蚪找妈妈》和《“妙乎”回春》让幼儿认识了一些小动物的成长知识；《回声》让小朋友懂得了有关声波的常识；而《红灯绿灯和警察叔叔》可以帮助小朋友熟知一些交通法规等。

（三）娱乐性主题

娱乐性主题即作品主要重视娱乐性而不强调教育意义。如幼儿戏剧《机器人和猪八戒》，充满了娱乐性和游戏性。因此幼儿戏剧的主题要求浅显单一，又要注意其娱乐色彩。过分复杂、隐晦的主题不适合幼儿的观赏。

三、掌握剧本的书写格式

剧本主要是供演出用的，遵循剧本的文体规范非常必要。首先要确定时间、地点、布景、人物。还要把提示语和台词明显地区分开。全剧结束要注明“剧终”或“闭幕”字样。具体要求如下：

时间：有具体的年、月、日，也有笼统的年、月、日。

地点：一般都很具体。

人物：有两种介绍方法。一种简介，只介绍年龄、身份；另一种较详细，不仅有年龄、职业、身份，还要有个性的简介。幼儿剧本以简介居多。

布景：有详略之分，不是很固定，可根据舞台，有增有减，幼儿戏剧更是如此。

人物活动：有人物对话、人物动作和人物心理活动。人物对话、人物独白和旁白要切合幼儿的心理，简单明了，生动有趣。要运用幼儿可以接受的语言，引起小朋友的共鸣。要掌握幼儿的语言层次，对话依幼儿的年龄大小而定。形象的人物对话、人物动作及心理活动，都要在剧本中明确地表现出来，不能有任何省略，以便于演员遵循。

人物出场活动要求有布景的变化。如大的转折和人物活动，在舞台说明中是用中括弧“[ ]”，表示一般动作和心理活动。用小括弧“( )”，表示灯光、换景都要附上文字说明。

四、设计好戏剧的矛盾冲突

在幼儿戏剧中，有故事、有情节、有冲突，才有“戏”可看。为幼儿设计戏剧的情节和冲突时，应该注意以下几点：

1. 要符合幼儿的逻辑思维处于萌芽状态的特点，凡是需要经过推理才能理解的情节，对幼儿来讲都有一定的难度。因此，构思情节时，要尽量照顾幼儿的理解水平。

2. 线索要单纯、生动、有趣。情节单纯，是指在一篇作品中最好反映一个事件，涉及的人物要少，脉络要清晰，切忌把人与人、人与事之间的关系和冲突弄得错综复杂。情节生动、冲突对立、动作性比较强，要有适当的悬念和起伏，要机智巧妙、富有趣味，富有想象力。如《精卫填海》中，大海（奔腾着，咆哮着，露出雪亮亮的牙齿，凶恶地嘲笑）：小鸟儿，算了吧，你这工作就算干上一百万年，也休想把大海填平！这样夸张的人物语言对白极富想象力，让幼儿感到新奇，能紧紧吸引他们的注意力。戏剧就是一种期待、是变化、是惊奇、是发现……

3. 巧设悬念。所谓悬念，是指戏剧故事的关键点不是一开始就全部抖搂出来，而是让孩子们很想知道而又暂时得不到答案。但戏中的悬念应该是单纯的，情节则应该是曲折的，特别是在悬念的基础上，要有爆炸性的突变，使矛盾冲突显得新奇又合理。以《“妙乎”回春》为例。小猫“妙乎”，既不懂医道，又不虚心学习，胡乱给别人看病，兔子本来就是眼红，它硬说兔子害眼病，要吃红药水。小牛明明是胃反刍，它硬说是胃癌，要拿菜刀动手术，小兔为难，小牛害怕。结果如何？悬念造成。在悬念的基础上，小鹅出场，反说小猫“妙乎”有未老先衰病，不然为什么会长胡子，结果弄得小猫“妙乎”气得哭起来了，这种突如其来的“爆炸”事件，必然紧紧吸引着孩子。

五、运用好幼儿戏剧的语言

戏剧是语言的艺术，语言是文学作品全部内容赖以显现的载体。幼儿戏剧语言的独特性是由幼儿的言语发展特点所决定的。幼儿戏剧的语言应该注意以下几点：

（一）夸张性和动作性

幼儿戏剧对语言的动作性要求很高。为了增强其动作性，可以将静态的描写，转化为具体的动态的描写。例如“红灯”“绿灯”的拟人化形象，能帮助幼儿把不易理解的交通法则弄明白。当然也可以化为动作来写。在《五彩小小鸡》中有这么一段：灰鼠向红蛋一扑／抱住蛋，／向后一仰，／四脚朝天地抱住蛋，／棕鼠拖着灰鼠尾巴就跑。这一系列幅度大的动作，就使老鼠偷蛋的形象十分生动有趣。

（二）形象性和音乐性

幼儿的思维形式主要是具体的形象思维，这就要求幼儿戏剧的语言尽可能形象，把人物或事物的声音、色彩、动作等鲜明而具体地突显在幼儿面前。摹状、比喻、拟人、夸张这四种修辞手法，是增强语言形象性的主要方法。

幼儿戏剧特别讲求语言的音乐性。语言的音乐性，指的就是音调和谐，有节奏感，说得响亮，听得舒服。如柯岩的歌舞剧《照镜子》，就穿插了押韵的句子，具有鲜明的节奏感。“咦，东一扭，／咦，东边干净。／哎，西一扭，／哎，西边漂亮。／小姑娘真高兴，／镜子也喜洋洋。”为了增加语言的节奏感，特意表达得十分“啰唆”。此外，象声词、叠音词、双声词、叠韵词的使用，也可以增强作品的音乐性。

第十四章　家庭文学活动指导

第一节　家庭文学阅读习惯的养成

一、激发阅读的兴趣

幼儿的思维具有直观形象的特点，给幼儿看的图画书要色彩鲜明、画面优美，这样容易引起幼儿的注意，同时，图书的内容与幼儿已有的生活经验相联系，则更能让幼儿有兴趣地看下去。如《大头儿子和小头爸爸》《涂涂的故事》等，这些图书中描写的内容都是幼儿平时生活中遇到的事，通俗易懂，而且大头儿子和涂涂可爱有趣的形象会深深吸引住幼儿，激发幼儿的阅读欲望。平时，还要多带孩子参观书店，感受成人读书的气氛，告诉孩子，读书能增长知识，让自己变得越来越聪明。另外，父母要和孩子一起看书，让他们充分感受阅读的快乐，从而有意识地培养阅读的兴趣。节假日，家长可以带孩子到图书馆或阅览室，其中丰富多样的文学作品更能给幼儿多种情感体验。为了更好地激发孩子的阅读兴趣，在看图书前，家长可用简单、有趣的儿童化语言介绍图书的内容，如“这本书可好看啦，里面有小白兔、小乌龟，还有会唱歌的小青蛙、会说话的小蜗牛，宝宝想不想看？”图画书《孙悟空大闹天宫》可这样引导：先让幼儿看图书的封面，然后说：“瞧，这是谁？你认识他吗？他叫孙悟空，可有本事啦，玉皇大帝的天兵天将都打不过他，他一个筋斗能翻十万八千里呢。”通过这样的引导，幼儿的阅读欲望一下子就被激发出来了，从而积极地投入到图书阅读中。

二、创设读书的环境

家庭作为幼儿社会化的首要场所，对幼儿早期阅读的实施起着尤为重要的作用。一个良好的阅读环境能培养幼儿对图书的阅读兴趣、养成较好的阅读习惯。所以，在家庭中，家长要为幼儿营造阅读的空间。最好为幼儿准备一个开放式的小书橱，书橱不宜太高，要方便幼儿取放图书。书橱最好放在幼儿的房间，在书橱旁边还可以铺放一些软垫、靠背，可让孩子以不同的姿势阅读图书，这样，一个读书的小环境就营造出来了。要为幼儿添置童话、寓言、神话故事、生活故事、英雄故事等各种文学类图画书，同时，要根据幼儿的年龄及发展的需要不断对图书进行更换。更换下来的图书可送给年龄更小的孩子，或送到幼儿园的图书室，或支援贫困幼儿，这对孩子的品德教育也有一定作用，可谓一举多得。“榜样的作用是无穷的”，对于年龄小的孩子更是如此，孩子是在模仿中一步步成长的，父母的一言一行、一举一动，无不对孩子产生深刻的影响。要创设一个学习型的家庭，父母要重视自我学习、自我提高，平时多读书、多看报，给孩子树立良好的阅读榜样，在家庭中营造良好的阅读氛围，对培养孩子的阅读兴趣，养成良好的阅读习惯都有重要作用。

第二节　阅读作品的选择

现在，许多家长认为孩子要多看智能训练类、识字类图书，偏重幼儿智力的培养，不太重视幼儿对文学类图书的阅读。而这类图书，文字优美，具有很强的教育意义和审美意义，因此，家长要增加幼儿对文学类图书的阅读量。由于孩子年龄小，缺乏一定的认知能力，对文学类图书的分辨能力存在一定的局限性，所以，在选择这类图书时，家长要积极参与，帮助幼儿选择那些思想性较高、具有一定美育意义的优秀图书，而且选择的图书要符合幼儿的年龄特点，充满趣味性、知识性。如由一些优美的童话故事改编的图书，像《安徒生童话》《木偶奇遇记》《魔方大厦》《葫芦娃》等；由神话故事改编的图书，如

《西游记》《愚公移山》《渔夫和金鱼的故事》等；由电影改编的图书，如《草原英雄小姐妹》《鸡毛信》《花木兰》等；生活类图书，如《大头儿子和小头爸爸》《涂涂的故事》等。幼儿能从这些文学作品中学到许多东西，学会如何与人交往，学会遇到困难如何解决，尤其是他们的词汇也会变得越来越丰富，这对形成孩子正直、善良、机智、勇敢的品质，提高口语表达能力，扩大幼儿的知识面大有裨益。

第三节　阅读指导技巧

在幼儿看图书时，如果家长不注意引导，孩子就会被图书中五颜六色、形象生动的画面和热闹的场面所吸引，会很快地把一本书从头翻到尾，从而不知其所以然。要促使孩子养成良好的阅读习惯并从中受益，家长就要注意引导，正确的方式是不可或缺的。

首先，在看图书之前，可对孩子提一定的要求，如要认真仔细看，要读出声音来，看完后要说出图书中有哪些小动物，有什么人，讲了什么事？通过引导幼儿再看图书时，家长也不要放任不管，还要和孩子共同看，引导孩子一页一页仔细看下去，边看边用语言引导，如指导阅读图书《小兔乖乖》时，当孩子看到大灰狼敲小兔家的门这一处时，爸爸或妈妈要有意识地问孩子："大灰狼敲小兔家的门了，兔妈妈不在家，三只小兔该怎么办？"这样，幼儿就会认真仔细地看，还会边看边思考。在和幼儿一起看图书时，孩子往往也会提出许多问题，这样相互提问、相互交流，既提高了幼儿的观察力，又提高了幼儿的思维能力。

其次，在引导孩子看图画书时，一定要让孩子看清楚画面。一本书看完后，家长要引导孩子回忆图书内容，如"这本书里有谁？他们在干什么？"幼儿在叙述这些内容时，有时会遇到"卡壳"的现象，这时，家长和孩子都不要着急，一方面家长不要急于告诉孩子答案，另一方面告诉孩子不要着急，慢慢想一想，之后可让孩子打开书看一下再说，或家长以语言给以提示，从而让孩子能顺利地说下去，然后再引导：遇到困难或问题，他们是如何解决的，或者问如果是你，你会怎么做？通过这样逐步引导，加深幼儿对图书内容的理解，既能提高孩子的记忆能力，又能使幼儿从中受到教育。此外，为了加深印象，家长还可以利用睡觉前或其他闲暇时间让孩子再回忆，达到尽量让孩子能较为完整地复述图书内容为止。

最后，家长要鼓励孩子多讲多说，把自己看过的图书讲给爷爷、奶奶、邻居、老师、同伴等听。由于图书内容是幼儿感兴趣的，所以，他会非常愿意把故事内容讲给别人听，尤其是讲给同伴听。在孩子讲述时，不论是全部复述，还是部分讲述，或是创造性地讲述，家长都要给以积极的肯定，这样不仅可以增强幼儿继续看书的兴趣，还能培养幼儿的语言运用能力，何乐而不为呢？

总之，科学选择图书，正确指导幼儿阅读，为幼儿创造良好的阅读环境是父母应关注的问题。要正确引导孩子阅读优秀文学作品，养成良好的看书习惯，就要重视幼儿的早期阅读，“父母是孩子的第一位老师”。有句名言道：“推动世界的手是摇摇篮的手。”一位善于阅读的爸爸（妈妈），会熏陶、培养出一个喜欢阅读、善于阅读的孩子，父母应用极具感染力的语调为孩子朗读、讲解、发问，引发孩子的思考，创设适宜孩子阅读的环境，利用自己的经验优势为孩子创造适合阅读的氛围。当你的孩子被书籍所吸引、被其中的内容所感染，从而学会阅读、爱上阅读时，那么，在今后成长的道路上，他将终身受益。

参考文献

[1] 吴恒 . 幼儿文学作品鉴赏与表演游戏的开展研究 [J]. 课程教育研究，2018（44）：27–28.
[2] 杨阔 . 幼儿文学在学前教育中的价值与实现 [J]. 才智，2018（30）：92.
[3] 王秀伟 . 互联网 + 幼儿文学阅读鉴赏——评《幼儿文学阅读与指导》[J]. 新闻战线，2018（16）：182.
[4] 胡冬梅 . 幼儿文学在学前教育中的价值与实现 [J]. 齐齐哈尔师范高等专科学校学报，2018（01）：115–117.
[5] 陈韵湖 . 幼儿文学作品阅读的指导策略 [J]. 基础教育研究，2017（17）：81–83.
[6] 李招凤 . 幼儿诗歌在幼儿园教育中的运用现状研究 [D]. 福州：福建师范大学，2017.
[7] 梁艳 . 发挥幼儿文学作用 培养幼儿良好性格 [J]. 甘肃教育，2016（23）：91.
[8] 任爱增 . 幼儿文学在幼儿教育中的应用探讨 [J]. 黑龙江科学，2015，6（08）：121.
[9] 瞿亚红 . 幼儿文学 [M]. 北京：北京大学出版社，2013.
[10] 李倩敏 . 幼儿文学作品赏析与表达指导 [M]. 北京：北京师范大学出版社，2015.
[11] 陈小强 . 幼儿文学 [M]. 重庆：重庆大学出版社，2015.
[12] 张丽，王苗苗 . 幼儿文学学习活动教程 [M]. 北京：新时代出版社，2012.